ひらかれる源氏物語

岡田貴憲
OKADA Takanori
桜井宏徳
SAKURAI Hironori
須藤 圭
SUDO Kei
［編］

勉誠出版

はじめに

『源氏物語』は、時代を問わず広範な読者を獲得し、多くの研究が積み重ねられてきた、日本文学史上に屹立する巨峰です。しかしながら、前代の放射を深く取り込み、後代に長い影を落とすこの物語は、なおいっそう多様な視点から読まれうるテクストであるといっても過言ではありません。旧来の枠組みにとらわれることなく、『源氏物語』研究にいくつもの新たなレンズを付与してゆくためには、多彩なバックグラウンドに支えられた読解こそが求められるのではないでしょうか。

本書は、そうした目論見のもと、より精緻でダイナミックな『源氏物語』論の可能性と方向性とを実践的に提示すべく編まれた、『源氏物語』あるいは中古文学を専門としない若手研究者による論集です。「ひらく（開く／拓く／啓く）」ということばに、閉塞感の漂う『源氏物語』研究の現状を打開すること、『源氏物語』研究の未来を切り拓くこと、そしてこれから『源氏物語』研究に取り組んでゆこうとする人びとを啓発すること——という願いを込めて、私たちは本書を『ひらかれる源氏物語』と命名しました。

これまで、編者の岡田は『和泉式部物語（日記）』を、桜井は『栄花物語』『大鏡』を、須藤は『狭衣物語』を、それぞれ主な研究対象としつつ、『源氏物語』にも強い関心を寄せてきましたが、日ごろ『源氏物語』についての論文を読んでいて、さまざまな疑問――たとえば、『源氏物語』以外のテクストがまったく視野に入っていないのではないか？重要な先行研究や最新の研究動向が踏まえられていないのではないか？『源氏物語』全体を俯瞰する視座を欠いているのではないか？等々――を覚えることが少なくありません。

もっともこれらの問題は、近年の研究環境の変化に起因するところも大きいでしょう。インターネット上に各種のデータベース等が整備されたことによって、先行研究などの文献の検索は飛躍的に至便となり、多くの貴重な写本・版本などの一次資料の画像を誰もが容易に閲覧できるようにもなりましたが、そのことは反面、興味の赴くままに読みたいものだけを読み、見たいものだけを見ていれば、それなりに論文らしきものが書けてしまう、という事態を招いているようにも思われます。今日の『源氏物語』研究は、諸本・本文、テクスト分析、引用・准拠、注釈史・享受史など、各々の関心に応じていくつもの小コミュニティに細分化され、相互の意思疎通も充分に図られているとはいいがたいように見受けられますが、その背景には、自分の関心事以外は視野に入りにくく、全体像を俯瞰する視座が確保されにくい、という環境があるのではないでしょうか。

より現実的かつ深刻な問題としては、昨今の大学における人文科学系の学部・学科の統廃合や縮小、教員の多忙化、大学院生の減少などに伴って、研究者として身につけておくべきスキルやノウハウを次世代へと伝えてゆくことが次第に困難になってきている、という事情もありましょう。

とはいえ、『源氏物語』研究の現状に対する疑問や不満をことさらに述べ立てたり、国文学の危機を今さらのように再認識したりしているだけでは、何の解決にもならないことは明らかです。『源氏物語』は単に中古文学の核としてのみならず、時代の枠組みを超越する達成として存在し続けており、『源氏物語』研究がこれからも日本文学研究の大きな柱であり続けるであろうことは疑いの余地がありません。そうである以上、現在の『源氏物語』研究が抱える叙上のような諸問題を是正し、新たな方法論を開拓することは、単に『源氏物語』研究・中古文学研究ばかりでなく、日本文学研究を再生させ、持続可能なものとしてゆくためにも、喫緊の課題といえましょう。私たちは、本書でその処方箋を提示したいと思います。

先入観を排して通説を不断に見直し、常に視野を広く保ちながら、眼前のテクストと虚心坦懐に真正面から向き合い、精確に読み解いてゆくこと――。そうした文学研究の起点に立ち返りつつ、専門的知見に支えられた裏づけのある読みを提示する論文を世に問うことこそ、『源氏物語』研究の賦活と新生とに直結すると信じて、本書では、『源氏物語』に関心を寄せながらも、その解釈共同体とは距離を置き、これまで『源氏物語』を論じる機会には恵まれてこなかった少壮気鋭の若手研究者の方々にご執筆をお願いしました。いささか自閉的にも思われる現在の『源氏物語』研究の世界に風穴を開け、『源氏物語』の新たな魅力を引き出すことができるのは、必ずしも『源氏物語』

を専門とせず、加えてこれからの研究を担ってゆく当事者としての覚悟を持つ若手研究者なのではないか、と考えたからです。執筆者の専門は、上代から近世まで、『萬葉集』から上田秋成までと、非常に幅広くさまざまですが、いずれも、それぞれの分野を先導し、すでに目覚ましい成果を挙げられている方々です。今回初めて『源氏物語』論を執筆される方も多いことに鑑みて、私たちは意見交換会と研究発表会を計五回にわたって開催し、『源氏物語』の研究史および研究動向について理解を深めるとともに、互いの論文の素案についても忌憚のない意見を交わし合いました。その成果として生まれた十三本の論文を、本書は以下の三部に配しています。

Ⅰ「**成立・生成への視点**」には、物語の精緻な読みを通じて、『源氏物語』というテクストが、そしてその本文がどのように生み出されたのかを問う五本の論文を収めました。『源氏物語』の訓詁注釈から説き起こすもの、記紀や『萬葉集』、『古今集』『伊勢物語』といった前代のテクストとの関わりからこの問題に挑もうとするもの、摂関期の女房や官職の歴史的実態に着目するものなど、視点はさまざまですが、根拠が不明瞭なまま漫然と踏襲されてきた通説に疑義を呈しつつ、『源氏物語』の成立・生成の機微に迫ろうとする、すぐれて野心的な論稿群です。

Ⅱ「**解釈の連環・多層化**」には、注釈や外伝など、多種多様な『源氏物語』享受の様相に着目することによって、『源氏物語』の読み方を今あらためて問う四本の論文を収めました。近年、『源氏物語』の注釈史・享受史の研究は活況を呈していますが、遺憾ながらそれはあたかも『源氏物語』研究とは別個の分野であるかのごとく扱われており、『源氏物語』の研究とその注釈史・享受史の研究との有機的な関わりは、いまだ生まれていないように思われます。ここに収められた論稿群は、『源氏物語』の読みの歴史を繙くことによって、『源氏物語』はどのように読みうるのか、『源氏物語』を読むこととは私たちにとっていかなる営みなのかを真摯に、また直截に問うものです。

Ⅲ「ことば・表現との対話」には、『源氏物語』のことばや表現に着目することによって、『源氏物語』が何を描き出しているのか、またそこには『源氏物語』のどのような特質が見出されるのかを問う四本の論文を収めました。本書の中では、最もオーソドックスな論稿群といえましょうが、単なる表現論の域にとどまらず、ひとつのことば、ひとつの表現に徹底して執する微視的な視座とともに、あるいは『源氏物語』に内在する思想や歴史性を探り当て、あるいは文学史における『源氏物語』の位置を見定めようとする巨視的な視座をも兼ね備えています。

基本に忠実でありつつ、既成概念を解体し、今後の『源氏物語』研究の指針となりうる新たな視点と読みを提示している点において、本書に収められた論文はいずれも文句なしに面白い、と自負しています。むろん、本書はあくまでもひとつの始まりであり、問題提起であって、結論ではありません。これからの『源氏物語』論は、ここから始まる――。そのような読後感を抱いていただけたならば、編者として望外の喜びです。

時代とジャンルの枠組みを越えて集った若手研究者が、それぞれの専門領域についての知見を活かし合いながら、ひとつのテクストを読み解いてゆくという、快い緊張感と愉悦に満ちた知的冒険の企てを、私たちは本書によって始めたばかりです。本書を手に取ってくださった読者の皆さんがこの企てに加わってくださることを、心から期待しています。

二〇一七年一〇月

岡田貴憲
桜井宏徳
須藤　圭

目次

Ⅲ……ことば・表現との対話

Ⅰ……成立・生成への視点

『源氏物語』帚木巻頭本文の解釈

――「言ひ消たれたまふ咎」の指し示すもの――

岡田貴憲（おかだ・たかのり）

一九八五年生まれ。日本学術振興会特別研究員PD（法政大学）・法政大学兼任講師。専門は平安時代の日記・物語。著書に『『和泉式部日記』を越えて』（勉誠出版、二〇一五年）、『『和泉式部日記／和泉式部物語』本文集成』（共編、勉誠出版、二〇一七年）、論文に「『源氏物語』帚木巻試論―光源氏は「なよ竹」を折ったか―」（『中古文学』第九七号、二〇一六年六月。第一〇回中古文学会賞）などがある。

一　現行巻序から執筆の順序へ

桐壺巻に始まり夢浮橋巻に終わる『源氏物語』の現行巻序は、必ずしも執筆の順序とは一致しないのではないか――早く和辻哲郎(1)によって投げかけられたこの問いは、阿部（青柳）秋生(2)・玉上琢彌(3)らの思索を経て、武田宗俊「源氏物語の最初の形態」(4)に至って玉鬘系後記挿入説として結実した。文字通りの賛否両論を巻き起こしたその大胆な結論は、やがて長谷川和子(5)の徹底した批判によって論拠の多くを覆される所となったが、登場人物の出入りを異にする二つの系が『源氏物語』の諸巻に見出だされる、という截然たる観測的事実は、今なお厳として我々の眼前にあり、それが執筆の順序に発する可能性を予感させ続けている。

最初期の『源氏物語』読者にとって、現行巻序が自明の事柄に属さなかったであろうことは、鎌倉時代に遡りうる主要な『源氏物語』伝本がいずれも序数の記載を持たず、かつ『白造紙』『拾芥抄』のような同時期の資料に巻名目録の類が収録されている、という単純な事象から容易に酌むことができる。『伊勢物語』の現行段序が業平一代記を意図した操作の結果とみられるのと同様に、序数の記載をもたない『源氏物語』諸巻を光源氏の一代記と捉えるべく用意されたのが巻名目録の類である、と考えられるならば、そうした意図が働く以前の、とりわけ作品発表当時の読者にとっては、現行巻序とは必ずしも一致しない執筆の順序こそが、そのまま読解の順序であったとの推論が自ずと導かれる。

無論、巻序の与えられた任意の諸巻において、前巻を踏まえて後巻へ進む整合性が完全に保たれている場合は、それらがいかなる順序で執筆されたかはさほど問題にならない。しかしながら、ある巻が後巻を踏まえる、あるいは前巻を踏まえない、といった形で整合性が破れた時、与えられた巻序の下での解釈には疑いが生じ、執筆の順序に基づく別個の解釈が要請されることとなろう。本稿は、『源氏物語』帚木巻を題材とする、その新たな試みの一つである。

二　「言ひ消たれたまふ」の誤読

まずは『源氏物語』帚木巻頭の、よく知られた本文を引くことから始めたい。

光る源氏、名のみことごとしう、言ひ消たれたまふ咎多かなるに、いとど「かかるすき事どもを末の世にも聞きつたへて、軽びたる名をや流さむ」と忍びたまひける隠ろへごとをさへ、語りつたへけん人のもの言ひさがなさよ。さるは、いといたく世を憚りまめだちたまひけるほど、なよびかにをかしきことはなくて、交野の少将には笑はれたまひけむかし。（帚木・①五三頁）(6)

その難解さゆえにしばしば議論の対象となるこの本文が、早く『細流抄』に「此一段は帚木の発端を結する語と見えたり」と評された夕顔巻末の一節、

かやうのくだくだしきことは、あながちに隠ろへ忍びたまひしもいとほしくて、みなもらしとどめたるを、「など帝の皇子ならんからに、見ん人さへかたほならず、ものほめがちなる」と作り事めきてとりなす人ものしたまひければなん。あまりもの言ひさがなき罪、避りどころなく。（夕顔・①一九五〜一九六頁）

と照応し、いわゆる帚木三帖の序跋を形成していることは、従来広く認められてきた所である。それゆえ右の序文は、帚木三帖に語られるべき内容の予告として機能していることが了解されるのだが、中に唯一の例外としてある冒頭の一文「光る源氏、名のみことごとしう、言ひ消たれたまふ咎多かなるに」から、特に「言ひ消たれたまふ咎」なる部分にいま目を向けたい。それは既存の注釈書においては以下の通り訳出され、光源氏がその大仰な名に似合わず具有する、他者から非難される点として今日理解されている詞章である。

○何だあんな人がと貶される様な失行　（『定本源氏物語新解』）
○おつかぶせられ貶されがちの失策　（『對訳源氏物語講話』）
○人からけなされるよくない振舞　（『對校源氏物語新釋』）
○何だ名にも似合はぬとけなされる失行　（『日本古典全書』）
○事々しい名を世間から非難され、恥ずかしめられなさる欠点　（『日本古典文学大系』）
○人から非難されなさる欠点　（『全釋源氏物語』）
○実際は違うと言われなさるような失策　（『源氏物語評釈』）
○じつはそうでもないと言われなさるような、過失　（『日本古典文学全集』）
○人からけなされるよからぬ行い　（『新潮日本古典集成』）
○実はその「光」も消されかねない、むしろけなされなさる欠点　（『日本の文学古典編』）
○あのお方がと、悪くお言われになるあやまち　（『源氏物語講読』）
○（光などとは）打ち消しだと沙汰されなさる失敗　（『新日本古典文学大系』）
○実際はどうもと、けなされるような欠点　（『源氏物語注釈』）
○そうでもないと言われなさる欠点　（『源氏物語の鑑賞と基礎知識』）

しかし結論から言うと、これらの解釈には従えない。違和感が明らかになるのは動詞「言ひ消つ」の語義を辞書類へ索めた時で、そこにはたしかに語義の一つとして「悪く評する。非難する。けなす。言い消す」（『日本国語大辞典』）、「非難する。けなす。論難する」（『小学館古語大辞典』）、「口に出して、相手の気持や行動を否定する。非難する」（『角川古語大辞典』）といった訳語が示され、用例として帚木巻の当該例がまず引かれているのだが、それに続く散文中の例として掲げられるのは、時代を遙かに下る『徒然草』中の一例、

痴にも見え、人にも言ひ消たれ、禍をも招くは、ただ、この慢心なり。

（『徒然草』第一六七段「一道に携はる人」・二一二頁）

に限られるのである。平安期の用例がいずれも別の語義に該当すると思われる中で、帚木巻の当該例のみがそれらとは別に処置され、三世紀を隔てた鎌倉末期の用例と併記されていることは、いかにも奇妙な状況と言わざるをえない。

動詞「言ひ消つ（のたまひ消つ）」の平安期における用例は、『源氏物語』に当該例を含めて十例、『狭衣物語』に五例、『とりかへばや物語』に一例を数える。松尾聡「「言ひ消つ」の語意模索」(7)は、これに鎌倉期の『松浦宮物語』『苔の衣』中の各一例と右『徒然草』の一例、および古辞書『色葉字類抄』『名語記』中の各一例を加えた全二十一の用例について精査し、次のように結論付けている。

結局、中古の「言ひ消つ」は「言葉の或る部分をはっきり言わない」の意から出て、「控えて言葉に出さない」「ほとんど聞き取れないほどの低く小さい声で控え目に言う」の意に、また稀には（受身の形を加えて）「（ひそひそと声をひそめて）そしる」の意にも用いられたのではないか、ということになる。

右の結論は、従来「(言葉を用いて)他人の言葉を打ち消す」と「言いかけて中止する」の概ね二義に区別されてきた平安期の用例が、帚木巻の当該例を除いてすべて集約しうることを示したものとして意義深いが、一方で傍線部のような例外規定を、当該例と『徒然草』例を念頭に置いて設けた点に問題がある。その前提には、用例の一つとされた平安末期の古辞書『色葉字類抄』中の項目「誚　イヒケツ」(前田本・上一二ウ)[8]と同字が、同時期の古辞書である『類聚名義抄』では「誚　才笑反　ソシル　アサケル　セム　モテアソフ　ハルカナリ　モテ　譙字」(観智院本・法上五六)[9]と立項されている事実があるが、松尾論がここから導く「おそくとも中古末には、『言ヒ消ツ』が『ソシル』意をも持っていた」との論理には疑いが残る。右の観智院本『類聚名義抄』が「誚」字に種々の訓を掲げながら「イヒケツ」を欠くことは、むしろ当時「イヒケツ」が「ソシル」と必ずしも同義でなかったことの明証とみられ、また観智院本よりも成立時期を遡り、言偏の諸字を掲載する「法」部の前半が残存する図書寮本『類聚名義抄』においては、「誚」字の項目自体を見出すことができない。然るに『色葉字類抄』に至って「誚」字に「イヒケツ」の訓が宛てられていることは、図書寮本『類聚名義抄』の成立以降、およそ半世紀の間に「イヒケツ」の担う語義が変遷したことを示すものとも考えられるのである。[10]このことは、『徒然草』以前の平安期から鎌倉中期にかけての十七例に「ソシル」の用法が全く確認できないことからも追認されよう。

　こうした疑義が拭えない以上、帚木巻の当該例を例外規定によって「ソシル」の意に解する必然性は薄く、別解の可能性が探られねばならない。その際、既存の辞書類の中で『岩波古語辞典』が「①(さしさわりのあることなどについて)口にすることをひかえる。言葉を飲んで、口に出さない。②(相手の)心持や行動を消し去ってしまいたい気持を口にする。非難する。言いくさす」の二義を示し、前者の用例として当該例を掲げていることは注意に値する。これを松尾論に援用するならば、当該例は他例と同様に「控えて言葉に出さない」「ほとんど聞き取れないほどの低く小さい声で控え目に言う」の意に解することができ、平安期の「言ひ消つ」には一切の例外がないこととなるからである（『新編日本古典文学全集』の「あげつらい申すにはばかられるような過ち」はこれに通ずる解釈だが、非難の意を含める点に疑いが残る）。

松尾「『岩波古語辞典』の大野晋氏担当部分についての若干の提言」(11)は、当該例と『徒然草』例が「それぞれ『言ひ消たれ』という受身の形で用いられ、しかもその『言ひ消つ』が相手に悪意をもっての動作であるという差異がみられる」ことを根拠に右の見解を批判するが、「悪意をもっての動作」云々が循環論法であるのは言うに及ばず、また「人にも言ひ消たれ」とする『徒然草』例が受身形としか解せない一方で当該例の場合はその限りでない点、説得力に乏しい。むしろ問題は、助動詞「れ」を受身形とする先入観にこそあったと思われるのであり、これを次に示す類例のように自発形と解することで、「言ひ消つ」を平安期の用例から導かれる単一の語義に収めることが可能となるのである。

年ごろ飽かず恋しと思ひきこえたまひし御心の中ども、をりをりの御文の通ひなど思し出づるには、「よろづのことすさびにこそあれ」と思ひ消たれたまふ。（澪標・②二九一～二九二頁）

このように考える時、古く『花鳥余情』に「東宮の女御の此君をよしとも思ひ給はぬにつきてその御かたさまよりある事なき事につけていひけたれ給ふとか多かるへし」と解されて以来、

○人をそしるかたよりいへはいかなる名人もいひけたるゝもの也是世間の有様也弘徽殿の方さまよりは云けたれ給と也されとも唯公界へかけてみるへきなり　（『細流抄』）
○花に弘き殿のさまよりいひけつ也とあり　されとも只世間のいひけつ也　（『岷江入楚』）
○あしく云ひなさるる事也　（『湖月抄』）
○源氏君のすべての好色のとがにて、世人の、そのふるまひを、あしき事にいひけつ也　（『玉の小櫛』）

と形を変えながらも受け継がれた「他者から非難される点」との理解は、『徒然草』例のごとき鎌倉末期以降の語義にとらわれたがゆえの誤読であったことが明らかになろう。すなわち、「言ひ消たれたまふ咎」とは「光源氏の他者から非難される点」ではなく、「光源氏自身がつい控え目に言う点」なのであった。光源氏がその大仰な名に似合わず具有していたのは、他者から貶され非難されるべき類ではなく、本人のみが認識し、それについて語ることを躊躇われてしまう「咎」だった。他者からは専ら賞賛を浴びる人物であればこそ、光源氏は自身の「咎」をおのずと「言ひ消たれたまふ」のである。

如上の詞章を右の通り解することで、帚木巻頭の一文は「言ひ消たれたまふ咎（＝光源氏がつい控え目に言う「咎」）」と「忍びたまひける隠ろへごと（＝光源氏が一切口外しない秘事）」の対比構造として、以下のように明瞭に読み解かれる――「光源氏が言葉に出すのを控えがちだった『咎』も、多くあるという話なのに、その上さらに、光源氏が言葉に出すこともなく隠していた秘事さえも語り伝えてきたとは、なんと口の悪い女房達だろうか」。無論、「忍びたまひける隠ろへごと」は、先に述べたように帚木三帖に語られるべき内容を予告している。では光源氏の「言ひ消たれたまふ咎」とは、一体何か。

「咎」という語は平安期において欠点・過失の両様に用いられ、その内容は文脈に従って決定されるが、巻頭本文である今の場合、判断に足る文脈は巻の内部に存在しない。そして唯一の判断材料となる桐壺巻においては、光源氏の欠点・過失に関する何らの記述も見出すことができないのである。現行巻序による限り、この詞章からは抽象的な光源氏の「咎」を漠然とイメージする他なく、既存の注釈書も思い思いの訳語を提示しながら、その内容について触れることはない。そのような読解は果たして妥当なのだろうか。

ここで問題は、冒頭に述べた執筆の順序へと及ぶ。

三　帚木巻への道筋

まづ此帚木巻は、細流にもしるされたる如く、此物語一部の序のごとくなるを、此発端の語も、又一部にわたりて、序のごとくにて、源氏君の壮年のほどの事を、まづとりすべて、一つに評じたるもの也、此巻のはじめのころの事にはあらず、いひけたれ給ふとがの多きといふも、かゝるすきごとといふも、皆これより後の巻々にある事共をさしていへる也　（『玉の小櫛』）

帚木巻頭の「言ひ消たれたまふ咎」を後の物語内容の暗示とみなす本居宣長の説は、和辻論に「それは全篇の構図をすでに知っている者の心に浮かぶことであって、後の物語を全然知らない者が初めて帚木の巻を読む時にはこの暗示には何の内容もない」と批判される通り従いがたいものの、桐壺巻からの直接の接続を疑った点は示唆的な視座であった。桐壺巻自体の内容は後のいかなる巻にも前置し、これを初巻に位置付けた際の整合性は完全に保たれている。従って問題は、帚木巻の踏まえるべき内容が桐壺巻の他にも存在するか否かの一点に絞られ、宣長説を発展的に継承した和辻論が、次のように論点を敷衍したことから、後の『源氏物語』成立論の端緒は開かれる。

もし我々が、六条御息所や藤壺や葵の上などを中心とする源氏の物語を、伝説としてあるいは作者が前に書いたものとして、すでに存したものと認め得るならば、帚木の書き出しはきわめて自然であり、そのあとに地方官の妻や陋巷にひそむ女との情事が插入されるのも不思議はないと肯くことができよう。

和辻論の示した多様な可能性の内、「源氏」についての先行物語の存在、および帚木巻が何らかの先行巻とともに形成していた「原源氏物語」の存在は、玉上論による「輝く日の宮」物語の想定と、阿部論による「若紫グループ・帚木グループ」の想定によってそれぞれ具体化され、やがて玉鬘系十六帖（帚木〜夕顔・末摘花・蓬生・関屋・玉鬘〜真木柱）を紫上系十七帖（桐壺・若紫・紅葉賀〜澪標・絵合〜乙女・梅枝・藤裏葉）よりも後の執筆とみなす武田論の礎となった。散逸した「輝く日の宮」物語を帚木巻の先行物語として仮想する玉上論と、帚木グループ（帚木〜夕顔・末摘花）を若紫グループ（若紫・紅葉賀・花宴〜須磨）よりも後の執筆とみなす阿部論は、ともに帚木巻頭の一文に対し具体的な内容を与えるものとして、本稿の論旨と深く関わる。

ただし玉上論の仮想する「輝く日の宮」物語については、藤原定家の記した『奥入』以外に何らの根拠も見出すことができない上、現存『源氏物語』の不足を補うとされる同書が散逸したと仮定することの不自然さからも、俄には認めがたい。そこで着目すべきが、一方の阿部論から武田論へと引き継がれた、現行巻序とは異なる執筆順序の可能性であり、とりわけ神明敬子「「帚木」冒頭をめぐって」(12)が武田論の玉鬘系後記挿入説に基づいて示した次の見解である。

> 「言ひ消たれたまふ咎」は、後の文との関係から、帚木三帖に書かれているのと同様の「すきごと」を指す事は明らかである。そして、もし作者がこの冒頭を語っている時を、物語と同時進行の時点、すなわち源氏十七才、雨夜の品定め直前に固定するなら、源氏は雨夜の品定め以前に、すでに人に非難されるような多くの好き事を行なっている事になり、年齢的にも後の物語本文にも一致しない。これは作者の語っている時をずっと後にずらし、紫上系終了の時点まで持って来なくては解決しない。

帚木巻の執筆を紫上系十七帖よりも後とする立場から右のように述べる神明論は、光源氏の「咎（＝すきごと）」の内容として、紫上系諸巻に描かれた藤壺・六条御息所・朧月夜・朝顔斎院との恋愛関係を提示し、それらが「言ひ消たれたまふ（＝読者の非難を浴びる）」類であったと指摘する。同様の見解は後に『源氏物語注釈』においても「帚木・空蟬・夕顔の三巻は、物語が一応完結した段階で、新たに書き加えられた可能性が高い」と示されるが、こうした見地、すなわち現行巻序における後巻が帚木巻よりも先に執筆され、帚木巻頭の一文はその巻の内容を踏まえている、という考え方こそが、本稿の拠らんとする所なのである。

もっとも神明論の指摘は、「言ひ消たれたまふ」の誤読に加え、玉鬘系後記挿入説をそのまま前提としている点からも、およそ是認できるものではない。同説は、紫上系と玉鬘系の相違点を、元来執筆の順序とは関わらない人物呼称の差異や文辞の巧拙なども含めて同等に論じ、しかも後記と挿入の概念を弁別しなかった所に限界があり、玉鬘系十六帖すべてが紫上系十七帖より後に執筆され、一括挿入されて現行巻序が形作られたとするその結論を、今日において全面的に認めることは困難である。(13) しかし、こと帚木巻とその近傍諸巻の執筆順序をめぐっては、武田論以降に考察が深められ、以下のような指摘がなされてきたことを見過ごすことはできない。

・源氏の物語として、作者は、桐壺、若紫、紅葉の賀の巻々を制作してきた。それは藤壺の宮物語を主流とする構想圏の物語であり、「物語のいできはじめのおやなる竹取のおきな」と、作者が絵合の巻に書きしるした、そういう古物語の系譜につながる物語の巻々であった。この系譜に、作者はさらに交野の少将物語の系譜をさし添えたのである。それが、空蟬・夕顔の物語であった。

（池田勉「源氏物語「帚木・空蟬・夕顔」三巻の制作過程について」(14)）

・さしあたって源氏の中将の物語においては帚木三帖と末摘花巻を後記とし時期を葵巻着筆以前と考えるのが妥当であろう。葵巻にはまぎれもなく夕顔・末摘花巻を受けたと思しき叙述が見出せることがその一根拠である。

（伊藤博「若紫巻試論」(15)）

・……帚木三帖・末摘花巻の位置付けをめぐる源氏物語の執筆巻序は、桐壺巻→若紫巻→紅葉賀巻→花宴巻→帚木巻→空蟬巻→夕顔巻→末摘花巻→葵巻以降、となる。

（飯尾恭子「帚木三帖・末摘花巻の成立について」(16)）

三論の立論過程には少なからぬ相違があるが、いま注目したいのは、その結論がいずれも帚木三帖の執筆時点を紫上系数帖の執筆より後、葵巻の執筆より前とする点である。事実、玉鬘系後記挿入説の証拠とされた本文のいくつかは、紫上系成立後の玉鬘系一括挿入という極論よりも、むしろこのような執筆順序の想定を支えるものと思しい。例えば、

頭中将は、この君の、いたうまめだち過ぐして、常にもどきたまふがねたきを、つれなくてうちうち忍びたまふ方々多かめるを、いかで見あらはさむとのみ思ひわたるに、これを見つけたる心地いとうれし。（紅葉賀・①三四一頁）

との記述を持つ紅葉賀巻は、常陸宮邸を訪問中の光源氏が頭中将に発見される場面を持ち、

かうのみ見つけらるるをねたしと思せど、かの撫子はえ尋ね知らぬを、重き功に、御心の中に思し出づ。（末摘花・①二七三頁）

と記す末摘花巻に前置すべきものと考えられ、また一方、葵巻に見える、

かの十六夜のさやかならざりし秋のことなど、さらぬも、さまざまのすき事どもをかたみに隈なく言ひあらはしたまふ、はてはては、あはれなる世を言ひ言ひてうち泣きなどもしたまひけり。（葵・②五四頁）

との記述は、解釈上問題はあるものの、現存諸巻の中では末摘花巻の次場面に関わるとするのが穏当と考えられる。

「いたう気色ばましや。このごろのおぼろ月夜に忍びてものせむ。まかでよ」とのたまへば、わづらはしと思へど、内裏わたりものどやかなる春のつれづれにまかでぬ。……のたまひしもしるく、十六夜の月をかしきほどにおはしたり。

（末摘花・①二六七〜二六八頁）

こうした徴証に加え、帚木巻に光源氏の親友として登場する頭中将が、若紫巻では一転「頭中将、左中弁、さらぬ君たちも」（若紫・①二二二頁）と脇役に化した後、紅葉賀巻で再び好敵手に造型される不自然さ、あるいは葵巻に突如登場する朝顔の姫君が、帚木巻に「式部卿宮の姫君に朝顔奉りたまひし歌などを、すこし頬ゆがめて語るも聞こゆ」（帚木・①九五頁）と示唆されていることなどに鑑みると、右の想定には十分な蓋然性のあることが認められよう。さらに近年、田村隆「夕顔以前の省筆」(17)が夕顔巻の「このほどのことくだくだしければ、例のもらしつ」（夕顔・①一五一頁）との省筆表現に疑問を呈し、

……作者の紫式部が「例によって」と言うとき、その「例」には玉上氏の言う先行物語の「ならわし」に加え、自身がこの物語で用いる省筆自体をも念頭に置いているとは考えられないであろうか。その際、玉鬘系後記説を考えるならば、紫上系ですでに用いられた省筆も含むという意味で一層具体化できよう。

と述べるように、現行巻序の中で夕顔巻に続いて現れる紅葉賀巻の省筆表現、

この御仲どものいどみこそ、あやしかりしか。されどうるさくてなむ。（紅葉賀・①三四七頁）

を、夕顔巻の「例の」が踏まえる先例とみなせるのであってみれば、帚木三帖の執筆順序をめぐる想定は、新たな傍証を加えることとなるのである。

前掲のごとき序跋を備える帚木三帖は一連で執筆されたと思しく、揃って末摘花巻に前置すべき内容を持つ。一方で紫上系とされる紅葉賀巻は若紫巻を直接踏まえて花宴巻へと進むが、この三帖と帚木三帖・末摘花巻との間に登場人物の出入りの差異がある（空蟬・夕顔・末摘花とその関係人物が、紫上系には登場しない）ことは、冒頭に述べた通り覆らざる事実である。右に示した各徴証・傍証に照らして、若紫・紅葉賀・花宴巻の三帖は帚木三帖・末摘花巻よりも前の執筆、また帚木巻頭に「まだ中将などにものしたまひし時は」（帚木・①五三頁）と記す帚木三帖・末摘花巻は、光源氏が「大将の君」（葵・②一七頁）として初登場する物語＝葵巻と併せ読まれるべき同時期の並行執筆であり、そうした執筆順序によって人物の出入りを異にする二つの系が発生した後に、それを性格の差異として引き継ぐ形で賢木巻以降が執筆された、とするのが『源氏物語』序盤の執筆順序をめぐる私見となる。

だが、いまその全貌を明らかにすることは目的としない。この際重要なのは、帚木巻以前に執筆された可能性のある巻として、若紫・紅葉賀・花宴巻の三帖を指摘できる点であって、かつ、この三帖を踏まえて他ならぬ帚木巻を読み直すことにより、桐壺巻のみを踏まえた場合には見えなかった新たな解釈が導かれるの

ではないか、という点なのである。

四　光源氏の「咎」

帚木巻の執筆の順序を若紫・紅葉賀・花宴巻の三帖よりも後と推定した場合、現行巻序においては読み解きがたい光源氏の「咎」について、右三帖を前提とした具体的な内容を与えることが可能となる。その際まず想起されるのは、神明論の指摘したような光源氏の恋愛関係であろう。藤壺と朧月夜への密通、若紫への思慕、源典侍との戯れ、そのような三帖に描かれる恋愛上の行動を「咎（＝過失）」に重ね合わせて読むことは、中の品の女性との恋愛関係を指す「忍びたまひける隠ろへごと」との対比という面からも、一見すると妥当であるように思われる。

しかし本稿の示した「言ひ消たれたまふ」の正確な解釈に基づくと、こうした読解には瑕疵が生じる。藤壺・朧月夜への密通は、およそ「つい控え目に言う」ことを許される類でなく、また若紫への思慕についても光源氏は「軽々しうもてひがめたると人もや漏り聞かむ」（若紫・①二五一頁）、「聞こえありて、すきがましきやうなるべきこと」（同二五二頁）と常に露見を恐れていた。言葉を控えながらも語ることができるのは源典侍との戯れ程度であり、それ以外の恋愛はむしろ口外できない「隠ろへごと」と称するほうが適切な事柄なのである。

光源氏の「咎」が指し示すものは何か。ここで我々は、それが「言ひ消たれたまふ」と自発形で表現され、光源氏の無意識理の自制心に発するものとして描かれていたことを思い起こしたい。そのことを念頭に若紫・紅葉賀・花宴巻の三帖を再読する時、紅葉賀巻で以下のように繰り返される光源氏の心中思惟と邂逅するであろう。

・心うつくしく例の人のやうに恨みのたまはば、我もうらなくうち語りて慰めきこえてんものを、思はずにのみとりないたまふ心づきなさに、さもあるまじきすさびごとも出で来るぞかし……。（紅葉賀・①三一六頁）

・何ごとかはこの人の飽かぬところはものしたまふ、わが心のあまりけしからぬすさびにかく恨みられたてまつるぞかし、と思し知らる。（同三二三頁）

・あやしのことどもや、下り立ちて乱るる人は、むべをこがましきことも多からむと、いとど御心をさめられたまふ。（同三四五頁）

左大臣家に帰邸し正妻の葵上と相対した光源氏が、彼女の疵無き姿に己の不埒さを反省する。その描写が二度もよく似た筆致で現れることも目を引くが、それらが「あるまじきすさびごと」「けしからぬすさび」と強い非難の表現を伴って語られることに注意したい。光源氏は自身の浮気沙汰がいかに道ならぬものであるかを熟知しており、実際に源典侍をめぐる頭中将との乱痴気めいた事件の後、引き金となった好奇心を大いに自重している。その自制心の裏側に読み取るべきは、藤壺・若紫・朧月夜との関係とは性格を異にする、より浅薄な恋愛関係の存在だったのではないだろうか。事実、若紫・紅葉賀・花宴巻の三帖にみえる光源氏の恋愛は、藤壺・若紫・源典侍・朧月夜といった描かれた関係だけではない。その陰には、「いと忍びて通ひたまふ所の道なりけるを思し出でて」（若紫・①二四六頁）、「ここかしこの御暇なくて、暮るれば出でたまふ」（紅葉賀・①三一七頁）、「出でたまふべしとありつれば、人々声づくりきこえて」（同三三三頁）などの文言に示唆されるごとき、描かれざる幾多の恋愛関係もあったはずなのだ。手の届かぬ藤壺を追い求め、その代償として若紫を手に入れた光源氏が、葵上に接して自省するのは、密通のような重大事ではなく、むしろそのような描かれざる恋愛関係だったのではないだろうか。

つまり光源氏の「咎」とは、まさにそうした幾多の「すさび（＝恋愛関係）」に現を抜かしてしまう心持ち、すなわち彼の性格上の「欠点」を指し示していたと考えられよう。そして、光源氏が自身の「咎」をおのずと「言ひ消たれたまふ」のは、彼が自身の行いの不道徳さを「あるまじ」「けしからず」と強く自覚していたがゆえに、それら浅薄な恋愛を引き起こす性格上の欠点を、「光る」という名に相応しからぬ汚点として人知れず認識していたからだ、と読まれるのである。

「光源氏、というと『光る』という名前ばかりが大仰で、実際は本人がつい控え目に言う欠点が多くある、という話です」、と帚木巻頭は語り起こす。正妻に葵上を持ちながら、藤壺・朧月夜への密通を犯し、若紫を人知れず抱えるに飽きたらず、あまつさえ源典侍との戯れ事や描かれざる幾多の恋愛関係にまで手を伸ばしてしまう、そんな光源氏の自覚する性格上の欠点、すなわち軽佻な浮気心を、帚木巻の語り手は既知のこととして語りかける。そして若紫・紅葉賀・花宴巻の三帖を読み進めてきた読者に対して「その上さらに、光源氏が言葉に出すこともなく隠していた秘事さえも語り伝えてきた女房達とは、なんと口の悪いことでしょう」と、これから語るべき秘話への興味を煽りつつ、同時に「彼はたいそう世間に気兼ねして真面目ぶっていらしたから、艶めかしく面白いことはなくて、交野の少将には笑われなさったでしょう」と過度な期待に釘を刺すことも忘れない、そのような巧妙な一節として、帚木巻頭の本文は読み解かれるべきだったのではないだろうか。

かつて石田穣二「帚木の冒頭をめぐって」(18)は、飯尾論の示した執筆順序について「少くとも、確度の高い説であり、問題は氏の論定でほぼ決着を見たと言つていいと思ふ」と賛同し、これに則って「源氏物語第一部の世界を解く鍵」と評する帚木巻頭本文の解明を試みることで、本稿の進むべき方向性をいち早く提示していた。だが同論が、「帚木の巻が、若紫の巻に代つて(第二次的に)、この物語の第二の巻として書かれたといふことを、証明できぬにしても、我々としてほぼ確信するに足るだけの、徴候を見出したい」と述べて現行巻序と後記挿入の概念に拘泥する一方で、「ただでさへ人の非難の的になる失行が多い」と誤読した一文について何ら疑問を呈さなかったことは、想定される執筆順序がもたらす意義を見誤ったものと言わねばならない。問題はまず本文そのものの解釈にあり、これを現行巻序の枠組みから離れて読み直すことで、内容に即した具体性のある作品読解、ひいては執筆の順序を問うことの有効性へと繋がってゆく。本稿が述べてきたことは、その可能性を示す一例として捉えられよう。

※本稿で引用する『源氏物語』注釈書は以下の通り。
『花鳥余情』…中野幸一編『源氏物語古註釈叢刊 第二巻』武蔵野書院、一九七八年
『細流抄』…伊井春樹編『源氏物語古注集成7』桜楓社、一九八〇年
『岷江入楚』…中野幸一編『源氏物語古註釈叢刊 第六巻』武蔵野書院、一九八四年

『湖月抄』…有川武彦校訂『増註源氏物語湖月抄』名著普及会、一九七九年
『玉の小櫛』…大野晋・大久保正編集校訂『本居宣長全集 第四巻』筑摩書房、一九六九年
『定本源氏物語新解』…金子元臣、明治書院、一九二五年
『對訳源氏物語講話』…島津久基、中興館、一九三〇年
『對校源氏物語新釋』…吉澤義則、平凡社、一九三七年
『日本古典全書』…池田亀鑑校註、朝日新聞社、一九四五年
『日本古典文学大系』…山岸徳平校注、岩波書店、一九五八年
『全釋源氏物語』…松尾聡、筑摩書房、一九五八年
『源氏物語評釈』…玉上琢彌、角川書店、一九六四年
『日本古典文学全集』…阿部秋生・秋山虔・今井源衛校注、小学館、一九七〇年
『新潮日本古典集成』…石田穣二・清水好子校注、新潮社、一九七六年
『日本の文学古典編』…伊井春樹・日向一雅・百川敬仁・伊藤博・池田和臣・篠原昭二校注、ほるぷ出版、一九八七年
『源氏物語講読』…佐伯梅友、武蔵野書院、一九九一年
『新日本古典文学大系』…柳井滋・室伏信助・大朝雄二・鈴木日出男・藤井貞和・今西祐一郎校注、岩波書店、一九九三年
『新編日本古典文学全集』…阿部秋生・秋山虔・今井源衛・鈴木日出男校注、小学館、一九九四年
『源氏物語注釈』…山崎良幸・和田明美、風間書房、一九九九年
『源氏物語の鑑賞と基礎知識』(7帚木)…中嶋尚編、至文堂、一九九九年

注

(1) 和辻哲郎「源氏物語について」(『日本精神史研究』岩波書店、一九七〇年。礎稿の初出は一九二二年)。
(2) 阿部(青柳)秋生「源氏物語執筆の順序――若紫の巻前後の諸点に就いて――上・下」(『国語と国文学』

一六―八～九、一九三九年八～九月)。
(3) 玉上琢彌「源語成立攷――擱筆と下筆とについての一仮説――」(『国語・国文』一〇―四、一九四〇年四月)。
(4) 武田宗俊「源氏物語の最初の形態」(『源氏物語の研究』岩波書店、一九五四年。礎稿の初出は一九五〇年)。
(5) 長谷川和子「武田宗俊著「源氏物語の最初の形態」の検討」(『源氏物語の研究――成立に関する諸問題――』東寶書房、一九五七年)。
(6) 『源氏物語』『徒然草』の引用は、『新編日本古典文学全集』(小学館)に拠り、分冊番号・頁数を示した。なお句読点・鉤括弧については私に整定した箇所がある。
(7) 松尾聡「「言ひ消つ」の語意模索」(『源氏物語を中心とした語意の紛れ易い中古語攷』笠間書院、一九八四年。礎稿の初出は一九八〇年)。
(8) 中田祝夫・峯岸明編『色葉字類抄研究並びに索引 本文・索引編』(風間書房、一九六四年)。
(9) 正宗敦夫『類聚名義抄』(風間書房、一九六二年)。
(10) 改編本である観智院本に対し、原撰本である図書寮本『類聚名義抄』の成立は一一〇〇年前後。三巻本に属する前田本『色葉字類抄』の成立は十二世紀後半とされる。
(11) 松尾聡「『岩波古語辞典』の大野晋氏担当部分についての若干の提言」(松尾前掲注(7)書所収)。
(12) 神明敬子「「帚木」冒頭をめぐって」(『国文』四八、一九七七年二月)。
(13) 玉鬘系後記挿入説の問題点については、長谷川前掲注(5)論文のほか、楢原茂子「源氏物語第一部成立論史並びにその評論」(吉岡曠編『源氏物語を中心とした論攷』笠間書院、一九七七年)、および加藤昌嘉・中川照将編『テーマで読む源氏物語論 第4巻 紫上系と玉鬘系――成立論のゆくえ』(勉誠出版、二〇一〇年)に詳しい。
(14) 池田勉「源氏物語「帚木・空蟬・夕顔」三巻の制作過程について」(『源氏物語試論』古川書房、一九七四年。礎稿の初出は一九六八年)。
(15) 伊藤博「若紫巻試論――短篇始発説批判――」(『源氏物語の原点』明治書院、一九八〇年。礎稿の所出は一九七〇年)。
(16) 飯尾恭子「帚木三帖・末摘花巻の成立について」(『国文』三六、一九七一年一二月)。

(17)　田村隆「夕顔以前の省筆」(『省筆論――「書かず」と書くこと』東京大学出版会、二〇一七年。礎稿の初出は二〇〇四年)。
(18)　石田穣二「帚木の冒頭をめぐつて」(『源氏物語攷その他』笠間書院、一九八九年。礎稿の初出は一九七三年)。

夕顔巻新見

――女房という視点から――

諸井彩子（もろい・あやこ）

一九七九年生まれ。聖徳大学兼任講師・お茶の水女子大学非常勤講師。専門は平安時代の和歌・女房文学。著書に『摂関期女房と文学』（青簡舎、二〇一七年）、論文に「『赤染衛門集』の物語制作歌群―サロン活動としての物語制作―」（『国語と国文学』第九二巻第三号、二〇一五年三月）、「『栄花物語』と女房ネットワーク―妍子・禎子内親王サロンの営みと弁乳母姉妹を中心に―」（和田律子・久下裕利編『平安後期　頼通文化世界を考える―成熟の行方』武蔵野書院、二〇一六年）などがある。

はじめに

摂関期は、女性の文化活動が盛んであった時代であり、その成果として女性の手による文学作品が多く残されている。その活動の担い手の多くが、女房の立場にある女性であった。したがって、文学作品には、直接的にせよ間接的にせよ、女房の存在が大きな影響を与えているはずである。しかしながら、女房の実態に関する理解が進んでいないために、女房やそのあり方について誤った解釈がなされていることも少なくない。『源氏物語』においても、物語展開上大きな役割を担う女房にのみ注目が集まり、当時の常識であったがゆえに詳述されることのない女房の存在は、さほど注目されてこなかった。摂関期の女房の実態を正しくふまえ、『源氏物語』を同時代の読者がどのように解釈していたのか、明らかにすることが必要であると考える。

本稿では、多くの議論を呼んできた夕顔巻冒頭部分をとりあげ、女房の存在に注目することで導かれる、夕顔の人物像に迫った。夕顔巻冒頭部分においては、夕顔がお忍びで乳母のところを訪れた光源氏の正体を言い当てた歌を詠んだとする本居宣長『玉の小櫛』の説が長らく踏襲され、その行動が、「もの怖ぢ」「ものづつみ」をするという控えめな性格と矛盾することから、「作者の無理、失策」(1)、あるいは夕顔に「遊女性」「娼婦性」を読み取る(2)、光源氏ではなく頭中将と誤認した(3)、などさまざまな解釈がなされた。しかしながら、当時の女房の存在をふまえると、これらの矛盾は解消する。まず、夕顔がどのような人物として設定されているか、父親の官職から明らかにし、夕顔に仕える女房の存在を前提として冒頭部分を読み解いてゆく。さらにこのような描写がもたらす夕顔巻の物語展開上の効果についてもふみこんで考察していきたい。

なお、『源氏物語』をはじめとした散文作品の引用は新編日本古典文学全集(『源氏物語』は巻名と頁のみ記す)、韻文作品の引用は新編国歌大観による。

一　夕顔の人物設定

光源氏と夕顔は、互いに相手の素性を確信できないまま関係が深まっていくため、夕顔の素性が明らかになるのは、夕顔自身が命を落とした後の右近の言によってであった。本文の流れとは逆となるが、まずは、夕顔がどのような女性として設定されていたのか確認しておきたい。

・「親たちははや亡せたまひにき。三位中将となん聞こえし。いとらうたきものに思ひきこえたまへりしかど、わが身のほどの心もとなさを思すめりしに、命さへたへたまはずなりにし後、はかなきもののたよりにて、頭中将なん、まだ少将にものしたまひし時見そめたてまつらせたまひて、三年ばかりは心ざしあるさまに通ひたまひしを、去年の秋ごろ、かの右の大殿よりいと恐ろしきことの聞こえ参で来しに、もの怖ぢをわりなくしたまひし御心に、せん方なく思し怖ぢて、西の京に御乳母住みはべる所になん這ひ隠れたまへりし。それもいと見苦しきに住みわびたまひて、山里に移ろひなんと思したりしを、今年よりは塞がりける方にはべりければ、違ふとて、あやしき所にものしたまひしを見あらはされたてまつりぬることと思し嘆くめりし。世の人に似ずものづつみをしたまひて、人にもの思ふ気色を見えんを恥づかしきものにしたまひて、つれなくのみもてなして御覧ぜられたてまつりたまふめりしか」

（夕顔巻・一八五～一八六頁）

・「幼き人まどはしたりと中将の愁へしは、さる人や」と問ひたまふ。「しか。一昨年の春ぞものしたまへりし。女にていとらうたげになん」と語る。

（夕顔巻・一八六頁）

・「十九にやなりたまひけん。右近は、亡くなりにける御乳母の捨ておきてはべりければ、三位の君のらうたがりたまひて、かの御あたり去らず生ほし立てたまひしを思ひたまへ出づれば、いかでか世にはべらんとすらん。」

（夕顔巻・一八七～一八八頁）

これらによって明らかになった夕顔の素性は、次の四点にまとめられる。

①三位中将の娘である。
②父親が没した後、少将であった頃に見初めた頭中将が三年ほど通ってきており、一昨年の春に女子を産んだ。
③昨年の秋に頭中将の正妻の実家である右大臣側からの圧力があり、身を隠した。
④享年は十九歳であった。

単純に右近の述べた経歴を年齢に当てはめると、夕顔は遅くとも十三、四歳で父親を亡くし、十五歳前後で少将に見初められ、十七歳の春に女子をもうけ、十八歳の時に身を隠し、十九歳で光源氏と関係をもったのち命を落としたということになる。

1 夕顔の父「三位中将」

まずは、夕顔の父である三位中将について考察する必要があろう。本来中将とは、従四位下に相当する官職である。それが冷泉朝の藤原兼家を嚆矢として、権門の子弟が中将の官職にありながら従三位に叙されることが増えていった。『枕草子』の「上達部は」の段も、そのような時代背景をふまえたものであることが指摘されている。

上達部は　左大将。右大将。春宮大夫。権大納言。権中納言。宰相中将。三位中将。
（『枕草子』一六四段・二九六頁）

夕顔についてはいわゆる「雨夜の品定め」で語られた「中の品の女」のエピソードの中に出てくるため、光源氏と身分の差があるとみなされることが多い。しかしながら、資料に挙げたように、『公卿補任』に見える、一条朝までに三位中将に至った人物は、全て大臣の子息である（なお三位中将を極官として没した人物はいない）。物語作品においても、『落窪物語』の男君道頼、『源氏物語』では光源氏・頭中将・夕霧五男が三位中将となっており、夕顔は、貴族の中でもかなり上位の出自をもつ女性であったと考えられるのである。

後年、光源氏は玉鬘を引き取るにあたり、その母親である夕顔について、このように語る。

世にあらましかば、北の町にものする人（＝明石御方）の列にはなどか見ざらまし。（玉鬘巻・一二六頁）

それを聞いた紫の上は「さりとも明石の列には、立ち並べたまはざらまし」と答えるわけであるが、明石御方の父方の祖父は大臣、父明石入道は近衛中将の位を捨て播磨の受領となった人物で、三位中将が極官であった夕顔の父と境遇が似ている。光源氏が夕顔と明石御方を同列に見なすのも当然のことであった。

夕顔の父である三位中将について、神野志隆光氏は次のように述べる。(4)

〈三位中将〉は、やはり、この人の貴顕子弟たる映像を賦与するであろう。若年で上達部の列に入りながら、頓挫することとなった（親の死によるか）というのが、その不遇によって、呼び起こされるというべきであろう。

資料　一条朝までの三位中将一覧

『公卿補任』による。網掛けは宰相中将の例にあたるもの。

天皇		官職	位階	氏名	出自	年齢	
冷泉	安和元年(968)	左中将	正四下	藤原兼家	師輔男	40	蔵人頭・東宮権亮・美濃権守 11月4日叙従三位
	安和三年(970)	中納言	従三位			42	8月5日中納言
	安和二年(969)	右中将	従四上	藤原済時	左大臣師尹男	29	4月28日任、元左中弁(蔵人頭・東宮権亮如元) 8月13日止蔵人頭・東宮権亮・同日兼東宮亮 9月23日叙従三位 (前坊亮、二階、外祖父師尹公左大臣・傅労三位也)
	安和三年(970)	参議	従三位			30	1月28日任参議
円融	天元四年(981)	左中将	正四下	藤原公季	師輔男	25	1月7日叙従三位(左中将如元)
	天元六年(983)	参議	従三位			27	12月13日任参議
	永観二年(984)	右中将	正四下	藤原道隆	兼家男	32	1月7日叙従三位(右中将如元)
	寛和二年(986)	権中納言	従三位			34	7月5日兼権中納言、弟道兼に譲る
花山	永観二年(984)	右中将	従四上	藤原義懐	太政大臣 伊尹男	28	9月24日任 10月10日叙従三位 10月14日叙正三位
	永観三年(985)	参議	正三位			29	9月14日任
一条	永延元年(987)	右中将	従四下	藤原道綱	兼家男	33	1月7日叙従四位下 10月14日叙正四位下(今日行幸摂政第) 11月27日叙従三位(臨時)
	正暦二年(991)	参議	従三位			37	9月7日任参議
	永祚二年(990)	右中将	正四下	藤原道頼	道隆男、兼家養子	20	5月13日転参議(右中将、伊予権守如元)、同日叙従三位
	正暦二年(991)	参議 権中納言	従三位			21	9月7日任権中納言
	正暦五年(994)	右中将	従四上	藤原隆家	道隆男	16	1月13日叙正四下 8月8日叙従三位
	正暦六年(995)	権中納言	従三位			17	4月6日権中納言
	長保二年(1000)	左中将 参議 勘解由長官	正四下	藤原斉信	太政大臣 為光男	34	2月25日兼中宮権大夫(彰子立后日) 10月21日叙従三位
	長保三年(1001)	権中納言	従三位			35	8月25日任権中納言
	長保三年(1001)	右中将 参議	正四下	源俊賢	左大臣 源高明男	42	8月25日任(参議・播磨守如元) 10月3日兼治部卿 10月10日叙従三位
	長保六年(1004)	権中納言	従三位			45	1月24日任権中納言
	長保四年(1002)	右中将	従三位	藤原兼隆	藤原道兼男	18	2月30日任、同日叙従三位
	寛弘五年(1008)	参議	従三位			24	1月28 日任参議
	寛弘四年(1007)	左中将 参議	正四下	源経房	左大臣 源高明男	39	1月20日叙従三位
	長和四年(1015)	権中納言	従三位			47	2月18日任権中納言
	寛弘七年(1010)	左中将	従四上	藤原教通	道長男	15	11月28日叙従三位
	長和二年(1013)	権中納言	従三位			18	6月23日任権中納言
	寛弘八年(1011)	右中将	正四下	藤原頼宗	道長男	19	8月11日叙従三位
	長和三年(1014)	権中納言	従三位			22	3月28日任権中納言

夕顔の父の「わが身のほどの心もとなさ」が具体的に何を指すかは明らかでないが、天皇の代替わりによって、あるいは神野志氏が指摘するように大臣の父親が没したことによって、時勢が変わったことを表していよう。資料に挙げた実在の三位中将のうち兼家・公季・義懐・兼隆、宰相中将のうち斉信・俊賢・経房の場合、既に大臣であった父は没していた。夕顔の祖父が健在であれば、夕顔の父も中納言、大納言、大臣と出世を重ねていった可能性が高いが、結局三位中将を極官として没したのである。父親が出世すれば当然のことながら、また父親が夭逝したとしても、大臣の祖父さえ健在であれば、祖父の養女という形で、夕顔が天皇や東宮に入内することも可能であった（たとえば桐壺更衣は按察使大納言の娘であり、少女巻でも按察使大納言が娘の入内を期しているように、『源氏物語』では大納言以上の官職があれば娘の入内が可能である）。頭中将や光源氏といった貴公子の正式な妻となることも可能である。そのような可能性をもっていた女性として夕顔を捉えておく必要がある。(5)

2　夕顔の乳母たち

夕顔には、右近の母親と西の京の乳母と、乳母が二人つけられている。右近の母親が没したことで西の京の乳母が新たに乳母となった可能性もあるが、すぐに次の乳母がつけられること自体、夕顔が将来を期待された女子であったことを示している。

『源氏物語』において、複数の乳母の存在が確認されている人物は、次の通りである。(6)

・光源氏　　大弐の乳母（惟光の母）

・夕霧　左衛門の乳母（大輔命婦の母。「大弐のさしつぎ」とあり、惟光母が第一乳母）
宰相の乳母
御乳母ども・御乳母たち
・雲居雁　大輔の乳母
御乳母ども
・明石姫君　宣旨の娘
「やんごとなき人の乳ある」
・女三宮　中納言の乳母
侍従の乳母（小侍従の母）
・薫　御乳母たち

皇女である女三宮に複数の乳母がいたことは当然であろうが、雲居雁は頭中将の娘で祖父は左大臣、母は按察使大納言と再婚したが王族の出身で、少女巻で東宮への入内が考えられたほどであるから、右大臣の四君を母にもつ姉の弘徽殿女御に比べても「あてなる筋は劣るまじけれ」（少女巻・三三頁）と記されている。光源氏は明石姫君の乳母を自ら選んで派遣したが、紫上のもとに引き取った後で「やむごとなき人の乳ある」（薄雲巻・四三六頁）を追加した。一方、兵部卿宮の父をもつ若紫には、正妻の子でないからか、乳母は少納言乳母一人しかいない。

このように、乳母が二人いることからも、夕顔が出自に恵まれ将来を期待された女子として誕生していたことは明らかである。夕顔が誕生した時期は、大臣の地位にあった祖父もおそらく健在で、その子息である夕顔の父は将来有望な貴公子とみなされていた可能性が高い。

また、母である乳母が没したあとも腹心の女房として夕顔に仕えた右近、夕顔が行方不明になったあとも玉鬘を女主人として育てた西の京の乳母と、乳母とその家族が主家に忠実であることも見逃せない。本来乳母というのは、光源氏に仕えた大弐乳母と惟光、夕霧に仕える惟光男のように、家族ぐるみで主家に仕えることが多い。しかし、常に忠実な乳母を雇えるとは限らない。たとえば、八宮の娘である宇治の中君の場合、次のような状況にあった。

若君の御乳母も、さる騒ぎ（＝八宮北の方が中君を産んですぐ没したこと）にはかばかしき人をしも選りあへたまはざりければ、ほどにつけたる心浅さにて、幼きほどを見棄てたてまつりにければ、ただ宮ぞはぐくみたまふ。（橋姫巻・一二〇頁）

八宮の場合と異なり、夕顔の実家には忠実な乳母を雇うだけの人望と勢力があったことを、当時の読者は読み取ったであろう。

以上、父親の極官と二人の乳母の存在から、夕顔が将来を期待された貴顕の女子として生を受けたという人物設定を明らかにした。巻の冒頭部分ではこれらの情報が読者に提示されていないが、最終的に提示される人物設定と矛盾しない形で物語は展開していくはずである。

二　光源氏が目にした透影

惟光の母である大弐乳母の病気見舞いをするために五条に足を向けた際、光源氏が夕顔の住む家に目をとめたのは、「をかしき額つきの透影」が「あまた」見えたからであった。

檜垣といふもの新しうして、上は半蔀四五間ばかり上げわたして、簾などもいと白う涼しげなるに、をかしき額つきの透影あまた見えてのぞく。立ちさまよふらむ下つ方思ひやるに、あながちに丈高き心地ぞする。いかなる者の集へるならむと様変りて思さる。（夕顔巻・一三五頁）

光源氏が目にした透影の「立ちさまよふ」という動きは、立ってうろうろすることである。[7] 当時の女性は立ち上がって行動することが少ないので、男性の行動に使われる例が多い。

・（靫負佐が）立ちさまよふも、見つけてあなづらはし。（『枕草子』四三段・一〇一頁）

・またよからぬ人々文おこせ、またみづからもたちさまよふにつけても、よしなきことの出で来るに、（『和泉式部日記』六四頁）

また、光源氏が「あながちに丈高き」と感じたというのは、内部の床が高い（あるいは高く見える）ためとするのが通説であるが、無理に背伸びして外を窺う様子を表しているという新大系の説に従いたい。後に惟光の報告によって、若い女房たちが「車の音」に敏感になっていたことが明らかになる。

「人にいみじく隠れ忍ぶる気色になむ見えはべるを、つれづれなるままに、南の半蔀ある長屋に渡り来つつ、車の音すれば、若き者どものぞきなどすべかめるに、この主とおぼしきも這ひわたる時はべべかめる。容貌なむ、ほのかなれど、いとらうたげにはべる。」（夕顔巻・一四九頁）

さらにその後、惟光が、頭中将の車が通った時に女房たちが大騒ぎしている様子を垣間見ることになる。おそらく冒頭部分においても、女房たちは頭中将の車かと思って、外をのぞいてみたのではないだろうか。

この透影は女房たちのものであり、夕顔は含まれていないはずである。簾の近くで立ち上がって外を覗くという行為は若い女房の行動にふさわしく、女主人の夕顔がしていたとは考えにくい。後の惟光の報告でも、女主人の行動を「文書くとてゐてはべりし人」（夕顔巻・一四三頁）や「這ひわたる」（夕顔巻・一四九頁）と述べており、女主人である夕顔は、端近で立つ姿を見せることはない。(8)

基本的に、貴顕の男性が御簾の透影を目にするのは、女性の住む邸を訪れた時であり、その透影は女房や女童のものである。

・宮の御前の方を後目に見れば、例の、ことにをさまらぬけはひどもして、色々こぼれ出でたる御簾のつまづま透影など、春の手向の幣袋にやとおぼゆ。（若菜上巻・一四〇頁）

・伊予簾かけわたして、鈍色の几帳の更衣したる透影涼しげに見えて、よき童のこまやかに鈍ばめる汗衫のつま、頭つきなどほの見えたる、をかしけれど、なほ目おどろかるる色なりかし。
（柏木巻・三三七頁）

若菜上巻は女三宮の御殿、柏木巻は落葉宮の御殿の様子である。複数の女性の透影を目にしたのであれば、光源氏には、彼女たちが仕える女主人が想定できたはずである。実際に数日後、惟光が垣間見をして「若き女どもの透影見えはべり。褶だつものかごとばかりひきかけて、かしづく人はべるなめり」（夕顔巻・一四三頁）と報告したことで、予想通り女主人の存在が報告される。したがって、この複数の女性の集う様子を売春宿のイメージでとらえる説は誤りである。[9]当時の売春宿がどのような形態であったにせよ、光源氏が夕顔邸を見て売春宿をイメージしたとは考えられないからである。

光源氏も読者も、この時点でこれらの透影が大臣を祖父にもつ故三位中将の娘に仕える女房であることなど知る由もないが、風情ある女性が集っているらしい様子から、その女主人の存在をほのめかしたのが、この夕顔巻冒頭場面と言えるだろう。

三　女童の存在

惟光の家の門が開くのを待つ間、透影に興味を持った光源氏が顔を出すと、[10]白い蔓草の花が目に留まった。光源氏が花の名を問う旋頭歌の一節を朗詠したところ、[11]随身が花の名を答える。花を取ってくるよう指示された随身を女童が呼び寄せ、白い扇を使って献上するように勧める。

切懸だつ物に、いと青やかなる葛の心地よげに這ひかかれるに、白き花ぞ、おのれひとり笑みの眉ひらけたる。「をちかた人にもの申す」と独りごちたまふを、御随身ついゐて、「かの白く咲けるをなむ、夕顔と申しはべる。花の名は人めきて、かうあやしき垣根になん咲きはべりける」と申す。げにいと小家がちに、むつかしげなるわたりの、この面かの面あやしくうちよろぼひて、むねむねしからぬ軒のつまなどに這ひまつはれたるを、「口惜しの花の契りや、一房折りてまゐれ」とのたまへば、この押し上げたる門に入りて折る。

さすがにされたる遣戸口に、黄なる生絹の単袴長く着なしたる童のをかしげなる出で来てうち招く。白き扇のいたうこがしたるを、「これに置きてまゐらせよ、枝も情けなげなめる花を」とて取らせたれば、門あけて惟光朝臣出で来たるして奉らす。

（夕顔巻・一三六～一三七頁）

夕顔巻冒頭部に登場するこの女童については、これまでさほど注目されてこなかった。ここでは、当時の女童のあり方(12)をふまえて、この女童についても考察していきたい。

後段で、夕顔が住む五条の家のもともとの女主人、すなわち揚名介の妻は、西の京の乳母の娘であるということが明らかになる。

この家主ぞ西の京の乳母のむすめなりける。三人その子はありて、右近は他人なりければ、思ひ隔てて御ありさまを聞かせぬなりけりと泣き恋ひけり。

（夕顔巻・一九三頁）

西の京の乳母の娘は三人おり、玉鬘巻で、伊予に下向したのが姉のおもとと妹の兵部の君の二人であることから、おそらく長女である揚名介の妻は京に残ったのであろう。

姉妹たちも、年ごろ経ぬるよるべを棄てて、この御供に出で立つ。あてきといひしは、今は兵部の君といふぞ、添ひて夜逃げ出でて舟に乗りける。（玉鬘巻・九九頁）

「あてき」は女童の呼称である。女童として仕えていた者が裳着を経て一人前の女房になる例は、『落窪物語』のあこぎの例を含め、物語作品に散見される。「あてきといひしは」[13]とあるものの、夕顔巻に「あてき」という女童の名は一切出ていない。しかし「あてき」という女童の名を示せば、読者には夕顔に仕えていた女童が想起されたであろう。

似た表現に次のようなものがある。

「侍従がをばの少将といひはべりし老人なん、変らぬ声にてはべりつる」とありさま聞こゆ。（蓬生巻・三四七頁）

末摘花巻では女房呼称こそないが、「乳母だつ老人」（二八一頁）などと末摘花付きの老女房の姿は示されている。読者は、この「少将」という老女房が、末摘花巻で見える老女房のうちの一人であると想定できたはずである。

したがって、随身に白い扇を渡し、頭中将の車をそれと当てた女童が、この「あてき」、後に玉鬘とともに上京した兵部の君であったと考えられる。

女童の働きは、『うつほ物語』をはじめ物語作品に散見される。

・男ども、庭、御階のもとまでは、十の御折敷を取り続きて立ち並み、下仕へは、御簾のもとまで取り次ぎ、童は御前に参り、大人四人は御前のこと、まかなひをば童の手より次ぎて参るに、丈高く麗しき盛り物を四盛り、折敷一つ据ゑて遠くより参るに、いささかなる過ちせず。

（『うつほ物語』吹上上巻・三九九頁）

・中納言といふ、よき若人なり、みやきといふ童に御文持たせて、釣殿に行かむとて、……釣殿の南の端なる帽額の簾の中に、長押の下に居て、童は高欄に至りて叩けば、大将おはしたり。

（『うつほ物語』楼の上下巻・五一一頁）

・童べおろして雪まろばしせさせたまふ。

（朝顔巻・四九〇頁）

・八、九ばかりなる女子の、いとをかしげなる、薄色の袙、紅梅などみだれ着たる、小さき貝を瑠璃の壺に入れて、あなたより走るさまの、あわたたしげなるを、

（『堤中納言物語』「貝合」・四四六頁）

童は主人を中心とした同心円の外周に位置するという指摘(15)があるように、女房が主人の身の回りに近い位置、御簾の中にいることが多いのに対し、女童の行動範囲は御簾の外や庭まで広がり、女房の従者、あるいは使い走りとしての働きもこなしている。

注目すべきなのは、『堤中納言物語』の「ほどほどの懸想」に登場する女童が、姫君の容貌を問われて「あなあさまし。いかでか。見たてまつらむ人々ののたまふは『よろづむつかしきも、御前にだに参れば、慰みぬべし』とこそ、のたまへ」(四二五〜四二六頁)と述べており、本人は姫君の顔を見たことがない点である。父宮を失って「人少な」な暮らしをしている姫君であっても、女童にはそう簡単に顔を見せなかった。扇を随身に渡すよう女童に指図したのは女主人の夕顔ではなく、「透影あまた」とある夕顔付きの女房であったと考えるのが自然である。

四　夕顔の花の贈答をめぐって

惟光に紙燭召して、ありつる扇御覧ずれば、もて馴らしたる移り香いとしみ深うなつかしくて、をかしうすさび書きたり。

心あてにそれかとぞ見る白露の光そへたる夕顔の花

そこはかとなく書きまぎらはしたるもあてはかにゆゑづきたれば、いと思ひのほかにをかしうおぼえたまふ。(夕顔巻・一三九〜一四〇頁)

この和歌は、古注の時代から多くの議論を呼んできたが、旋頭歌を朗詠して「をちかた人」に花の名を問うた光源氏に対し、その威光を讃えつつ花の名を答えた歌と解釈すべきであろう。(16)

この歌を目にして「いと思ひのほかにをかしうおぼえ」た光源氏は、隣家について惟光に問う。宿守の男を呼んで明らかになったのは、隣家は揚名介の家で、妻の姉妹が宮仕人で行き来をしているということであった。実は、その揚名介の妻の妹が仕えている女主人、すなわち夕顔までもがここに身を隠しているのでであるが、この段階では明らかになっていない。

さらば、その宮仕人なり、したり顔にもの馴れて言へるかなと、めざましかるべき際にやあらんと思せど、さして聞こえかかれる心の憎からず、過ぐしがたきぞ、例の、この方には重からぬ御心なめるかし。御畳紙にいたうあらぬさまに書きかへたまひて、

寄りてこそそれかとも見めたそかれにほのぼの見つる花の夕顔

ありつる御随身して遣はす。

(夕顔巻・一四〇～一四一頁)

傍線で示したように、光源氏は、「心あてに」の和歌を詠んで扇に書いてよこしたのは、揚名介の妻の姉妹で宮仕えする女房であると考えた。現代では夕顔自身が詠んだとみなす解釈が多くなされているが、当時の女房のあり方から考えると、夕顔付きの女房が詠んだものと解釈すべきではないだろうか。女房が介在したとするのは、古く『岷江入楚』[17]に「夕皃上はさやうのかろかろしき人にはあらす自歌とは称しかたし自然官女なとの私の義としてかくのことき時相かはりて詠する事も有へし」と指摘されており、岩下光雄氏[18]が取り上げた説である。夕顔の女房の一人が詠んだ歌とする説[19]のほかに、夕顔と女房の合作であるとする説[20]もある。

これまで述べてきたように、冒頭から夕顔の住む家には、「透影あまた」、すなわち女房集団の存在が示さ

れている。女童に扇を随身に渡すよう指示したのも女房であると考えられ、女主人である夕顔の存在は示されていない。また、光源氏の返歌に対する反応も女房たちのものである。

まだ見ぬ御ありさまなりけれど、いとしるく思ひあてられたまへる御側目を見すぐさでさしおどろかしけるを、答へたまはでほど経ければなまはしたなきに、かくわざとめかしければ、あまえて、「いかに聞こえむ」など言ひしろふべかめれど、めざましと思ひて随身は参りぬ。（夕顔巻・一四一頁）

この「言ひしろふ」という語は、互いに言い合う意であり、複数人が話している様子を表した表現となっている。

・「あながちなる御事かな。この中には、にほへるはなもなかめり。左近命婦、肥後采女やまじらひつらむ」など心も得ず言ひしろふ。（末摘花巻・三〇一～三〇二頁）

・女房などは、のぞきて見きこえて、「いとありがたくも見えたまふ容貌、用意かな。あなめでた」など集まりて聞こゆるを、老いしらへるは、「いで、さりとも、かの院のかばかりにおはせし御ありさまには、えなずらひきこえたまはざめり。いと目もあやにこそきよらにものしたまひしか」など、言ひしろふを聞こしめして、（若菜上巻・二五頁）

末摘花巻の例は、命婦と光源氏の会話を理解できない光源氏付き女房たちが互いに言い合う場面、若菜上巻の例は、朱雀院付きの年老いた女房たちが、かつての光源氏の美しさを互いに言い合う場面である。夕顔巻においても、光源氏の返歌に対して女房たちがあれこれ言い合う様子が描かれているのであり、「心あてに」の歌を女房が詠んだものと解釈するのが文脈上自然であろう。

光源氏が「心あてに」の歌を宮仕人が詠んだものとみなし、「したり顔にもの馴れて言へるかな」と感じたのは、宮仕えする女房が、男性官人に対して積極的に声をかける当時の実態をふまえていよう。

一条院、位につきたまへば、女御、后にたちたまひて入内したまふに、大納言、啓の将につかまつりたまへるに、出車より扇をさし出だして、「やや、もの申さむ」と、女房の聞こえければ、「何事にか」とて、うち寄りたまへるに、進内侍、顔をさし出でて、「御妹の素腹の后は、いづくにかおはする」と聞こえかけたりけるに、「先年のことを思ひおかれたるなり。自らだにいかがとおぼえつることなれば、道理なり。なくなりぬる身にこそとこそおぼえしか」とこそのたまひけれ。されど、人柄しよろづによくなりたまひぬれば、ことにふれて捨てられたまはず、かの内侍のとがなるにてやみにき。

（『大鏡』頼忠伝・一一四〜一一五頁）

この進内侍は極端な例としても、貴人に歌を詠みかける女房の例は私家集にも見える。

堀河の中宮のうちにさぶらひ給ひしに、うへの御つぼねのくろどのまへのやり水のほとりに、九月九日きくをうゑて、女房たちのはなもてあそびけるをりに、まへをわたればよびよせて、ちかくよれものいはんといへば、なにごころなくよりたれば、なほしのつまをとらへて、女房のきぬにつながひあはせて、歌をくちぐちによみかけしかば、ねぢけずかへしはてていまはゆるし給へといひしほどに、宮をかしがらせ給ひて東おもてのとぐちにめして、ふえなどふかせさせ給ひてかくなむおほせごとありし

（『大弐高遠集』六五・詞書）

この例に見えるように、黒戸の前を通りかかった高遠に声をかけるのは女房であり、女主人は奥にいる。夕顔巻冒頭においても、夕顔は奥あるいは別棟におり、御簾の近くにいた女房が、花の名を答えつつ貴人に花を献上する和歌を詠んだというのは、当時の女房のあり方として不自然なものではあるまい。

夕顔巻をふまえたものと考えられている『狭衣物語』の次の場面も参考になる。

御容貌の夕映、まことに光るやうなるを、半蔀に集まり立ちて見たてまつり賞づる人々ありけり。御車のありさま、御随身どもの思へるけしき、姿なども、なべての人とは見えず、めづらしう、うつくしげなる、あれが身にてだにあらばや、何事思ふらんと、若き人々めで惑ひて、過ぎたまふが口惜しければ、軒の菖蒲一筋引き落して、急ぎ書きて、よろしきはした者して追ひて奉る。後れて走る御随身に取らせて帰るを、「いづくよりとか申さん、やがて御車に参りたまへ」とてとらへつ。参らせたるを御覧ずれば、

しらぬまのあやめはそれと見えずとも蓬が門は過ぎずもあらなん

とぞある。いかなるすき者の居たるならむ、とうちほほ笑みて問はせたまへば、言はんやは。

この時歌を詠んだのは五節の舞姫の経験者で、女房の立場にある女性[21]であった。

（『狭衣物語』巻一・三一〜三二頁）

「筑紫へまかりける長門守と申すものの家に候ふ、妻のはらからなん、中務の姫宮の御乳母にて、土忌、方違へなどには時々渡りさぶらふな」とて、権大納言の、五節の舞姫したりしにや、人よりはをかしげなりし、それなどや言ひけん、げに知らざらん人は言はずやあらん、とぞ思す。

（『狭衣物語』巻一・七〇頁）

この女性は、後に「小宰相」という女房呼称も明らかになる。『狭衣物語』作者が、夕顔巻の「心あてに」の和歌を詠んだのは女房であると解釈した『源氏物語』読者であるからこそ、このような場面が生まれたと考えるべきであろう。[22]

「心あてに」の和歌を夕顔自身が詠んだものと解釈する説が根強いのは、某院で光源氏が正体を明かす時の贈答が、「心あてに」の和歌をふまえたものになっているからと考えられる。しかし、貴顕の女性を中心とする、いわゆる「サロン」においては、行動を起こすのは女房であり、それを女主人が追認するということが見られた。たとえば『大斎院前御集』に見られる選子内親王のサロンでは宰相・馬・進らの集団指導体制が貫かれており、当時二十代であった選子内親王は、女房の行動を追認する立場であった。[23]

なまゆふぐれに山にかすみいといみじうたちたり、かすみかけぶりかなどいへば、宰相

いつしかとかすみもさわぐ山べかなのびのけぶりのたつにやあるらむ　（『大斎院前御集』二）

むま

かすがののとぶひののもり心あらばけふのかすみをため〔　〕はせよ　（三）

進

はるひやく山のかすみてけぶれるはみねのこのめやもえいでぬらむ　（四）

これをのちにきこしめして

野辺ごとにかすみははるのさかなればたちいでて見ねどそらにしりにき　（五）

『栄花物語』においても、女房の法華経書写の発案を、女主人が追認する場面がある。

皇太后宮の女房たち、端にうちながめて、おのがどちぞうち語らふ。「かくはかなき世に罪をのみ作りて過ぐすはいみじきわざかな。いざたまへ、君達もろともに契りて、経一品づつ書きて申し上げん」と言ひて、「いとよきことなり」と語らひ合せて、御前に参りて、「かうかうのことをなん仕うまつらんと思ひさぶらふを、いかが」と啓すれば、御前、「いとよきことなり。さらばまめやかにし出でよ」など仰せられて、　（『栄花物語』巻十六もとのしづく・二三三〜二三四頁）

夕顔巻の場合は、発案した女房がすぐに歌を書き付け、女童に指示しなければ時間的に間に合わない。こ

の時夕顔が御簾の奥にいたのか別棟にいたかは明らかでないが、夕顔付き女房たちにとって、光源氏と贈答したというのは特筆すべき出来事だったはずであるから、当然報告されたであろう。

また、サロンにおいては、女房が主人の立場で和歌を詠むということが多く行われている。『伊勢大輔集』に見える有名な和歌の例を挙げておきたい。

女院の中宮と申しける時、内におはしまいしに、ならから僧都のやへざくらをまゐらせたるに、こ年のとりいれ人はいままゐりぞとて紫式部のゆづりしに、入道殿きかせたまひて、ただにはとりいれぬものをとおほせられしかば

いにしへのならのみやこのやへ桜けふ九重ににほひぬるかな　（『伊勢大輔集』五）

とのの御まへ、殿上にとりいださせたまひて、かむだちめ君達ひきつれてよろこびにおはしたりしに、院の御返

ここのへににほふをみれば桜がりかさねてきたるはるかとぞ思ふ　（六）

『伊勢大輔集』では、この六番歌が女院藤原彰子による返歌であるとするが、実際は彰子の詠ではない。

う月にやへさけるさくらのはなを、内にて

ここのへににほふをみればさくらがりかさねてきたるはるのさかりか　（『紫式部集』一〇三）

『紫式部集』によれば、紫式部が主人である彰子の立場で詠んだ歌ということになる。紫式部がこのような状況に身を置いていたわけであるから、夕顔付き女房がこの家を代表する形で「心あてに」の歌を詠んだというのも、不自然な行為ではない。

なお、光源氏に歌を詠みかけた女房たちの行動は、円地文子氏によって夕顔の娼婦性を体現したものであると指摘されているが、(24)女房と女主人の意向のずれは、光源氏を藤壺女御のもとに導いた王命婦、髭黒大将を玉鬘のもとに導いた弁のおもとなど、物語中にも散見されるところである。男女関係に関わることだけではない。

若き人々、悲しきことはさらにもいはず、内裏わたりを朝夕にならひて、いとさうざうしく、上の御ありさまなど思ひ出できこゆれば、とく参りたまはんことをそそのかしきこゆれど、（桐壺巻・三二〜三三頁）

桐壺更衣を亡くした悲しみはそれとして、宮中で過ごした経験のある若い女房は、華やかな世界に戻りたいと思い、桐壺更衣の母である尼君を説得しようとする。尼君の意向とは異なるこのような言動は、当時の女房の実態に即していたものであろう。おそらく夕顔付きの若い女房たちは、夕顔自身の意向とは別に、頭中将の訪れがあった華やかな頃を思い出し、扇に和歌を書いて光源氏に献上したのだろう。当時の女房のあり方からすれば、このような夕顔付き女房の行動は、読者に自然なものとして受け止められたはずである。

五　玉鬘系後記説との結びつき

かつて武田宗俊氏は、『源氏物語』第一部三十三帖を、紫上系十七帖と、玉鬘系十六帖の二系列に分け、玉鬘系を後記挿入とする説を発表した。[25] これは玉鬘系の巻の事件・人物ともに、紫上系の物語上に痕跡を残していないことを根拠とするものである。この「玉鬘系後記説」は、発表当初から賛否両論あり、沈静化した後はさほど顧みられていない。しかし、たとえば帚木巻冒頭の「まだ中将などにものしたまひし時は」（五三頁）という表現は、中将ではない光源氏を前提にした表現と考えるのが自然であり、帚木巻から夕顔巻に至る一連の物語は、光源氏が大将になっている葵巻など紫上系の物語を前提として読む必要があるのではないだろうか。

夕顔巻は次のように始まる。

六条わたりの御忍び歩きのころ、内裏よりまかでたまふ中宿に、大弐の乳母のいたくわづらひて尼になりにけるとぶらはむとて、五条なる家たづねておはしたり。（夕顔巻・一三五頁）

この「六条わたりの御忍び歩き」も、ここだけ読んだのでは意味が通じない。しかし葵巻など紫上系の物語を前提とすれば、これが六条御息所を指す表現であることは明白である。[26]

夕顔の女房と贈答した後、秋になって、光源氏は「六条わたり」を訪れる。

霧のいと深き朝、いたくそそのかされたまひて、ねぶたげなる気色にうち嘆きつつ出でたまふを、中将のおもと、御格子一間上げて、見たてまつり送りたまへとおぼしく、御几帳ひきやりたれば、御頭もたげて見出だしたまへり。前栽の色々乱れたるを、過ぎがてにやすらひたまへるさま、げにたぐひなし。廊の方へおはするに、中将の君、御供に参る。紫苑色のをりにあひたる、羅の裳あざやかにひき結ひたる腰つき、たをやかになまめきたり。見返りたまひて、隅の間の高欄にしばしひき据ゑたまへり。うちとけたらぬもてなし、髪の下がり端めざましくもと見たまふ。

「咲く花にうつるてふ名はつつめども折らで過ぎうきけさの朝顔

いかがすべき」とて、手をとらへたまへれば、いと馴れて、とく、

朝霧の晴れ間も待たぬけしきにて花に心をとめぬとぞみる

と公事にぞ聞こえなす。

をかしげなる侍童の姿好ましう、ことさらめきたる、指貫の裾露けげに、花の中にまじりて朝顔折りてまゐるほどなど、絵に描かまほしげなり。

（夕顔巻・一四七〜一四八頁）

この場面が、夕顔の花をめぐる贈答との対偶意識[27]によって構成された物語であることは、既に通説となっている。特に注目したいのは、主人の立場で女房が詠んだ歌という点でも対偶表現になっていることである。[28]

ここに前述の玉鬘系後記説をあてはめて考えると、この「六条わたり」の女性が前坊の御息所という高貴な女性であることは、既に葵巻によって示されていることになる。元東宮妃に仕える女房、中将の君の才気は、咄嗟に返歌できることでもうかがえ、それによって、「心あてに」の和歌を光源氏に歌を詠みかけた女

房の才気も逆照射されるのである。

御息所―中将の君―侍童
[X]―女房―女童

光源氏の頭の中で、このような対応関係が想定されたのではないだろうか。それはつまり、読者もまた、六条御息所邸での描写が入ることで、夕顔の花咲く五条の家には、才気ある女房が仕える、六条御息所にも劣らない女主人がいるのではないか、と推測できるということである。

実際に、この六条御息所邸の描写のあと、惟光の報告によって、夕顔の花咲く家の女主人は、頭中将が通い一児まで得た女性である可能性が示され、関係をもつようになる。作者は、女房という存在を使って、身分の低い人々が住む界隈の女性に光源氏が惹かれた理由を、説得力のある書き方で示しているのである。

おわりに

以上、女房という視点を入れて、『源氏物語』夕顔巻の新たな解釈を行った。まず、父親の極官と乳母が複数いる点から、夕顔が当時の貴族の中でも上位層に生まれた女子であることを明らかにした。その上で、夕顔付き女房について考察し、玉鬘巻に登場する西の京の乳母の末娘「兵部の君」（童名「あてき」）が、夕顔巻で随身に扇を渡した女童である可能性を示した。また、当時の女房のあり方から「心あてに」の和歌を詠んだのは女房であり、女房を描くことで六条御息所にも劣らない女主人の存在を想起させ、光源氏に期待をもたらしたことを明らかにした。当時の常識でありながら、可視化しにくいのが女房であるが、摂関期の物語作品を解釈するには、女房の実態をふまえることが不可欠である。

また本稿では、夕顔巻における玉鬘系後記説をふまえた読みの可能性を示したが、今回明らかにした夕顔の出自は、帚木三帖全体の解釈に関わっている。いわゆる「雨夜の品定め」において挙げられた「中の品」の女性であるが、光源氏が関係をもったのは、衛門督の娘で宮仕えも望まれていた空蟬、三位中将の娘である夕顔、常陸宮の娘である末摘花と、貴族の中でも受領層より上位に位置する生まれを持ち、現在零落している女性に限られている。このことは、受領層の子女等ではなく、あくまで貴顕の女性たちと光源氏の関係を描く意志のもとに物語が展開することを意味しており、『源氏物語』が何を描こうとしていたかという根本的な問題にもつながっていよう。

なお、今回は紙幅の都合で、和歌の解釈そのものについて論じる余裕がなかった。別稿[29]と合わせて読まれたい。

注

（1）玉上琢彌氏『源氏物語評釈』（角川書店、一九六四年）。
（2）円地文子氏『源氏物語私見』（新潮社、一九七四年）。
（3）黒須重彦氏の『夕顔という女』（笠間書院、一九七五年）をはじめとした一連の論考。
（4）神野志隆光氏「〈三位中将〉と『源氏物語』」（山中裕氏編『平安時代の歴史と文学』文学編、吉川弘文館、一九八一年)。

(5) そのような人物であるからこそ、頭中将の妻の四君から攻撃されたのであろう。摂関期において女子の存在は重要であり、四君側からすれば、頭中将が玉鬘を「后がね」とみなす可能性もあった。

(6) 『源氏物語』の乳母については、吉海直人氏『平安朝の乳母達――『源氏物語』への階梯――』(世界思想社、一九九五年)を参照した。

(7) 足元がふらふらしていることとする説もある。藤井貞和氏「騙りの創発――物語は語る(―騙る)から――」(藤井貞和・エリス俊子氏編『シリーズ言語態2 創発的言語態』東京大学出版会、二〇〇一年)は「立ち処がふらふらするらしい足元」と訳している。

(8) これについては、高橋敬子氏「源氏物語夕顔巻「心あてに」の和歌の世界――「さしのぞく」・「のぞく」の見地から――」(『語学と文学』四五、二〇〇九年)に指摘がある。

(9) はやく円地氏前掲注(2)書が「少し後の遊女の宿を写した絵巻の風情にどこか似ているように思われる」と指摘し、原岡文子氏「遊女・巫女・夕顔」(『源氏物語の人物と表現――その両義的展開――』翰林書房、二〇〇三年)も円地氏を支持する。

(10) 「さしのぞく」が、対象(人・物)を見ようとして顔を出したり近寄ったりするという行為であることは、高橋氏前掲注(8)論文が指摘している。したがって頭中将誤認説は成り立たない。

(11) 「ひとりごつ」は朗詠する意であり、夕顔側はこの旋頭歌による問いかけに答えた歌をよこしたという解釈が、田中喜美春氏「夕顔の宿りからの返歌」(『国語国文』六七―五、一九九八年)、吉海直人氏「『ひとりごつ』は朗詠すること」(『『源氏物語』の特殊表現』新典社、二〇一七年)によってなされている。従うべきであろう。

(12) 女童の職務に関しては、拙稿「女房の裳着――『落窪物語』あこぎを中心に――」(『古代中世文学論考』三一、二〇一五年)で詳しく論じた。

(13) 『源氏物語大成』『源氏物語別本集成』でこの箇所の異同はなかった。

(14) 「女子」とあるが、後段で「ありつる童」と記されるので、女童の例に入れた。

(15) 蟹江希世子氏「平安朝「童」考――物語の方法として――」(『古代文学研究』二―六、一九九七年)。

（16）和歌の解釈については、清水婦久子氏「光源氏と夕顔」（『源氏物語の風景と和歌』和泉書院、一九九七年）や『光源氏と夕顔――身分違いの恋――』（新典社新書、二〇〇八年）など一連の論考、および工藤重矩氏「夕顔巻「心あてに」「寄りてこそ」の和歌解釈――語義と和歌構文――」（『源氏物語の婚姻と和歌解釈』風間書房、二〇〇九年）をふまえ、別稿「夕顔巻冒頭部の和歌解釈」（『日本文学研究ジャーナル』三、二〇一七年）で詳しく論じた。
（17）中野幸一氏編『源氏物語古註釈叢刊 第六巻 岷江入楚』（武蔵野書院、一九八四年）。
（18）岩下光雄氏「夕顔の巻疏注」（『源氏物語の本文と注釈』和泉書院、一九八六年）。
（19）田中氏前掲注（11）論文、工藤氏前掲注（16）論文。
（20）吉見健夫氏「夕顔巻の和歌と方法」（『源氏物語の鑑賞と基礎知識』⑧夕顔、至文堂、二〇〇〇年）。
（21）五節の舞姫の多くが受領層の子女であり、女房として出仕することは、拙稿「散逸物語『みかはにさける』考――摂関期女房の呼称と官職をふまえて――」（『平安朝文学研究』復刊二二、二〇一四年）で述べた。
（22）はやく稲賀敬二氏「夕顔――『源氏物語』作中人物論――」（『稲賀敬二コレクション3『源氏物語』とその享受資料』笠間書院、二〇〇七年。初出一九八一年）が指摘している。
（23）橋本不美男氏「社交圏と家集」（『王朝和歌史の研究』笠間書院、一九七二年）、三田村雅子氏「女性たちのサロン――大斎院サロンを中心に――」（『国文学解釈と教材の研究』三四―一〇、一九八九年）。
（24）円地氏前掲注（2）書。
（25）武田宗俊氏『源氏物語の研究』（岩波書店、一九五四年）。
（26）若紫巻でも六条京極わたりの通い所の存在が示されるが、どのような女性かは記されない。
（27）原岡氏前掲注（9）論文。
（28）高橋亨氏「夕顔の巻の表現――テクスト・語り・構造――」（『物語文芸の表現史』一九八七年）、岩下氏前掲注（18）論文に指摘がある。
（29）前掲注（16）拙稿。

『源氏物語』と記紀萬葉
――享受はいかに論証されたのか――

池原陽斉（いけはら・あきよし）
一九八一年生まれ。京都女子大学専任講師。専門は萬葉集とその享受資料の研究。著書に『萬葉集訓読の資料と方法』（笠間書院、二〇一六年。所収論文によって第三三回上代文学会賞・平成二七年度文学・語学賞）、論文に「三類本『人麿集』の萬葉歌―次点本的性格をめぐって―」（『上代文学』第一一七号、二〇一六年一一月）、「『萬葉集』巻二・一一九番歌の訓読と解釈」（『日本文学文化』第一六号、二〇一七年二月）などがある。

ふだん『萬葉集』や、『人麿集』、『赤人集』、あるいは『古今和歌六帖』といった萬葉歌を採録する歌集の研究をしている者からすると、『源氏物語』という作品には、研究対象としてなかなか近寄りがたい印象がある。たとえば、この作品を彩る引歌について、萬葉歌が典拠として指摘されることはあるが、その多くは勅撰集や『古今六帖』を介して取られたものとおぼしく(1)、『萬葉集』との関係は、さして顕著とはいえない。他作品の検討に際して参照する場合はあっても(2)、直接の研究対象とはしにくいというのが、この物語に対する率直な感想である。

しかし、興味のおもむくままに『源氏物語』の注釈書や論文を閲していると、稿者の苦手意識とはうらはらに、しばしば記紀や『萬葉集』との関係を指摘する文言に遭遇する。『源氏物語』の側からすれば、これら上代の作品は先行文献にあたるから、その享受のありようが問題となるのは当然だろう。

とは言っても、平安朝文学における上代作品の享受の実態をつかむことは、かならずしも容易ではないはずである。『萬葉集』に即していえば、「萬葉集、昔は在る処希なりと云々。而して俊綱朝臣、法成寺宝蔵の本を申し出でてこれを書写す。その後、顕綱朝臣また書写す。これより以来多く流布して、今に至りて諸家に在りと云々」という『袋草紙』の著名な記述がしめすとおり、十一世紀中葉以前の『萬葉集』の流布はさして浩瀚なものではなかった。現存する当該歌集の伝本にこの時代以前のものがないという事実――単純に古い写本が残りにくいという事情もあるにせよ――は、この記述に一定以上の信頼性をあたえている。

もちろん、それ以前にも――どのような形態かは不明であるが――和泉式部などは『萬葉集』を所持していたようである(『和泉式部続集』四八三番歌詞書)し、紀貫之のように作歌に際して『萬葉集』を参観していたことがほぼ論証された歌人もいる。(3) 前者は詞書の記述、後者はこの歌人の多くの作歌に萬葉歌のことばが利用され、また『貫之集』のうたの順序に『萬葉集』の排列すらも意識されているという具体的な根拠にもとづき、享受のありようが確認されてきた。『萬葉集』の流布を示す外部徴証が少ない以上、享受の痕跡をさぐるためには、如上のような具体的な内部検証を欠かすことができない。

しかしながら、『源氏物語』における上代文学の影響を説く先行研究をみていくと、どのような根拠にもとづき享受の論証がなされているのか、ときおり理解がおよばず、難渋することがある。本稿では、そのような疑問をおぼえたことがらのうち、「国見」と「若紫」巻、「三輪山説話」と「夕顔」巻に関する点に問題をしぼり、検討した。

膨大な研究史を持つ『源氏物語』についてである。見落としは多いであろう。また、稿者の理解が充分でない場合も少なくないようにおもう。だが、平生の疑問を解消する機会になるだろうかと考え拙筆を弄した。ご批正を切に願う次第である。

一 『日本書紀』の国見と「若紫」巻

まずは「国見」に関する疑問点を検討する。『源氏物語』「若紫」巻における以下の場面の光源氏の行動を、『古事記』、『日本書紀』、『萬葉集』といった上代の諸文献にみえる国見をふまえるとする説がある。瘧病《わらはやみ》をわずらった光源氏が、北山の修行者のもとで祈禱を受けているさなか、気晴らしに山上から京の景色を眺めて賛嘆し、供人とやりとりするくだりである。

背後《しりへ》の山に立ち出でて京の方を見たまふ。はるかに霞みわたりて、四方《よも》の梢そこはかとなうけぶりわたれるほど、「絵にいとよくも似たるかな。かかる所に住む人、心に思ひ残すことはあらじかし」とのたまへば、「これはいと浅くはべり。他《ひと》の国などにはべる海山のありさまなどを御覧ぜさせてはべらば、いかに御絵いみじうまさらせたまはむ」、「富士の山、なにがしの岳」など語りきこゆるもあり。また西国《にしくに》のおもしろき浦々、磯のうへを言ひつづくるもありて、よろづに紛らはしきこゆ。（①・二〇一〜二〇二）

北山から眼下の京を臨み、霞のくゆる景観を賞美する光源氏に対して、供人たちが風光明媚な地方のそこかしこを推奨するというくらいを大意とみてよいであろう。この場面に国見が含意されているとする、以下のような指摘がある。

それは、「六条院の盟主として冷泉帝の実父としての光源氏の潜在王権確立へと導くために、古代帝王の儀礼国見を発想の根幹に据えたもの」という林田孝和の論を嚆矢とし、「北山の段は、……国見の意味が喩的に込められることで、光源氏の王権をあらかじめ寿福する空間となりえた」（河添房江）、「確かにこの源氏の北山からの眺望、およびそこでなされる東西の国々への言及は、国見儀礼や天皇の即位儀礼に当たる大嘗祭を彷彿させ、暗に源氏に王者性を付与すべく機能している」（平沢竜介）などと継承されていく一連の研究史のことである。(4)

さて、先行諸論がとりあげる「国見」とは「高所から国土を俯瞰する儀礼であ」り、「農作物の豊穣や人々の繁栄を予祝すること、またそれらに対する政治的支配を意図して行なわれ(5)」る行事のことであるが、このような政治的・儀礼的な行事を当該場面の内意とみとめ、そこに踏み込んで理解する必要があるだろうか。より以上に、光源氏の王者性というような問題意識を当該場面に呼び込んでくる読み取りに、果たして蓋然性はみとめうるのであろうか。

天皇の政治性とかかわる国見の例はもっぱら上代の文献にあらわれる。そのなかで、平安時代における浸透の度合や紫式部との関係(6)において重要なのは、九世紀から十世紀にかけて六度の講書が開催された『日本書紀』の例だろう。『日本書紀』の国見といえば、著名な仁徳天皇の挿話である。この国見に関しては、延喜六年（九〇六）の「日本紀竟宴」において詠歌の題材にもされている。まずはその和歌をみよう。

得大鷦鷯《おほさざき》天皇　左大臣従二位兼行左近衛大将藤原朝臣時平

高台《たかどの》に登りて見れば　天の下四方に煙りて今ぞとみぬる

（多賀度能児乃保利天美礼波　安女能之多与母爾計布理弖伊万蘇渡美奴留）

この天皇《すめら》、国知ろしめす四歳《よとせ》といふに、高台《たかどの》に登りまして、遠く望み給ふに、境のうち煙立たざりければ、民の貧しきなりと思ほして、三歳《みとせ》、課役《みつぎもの》徴《は》たらず、為《つか》ふことなくして、愛《めぐ》み給へり。

……

（『日本紀竟宴和歌』四〇）

「得大鷦鷯（仁徳）天皇」は、選択の余地のある題といえる。そのなかでこの国見が選択されたという事実は、この行事が、当時仁徳の事蹟としてそれだけ想起されやすかったことを示唆する。(7)「聖帝」仁徳の事蹟は平安時代においても著名であったと考えてよいとおもうが、うたと左注をみてまず注意すべきは、仁徳が国見をするために登ったのが山ではなく、「高台」であるということである。この点は『日本書紀』（仁徳紀四年二月条）でも変わりはない。

四年の春二月の己未の朔にして甲子に、群臣《まへつきみたち》に詔して曰《のたま》はく、「朕《われ》、高台に登りて遠く望むに、烟気《けぶり》、域中《くぬち》に起《た》たず。以為《おも》ふに、百姓《おほみたから》既に貧しくして、家に炊者《いひかしくひと》無きか。朕が聞けらく、「古の聖王《ひじりのきみ》の世《みよ》には、人々、詠徳の音《うた》を誦《うた》ひ、家々、康哉の歌有りき」ときけり。今し朕、億兆《おほみたから》に臨みて、茲に三年、頌音聆《きこ》えず、炊烟転《うたた》疎なり。即ち知りぬ、五穀《いつつのたなつもの》登らず、百姓窮乏《きはま》るといふことを。邦畿之内《うちつくに》すら尚し給《つ》がざる者有り。況むや畿外諸国《とつくにぐに》をや」とのたまふ。

三月の己丑の朔にして己酉に、詔して曰はく、「今より後、三載《みとせ》に至るまでに、悉に課役《えつき》を除《や》めて、百姓の苦《たしなみ》を息《いこ》へ」とのたまふ。

比較すると、『竟宴和歌』の左注は文言がずいぶん少ない。二月から三月にわたる『日本書紀』の記述が、『竟宴和歌』ではひと続きの簡素なものになっている。このように相違する理由が、『日本書紀』の文が引用に際して圧縮されたためか、それとも平安時代に編まれた抄出・梗概の「日本紀」(8)にもとづくためなのかは判然としないが、仁徳天皇が「高台」に登ったという点に異同はない。さらに『竟宴和歌』所収歌の異伝歌とおもわれる、つぎの一首の存在も検証に加味すべきであろう。

課役ゆるされて、国富めるを御覧じて　仁徳天皇御歌
高き屋にのぼりてみれば　煙立つ民の竈はにぎはひにけり
(『新古今和歌集』賀歌・七〇七)

勅撰集への採録は遅いが、平安時代に広く流布した『和漢朗詠集』をはじめ、『俊頼髄脳』や『水鏡』にもとられており、人口に膾炙した作である。とくに「平安中期以後の漢詩文、和歌や仮名文学の表現に甚大な影響を与え(9)」た『和漢朗詠集』への収載は、この歌が十一世紀初頭、すなわち『源氏物語』の時代に周知であったことを意味しよう。その初句に「高き屋」とあり、国見をおこなう場所が『日本書紀』と共通しているという事実は、国見と「若紫」巻とのズレを示唆する。

これらの例をみると、はたして当時の人々は、「山に登って京を見る」という光源氏の行動に国見を想定

しえたのだろうか。疑問を感じる。なお、国見の内容に即しても留意すべき点は少なくないようにおもう。次節ではこの点について検討する。

二　『古事記』・『萬葉集』の国見と「若紫」巻

『日本書紀』と異なり、『古事記』や『萬葉集』には山上からの国見の例があるが、これらの文献に紫式部が拠ることができたかどうかは判然としない。ただ、『萬葉集』については『古今六帖』などに引用されない「貧窮問答歌」の反歌（巻五・八九三）が「末摘花」巻でふまえられているとの指摘が鈴木日出男にある。(10)また、『古事記』に関しては日本紀講筵に利用されるなど、平安時代の文献への引用が皆無ではないことから、紫式部が目にしていた可能性も完全には否定できないとする見方もなされている。(11)

後者の説明は積極的に『源氏物語』における『古事記』の受容の痕跡をしめすものとはいえない。また、たとえ幾許かの利用の痕跡があるとはいっても、『古事記』が平安時代中期において周知の作品であったとは考えにくい以上、(12)当時の読者に対して、引用による表現効果がどのように期待できるものなのか、疑問は少なくない。「意図的に引用された作品は、読者がすべてを知っているのが建前」(13)とまで言えるかどうかはともかく、『日本書紀』を措いて、稀覯書を積極的に利用する必然はとぼしいようにもおもう。ただし、先行研究では関連を指摘される場合があるので、妥当か否か、確認しておきたい。

是に、天皇、高き山に登りて、四方《よも》の国を見て、詔《のりたま》ひしく、「国の中《うち》に、烟、発たず、国、皆貧窮《まづ》し。

故《かれ》、今より三年《みとせ》に至るまで、悉く人民《おほみたから》の課役《えつき》を除《お》け」とのりたまひき。是を以て、大殿、破れ壊《こほ》れて、悉く雨漏れども、都《かつ》て修理《つくろ》ふこと勿し。楲《はこ》を以て、其の漏る雨を受けて、漏らぬ処に遷り避りき。

後に、国の中を見るに、国に烟満ちき。故、人民富めりと為《おも》ひて、今は課役を科《おほ》せき。是を以て、百姓は、栄えて、役使《えだち》に苦しびず。故、其の御世を称へて、聖帝《ひじりのみかど》の世と謂ふぞ。（『古事記』仁徳記）

天皇、香具山に登りて望国《くにみ》したまふ時の御製歌

大和には群山あれど　とりよろふ天の香具山　登り立ち国見をすれば　国原は煙立ち立つ　海原はかまめ立ち立つ　うまし国そ秋津島大和の国は　（『萬葉集』巻一・二）

『古事記』は『日本書紀』とおなじく仁徳朝の話、『萬葉集』は舒明天皇の国見歌である。いずれも山上からの国見の例で、その点は「若紫」巻と合致する。しかし表現を確認していくと、とても類例とはいえないようにおもう。『日本書紀』の例と合わせて国見の対象となる光景をおさえていくと、記紀の仁徳が国見によって気にかけているのは竈の煙に象徴される民の生活である。

舒明の国見歌にしても、「海原はかまめ立ち立つ」と叙景をふくんではいるものの、一方では「国原は煙立ち立つ」と炊煙に焦点をあてており、国見の表現は人事と切り離せない。また「海原はかまめ立ち立つ」についても、鷗を詠むのは補食の対象である魚の存在を示唆するから、この二句は豊漁を暗示するものと把握する山路平四郎の説がある。(14) 炊煙と対比される景が豊漁であるとの理解は説得力を持つから、舒明歌の対句は、強く人事を意識した表現と見做せよう。

天皇の立場からの作ではないが、「やすみしし我が大君　神ながら神さびせすと　吉野川激《たぎ》つ河内に　高

殿を高知りまして　登り立ち国見をせせば……」（巻一・三八）と「高殿」からの国見をうたう柿本人麻呂の吉野讃歌第二長歌も、「……たたなはる青垣山　やまつみの奉《まつ》る御調《みつき》と　春へには花かざし持ち　秋立てば黄葉かざせり……行き沿ふ川の神も　大御食《おほみけ》に仕へ奉ると……」と、山川の神がまるで人のように天皇に奉仕する様を描いており、たんなる叙景表現に終始することはない。

しかしながら、光源氏が見たものは、あくまでも「はるかに霞みわたりて、四方の梢そこはかとなうけぶりわたれる」京のかたの景色だけである。仁徳や舒明の視界と光源氏の視界は異なっている。人麻呂歌とも大きく相違する。国見は平安時代においてすでに一般的でなく、この行事がイメージされるとすれば、それは右のような諸文献からでしかありえない。しかし、肝心の表現にかような差違がある以上、「山に登り、眼下の光景を見る」という大づかみな共通項を頼りに、両者を接続することは可能だろうか。『古事記』や『萬葉集』の享受の痕跡――とくに前者の――が判然としない点に目をつぶってもなお、問題は少なくないようだ。

また、「他の国」以下の内容が、供人の発言であって、諸説によれば国見の主催者ということになる光源氏自身のことばではない点、おざなりにできない。河添房江は「「人の国（新全集の「他の国」をさす――稿者注）」は王化の地ではないゆえに、遂にこれを支配下におさめ領ずることが、王たる資格づくりに明確に関わる」(15)というが、そもそも「他の国」は光源氏の「見る」対象とはなっていない。この点に注意をはらうべきだろう。

上代文学において「見る」という動作がしばしば呪的性格をともなうことは、つぎのような萬葉歌が保証する。(16)

雲に飛ぶ薬食むよは　都見ば賤しき我が身また変若《をち》ぬべし
（巻五・八四八）

水鳥の鴨の羽色の青馬を　今日見る人は限りなしといふ
（巻二十・四四九四）

前者は天平二年（七三〇）の太宰府役人某人の作で、都を見れば若返るであろうというのが大意である。後者は天平宝字二年（七五八）の、青馬の節会後の宴席での大伴家持の作歌。[17]青馬を見た者、つまりこの席に集う我々は長寿を得られると詠じている。いずれも「見る」ことによる効能を期待するうたである。

もちろん、天平期の律令官人たちが真実このような呪性を信じきっていたかどうか、問題なしとはしない。しかし、たとえ形骸化していたとしても、「見る」の呪性が、本来的にはさきの二首の表現をささえる核であること自体を疑う理由もまたあるまい。国見は、この「見る」の呪的性格を基盤とする行事であったとおぼしい。「見る」という行為自体が重要なのであるから、光源氏の視界が「はるかに霞みわた」っていることもさることながら、供人の話を聞くことが「他の国」を「支配下におさめ領ずること」につながるとは考えにくい。この一節の背景に国見を想定することは困難である。

京の景観への感動から地方に話を広げることによって明石の君に関する話題をうながし、彼女の登場を読者に予見させる――この場面の意義はそれで充分ではないか。明石の君の顔（?）見せに「若紫」巻がえらばれたのは、ほかならぬ紫の上が登場する巻だからであろう。以降の巻で重要な役割をになうふたりの女君を効果的に描き出しているといえよう。

端的にいって、光源氏に王権が附与されているということを念頭において、その枠組において「若紫」巻の眺望の場面を解釈しようとするから、かような無理が生じるのではないだろうか。しかし、王権云々というのは『源氏物語』読解に際してのひとつの仮説のはずである。その仮説を前提に表現面の無理を捨象するという読み取りは、いささか主客が逆転しているような感を抱かせる。しいて国見を当該場面に介在させる必然性はとぼしいであろう。とくに、当時巷間に流布していたとおぼしき『日本書紀』系の筋と対照させた場合、当該場面とのつながりはほとんど認定しがたいといってよい。

三　三輪山説話の筋と「夕顔」巻の展開

つぎに、三輪山説話に関する疑問点について検討する。光源氏の夕顔への訪れが、当該説話をふまえるとの指摘は近代に入ってからのものではない。嚆矢となるのはおそらく以下の『河海抄』の記述であろう。

三輪明神者倭迹々日百襲姫命也
日本紀の心は、大物主の神の妻也。しかるをその神、昼は見えずして夜来たる。倭迹々日姫命、夫《せな》に語りて曰はく、「君、常に昼は見えず、明らかに御顔を見ることなし。願はくは、しばらく留まれ。汝《いまし》が形を見む」と。答へて曰はく、「君が櫛笥の中におらむ。驚くことなかれ」。倭迹々日命、心の内に怪しむ。夜明けて、櫛笥を開きて見るに、うるはしき小蛇《こをろち》あり。御衣紐《したひも》の如し。驚きて叫ぶ時に、大神、恥ぢてたちまちに人の形になりて、その妻に語りて曰はく、「汝、我に恥ぢ見す。我帰りて汝に恥ぢ見せむ」と言ひて、大空を踏みて三諸山に登りぬ。ここに、倭迹々日命、仰ぎ見て、悔いて急居《つきゐす》。すなはち、箸撞レ陰《はしについてみほとを》而薨《かみさりぬ》。大市に葬る。時の人、その墓を箸の墓といふ。この墓、昼は人造り、夜は神造る。

大坂山の石を運びて造る。山より墓に至るまで、人民相次いで手逓伝《たごしにこす》して運ぶ。時の人詠みて云はく、

大坂につぎてのは（ママ）れる石群を　手越しに越さば越しえてむかも

多少の文言の相違こそあるものの、『河海抄』は『日本書紀』崇神天皇十年九月条の記述をそのまま抜き出している。この挿話を「夕顔」巻における光源氏と夕顔の関係に引き当てよというのが、同抄の意図とみてよいだろう。(18)

「三輪の明神の本縁にてよく叶へり」（『細流抄』）、「源氏と夕顔との関係には三輪山伝説を底に沈めてあるらしい」（新全集）、「男の帰途を尋ねようとすること、尋ねあてられないことなどに三輪山伝説の話型が踏まえられる」（新大系）といった指摘は『河海抄』の理解を継承するものといえる。一方、「三輪山の神さまの話など有名である」（『源氏物語評釈』）、「三輪山神婚説話は、特によく知られていた」（集成）、「『細流』や『河海』には、……三輪山伝説を暗示しているとする注が見られる」（『源氏物語注釈』）と指摘する諸注は、積極的に三輪山説話の話型に即してこのくだりを理解しておらず、参考に留めるといった体である。以下では後者の暗示説も視野に入れつつ、特に前者の立場に対して疑義を呈していくこととなる。

そもそも、この説話はそれほど光源氏と夕顔の逢瀬に似通っているだろうか。まず夜の通い自体は一般のことであるから、説話を引き合いに出すまでもない。また、男の正体が不明という点は共通項とも見えるが、この点にも問題があろう。

この巻の冒頭歌、「心あてにそれかとぞ見る　白露の光そへたる夕顔の花」（①・一四〇）の解釈については、結句「夕顔の花」がなにを指すのかをめぐって諸説がある。『玉の小琴』は「源氏君を夕顔の花にたとへ」

としており、この解釈にしたがえば、夕顔は逢瀬の相手がうすうす光源氏と感づいていたことになる。夕顔の死後に彼女の語ったこととして、右近が「御名隠しもさばかりにこそはと聞こえたまひながら、なほざりにこそ紛らはしたまふらめとなん、憂きこと思したりし」(①・一八四)と、お名前を隠しているのは源氏の君だからでしょうと夕顔の君は憂いていた、と光源氏に打ち明けたこととも照応する。

なお、宣長の解釈については、当時の和歌において指示語「それ」は歌中の語をさすのが原則であることから、「夕顔の花」は源氏ではなく、文字どおり花とみるべきという清水婦久子、工藤重矩の批判もある。[19]だが当該歌の「夕顔の花」については、今井上が表向きには花を答え、その裏で、二義的に男が源氏であることを言いあてていると論じる。[20]この解釈によれば、やはり夕顔は逢瀬以前から、おぼろげとはいえ光源氏を認識していたことになろう。「一首は源氏に対して、ご所望の花は夕顔ですと答える、単にそれだけを意図した歌なのだろうか」という今井の疑義はもっともで、夕顔の問いかけが逢瀬の萌芽となることをおもえば、たんに花の名を特定したうたとのみ解すべきとは考えにくい。

また吉田幹生も、結句の「夕顔の花」をヲ格の省略した形とみとめ、清水・工藤説を修正しつつも基本的には追認する一方、「夕顔側もおそらく光源氏だろうと見当をつけて「心あてに〜」の和歌を贈ったことがここで明らかにされる。つまり、「白露の光」に高貴な人という寓意を込めていた」とも指摘している。[21]当該歌に光源氏の姿が見え隠れすることを是認する点は、今井説と重なってくる。

もちろん、今井説と結句の読みとりが相違する以上、二説を安易にないまぜにすることはつつしまねばならない。しかし、清水・工藤説の解釈の方向が正当たることを評価しつつも、文脈上「心あてに」歌に寓意性をみとめるべきとの理解が、近時相次いで提出されていることには、やはり注意を払ってよいだろう。光源氏と夕顔の出会いを彩るこの一首は、花の名のみを尋ねた作とは解しにくいのではないだろうか。

そして、かりに当該歌の解釈を留保するとしても、夕顔が逢瀬の相手を光源氏と感づいていたことは、右近の追想からみて動くまい。すると、「小蚰」を見て、その予想外の姿に驚きの声をあげた倭迹々日百襲姫命と、夕顔の姿はかならずしも重なってこない。

他方『古事記』や『先代旧事本紀』[22]の当該神話では男（神）の衣の裾に糸をくった針をさし、それによって男の居場所を追跡する。このくだりは、なるほど夕顔が光源氏の跡をつけさせるというこの巻と筋が重なるようであるが、既述のとおり、夕顔はうすうす男の正体に気付いているし、三輪山の神は源氏のように追跡をかいくぐろうともしない。追跡をうながす姫の両親に相当する人物も不在である。源氏の居所もつかめないから、男の正体の発覚が別離を生むわけでもない。

また、源氏も惟光をつかって夕顔の正体をさぐろうとしているなど、相違点が少なくない。相手の居所を追跡するという話自体は、たとえば従前よりこの巻の下敷きにされたかといわれる『任氏伝』にもみえており、かくべつ三輪山説話との関連を保証しない。端的にいって、夕顔に関する一連の物語は、『古事記』や『旧事紀』の三輪山説話を喚起させる筋を有しているだろうか。

もちろん、『日本書紀』と比較すればやや似通った話とはいえる。しかし、一方で『古事記』や『旧事紀』では百襲姫は亡くならない。[23]夕顔の死は、巻の展開からみても、のちの玉鬘の登場をうながすという意味でも非常に重要な場面であるはずだが、肝心なこの点に重なりがみとめられないことは、「夕顔」巻のモチーフとして三輪山説話を想定するにあたって大きな障碍となるのではないだろうか。

百襲姫が落命する『日本書紀』にしても、姫は神のいうことを聞かず、蛇の姿に驚いてしまった自分を恥じて自殺するのである。「見るなの禁」を破ったがために相手との永訣をむかえることになるというパターンは、イザナキとイザナミ、火遠理命と豊玉毘売などの別れと共通するもので、「物」[24]に襲われて命を落とす夕顔とは一致しない。

如上のとおり、上代の諸文献にみえる三輪山説話と、「夕顔」巻における光源氏と夕顔の逢瀬を引きくらべてみると、つながりは乏しいようにおもえる。『日本書紀』と『古事記』（ないしは『旧事紀』）の内容を適宜織りまぜて、しかも相当に筋を動かせば、かろうじて両者には類似点が見出せる、否、見出そうとおもえばそれも可能である、というくらいが実際のところではないか。紫式部が三輪山説話を知っていたことは想定できるとして、その枠組を生かして当該場面を練り上げている蓋然性はさほど高くあるまい。

おそらく『河海抄』は「此物語の古今準拠なきことをば載せざる也」という姿勢で『日本書紀』の当該説話を引用したのであろうが、この引用が、物語の文脈を理解するうえで必要不可欠なものであるとは見做しがたいのではないだろうか。

四　神話との乖離

ここまで述べてきたように、両者の関係を密接とみる必然はとぼしい。当然ながら、物語の背景に神話的なふくらみを看取することも困難といってよいであろう。たとえば藤井貞和は「三輪山式神話のかよってくる青年は、蛇の化身だという。村々や、家々の、始祖伝承である神人通婚の神話であった。……三輪山式神話の話型を援用することにより、かよってくる男の、きわめて身分が高貴であることを暗示する」[25]効果があると述べる。

しかしこの「暗示」とは、いったい誰に対する暗示なのだろうか。当然ながら、読者は通いが始まる以前の段階で、「大夫」こと惟光の手引きによって夕顔の元に通う男が光源氏だということ、「極めて身分が高貴であること」は承知している。背景として三輪山説話を想定することに、さしたる効果が見込めるとはおもえない。

光源氏の来訪について、夕顔が「昔ありけん物の変化めきて、うたて思ひ嘆かる」（①・一五三）と述懐している点にも注意が必要だろう。「変化」は人ならざるものが化身して姿をあらわすことをいうが、この「昔ありけん物の変化」という表現が三輪山神話を意識したものとの理解は、「三輪山・葛城伝説など古代の神婚説話に例が多い」（新全集）、「三輪山伝説などをさすか。……古代の神婚説話に多い」（中野幸一『正訳源氏物語』一）などと指摘されるように、広く膾炙したものといってよいだろう。

しかし、「昔ありけん物の変化」に三輪山神話の潜在を読みとること、あるいは光源氏に高貴性を見出すことは妥当な解釈といえるであろうか。なるほど、たしかに『源氏物語』には、その人物を尊貴な存在と見做す意で「変化」が用いられる場合がある。

禅師の君参りたまへりけり。帰りざまに立ち寄りたまひて、「……（光源氏は）仏、菩薩の変化の身にこそものしたまふめれ。五つの濁り深き世になどて生まれたまひけむ」と言ひて、やがて出でたまひぬ。（②・三三七）

「蓬生」巻の一節。光源氏の来訪を待ちわびる末摘花に対して、兄の禅師の君が掛けたことばである。源氏を「仏、菩薩の変化」と評するこのセリフは、「心憂の仏、菩薩や」という末摘花の反発を招くものの、禅師の君の発言自体は賞賛を意図したものとみとめてよかろう。「我が子の仏。変化の人と申しながら、ここら大きさまでやしなひたてまつる心ざしおろかならず」(『竹取物語』)や、「この子、まして大きに聡くかしこし。変化の者なれば」(『うつほ物語』俊蔭)のように、他作品にも類例は少なくない。『うつほ』の例がだいたい同趣に解すことが可能であるように、一般性を有していることも首肯しうる。

しかし、『源氏』の例は同趣の傾向ばかりをしめさない。やはり「蓬生」の巻には以下のようにある。

内には、思ひもよらず、狩衣姿なる男、忍びやかにもてなしなごやかなれば、見ならはずなりにける目にて、もし狐などの変化にやとおぼゆれど、近う寄りて、「たしかになむうけたまはらまほしき。変らぬ御ありさまならば、たづねきこえさせたまふべき御心ざしも絶えずなむおはしますめるかし。今宵も行き過ぎがてにとまらせたまへるを、いかが聞こえさせむ。うしろやすくを」と言へば……。

(②・三四六)

惟光が「狐の変化」と勘違いされた後、光源氏が末摘花のもとに通う気持ちが途絶えていないことを告げるくだりである。この「変化」が尊貴性と関連しないことはあきらかである。横川の僧都の一行が、浮舟を発見する場面で「白き物のひろごりたる」のをみて、「狐の変化したる。憎し。見あらはさむ」、「あな用な。よからぬ物ならむ」(「手習」巻、⑥・二八一)とあるのも同趣の例とみとめられる。

また、当該例はたんに「変化」ではなく「物の変化」とあるのだから、直接にはおなじく「手習」巻の、以下のくだりを参照すべきであろう。(26)

この大徳して抱き入れさせたまふを、弟子ども、「たいだいしきわざかな。いたうわづらひたまふ人の御あたりに、よからぬものをとり入れて、穢らひかならず出で来なんとす」と、もどくもあり。また、「物の変化にもあれ、目に見す見す、生ける人を、かかる雨にうち失はせんはいみじきことなれば」など、心々に言ふ。(⑥・二八五)

浮舟が横川の僧都に介抱される場面。弟子たちの発言のうち、「穢らひかならず出で来なんとす」は「変化」への嫌悪を露わにしている。それと比較すれば、「物の変化にもあれ」以下の内容は、否定的な面を見せていない。しかし、「物の変化」から「にもあれ」と逆接で「生ける人を、かかる雨にうち失はせんはいみじきこと」という人命尊重のセリフにつながる文の構造から推して、「物の変化」自体が好意的なニュアンスで捉えられていないことも、また確実であろう。

翻って、「昔ありけん物の変化めきて、うたて思ひ嘆かる」という夕顔の述懐も好意的なものではありえないから、「物の変化」の背後に神話を見出すことは困難といってよい。「昔」というのも、たとえば『日本霊異記』には欽明朝の話として狐の妻が登場する(上巻第二)。『和名類聚抄』も『切韻』を引いて狐が人に化けることを述べるし、時代はくだるが『法華経験記』などに類話も多い。『河海抄』の引用にこだわらないのであれば、「昔」を三輪山説話に特定する理由はさしてないのである。

そういえば、この「夕顔」巻には葛城の神への言及もあった。夕顔のもとに通ってくる頭中将らしき男の一行の「打橋だつものを道にてなむ通ひはべる」、足許のおぼつかぬ様子をみて、右近が「いで、この葛城の神こそ、さがしうおきたれ」(①・一五〇)と評している。葛城の神が橋を置いたという話は『日本霊異記』を嚆矢とし、『三宝絵』や『本朝神仙伝』、『今昔物語集』などにも筋を変えて採録されている著名な説話である。ここでの葛城の神は、役優婆塞に命令され、それを厭うて天皇に優婆塞を讒言するという、神とは名ばかりの姿に描かれている。右近の嘆息も神の零落を示唆していよう。

仏教説話にあらわれる零落した神を揶揄の対象とする夕顔の物語は、神話を重視してはいないようだし、神話の枠組のなかで語られているようにもみえない。それは三輪山説話に即しても同様である。かりに、探索・逢瀬・落命とつらなる夕顔の物語に三輪山説話が形を変えて組み込まれているとしても、話の筋全体にかかわるような説話として理解すべきではあるまい。せいぜい、ごく部分的に本筋とかかわらぬ小道具としてもちいられている――その程度に理解しておくのが穏当であろう。

すると、『對譯源氏物語講話』が「此處はその類の怪譚を一般的に指してゐる」と萩原廣道『源氏物語評釋』をふまえて述べているのが、もっともではないか。さらに言えば、出会いも、駆け引きも、睦言も描かない三輪山説話の系譜上に、当該物語を位置づける理由はないようにおもう。この物語は、もはや神話の規制から離陸した、独自の筋を紡いでいるのではないだろうか。

おわりに

『源氏物語』研究は、上代の作品がこの物語にどのように取り込まれていると認定してきたのか。その点を、具体例をふたつ上げることで論じてきた。取りあげた例に即していえば、上代の祭祀や神話とのつながりが、ややもすると過剰に取り沙汰されているきらいがあるようだ。しかし、記紀の神話が古代社会においてどれほど普遍的なものであったかは判然とせず[27]、紫式部が神話世界ではなく律令社会——と言って語弊があれば、受領層の生活や後宮世界と換言してもよい——に生きた人である以上、『源氏物語』と上代の神話や祭祀とのつながりを問題にするのであれば、式部にとって情報源たり得た上代の諸文献との関係を、まずは文脈・内容に即してあきらかにするべきだろう[28]。

所信のとおりに論をすすめることができたかどうか不安はつきないし、上代文学研究の側から取りあげるべき言説はまだまだ少なくないのであるが、すでに紙数も尽きた。これをもってひとまずの擱筆としたい。くりかえしとなるが、大方のご批正を仰ぎたい。

注

（1）奥村恒哉「古典における万葉集の影響と享受」（『萬葉集講座』第一巻、有精堂、一九七三年）。

（2）拙稿「「みやび」と「風流」の間隙——萬葉集と伊勢物語の非連続性——」（『萬葉集訓読の資料と方法』笠間書院、二〇一六年。初出二〇一二年）では、『萬葉集』の「風流」と『伊勢物語』の「いちはやきみやび」の関係を検証するにあたって、『源氏物語』「東屋」巻の記述を参照している。

（3）加藤幸一「紀貫之の作品形成と『万葉集』」（『奥羽大学文学部紀要』一、一九八九年）、小川靖彦『万葉集と日本人　読み継がれる千二百年の歴史』（KADOKAWA、二〇一四年）。

（4）林田孝和「若紫の登場」（『源氏物語の精神史研究』桜楓社、一九九三年。初出一九八七年）、河添房江「北山の光源氏」（『源氏物語表現史』翰林書房、一九九八年。初出一九九〇年）、平沢竜介「『源氏物語』と『古事記』日向神話――潜在王権の基軸――」（『王朝文学の始発』笠間書院、二〇〇九年。初出二〇〇五年）。

（5）大石泰夫「国見」（『上代文学研究事典』おうふう、一九九六年）。

（6）工藤重矩「紫式部日記の「日本紀をこそ読みたまへけれ」について――本文改訂と日本紀を読むの解釈――」（『平安朝文学と儒教の文学観　源氏物語を読む意義を求めて』笠間書院、二〇一四年。初出二〇〇二年）の指摘するように、『紫式部日記』に見える一条天皇の賛辞は、紫式部に「日本紀」を講義する力があることを述べたとおぼしい。講義する「日本紀」といえば『日本書紀』にほかなるまい。『紫式部日記』の「日本紀」研究史については、浅尾広良「紫式部と『日本紀』――呼び起こされる歴史意識――」（『源氏物語の皇統と論理』翰林書房、二〇一六年。初出二〇一二年）を参照。

（7）工藤重矩「延喜六年日本紀竟宴和歌の歌人たち」（『平安朝律令社会の文学』ぺりかん社、一九九三年。初出一九七九年）が指摘するように、左大臣時平は講書・竟宴への参加が事前に決定していた。題も事前に与えられていたはずで、仁徳紀の数あるエピソードのなかから、とくにこの国見を選択したのであろう。

（8）神野志隆光「「日本紀」と『源氏物語』」（『古代天皇神話論』若草書房、一九九九年。初出一九九八年）。

（9）本間洋一「和漢朗詠集」（『和歌文学大辞典』日本文学Ｗｅｂ図書館）。

（10）鈴木日出男「源氏物語と万葉集」（『国文学　解釈と鑑賞』五一―二、一九八六年）。

（11）平沢前掲注（4）論文、斎藤英喜『古事記　不思議な一三〇〇年史』（新人物往来社、二〇一二年）。

（12）青木周平編『古事記受容史』（笠間書院、二〇〇三年）の「資料篇」がしめすとおり、『古事記』の引用は狭い範囲に限定されている。従来から言われるとおり、平安時代において広汎に享受された作品とは考えにくい。

（13）中西進『源氏物語と白楽天』（岩波書店、一九九七年）。

（14）山路平四郎「国見の歌二つ」（『記紀歌謡の世界　山路平四郎古典文学論集』笠間書院、一九九四年。初出一九六四年)。

(15) 河添前掲注(4)論文。

(16)「見る」に関する記述・例歌は菊地義裕「みる(見・観)」(『万葉ことば事典』大和書房、二〇〇一年)をふまえる。

(17)「白馬」が平安時代には一般的であるが、上代はもちろん、『文徳実録』仁寿二年(八五二)正月七日においてもなお「青馬」とあるので、このように表記した。

(18) なお、松本大「典拠から逸脱する注釈――中世源氏学の一様相――」(『中古文学』九五、二〇一五年)は、近時『河海抄』をはじめとした南北朝以降の源氏古注が類書のような役割を担っており、先行作品が提示されている場合でも「その指摘を以て無条件に典拠指摘として認識すべきではない」と述べている。『河海抄』の執筆意図について傾聴に値する見解である。松本によれば、『河海抄』を「典拠指摘」として読んできた以降の研究史は、あるいは「誤読」であったのかもしれないということになる。ただし誤読であったとしても、三輪山説話を当該場面の背景におく研究史が蓄積されてきたことは事実である。本稿ではこの点に疑義を呈す。

(19) 清水婦久子「夕顔の歌の解釈」(『源氏物語の風景と和歌〔増補版〕』和泉書院、二〇〇八年。初出一九九三年)、工藤重矩「夕顔巻「心あてに」「寄りてこそ」の和歌解釈――語義と和歌構文――」(『源氏物語の婚姻と和歌解釈』風間書房、二〇〇九年。初出二〇〇一年)。なお、黒須重彦『夕顔という女〔増補版〕』(笠間書院、一九八七年)の「頭中将誤認説」をはじめ、当該歌の解釈をめぐって種々の説のあることは承知しているが、清水・工藤に従い、結句の「夕顔の花」を――少なくとも一義的には――花そのものと認定するかぎりにおいて、有用な穿鑿とは考えにくい。清水論以降の研究史を俎上に載せる。

(20) 今井上「白露の光そへたる――夕顔巻の和歌の言葉へ――」(『源氏物語　表現の理路』笠間書院、二〇〇八年。初出二〇〇六年)。

(21) 吉田幹生「作中和歌の意味と機能――夕顔巻「心あてに」をめぐって――」(『文学〔隔月刊〕』一六―一、二〇一五年)。

(22) 後藤幸良「夕顔巻の神話的想像力――『源氏物語』の基礎的構図――」(『平安朝物語の形成』笠間書院、

二〇〇八年。初出二〇〇七年）は、当時の史書としての尊重のありようからみて、『古事記』よりも『旧事紀』を重視すべきと説く。この謂い自体は正当だが、いずれにせよ「夕顔」巻とのつながりはとぼしいのではないか。

（23）ほかに『俊頼髄脳』にも『古事記』系統の説話（糸で男を追跡する）をみる。このような話がいわゆる「平安日本紀」（前掲注（8）参照）によって当時流布していたとすれば、夕顔の死を描く当該物語とは相違することになる。

（24）夕顔を絶命させた「物」については諸説ある（諸説については、中野幸一編『源氏物語の鑑賞と基礎知識』八〈至文堂、二〇〇〇年〉を参照）。しかし、三輪山説話との関連を考える本稿の行論上、重要なのは自殺か否かだから、「物」の正体については追究しない。

（25）藤井貞和「三輪山神話式語りの方法――夕顔の巻――」（『源氏物語論』岩波書店、二〇〇〇年。初出一九七九年）。後藤前掲注（22）論文も、修正案をしめしつつ藤井説を継承する。

（26）島津久基『對譯源氏物語講話（復刻版）』巻三（名著普及会、一九八三年。初出一九四八年）では、一案として「物の変化」の「物」を「物語の」、「説話の」の意に解すべきかと述べている。魅力的な案で、「夕顔」巻の解釈としては可能だろうが、「手習」巻の例と折り合わないようである。通説によるべきであろう。

（27）『古事記』、『日本書紀』を個々のテキストとして扱い、「記紀」というタームを抑止する方向が上代文学研究では相当に定着しているが、近時も松本直樹『神話で読みとく古代日本　古事記・日本書紀・風土記』（ちくま新書、二〇一六年）が指摘するように、記紀の神話がまったき『古事記』や『日本書紀』制作時における創作の産物であれば、それは神話たり得ない。古代社会に記紀神話に類する伝承がある程度存在したことは否定できないだろうし、そのような伝承が平安朝の物語に影響を与える可能性も想定しうる。しかしその実態が判然としない以上、まずは文献につくべきであり、文献にみえない筋書きを自明とすべきではあるまい。

（28）入稿直前に、竹内正彦「覆面の光源氏――夕顔物語における伝承世界をめぐって――」（『日本文学』六六―五、二〇一七年）に接した。当該論文では、光源氏が「覆面」をかぶり夕顔のもとを訪れたという説を是認し、その上で覆面の意義を論ずるが、そう考えることによって、果たして三輪山説話との亀裂は埋まるだろうか。言うまでもなく、オオモノヌシは覆面をかぶってなどいないのである。顔を隠しての来訪に神話を介在させる必然を、論者はやはり看取しえないようにおもう。

※古典作品の本文は以下のとおりに引用した。『袋草紙』：新日本古典文学大系、『源氏物語』・『日本書紀』・『古事記』・『うつほ物語』・『竹取物語』：新編日本古典文学全集、『日本紀竟宴和歌』・『新古今和歌集』：「和歌&俳諧ライブラリー」、『萬葉集』：木下正俊校訂『萬葉集CD-ROM版』（塙書房、二〇〇一年）、『河海抄』：玉上琢彌編『源氏物語評釈資料編　紫明抄・河海抄』（角川書店、一九六八年）、『細流抄』：伊井春樹編『源氏物語古注集成』七（桜楓社、一九八〇年）、『玉の小琴』：『本居宣長全集』第六巻（筑摩書房、一九七〇年）。『源氏物語』は新全集の巻数を丸番号、頁数を漢数字でしめし、「和歌&俳諧ライブラリー」からの引用に際しては、表記をあらため、句読点を補った。なお、本稿の執筆に当たっては、編者である桜井宏徳、須藤圭、岡田貴憲及び、古田正幸の各氏からご教示をいただいた。記して御礼申しあげる。

『源氏物語』の引歌と『古今集』

──主として墨滅歌をめぐる疑義と提言──

舟見一哉（ふなみ・かずや）

一九八一年生まれ。文部科学省・初等中等教育局。専門は中古中世の韻文資料を中心とする文献学・書誌学。論文に「清輔本『拾遺和歌集』の残痕―定家本の生成に及ぶ―」（『和歌文学研究』第一一〇号、二〇一五年六月。第九回中古文学会賞）、「毘沙門堂本古今集註とその類本について―伝本の整理を中心に―」（『国語国文』第八五巻第一二号、二〇一六年一二月）、「伊達本古今和歌集の性格―定家本『古今集』の本文異同について―」（『日本文学研究ジャーナル』創刊号、二〇一七年三月）などがある。

一

物語における表現技巧のひとつに「引歌」がある。その定義や認定には様々な立場があるが、基本的には「物語や日記の散文の中に特定の古歌あるいは今歌をふまえて文飾とし、情趣的効果を昂めようとするもの。またその場合引用される歌そのものを指すこともある」（『和歌大辞典』明治書院、一九八六、今井源衛項目担当）と説明されるもので、『源氏物語』においても様々な引歌が指摘されてきた。『古今集』所収歌は二〇〇首前後が該当するようである。そのうち、『古今集』の「墨滅歌」が引歌と指摘されているのは六箇所、二首である。一例を手元にある現代の注釈書数例とともに掲げる（『源氏物語』の本文は使い慣れた新潮日本古典集成本に依るが他意はない。考察対象とする引歌部分には明らかな脱文を除いて諸本異同はない）。

▼紅葉賀　源氏の発話部分（源氏と典侍の逢瀬を頭の中将見あらわす、三八～三九頁）

風ひややかにうち吹きて、ややふけゆくほどに、すこしまどろむにやと見ゆるけしきなれば、やをら入り来るに、君は、とけてしも寝たまはぬ心なれば、ふと聞きつけて、この中将とは思ひ寄らず、なほ忘れがたくすなる修理の大夫にこそあらめとおぼすに、おとなおとなしき人に、かく似げなきふるまひをして、見つけられむことは、はづかしければ、「あなわづらはし、出でなむよ、蜘蛛のふるまひは、しるかりつらむものを、心憂くすかしたまひけるよ」とて、直衣ばかりを取りて屛風のうしろに入りたまひぬ。

○新潮日本古典集成「「わがせこが来べき宵なりささがにの蜘蛛のふるまひかねてしるしも」（『古今集』巻末の墨滅歌、衣通姫）による。」

○小学館新編日本古典文学全集「（※同歌を指摘して）（古今・恋四・墨滅歌　衣通姫）。……男の来訪に先だって、蜘蛛がその前兆として巣を張るものだという俗信による歌。」

○岩波新日本古典文学大系「（※同歌を指摘して）（古今集・墨滅歌・衣通姫）。蜘蛛を、恋しい人の来る前兆と見る。」

○玉上琢弥源氏物語評釈「『古今集』墨消歌、衣通姫（※同歌を指摘して）……の歌のように、蜘蛛の振舞であの人の来ることはわかっていたろうに。」

▼『古今集』一一一〇番（『冷泉家時雨亭叢書　二』〈朝日新聞社、一九九四〉の影印に依る）

おもふてふ事のはのみや秋をへて　下

そとほりひめのひとりゐてみかとをこひたてまつりて

わかせこかくへきよひなりさゝかにのくものふるまひかねてしるしも

同じ歌は帚木巻における藤式部丞の贈歌「ささがにのふるまひしるき夕ぐれにひるますぐせといふがあやなさ」（七六〜七八頁）の「本歌」とも指摘され、そこでも同様の指摘が諸注にある。

もう一首は「いぬかみのとこの山なるなとり河いさとこたへよわかなもらすな」（『古今集』一一〇八番）を引歌とするもので、①紅葉賀巻「「…憂しや世の中よ」と言ひあはせて、とこの山なると、かたみに口がたむ」（四三頁）、②朝顔巻「「…漏らしたまふなよ、ゆめゆめ。いさら川などもなれなれしや」とて…」（源氏の言葉、二〇五頁）、③玉鬘巻「「わが名もらすな」と、口がためたまひしを憚りきこえて」（源氏の言葉、二八二頁）、④浮舟巻「宮も「これはまた誰そ、わが名もらすなよ」と口がためたまふを」（匂宮の言葉、五五頁）の四箇所が挙げられる。いずれも「墨滅歌」と指摘することは前の歌と同じ。

本稿で問題とするのは、右に挙げた二首を各場面の引歌と認定してよいか否かと論じる前の段階として、『古今集』巻末の墨滅歌」、「古今集・墨滅歌」と表示することの是非である。

「墨滅歌」とはなにか説明することからはじめよう。

墨滅歌（ぼくめつか）〈歌学用語〉「すみけちうた」とも。ある写本に書き入れてありながら、見せ消ちの状態で消された歌をいう。特に古今集のそれを指すが、撰修の段階で削除された歌と見られている。同集の定家本では、親本たる俊成本で見せ消ちにした一一首を、末尾に一括して掲げてある。

（『和歌大辞典』明治書院、一九八六、村瀬敏夫項目担当）

「見せ消ち」とは、「文字を訂正するときに、前の文字が見えるような形で消す訂正のしかた。消す文字の左傍に、「、」…などの点を打ち、右側に訂正後の文字を小さく入れる」もの（『日本古典籍書誌学辞典』岩波書店、一九九九、紙宏行項目担当）。藤原俊成の用いていた俊成本『古今集』には、通常の見せ消ちとは違って、本文の右側に見せ消ちを施し、訂正後の文字を書いていない歌が十一首あった。位置は巻十・十一・十三・十四の各巻の本行である。一方、俊成の子息・定家が用いていた定家本『古今集』（嘉禄二年四月本）では、その十一首が巻末に一覧されている。定家自筆とされる冷泉家時雨亭文庫蔵『古今集』から墨滅歌の冒頭と先に挙げた二首を翻刻して示す。傍記・訂正ともに定家の筆跡と判断される。

家々称証本之本乍書入以墨滅歌　今別書之

（…略…）

巻第十三

こひしくはしたにをおもへ紫の　下

いぬかみのとこの山なるなとり（右傍記「いさや」）河いさとこたへよわかなもらすな（一一〇八）

この哥ある人あめのみかとのあふみのうねめにたまへると

返し　うねめのたてまつれる

山しなのをとはのたきのをとにたに人のしるへくわかこひめやも（一一〇九）

巻第十四

おもふてふ事のはのみや秋をへて　下

そとお（見せ消ちして「ほ」に訂正）りひめのひとりゐてみかとをこひたてまつりて

わかせこかくへきよひなりさゝかにのくものふるまひかねてしるしも（一一一〇）

「家々に証本と称する本に書き入れながら墨を以ちて滅ちたる歌（今別に之を書く）」と端書したうえで、詞書の前に、巻末に一括する前に配列されていた巻数や、前や後にくる歌を示して、元の所在をあらわしている。このように墨滅歌を巻末にまとめている伝本は、数ある『古今集』の伝本のうち定家本のみであることも、おさえておくべき点である。

以上の基本的な事柄と、俊成本と定家本が『古今集』の原本ではないということを知ると、先の諸注釈書や多くの論文が「『古今集』巻末の墨滅歌」、「古今集・墨滅歌」等と引歌の所在を示していることに違和感をおぼえる。俊成は平安時代後期の人間であり（生没年は永久二年（一一一四）～元久元年（一二〇四））、定家は鎌倉時代前期の人間であるので（生没年は応保二年（一一六二）～仁治二年（一二四一））、俊成本・定家本『古今集』の成立した時期は、一般に考えられている『源氏物語』の成立時期よりも、新しい。したがって、『源氏物語』の作者が、俊成本や定家本『古今集』の墨滅歌に依って引歌という技法を施したはずがない。加藤［二〇一五］が「『源氏物語』の作者と当時の読者は、知るはずもないことである。にもかかわらず、「墨滅歌」として注に挙げるのは、おかしい」と指摘する通りである。現在の諸注釈書や論文は、利便性に配慮して定家本での所在を示しているだけかもしれないが、ではこの墨滅歌十一首の由来や出所に関する考察を踏まえたうえで「墨滅歌」と記述されているかというと、そういった共通理解があるようにも見えない（玉上評釈「「墨けち歌」は『古今集』の古い写本にあって、墨で消してあったという歌」という指摘がある程度か）。墨滅歌に関する知識が共有されていなければ、墨滅歌十一首はすべての『古今集』の伝本において墨滅歌として存在し、『源氏物語』の作者も墨滅歌と認識して利用したといった、あらぬ誤断を招く（招いてきた）ように思われる。加えて言うと、詞書や左注を引かないものが多いこと、巻末に一括される前に配列されていた巻を示さないものがあることも、その歌の意味を理解するうえで不親切であろう。

そこで、まず墨滅歌十一首の由来や出所について、和歌研究においていま分かっていることをここに纏めておくことにしたい。先に結論をのべると、墨滅歌の由来・出所については判然としない点を残す。しかし、目的とするところは、墨滅歌に関して現時点で分かっている事がらを源氏研究と和歌研究で共有しておくことと、墨滅歌から離れて『源氏物語』の該当場面を再考することに一定の効用があると指摘することにある。

二

藤原定家が校訂書写した『古今集』は、写本の奥書類や記録等から十七種を確認できる（拙稿［二〇一七］）。すべての定家本に墨滅歌があるわけではなく、写本として現存しているもののうち確実な初例は、貞応元年六月十日本（陽明文庫蔵伝冷泉為相筆枡形本ほか）で、十一首を巻末に一括している。これ以降の定家本には墨滅歌がある（浅田［一九九五］・同［一九九六］。なお国文学研究資料館蔵『毘沙門堂本古今集註』については疑問があるのでいまは措く）。

定家が墨滅歌をまとめた経緯は、飛鳥井雅縁『諸雑記』に引用された、貞応元年六月一日定家本の奥書の逸文から知ることができる。奥書部分を私に番号を振って掲げる（京都大学文学部国語学国文学研究室蔵（国文Fm11）。翻刻は原本に依る。なお濱口博章『中世和歌の研究　資料と考証』（新典社、一九九〇）に翻刻がある。小書きを〈　〉で示す。「※」は稿者注）。

一　定家卿古今集事書之

（A）此集世之所称、奏覧之本・紀氏家本、有両説云々。此本之根源、称紀是也。貫公自筆、付属女子之由云々。其本伝参于　崇徳院之時、参議教長卿、幷先人（※＝俊成）、清輔朝臣、申請書写之。今所書之家本是也。但件本依不審事多、以先念受説之本、用捨書出之由、先人命也。但上古事雖暗難斟酌、此本之為躰紀氏之本、頗難信用。序所注加大略以後代々人筆、所疑如四条大納言〈公任卿事也〉之人所為歟、依諸道之堪能、於和歌独歩傍若無人、恣誇時輩之帰状、若及古賢之傲慢歟。（B）又此本被書入以墨滅歌是多〈人見之称貫公草本也〉、草子之面頗似狼藉、仍件歌奥別書之。如此事只可随後学之所好、若其志同者用之、不可者捨之、更不可有鬱結、（…略…）　貞応元年六月一日、為備後代之証本以家本重書写之、以假日之凌老眼五ヶ月終書写之功　　戸部尚書　判

前半部Aの内容については、定家著『顕注密勘』の識語後半部分を合わせて読むと分かりやすい（浅田

〔一九九六〕)。日本歌学大系本で掲げる。

抑崇徳院に貫之自筆本と申古今侍けり。教長卿、亡父〈五条三品禅門〉、清輔朝臣、各申うけて書うつしけるを、宰相(※=教長)は真名仮名の字をも一字たがへず、そのつかへる文字をかゝれ侍けり。是(※=俊成)はたゞ真名は真名、仮名は仮名に書写。但此本当時所見、不審甚多。頗難信用おぼえしかば、先年前金吾〈基俊〉の説を受て書たりしかば本の説をうしなはず、是此取要て我家の説とすと申されしを昔き丶侍しに……

崇徳院の手元には、『古今集』撰者のひとりである紀貫之の自筆とされる『古今集』の写本があったという。藤原教長、俊成、藤原清輔の三名は、その貫之自筆本を書き写した。『諸雑記』所引の奥書逸文において、定家は「今所書之家本是也」といい、「為備後代之証本以家本重書写之」ともいうので、定家が貞応元年六月本をつくる際に底本とした「家本」とは、この貫之自筆本を転写した俊成本であったことになる。

『諸雑記』の後半部分Bに戻ろう。定家は、俊成本には(貫之自筆本のとおりに)墨でもって歌を滅した=見せ消ちした歌が多くあるが、紙面がたいへん乱雑であるので、それらを写本の末尾に書きまとめたという。つまり、墨滅歌を巻末に一括してまとめたのは、定家の所為であることが確認できる(嘉禄二年四月本の墨滅歌の端書にも「今別書之」とあった)。

さて、『諸雑記』『顕注密勘』の記述から、①墨滅歌はそもそも俊成本において種々の巻の本行に、見せ消ちをして書かれていたこと、②その俊成本は、崇徳院の許にあった貫之自筆と称される本を写したものであったこと、もわかる。そこで十一首の本来の出所についてさらに遡ってみていくことにしよう。

まず①俊成本の墨滅歌について。俊成本『古今集』の伝本は、一類本と二類本の二系統に大別されている。このうち一類本には墨滅歌があり、二類本にはない。一類本の奥書に「付属之於少男」とあり、この「少男」が定家であると目されるため、定家が相伝した俊成本は、墨滅歌のある一類本であったと考えられている（西下［一九五四］、久曾神［一九六〇―六一］、浅田［一九九三］、同［一九九九］）。一類本において墨滅歌がどのような書式で書かれているのかをみてみよう。引歌と指摘されている先の一首「わがせこが」歌で例示する。巻第一四・恋歌四の六八八番と六八九番の間に位置し、本文の右側に「丶丶」の見せ消ちが施されている（翻刻は国立歴史民俗博物館蔵伝俊成筆本（H―140―1および2）に依るが一首一行書に改める）。

寛平御時きさいの宮の哥合哥

思ふてふことのはのみやあきをへていろもかはらぬものにはある覧（六八八）

　いゝいゝいゝいゝいゝいゝいゝいゝいゝ
　そとほりひめのひとりゐてみかとのおこひたてまつりて

わかせこかくへきよひなりさゝかにのくものふるまひかてしるしも

たいしらす

さむしろにころもかたしきこよひもやわれをまつらむうちのはしひめ（六八九）

俊成はこの見せ消ちについて奥書で次のように述べている（同じ歴博本に依って私に記号を附す）。

本奥書云

A　永暦二年〈辛巳〉七月十一日〈壬午〉、以家秘本重書写畢。件本紀氏正本也。抑彼所為宗本之先師貫公之真筆本、端無真名序也。只以仮名序為首始。而予有当初以前金吾〈基―公〉本所書之本。件本端置真名序。次置仮名序。是以所書加真名序也。

B　貫公真筆本、序之内有注詞之条、人或為疑云々。然而上古事暗以難決。只仰可為信耳。
　　左京員外兆尹藤原　〈改名〉在判

C　同十二日移付勘物等事。
　是或依前金吾本、或以浅見所及所注付也。

D　此本之内、所々以墨有令滅事。是貫公自筆本如是。若是草案本歟云々。又人名或詞等、真名事多以仮名書之。是紀氏付属女子之本也云々。是故人伝言也者、為後輩注此旨。若有写者、存此旨、推以莫違乱矣。

E　　金紫光録大夫俊成　又称澄子鑒

F　付属之於少男

永暦二年（一一六一）、俊成は「家秘本」を書写した。その「家秘本」とは貫之自筆本の転写本であるという（なお後述）。貫之自筆本には真名序がなかったが、すでに所持していた「前金吾（基―公）本」＝師である藤原基俊の本には巻頭に真名序があるので、それをもって加えた（以上A）。また基俊本にあった勘物《かんもつ》（考証結果を示す書き入れ注記）を転記したり、自分の考えを注記として加えた（C）。見せ消ちに関わるのはDで、墨で見せ消ちをした部分は貫之自筆本そのままであるという。俊成本の見せ消ちは、貫之自筆本（先に確認した史料から崇徳院のもとで見た貫之自筆本のこととなろう）から継承したもの、とこの奥書からは解釈できる。

現存する俊成本がこの奥書通りであればよいが、実際の本文はこの奥書とは異なる様相であることが西下［一九五四］によって明らかにされた。「そのまま読むと、これらの墨滅作者と墨滅歌とが新院御本（※崇徳院のもとにあった伝貫之自筆本）にあつたやうに見えるが、いま伝はる雅経本には墨滅が一つもなく、清輔本の勘物にも墨滅歌について「無御本」としてをり、反対に基俊本には墨滅があつたらしいので、新院御本には墨滅はなかつたと見たい。……墨滅はどちらの本に従つたか、やや明瞭を欠くが、恐らく基俊本に従つたのであらう」という指摘である。この指摘には多数の伝本が出てくるので、「基俊本」「雅経本」「清輔本」についても説明しておこう。なお以降の記述は、主に西下［一九五四］、久曾神［一九六〇・一九六一］、片桐［一九九一］、川上［一九九四］、一連の浅田論文を、稿者なりにまとめたものである。

●基俊本…俊成の師である藤原基俊の用いていた『古今集』のこと。その本文を伝える資料は少なく、①ノートルダム清心女子大学附属図書館黒川文庫蔵本（E109）に校合された「女本」注記、②三條西家旧蔵志香須賀文庫蔵伝後醍醐筆本（巻十一以降の零本）、などがある。①黒川文庫蔵本が校合に用いた「女本」とは、長元八年（一〇三五）秋に花山院自筆本を写したうえで貫之自筆本で校合した藤原公実の本を、康和二年（一一〇〇）に基俊が写した本であったと奥書から知られる。この「女本」による注記を調べると、基俊本には墨滅歌十一首のうち一部が本行にあったことがわかる（「わがせこが」歌はあったらしい）。ただし見せ消ちがあったか否かは不明。②伝後醍醐筆本は、顕昭本を貞応元年（一二二二）七月に某が写し、その後に基俊自筆本（花山院の自筆本を写して貫之自筆本と校合した本）で校合したもの。現在の紙面からは校合部分を復元し難いが、墨滅歌十一首のうち一部が本行にあったようである（「わがせこが」歌はあったらしい）。見せ消ちについては不明。

●雅経本…飛鳥井雅経の自筆とされる二帖の写本（西脇家蔵）のこと。『崇徳天皇御本古今和歌集』（文明社、一九四〇）と『古今和歌集成立論』に翻刻と一部の書影がある。飛鳥井教定（雅経の子である教雅の弟）が雅経の真筆であるとの加証奥書をくわえており、本文の筆跡はたしかに雅経筆の熊野懐紙と同筆と認められていることから、雅経真筆本とされている。書写奥書はないが、本奥書から、嘉応二年（一一七〇）に、「左京大夫入道殿御本」＝藤原教長の本を写したうえで清輔本による校合を加えた本があり、それを雅経が写したものと知られ、雅経本の祖本は「教長本」であるとわかる。この教長本とは、教長が用いていた本のことで、複数の資料から復元できる。先の『諸雑記』や『顕注密勘』から知られるように、俊成・清輔とともに教長は崇徳院の許にあった貫之自筆本を写していた。教長著『古今教長注』（京都大学附属図書館蔵）や、教長自筆と考えられている『古今集』の断簡「伝雅経筆今城切《いまきぎれ》」の奥書（と推定されている『諸雑記』所引逸文）などにも、崇徳院の許にあった貫之自筆本（花園左大臣有仁献納本、いわゆる新院御本）を用いたと繰り返されている。つまり、「雅経本」からは、「教長本」を介して、崇徳院のもとにあった貫之自筆本の姿を知ることができるわけである。ではこの雅経本に墨滅歌や見せ消ちがあるかというと、一首も存在しない。よって崇徳院のもとにあった貫之自筆本にも墨滅歌はなかったことになる（更に調査を要するが今城切にも私見では墨滅歌が確認できない）。

●清輔本…六条藤家の宗匠であった藤原清輔が校訂書写した本のこと。現存本は校訂年時によって複数に分類されるが、完本である晩年の保元二年本奥書類によって、清輔本の生成過程をみてみよう（尊経閣文庫蔵本に依るが見せ消ちなどは訂正後の本文のみ示す。私に記号を付す)。

(上冊巻頭第一丁ウ) 本云、以貫之自筆本書写古今也、件本ハ於皇太后宮消失畢云々、和歌等不似餘本、其説頗違矣　通宗

(下冊末尾) 以若狭守通宗朝臣自筆本書写古今也。文字仕不違彼件本。僧隆縁為彼朝臣外孫所相伝也。端書文朝臣筆也。以片仮名書入歌等同彼人所考入也。件古今貫之自筆、[a]小野皇太后宮御本之流也。上下考物者管見之所及予所記付也。真名所又以同前。後日校合 [b]新院御本。朱雀《ママ》筆彼御本説也。件御本以貫之之妹自筆本書写古今云々〈或説件本貫之妹自筆云々〉。但有序注、少以有疑殆。件正本ハ閑院贈太政大臣本云々、転々在故花園左府御許。又[c]陽明門院御本説間々注付之。大略不違此本。件本貫之自筆延喜御本云々。後顕綱給預、其後転々於公信朝臣許焼失了。若州号讃州入道本此也。(…略…) 和歌得業生清輔

ここには貫之自筆(貫之妹筆)とされる証本が三つあらわれる。[a]小野皇太后宮御本、[b]花園左府御本、[c]陽明門院御本の、いわゆる三証本である。関連資料として清輔著『袋草紙』の一節をあわせて掲げる(新日本古典文学大系本に依る)。

古今證本、[c]陽明門院御本〈貫之自筆〉此延喜御本相伝也。後顕綱朝臣申賜、其後展転於故公信朝臣許焼失了。此本無序。次、[a]小野皇太后宮御本〈貫之自筆、仮名序也〉。於宮焼失了。以件本之流

通宗朝臣自筆本此也。其由被書表紙。[b]花園左府御本〈貫之妹自筆、仮名序〉是閑院贈太政大臣本
伝来云々。所令進新院也。其後不書。是等本皆無相違、異普通本歟。

清輔本は「通宗本」を写している。この通宗本は上冊巻頭の本奥書によると、貫之自筆本を写したものであり、その貫之自筆本とは[a]小野皇太后宮御本であった（通宗は単に転写しただけでなく注記を書き入れたらしい）。清輔は通宗本を写した後、[b]花園左府御本で校合した。この本は「所令進新院也」とあることから、俊成や教長もみた、崇徳院のもとにあった貫之自筆本とわかる（清輔は貫之妹筆と認識している）。さらにまた[c]陽明門院御本による校合も行っている。つまり清輔本は貫之自筆（妹筆）とされる三証本の校本のようになっているわけである（鳥居［一九八四］、なお六条藤家伝来本の要素も取り込んでいるとみる見解もある）。

崇徳院のもとにあった貫之自筆本＝[b]花園左府御本による校合に注目しよう。清輔本には上下欄脚の余白に夥しいかずの勘物が清輔によって書き入れられている。そのなかに「御本」として[b]花園左府御本（崇徳院の許にあった貫之自筆本）との相違点を書いたものがある。「わがせこが」歌が清輔本には存在しないので、引歌と指摘されているもう一首「いぬかみの」歌をみよう（一首一行書に改めて翻刻する）。

＼もとかた
＼ひさかたのあまつそらにもすまなくに人はよそにそおもふへらなる（七五一）
＼アメノミカトノアフミノウネヘニタマヒケル
＼イヌカミノトコノヤマナルイサラカハイサトコタヘヨワカナモラスナ

＼ウネヘノ御カヘシ

＼ヤマシナノヲトハノヤマノヲトニタニヒトノシルヘクワカコヒメヤハ

＼よみ人しらす

みてもまた又もみまくのほしけれはなるゝお人はいとふへらなり（七五二）

▼片仮名書二首の頭注「或本有此哥」（墨）「両首無御本」（朱）

当該歌は俊成本では巻一三の六五二番の次にあるが、清輔本では巻一五の七五一番の次に、片仮名で本行に書かれている。そして頭注に「両首無御本」と朱筆勘物があるので、「御本」＝b花園左府御本＝俊成や教長もみた崇徳院の手元にあった貫之自筆本にはこの二首がない、と清輔はいう。教長本と同じく、やはり崇徳院の許にあった貫之自筆本に墨滅歌はなかったと清輔は認識しているわけである（ではこの片仮名による書き入れは何に依ったかというと、通宗がa小野皇太后宮御本に書き入れていたと解されている）。

以上を踏まえて西下［一九五四］の見解に戻る。雅経本・教長本を介して復元される、崇徳院のもとにあった貫之自筆本には墨滅歌がなかった。清輔本から復元される、崇徳院のもとにあった貫之自筆本にも墨滅歌がなかった。両者の見解は一致する。ところが、彼らと同じ崇徳院のもとにあった貫之自筆本を写したはずの俊成本には、墨滅歌が見せ消ちとともに存在し、その見せ消ちは貫之自筆本のまま写したのだという。明らかに齟齬しているのである。その一方で、俊成が用いた「基俊本」（花山院筆本に貫之自筆本を校合した公実本の転写本）には墨滅歌十一首のうち一部が各巻の本行にあった。そこで西下［一九五四］は、俊成本の本文についても調査し、復元される貫之自筆本と基俊本の混交本文となっていることをつきとめ、奥書の記述は実際の本文とも齟齬するので、俊成本の墨滅歌も、貫之自筆本ではなく基俊本からとったものではないかと推定した。

ただし、右の見解を保留する見方もある。例えば浅田［一九九三］は「□家秘本」は「貫公真筆本」（崇徳院の許にあった花園左大臣有仁献納本、いわゆる新院御本であると考えたい）を書写した…（注1「…墨滅が有仁献納本にあったかどうかが問題になっており、西下氏もその点疑義を呈しておられるが一応稿者はこの通り解しておく。」）」とする（浅田［二〇一二］も同）。付言すると、先述の教長自筆と考えられている『古今集』の断簡「伝雅経筆今城切」の奥書（『諸雑記』所引逸文）にも「此本花園左大臣（有仁）相伝、秘蔵深収箱底、貫之妻手跡云々、貫之取捨之歌、傍直付事等是多、貫之自筆也、讃岐院在位御時借召之、観蓮在俗為近臣、申請所書写也」とあった。「取捨之歌」というのだから、撰集時に切り出されなどした歌全体に、「傍直付」＝見せ消ちがあったとも読める。そうであれば、清輔の認識なり、清輔本に対する我々の解釈なりが間違っており、崇徳院の許にあった貫之自筆本には墨滅歌が見せ消ちを伴って本行にあったのかもしれない。

以上、崇徳院の許にあった貫之自筆本に関わるものをみてきたが、資料によって様相が異なり、墨滅歌十一首の由来を確定できない。その他の写本として、元永本・筋切・本阿弥切・荒木切・唐紙巻子本・雅俗山荘本などにも墨滅歌十一首のうち数首が見せ消ちをされずに本行にあるが、こちらの由来はさらに判然としないうえに、見せ消ちがないのだから「墨滅歌」とも表現できない。墨滅歌がある理由は平安末期からすでに「草稿本ゆえか」などと分からなくなっていたが（前掲の俊成本奥書）、現在でも明らかにはできていないのである。

『源氏物語』に話を戻そう。墨滅歌の由来などは判然とせず、墨滅歌を本行にもつ写本が、原型であるとか、平安期における常態であった、とも言えない。『源氏物語』の作者がみた『古今集』の本行に墨滅歌があったかどうかは全く分からないのである（墨滅歌を引歌にしているから作者のみた『古今集』には墨滅歌があった、とはできない）。したがって、「墨滅歌」ということばを用いることは、見せ消ちを伴って書写されている書式であった、或る固有の伝本との関係性のみを想起させかねないので、避けるのが穏当と考える。「『古今集』巻末の墨滅歌」という記述は定家本に限定されてしまうので、最も望ましくない（むろん、定家本『源氏物語』との関係を考える際には、あえて墨滅歌であることに拘ってもよいだろう）。その代案としては、例えば凡例において墨滅歌について「俊成本の奥書によると、崇徳院の許にあった貫之自筆本には俊成本の通りに見せ消ちを伴って本行に書かれていたようである。ただし、同じ貫之自筆本の姿を復元できる他の資料（教長や清輔に関わる資料群）に依ると、貫之自筆本に墨滅歌や見せ消ちは無かったらしく判然としない。頭注は便宜上のインデックスに過ぎない」等と説明しておくとか、その歌をもつ現存伝本を列挙して「○○本には××部にある」という但し書きを付すといった、誤解を生じさせないようにする措置が必要であろう。その際は所収巻（先述の通り伝本間の異同がある）や詞書・作者・左注もあわせて提示するのが望ましい。

『古今集』での所在を示すことに拘る立場であれば右の措置で良いかと思うが、その歌が他の資料にも収録されている場合は、『古今集』だけでなく他文献との関係も考慮されねばならない。そこで次にこの問題に関して触れつつ、「引歌」をめぐる諸問題にも言及したいと思う。

三

前掲の紅葉賀巻の一節を再掲する。

君は、とけてしも寝たまはぬ心なれば、ふと聞きつけて、この中将とは思ひ寄らず、なほ忘れがたくすなる修理の大夫にこそあらめとおぼすに、おとなおとなしき人に、かく似げなきふるまひをして、見つけられむことは、はづかしければ、「あなわづらはし、出でなむよ、蜘蛛のふるまひは、しるかりつらむものを、心憂くすかしたまひけるよ」とて、直衣ばかりを取りて屏風のうしろに入りたまひぬ。

逢瀬ののち男の入ってくる気配を察した源氏は、修理大夫の来訪はあらかじめ分かっていただろうに、と恨み言を源典侍にいう。この発話のうち「蜘蛛のふるまひ」については、前掲「わがせこが来べき宵なりささがにの蜘蛛のふるまひかねてしるしも」をほぼ全ての先行研究は引歌と指摘する。また『日本書紀』巻一三・允恭天皇紀八年二月にみえる、

八年春二月、幸于藤原、密察衣通郎姫之消息、是夕衣通郎姫恋天皇而独居、其不知天皇之臨、而歌曰、
我餓勢故餓　勾倍枳予臂奈利　佐瑳餓泥能　区茂能於虚奈比　虚予比辞流辞毛（わがせこがくべきよひなりささがねのくものおこなひこよひしるしも）

を示し、こちらでは本文が「区茂能於虚奈比〈くものおこなひ〉」となっていることに言及する先行研究もある。

一方、川島［一九九〇］、栗山［二〇〇五］は、詠者である衣通姫に目を転じ、『古今集』仮名序にある「小野小町は衣通姫の流なり」という一節に注目して論じる。『日本書紀』、『古今集』の墨滅歌以外の資料に触れたものは管見の範囲ではこの二つであるので、両論の妥当性を三点に分けて検証していく。

(一)まず、仮名序に触れながら、仮名序の「古注」にある記述に触れない点に問題がある。『古今集』の仮名序にある「古注」には、他ならぬ「わがせこが」歌自体が引かれているからである。元永本に依って「古注」部分を太字で示しつつ掲げる（現存最古の完本であるため元永本を選んだに過ぎない。なお元永本で「古注」は本行に書かれている）。

> 小野の小町は、いにしへのそとほりひめのりうなり。あはれなるやうにてつよからず。いはゞよき女のなやめるところあるがごとし。つよからぬはをむなの哥なればなるべし。
> おもひつゝぬればや人のみえつらんゆめとしりせばさめざらましを
> いろみえでうつろふものはよのなかの人のこゝろのはなにぞありける
> わびぬればよをうきくさのねをたえてさそふみづあらばいなむとぞおもふ
> そとほりひめの哥　　わがせこがくべきよひなりさゝがにのくものふるまゐかねてしるしも

小町は衣通姫の流派・系統であると仮名序本文はいう（真名序にも「小野小町之歌、古衣通姫之流也」とある）。

そして「古注」は、小町の歌三首を挙げ、ついで衣通姫の歌として当該歌を挙げている。

「古注」と呼ばれる注記は、現存する『古今集』伝本のほぼ全ての仮名序にある（その書き方は伝本により異なるが内容はほぼ同じ。なお貫之自筆とされる本にも「古注」はあった）。この「古注」の作者については、院政期より藤原公任とする説があったが、西村［一九九七］は、仮名序「古注」と、顕昭『古今集序注』が引用する「公任卿注」という真名序注との比較などから、公任作者説を説き、現在の通説となっている。「古注」が公任作である可能性が高い＝『源氏物語』の成立とほぼ同じ頃にできたと推定されているうえに、墨滅歌とは違って、現存するほぼ全ての『古今集』に「古注」はあるのだから（さらに西村［一九九七］は「公任が女性向けに古今集仮名序に注を施したものが、古注であろう」とも指摘している）、両論にとっては恰好の資料であろう。

（二）しかし、仮名序「古注」に「わがせこが」歌がある事実を押さえたうえで、では両論の説くところを是とできるかというと、俄に受け入れ難い。疑問点を挙げていこう。

川島［一九九〇］は「連想」をつなぎ合わせることで源典侍と清少納言とを重ねて見る。帚木巻において、藤式部丞が「わがせこが」歌を本歌とする贈歌を贈った女博士には清少納言の「面影」があり、藤式部丞とのやりとりは「清少納言と修理亮則光を連想させ」るという。また紅葉賀巻については「清少納言が憧れ、賛美する典侍に、「老い」と「好色」の要素を加え、戯画化したものが源典侍」とみて、当該場面で出てくる修理大夫がやはり修理亮則光を連想させるという。そしてこの二巻は「「わが背子が…」の歌を媒介として呼応しており、ともに清少納言と前夫修理亮則光を連想させるように創作されているのではあるまいか」という。状況証拠と論者の「連想」が自由に重なっており、いずれが論拠となっているのか判然とせず、第三者による再検証ができない。

栗山［二〇〇五］は川島［一九九〇］を引くが検証はしていない。そして別の仮説として、好色や老衰といった説話化がなされていた小野小町像が、「色好み」な「老女」といった源典侍の特異な造形」の背後にあった可能性を示す。論拠は明確に示されているので、その反証になる点と疑問点を二つ示したい。

第一に、たしかに小町をめぐる説話のなかには、好色・老衰というものがある。「花の色はうつりにけりないたづらに我が身よにふるながめせしまに」歌をめぐる中世古今集注の言説や、中世の『伊勢物語』注釈書の言説、『玉造小町壮衰書』などによって、かかる説話化が行われていたことはよく知られている（片桐［一九七五］ほか）。しかし、小町が年老いてなお好色であるといった享受は、『源氏物語』の成立した時期の前後には見いだせない。源典侍という人物は、「年いたう老いたる典侍、人もやむごとなく心ばせありて、あてにおぼえ高くはありながら、いみじうあだめいたる心ざまにて、そなたには重からぬあるを、かうさだ過ぐるまで、などさしも乱るらむといぶかしくおぼえたまひければ」と『源氏物語』には書かれている。老女でありながら色を好む点が特徴であり、ここに源氏も興味を抱いたのであった。この点が小町像とは結びつかず、従来から指摘されている他の老女恋愛譚との親和性のほうが遥かに高い。

第二に、源典侍が源氏へ差し出した扇に書かれていた「森の下草老いぬれば」歌が、『古今集』では読人不知歌であるが、『古今和歌六帖』では小町歌となっていることを指摘し、源典侍と小町とを結びつける仮説の出発点・前提とするが、『古今和歌六帖』には同じ歌が重複して別の部にも入集しており、そちらは『古今集』と同じく無作者の歌となっている。この違いを解決できなければ論拠にはならず、また周知の通り『古今和歌六帖』における同一歌の重複現象や作者名表記の問題は大変に難問で、そう容易く解決できそうにもない（久保木［二〇一三］ほか。なお近年での源氏研究において『古今和歌六帖』はよく利用されているが、右の難問に触れるものが極めて少ないのは如何)。『古今和歌六帖』の作者名表記が論拠にならず、先に見たように小町との関連が「好色」という点にしかないのであれば、論拠はすべて崩れ、以降の考察も意味を為さないことになろう。

(三)最も気にかかることは、諸注釈書が指摘するように「男の来訪に先だって、蜘蛛がその前兆として巣を張るものだという俗信」(新全集)が『日本書紀』の時代から既にあったらしいことである。この点は内藤[一九九七]が先行研究をまとめつつ論じており参考になる。土橋[一九八六]には蜘蛛が巣をかける動作を吉兆とみる中国の俗信について、『毛詩注疏』巻第八・豳風「東山」の一節に対して孔穎達疏がひいた『草木虫魚疏』の例「荊州河内人謂之喜母此蟲來著人衣當有親客至有喜也」などが指摘されている。韓国にも同様の俗信があるとの指摘もある(金[一九九〇])。付言すると、教長『古今教長注』や顕昭『古今集注』は、「摩訶止観ニモ蜘蛛降而有喜事トイヘリ」と注して『摩訶止観』の言説を引く(『西京雑記』をひくものも多い)。これらの例から、内藤[一九九七]は『日本書紀』の「わがせこが」歌は「純然たる創作歌と捉えるよりは、韓国の用例のように、本来は民間で流布した、待つ女の心情を歌った恋の民謡ではなかったかと推察される」とする。現在の記紀歌謡の注釈書でも、このように理解されているようで、いま反証となるものを稿者は提示できない。仮に民謡や伝承歌として「わがせこが」歌が当時知られていたのならば、『源氏物語』の当該箇所について考えるとき、『古今集』という書記文献に引歌としての出所を限定して考察しなければならない、そもそもの理由が失われるのではないか。さすれば、『古今集』の文脈に沿って初めて成り立つ、衣通姫↓小町‖源典侍という連想を生じさせようとした作者の意図なるものがあるという栗山[二〇〇五]の主張も、このままでは過剰解釈となろう。もしそのように論じたいのであれば、手続きとしてまずは『源氏物語』の当該箇所が、民謡や伝承歌としての「わがせこが」歌ではなくて、『古今集』に依っていることを論証すべきであろう。

このように、先行研究に対しては主に三点の反証や疑問が残るのであるが、もう一点、稿者にとって極めて悩ましい難問が残っている。それは、いずれの論においても、引歌をめぐる考察の結果が「作者の意図」を捉えることに帰結していることである。川島［一九九九］は「連想させるように創作されている」と、作者の意図なるものに言及する。栗山［二〇〇五］は、前掲の文献を確認したうえで、「源典侍をめぐる笑話の背景に小町説話の生成に見られるような、「色好み」な女を軽蔑・憎悪し、その成れの果てとしての衰老・落魄を必定とするといった発想が見られる」と述べているので、源典侍という人物像を作者が造形して、滑稽譚として『源氏物語』のなかに作者が定位した理由などを考察した論ということであろう。しかしながら、確認できた文献は後世の享受者の読みに関する仮説を示すことには繋がるけれども、作者のいかなる意図があったかを仮定する材料とはならないはずである。『源氏釈』『奥入』等の古注釈書が「わがせこが」歌を引歌と指摘している事実も、当該箇所に「わがせこが」歌を読み取った享受者がいたことや、作者が引歌にしたと想定した享受者がいたことといった、享受者の読みを示してはいるが、作者の問題に直接結びつけることはできまい。

誰しもが納得のいく結論として、引歌にこめられた作者の或る意図なるものを論証する方法や暗黙の約束事が、源氏研究にはあるのかとも思われたが、片岡［二〇一三］の批判によれば、そのような常識があるわけでもないらしい。稿者の知識不足を棚に上げることはできないにしても、説明がないことは、提案者が自説の妥当性を証明することを放棄しているようにも見えるし、何よりも第三者、とくに専門外の者がその是非を問えないことは非生産的である。作者の意図を知りたいという思いは当然生じる欲求であるからこそ、例えば中西［二〇一五］のような、自制的な試みこそが求められるのではなかろうか。『源氏物語』のなかに、或る和歌を知らなければ全く意味が通じない記述があることは確かである。しかし、そもそも『源氏物語』全体が歌ことばなどに依拠した「和歌的表現」を下敷きにして書かれているので（清水［一九九七］・片岡［二〇一三］・陣野［二〇一六］ほか参照）、緩やかに引歌を認定しようとすると、至るところに引歌が存することになる。引歌を論じるさいに必ず問題となるこの点に配慮しつつ、取り上げる和歌や場面が恣意的にならないよう論じるという至極当然の姿勢は、より徹底されねばならないと思う（なお、引歌の歌意から文意は離れているがそれは作者が敢えて「ずらし」た技法であるとみる論の妥当性については別の機会に論じたい）。

その一方で、近年の主流となっている文献学的研究（主に諸本研究・本文研究を念頭に置いている。読者論やテクスト論等との関係についていま稿者は整理できていない。土方［二〇〇三］・安藤［二〇〇六］・高橋［二〇〇七］・松岡［二〇一一］・片山［二〇一六］等参照）による引歌研究に問題はないかというと、後世の享受や、或る写本に基づくその写本における読みといった限定的なものを示すことに終始しかねない側面をもつ点に、限界があるようにも思われる。もし、あたう限りの文献資料を示して説明しても、なお或る時点での享受しか分からないのであれば、文献学的方法による引歌研究の成果が『源氏物語』の解釈に利用されることが少ない現状も、理解できなくもない。

しかし、だからといって、解釈学と文献学が乖離する傾向にある現状は、源氏研究にとって望ましくなかろう。安易な解決策かもしれないが、自身の依って立つ方法論に自覚的になること（どうやって何を明らかにするのか、何は明らかにできないのか）、論拠を提示すること（感想文と論文は厳然と弁別すべきである）、先行研究を正しく批正すること、そういった、研究において当然の手続きを改めて意識的に提示し、異なる方法論どうしが、相互批判を繰り返し行うことが求められるように思う。無批判や無関心に起因する諸説の乱立ほど、絶望的なものはない。和歌研究の側からも、より積極的な提言や批正を続けていく必要性があろう。

四

定家本『古今集』の墨滅歌に類似の表現のあることが確認できた時点で考察を止めると、考慮されねばならない諸点（「わがせこが」歌でいえば、民謡・伝承歌との関係など）が置き去りにされてしまう。これは、いかなる方法論を用いるとしても、引歌研究をするうえで等しく当てはまる問題である。

そもそも、定家本『古今集』にのみ依拠する研究手法にこそ問題があろう。『源氏物語』の引歌を検討しようとするとき、まず利用するものは『新編国歌大観』などの検索ツールかと思う。しかし『新編国歌大観』の『古今集』は、多様な異同をもつ伝本群のうち定家本（それも冷泉家や二条家に相伝されたものとは異なる伊達本である。なお拙稿［二〇一三］・同［二〇一七］参照）を底本としているので、主要伝本の校本である『古今集校本 新装ワイド版』（笠間書院、二〇〇七）や、本文の比較に便利な『古今和歌集成立論　資料編　上・中・下』（風間書房）の併用が望まれる。加えて、久保木［二〇〇九］などが夙に注意を促している通り、『新編国歌大観』には、伊達本にはなくて他本にはある約二十七首のいわゆる「異本歌」が収録されていない。『新編日本古典文学全集　古今和歌集』（小学館、一九九四）の巻末には、底本とした定家本にはない二十七首が語釈と現代語訳とともに収録されているので、こちらにも目を通すのが望ましい。和歌集の伝本には極めて多彩なヴァリアントがあり、詠者すら変わり、引歌と密に関わる句単位での異同も多いので、諸本を確認しておく必要がある。この点やや従来の引歌研究は疎かであるようにも見え、その端的なあらわれが「墨滅歌」という表示法と思われたので、ここに疑義を示し、『源氏物語』研究における定家本『古今集』との離別を提言した次第である。初歩的な疎漏があるものと恐れる。識者、専家の高批を賜りたい。

引用参考文献

・浅田徹［一九九二］「「不違一字」的書写態度について」『中世和歌　資料と論考』明治書院
・同［一九九三］「俊成本古今集試論――伝本分立の解釈私案――」『和歌文学研究』六六
・同［一九九五］「定家本とは何か」『国文学　解釈と教材の研究』四〇―一〇
・同［一九九六］「顕註密勘の識語をめぐって」『和歌文学研究』七二
・同［一九九七］「教長古今集注について――伝授と注釈書――」『国文学研究』一二二
・同［一九九八］「教長古今集注と始発期古今伝授の問題」『和歌文学研究』七七
・同［一九九九］「解題」『国立歴史民俗博物館蔵 貴重典籍叢書　文学篇　第一巻』臨川書店
・同［二〇一二］「『古今集』を読む――定家本に残るある写本の痕跡――」『古典籍研究ガイダンス』笠間書院
・安藤徹［二〇〇六］『源氏物語と物語社会』神話社
・片岡利博［二〇一三］「引用論と本文異同」『異文の愉悦　狭衣物語本文研究』笠間書院
・片桐洋一［一九七五］『小野小町追跡』笠間書院
・同［一九九一］『古今和歌集の研究』明治書院
・片山善博［二〇一六］「源氏物語を〈解釈〉するとは？――解釈学と源氏物語研究――」『新時代への源氏学　9』竹林舎
・加藤昌嘉［二〇一五］「写本で読むこと／活字本で読むこと」『新時代への源氏学　7』竹林舎

・川島絹江［一九九〇］「源典侍と清少納言――衣通姫「わが背子が…」の歌の引歌方法――」『研究と資料』二三↓『『源氏物語』の源泉と継承』第四節1、笠間書院、二〇〇九年
・川上新一郎［一九九九］『六条藤家歌学の研究』汲古書院
・金奉鉉［一九九〇］『朝鮮民謡史』国書刊行会
・久曾神昇［一九四〇］『崇徳天皇御本古今和歌集』文明社
・同［一九六〇〜一九六一］『古今和歌集成立論』風間書房
・久保木哲夫［二〇一三］「『古今和歌六帖』における重出の問題」『うたと文献学』笠間書院
・久保木秀夫［二〇〇九］「本文データベースの一問題点と異本研究の可能性――古今集の異本歌・異文を例として――」『平安文学史論考』武蔵野書院
・栗山元子［二〇〇五］「源典侍における老いと好色について」『人物で読む源氏物語　朧月夜・源典侍』勉誠出版
・陣野英則［二〇一六］『源氏物語――女房・書かれた言葉・引用――』勉誠出版
・清水婦久子［一九九七］「『源氏物語』と和歌――本歌と引歌――」『王朝和歌を学ぶ人のために』世界思想社
・高橋亨［二〇〇七］『源氏物語の詩学――かな物語の生成と心的遠近法――』名古屋大学出版会
・土橋寛［一九七六］『古代歌謡全注釈　日本書紀編』角川書店
・鳥居千佳子［一九八四］「清輔本古今集の性格」『和歌文学研究』四九
・内藤英人［一九九七］「衣通郎姫歌謡の考察」『日本歌謡研究』三七
・中西智子［二〇一五］「朧月夜と玉鬘――うたことばの反復と人物造型の重なり――」『中古文学』九六
・西下経一［一九五四］『古今集の伝本の研究』明治書院
・西村加代子［一九九七］『平安後期歌学の研究』和泉書院
・土方洋一［二〇〇三］「『源氏物語』のテクスト研究――中世の文献学――」『岩波講座　文学1』岩波書店
・松岡智之［二〇一一］「『源氏物語』諸本の解読とテクスト論」『日本文学』六〇・六
・拙稿［二〇一三］「冷泉家・二条家における証本とその利用法――定家自筆『古今和歌集』を中心に――」『生活と文化の歴史学3　富裕と貧困』竹林舎
・同［二〇一七］「伊達本古今和歌集の性格――定家本『古今集』の本文異同について――」『日本文学研究

ジャーナル』創刊号

＊ 冷泉家時雨亭文庫蔵定家筆嘉禄二年四月本『古今集』は『冷泉家時雨亭叢書　二』（朝日新聞社、一九九四年）、俊成本『古今集』（一類本）は『国立歴史民俗博物館蔵 貴重典籍叢書　文学篇　第一巻』（臨川書店、一九九九年）、保元二年清輔本『古今集』は『尊経閣叢刊』（一九二八年）、元永本は『日本名筆選　三〇』（二玄社）、顕昭『古今集注』は『日本歌学大系　別巻四』（風間書房）、『顕注密勘』は『日本歌学大系　別巻五』（風間書房）、『袋草紙』は『新日本古典文学大系　袋草紙』（岩波書店）、『日本書紀』は小学館新編全集に依り本文を示した。（歌番号は『新編国歌大観』の番号）

附記　本稿は日本学術振興会・学術研究助成基金助成金・基盤研究（B）「定家本源氏物語と古今集・後撰集との相関性に関する文献学的研究」（研究代表者加藤洋介氏、稿者は研究協力者として参画）に基づく成果の一部である。

『源氏物語』から『伊勢物語』へ

――「帚木」巻・指喰いの女のエピソードをめぐって――

松本裕喜（まつもと・ゆうき）

一九八八年生まれ。北海道大学大学院文学研究科共同研究員。専門は中古文学の注釈的研究。著書に『和泉式部日記／和泉式部物語』本文集成』（共編、勉誠出版、二〇一七年）、論文に「『伊勢物語』六十三段「あひえてしかな」考―異本の有する古態性―」（『国語国文研究』第一四五号、二〇一四年六月）、「『伊勢物語』四十四段段末本文考」（『国語国文』第八五巻第一号、二〇一六年一月）などがある。

はじめに

或る二つの作品の間で、語句や表現のレベルでの影響関係を認め得る場合、通常はごく単純に、「先行する作品の本文↓後に成立した作品の本文」という流れを想定する。これは、両作品の該当箇所に本文の対立が無い場合、基本的には認められる考え方であろう。しかるに、どちらか一方の作品（特に、先行する作品）の該当箇所に本文の対立が見られる場合は、両作品の本文の生成過程を、慎重に、かつ柔軟に考えていく必要がある。

本稿では、『伊勢物語』と『源氏物語』におけるこのような問題を取り上げて考究したい。

一 『伊勢物語』十六段・有常歌の解釈と本文

本稿で取り上げるのは、紀有常とその友人との間で交わされた和歌のやりとりが記される『伊勢物語』十六段と、『源氏物語』「帚木」巻において左馬頭が語った、いわゆる「指喰いの女」のエピソードである。まずは、両作品の当該本文を確認しよう。(1)

『伊勢物語』十六段

むかし、きのありつねといふ人有けり。三世のみかどにつかうまつりて、時にあひけれど、のちは世かはり、時うつりにければ、世のつねの人のごともあらず。人がらは心うつくしく、あてはかなることをこのみて、こと人にもにず。まづしくへても、猶、むかしよかりし時の心ながら、よのつねのこともしらず。としごろあひなれたるめ、やう〳〵とこはなれて、つゐにあまになりて、あねのさきだちてなりたるところへゆくを、おとこ、まことにむつましきことこそなかりけれ、「いまは」とゆくを、いとあはれと思けれど、まづしければするわざもなかりけり。おもひわびて、ねむごろにあひかたらひけるともだちのもとに、「かう〳〵、『いまは』とてまかるを、なにごとも、いさゝかなることもえせでつかはすこと」とかきて、おくに、

手をゝりてあひ見し事をかぞふればとおといひつゝよつはへにけり

かのともだち、これを見て、いとあはれと思ひて、よるの物までをくりてよめる、

　年だにもとおとてよつはへにけるをいくたびきみをたのみきぬらん

かくいひやりたりければ、

　これやこのあまのは衣むべしこそきみがみけしとたてまつりけれ

よろこびにたへで、又、

　秋やくるつゆやまがふとおもふまであるは涙のふるにぞ有ける

『源氏物語』「帚木」巻

「(私が女に) にくげなる事どもをいひはげまし侍に、女もえおさめぬすぢにて、およびひとつをひきよせて、くひて侍りしを、おどろ〳〵しくかこちて、『かゝるきずさへつきぬれば、いよ〳〵まじらひをすべきにもあらず。はづかしめ給めるつかさ・くらゐ、いとゞしくなにゝつけてかは人めかん。よをそむきぬべき身なめり』などいひおどして、『さらば、けふこそはかぎりなめれ』と、このおよびをかゞめてまかでぬ。

　『てをおりてあひみし事をかぞふればこれひとつやは君がうきふし

えうらみじ』などいひ侍れば、さすがにうちなきて、…」

　両作品で傍線を引いた和歌は、男女の別れに関わる場面で、指を折ってこれまでの関係について述懐する、という点で共通性があり、歌句の対応を見ても、両者に直接的な影響関係を認めてよかろう。また、掲出

したのはどちらの作品についても現在広く読まれている本文である。これらのみを見ると、単純に『伊勢物語』の和歌の上の句が、そのまま『源氏物語』に利用されているように見えるのだが、『伊勢物語』の側には本文の対立が見られるため、まずはそれを整理しておきたいと思う。

『伊勢物語』の当該歌について、特に対立の目立つ二句目の本文を一覧すると、

・あひ見し事を
↓ほぼ全ての【定家本】・通具本・藤房本・【真名本】・最福寺本以外の【古本】
・経にける年を
↓専修大学蔵本(2)・泉州本以外の【広本】・伝民部卿局筆本・武者小路本
・あひ見し年を
↓最福寺本・泉州本

となっている。掲出した学習院大学蔵本のように「あひ見しことを」とする伝本も相応にある一方で、「経にける年を」という異文も、広本に分類される大島本や日大為相本などをはじめとして、複数の重要な写本に見られるため、注意しなければなるまい。この他、「あひ見し年を」という異文も見られるのだが、「あひ見し事を」と「経にける年を」とを混合したような形となっており、ここでは「あひ見し事を」と「経にける年を」との本文対立として考える。『伊勢物語』と『源氏物語』の当該歌の関係について、『伊勢物語』の側に「経にける年を」の本文を加えた時、問題は複雑となる。すなわち、『源氏物語』が元とした『伊勢物

語』の当該歌の二句目は、果たして「あひ見し事を」であったのか、いま一度考える必要が出て来るのである。

この問題については、夙に藤井高尚『伊勢物語新釈』において、以下のような見方が示されており、(3) 結論としては、この考え方が正解であると考える。

・「経にける年」、塗本にしたがふ。他本に「あひ見し事を」とあるは、帚木ノ巻に「手を折りてあひみし事をかぞふればこれひとつやは君がうきふし」とある歌の上の句と似たるゆゑに、うつす人のふとかの歌の上の句をかける也。かれはあひ見しをり〳〵にうきふしのありける事をかぞふる意にてさいへり。此の歌をあひ見し事としては四十度あひ見しになりて、返歌とあはず。

つまり、『伊勢物語』の当該歌の二句目は、元来「経にける年を」であったのが、『源氏物語』「帚木」巻の和歌では二句目を「あひ見し事を」という形にして取り入れ、それに引かれて『伊勢物語』の二句目においても、「あひ見し事を」とする伝本が生まれた、と考えるのである。

二　動詞「あひ見る」の語義

『伊勢物語』の当該歌について、先行諸注(4)の解釈を確認すると、

・指を折って妻と暮した生活を数えてみると、四十年も経っていたのだった（渡辺『集成』）

・指を折って、妻とともに暮らした年月を数えてみると、十年十年とくりかえし四回、四十年も過ごしてしまったことよ。（秋山『新大系』）

などと訳されてきたのだが、[5] さきに見た藤井『新釈』では、『伊勢物語』の二句目に関して、「あひ見し事としては四十度あひ見しになりて、返歌とあはず」と言及されていた。「あひ見る」という動詞の語義について固めておく必要があろう。稿者は以前、『伊勢物語』の他の箇所の本文を問題にした際に、動詞「あひ見る」の語義を考究したことがあるが、[6] ここで改めて確認しておきたい。この語は、

○（前略）…うらには、まことや、くれにもまいりこむと思ふ給へたつは、いとふにはゆるにや、いでや〳〵、あやしきは、みなせがはにを、とて、またはしにかくぞ、

くさわかみひたちのうらのいかゞさきいかであひみんたごのうらなみ

おほかはみづの、…（後略）（源氏・常夏）

などのように、単に「お目にかかる」の意味で用いられることもままあるが、こと恋愛関係・夫婦関係となると、「契りを交わす」の意味となる。

○あひ見てののちの心にくらぶれば昔は物もおもはざりけり（拾遺集・恋二・七一〇・権中納言敦忠）

こうしたことを踏まえて、先に挙げたもの以外の諸注においても、「あひ見し事を数ふれば」が、

・妻とともに過ごした年月を数えてみると　（鈴木『評解』）

・夫婦として生活したことを数えてみると　（片桐『全読解』）

などと訳されている。しかるに、先に確認した通り、「あひ見る」は「契りを交わす」ことであり、「夫婦生活を続ける」「夫婦として過ごす」などといった意味とは若干異なるのではないか。実際、「あひ見る」に過去の助動詞「き」が下接した、当該例と同様のケースを見ると、

○　しなてるやにほのみづうみにこぐ舟のまほならねどもあひみし物を　（源氏・早蕨）

という和歌がある。ここも、薫が大君ではなく中君と一夜を過ごしたことについて「あひ見し」と言っている。先に挙げた敦忠の有名な歌にも「あひ見てののちの心にくらぶれば」すなわち、〈一度契りを交わした後、あなたに会えないでいる物思いに比べてみると…〉とあるように、夫婦生活を続けるのではなく、契りを交わすことに対して「あひ見る」という語が用いられることは明らかであろう。これにもとづいて『伊勢物語』の当該歌を解釈すると、〈指を折って妻と契りを交わしたことを数えると、四十回だったのだなあ〉となってしまう。この後の友人の歌に、「年だにも十とて四つは経にけるを」とあるように、紀有常の歌は、〈夫婦として過ごした年数を数えてみると…〉という内容でなければならず、二句目を「あひ見しことを」

としたまま解釈するのは難しいのではなかろうか。

ここで目を向けたいのは、前節で挙げた通り、この歌の二句目に、「経にける年を」という異文が目立つ点である。「経にける年を」の本文であれば、〈指を折って、（妻とともに）過ごした年数を数えてみると〉となり、下句とよく整合する。藤井『新釈』は、この点を重視して、「経にける年を」の本文を採用していた。藤井『新釈』に対しては、石田『注釈稿』が、

・『源氏物語』帚木の「手を折りてあひ見しことを数ふればこれ一つやは君が憂きふし」は、…（中略）…この『伊勢物語』の歌の上句を借用したものであろう。『新釈』は、塗籠本の「経にける年」を是とし、「あひ見し事」の本文は、帚木の歌に引かれて改訂されたものであろうというが、逆に、『源氏物語』の歌のほうが借用したものとすれば、広本系などの本文が後の改訂ということになろう。『新釈』は「見る」を、単に、あい逢う意とし、帚木の歌は「あひ見しをり〳〵にうきふしのありける事をかぞふる意」で、そう言ったので、この『伊勢物語』の場合は、さすれば、「四十度あひ見しになりて返哥とあはず」と言うが、「見る」をそのように狭くとる要はない。

という反論を行っているが、「「見る」をそのように狭くとる要はない」という点は従えない。接頭語「あひ」の付いた形の「あひ見る」の場合は、これまで見たように、恋愛や夫婦関係の文脈においては「契りを交わす」の意味で用いられるのが原則である。もちろん、意味の通じやすい本文の方が通じにくい本文よりも古態を留めているとは言い切れない部分もあるが、先に述べた通り、「あひ見し事を」では、一首として

意味をなさない以上、「経にける年を」の本文が元であったと考えるべきではできないだろうか。

三　『源氏物語』から『伊勢物語』へ

ここまでの考え方に拠れば、『伊勢物語』当該歌の本文は、

○手を折りて経にける年を数ふれば十と言ひつつ四つは経にけり

といった形であり、その上の句を、『源氏物語』「帚木」巻では一部改めて、

○手を折りてあひ見し事を数ふればこれ一つやは君が憂きふし

という和歌にして利用したこととなる。

ここでは、左馬頭が、女と口論になった末、女に指を喰われたことを受けて、「手を折りて」という歌を詠んでいるのだが、(7)『源氏物語大成』『河内本源氏物語校異集成』『源氏物語別本集成』の三校本を見るに、『源氏物語』ではこの部分に異同はほとんど無い。この歌では、二句目が「あひ見し事を」とあっても何ら問題無いだろう。〈指を折って、逢瀬を重ねた事を数えてみると、あなたの嫌なところはこれ一つではありませんでした〉という意味である。

『伊勢物語』の和歌と『源氏物語』の和歌との関係について、『伊勢物語』の当該歌の二句目を「あひ見し事を」とする現代注においては、

・源氏物語の「手を折りてあひ見しことを数ふればこれひとつやは君が憂きふし」(帚木)はこの歌によるか。(森本『全釈』)

・『伊勢物語』からの引用と思われる…(鈴木『評解』)

などと言うに留まるものが多く、『伊勢物語』と他作品との影響関係を網羅的に調査した伊藤颯夫『伊勢物語の享受に関する研究』[8]も、「定家本系による享受と思う」とするにとどまっているが、本稿のように、『伊勢物語』の二句目が元来「経にける年を」とあったとする立場から見れば、『伊勢物語』において「あひ見し事を」とするのは、藤井『新釈』の説くように、『源氏物語』の歌と「似たるゆゑに、うつす人のふとかの歌の上の句をかける」というのが正しい理解なのではなかろうか。

このように見ると、『源氏物語』の「あひ見し事を」の本文が、『伊勢物語』の当該歌に影響を与えたということになるのだが、これと同様に、『源氏物語』の本文が『伊勢物語』に影響を与えたと考えられるケースが存在する。

『源氏物語』「総角」巻では、匂宮が実姉の女一宮のもとを訪れた際、女一宮の御前には『伊勢物語』の物語絵があったのだが、それを目にしたのをきっかけに、匂宮が女一宮に戯れかかる、という場面がある。

しぐれいたくしてのどやかなる日、女一宮の御かたにまいり給つれば、御まへに人おほくもさぶらはず、しめやかに御ゑなむど御らんずるほどなり。…（中略）…ざい五がものがたりをかきて、いもうとにきむをしへたる所の、「人のむすばん」といひたるをみて、いかゞおぼすらん、すこしちかくまいりより給て、「いにしへの人も、さるべきほどは、へだてなくこそならはして侍けれ、いとうと〳〵しくのみもてなさせ給こそ」と、しのびてきこえ給へば、…

「人のむすばん」とは、『伊勢物語』四十九段で男が妹に詠み掛けた和歌であり、匂宮が女一宮に戯れかかるのも、この章段を踏まえての行動である。しかし、現存する『伊勢物語』四十九段は、例えば学習院大学蔵天福二年本では、

むかし、おとこ、いもうとのいとおかしげなりけるを見をりて、
うらわかみねよげに見ゆるわか草をひとのむすばむことをしぞ思
ときこえけり。返し、
はつ草のなどめづらしきことのはぞうらなく物を思ける哉

となっており、波線で示した「妹に琴教へたる」に相当する本文を持つ伝本はほとんど見られない。わずかに、最福寺本が「いとおかしききんをしらべけるをみて」という本文を有する他、時頼本、伝後醍醐天皇宸翰本、伝為明筆本などに同様の本文が見られるのみである。

これに関しては、片桐洋一が、

…定家本成立の基盤になった別本類に含まれる最福寺本・伝後醍醐天皇宸翰本・時頼本・伝為明筆本などが、定家本系統にも非定家本系統にも見られないこれらの特異本文を本来的に持っていたとは考えにくく、おそらくは、…(中略)…「源氏物語」総角の巻の「…(中略)…」という叙述に適合するように改竄された本文ではなかったかと思うのである。

と述べ、諸本の本文の伝存状況から、これらが元来的な本文ではない可能性を指摘し、

…「源氏物語」総角の巻の記述は、ここに紹介されている「伊勢物語絵」にそのような場面が描かれていたことを述べているにとどまり、物語本文に「妹に琴教へたる」と記されている必要は必ずしもないのである。

とする。[9] 最福寺本の「いとをかしき琴を調べけるを見て」と、『源氏物語』「総角」巻の「妹に琴教へたる」とでは、いささか内容が異なる点に疑問が残るのだが、引用元である『伊勢物語』から『源氏物語』へと一方向に考えるのでなく、本文の伝存状況などをも考慮しつつ、常識的な考え方とは反対に、『源氏物語』の本文が『伊勢物語』の本文に影響を与えている可能性に言及している。

片桐説に従うと、『伊勢物語』の本文には、『源氏物語』の本文に影響を与えた箇所において、反対に『源

氏物語』に引かれて発生したと考えられる異文があることになり、本稿の考え方も、じゅうぶんに成り立ち得るものと思われる。

以上、藤井『新釈』の指摘を踏まえ、本稿の立場をごく単純に整理すると、

「経にける年を」の本文を持つ『伊勢物語』当該歌が存在

←

『源氏物語』「帚木」巻で右の歌が利用される際、二句目が「あひ見し事を」となる。

←

『源氏物語』の歌句に引かれ、『伊勢物語』当該箇所に「あひ見し事を」の異文が発生

という過程を想定することができるのではなかろうか。

五　本文解釈の正当性

以上、『伊勢物語』十六段の和歌と『源氏物語』「帚木」巻の和歌との関係について検討し、『源氏物語』の和歌の本文が『伊勢物語』の和歌の本文に影響を与えていた可能性を論じた。このように、引用元の本文の対立に常に目配りをし、通説にとらわれることなく様々な可能性を考えることはきわめて重要なことであると言えよう。

これに加えて、或る二つの作品間の引用関係を論じる際には、引用元の作品についての解釈を固めておくことも重要と言えるだろう。『源氏物語』が『伊勢物語』初段から影響を受けているとされてきた所を例に言及したい。

むかし、おとこ、うゐかうぶりして、ならの京、かすがのさとに、しるよしゝてかりにいにけり。そのさとに、いとなまめいたるをんなはらからすみけり。このおとこ、かいまみてけり。おもほえず、ふるさとに、いとはしたなくてありければ、こゝちまどひにけり。おとこのきたりけるかりぎぬのすそをきりてうたをかきてやる、そのおとこ、しのぶずりのかりぎぬをなむきたりける。

かすがのゝわかむらさきのすり衣しのぶのみだれかぎりしられず

となむをいづきていひやりける。ついでおもしろきことゝもや思けん、

みちのくの忍もぢずりたれゆへにみだれそめにし我ならなくに

といふうたの心ばへなり。むかし人は、かくいちはやきみやびをなんしける。

『伊勢物語』初段は、男が、平安京の外で美女を垣間見し、和歌を詠みおくる、という内容の章段である。こうした内容は、『源氏物語』の複数の場面にも見られるものであり、「若紫」巻における、療治のため光が北山に赴いた際に後の紫上を見出した場面のほか、「橋姫」巻で薫が大君と中君とを垣間見した場面も『伊勢物語』初段の影響のもと創作されたものであるという指摘がある。『伊勢物語』初段に描かれている垣間見と『源氏物語』「橋姫」巻の垣間見の場面とでは、京の外で美女を見出すという趣向のほか、「女はらか

ら」（姉妹）を垣間見する、という点が類似しているとされる。『伊勢物語』初段と『源氏物語』「橋姫」巻との関連に言及する論考を見ると、妹尾好信が、

…（前略）この『伊勢物語』初段の垣間見場面が、宇治十帖の橋姫巻に描かれる宇治の大君・中君姉妹を薫が垣間見する場面にも再利用されていることは周知のところである。そちらでは、初段の「女はらから」という設定が生かされた。

と述べているほか[10]、大井田晴彦も「女はらから」を姉妹と解しているようである[11]。しかるに、ここで『伊勢物語』初段の解釈に目を向けると、「女はらから」とは「姉妹」の意味ではなく、「男の（義）妹」であるとする説もあることに注意が必要である。この説は、吉田達[12]が強く主張したものであり、この吉田説を支持する阿部方行の一連の指摘があるほか[13]、吉田説に直接言及はしないものの、小松英雄も同様の理解を見せている[14]。

阿部方行「伊勢物語初段の「女はらから」その他――注釈上の諸問題をめぐって――」では、用例から「女はらから」は「ある人物から見た妹」の意であることが指摘され、対応する「をのこはらから」という語も同様に考えられることが述べられている。阿部の挙例に付け加えるならば、『浜松中納言物語』において、

女はらからの、またあるなんめり、と心得て、細やかに巻きたるをあけたれば、これぞ、いもうとの君

のもとへなるべき。（巻二）

という例が見られる。これも唐后の妹について「女はらから」と言っているものなので、「ある人物から見た妹」の意で用いられていると見るべきである。

『伊勢物語』初段の「女はらから」については、用例に鑑みれば、「姉妹」ではなく、「男の（義）妹」として捉えるのが妥当であると思われるのだが、こうして考えると、さきほど挙げたような、『源氏物語』「橋姫」巻が『伊勢物語』初段の垣間見の場面を下敷きにしているという見方も、再考の必要があるのではないかと思われる。

或る作品間での影響関係を考える場合、引用元と考えられる本文の解釈が適切になされていなければその論の正しさは保証されない。前節までに述べた本文異同の扱いと併せて、引用元の本文の解釈に留意することが、いわゆる引用論には不可欠であろう。

おわりに

以上、『伊勢物語』十六段の「手を折りて」歌の二句目が、元来は学習院大学蔵本などのような「あひ見し事を」ではなく、「経にける年を」とあり、それが『源氏物語』に受容されるにあたって、二句目が「あひ見し事を」となり、その本文に引かれて、『伊勢物語』の当該歌の二句目も「あひ見し事を」とする伝本が生まれたのではないか、という仮説を提示した。また、併せて、引用元の本文の解釈に細心の注意を払うことの必要性も述べた。引用─被引用の関係を論じる際には、こうしたことに目を配るのが、これからの『源氏物語』研究には肝要であると言えよう。

注

（1）本稿における散文作品の本文の引用は以下の通りであるが、影印・翻刻については、適宜句読を切り、会話文には鉤括弧を付し、清濁を区別するなどした。また、これら以外の本文を引用する場合は、適宜その出典を明示する。
・『源氏物語』…池田亀鑑『源氏物語大成』（中央公論社、一九五六年）
・『伊勢物語』…鈴木知太郎校注『伊勢物語』（武蔵野書院、一九六三年）
・『浜松中納言物語』…『新編日本古典文学全集　浜松中納言物語』（小学館、二〇〇一年）
なお、和歌作品の引用に関しては、『新編国歌大観　CD-ROM版　Ver. 2』（角川書店、二〇〇三年）に拠る。

（2）専修大学蔵本は、初期の定家本である建仁二年本の一本であるとこれまで考えられており、それに従うのであれば、定家本の中でもこの本のみ「経にける年を」の本文を持つと考えられるため、定家本の本文の変遷という点からも注目できようが、林美朗「伊勢物語・定家建仁二年本書写本の本文再建の試み」（『国語国文研究』一一四、二〇〇〇年）、および加藤洋介「建仁二年定家本伊勢物語の復原」（『中古文学』七九、二〇〇七年）など、建仁二年本の姿をそのまま留めていることに疑義を呈する立場もあり、なお慎重を要する問題である。

（3）藤井乙男編『伊勢物語新釈』（文献書院、一九二七年）所収の本文により、以下、藤井『新釈』と略称する。

（4）本稿で引用する『伊勢物語』諸注とその略称は以下の通りである。渡辺実『新潮日本古典集成　伊勢物語』（新潮社、一九七六年）↓渡辺『集成』、森本茂『伊勢物語全釈』（大学堂書店、一九八一年）↓森本

『全釈』、秋山虔『新日本古典文学大系　伊勢物語』（岩波書店、一九九七年）→秋山『新大系』、石田穣二『伊勢物語注釈稿』（竹林舎、二〇〇四年）→石田『注釈稿』、鈴木日出男『伊勢物語評解』（筑摩書房、二〇一三年）→鈴木『評解』、片桐洋一『伊勢物語全読解』（和泉書院、二〇一三年）→片桐『全読解』。

（5）下句「十と言ひつつ四つは経にけり」に関しては、「四十年」を指すのか、「十四年」を指すのかで諸注の解釈が古来分かれている。近年は、

・「とを」（十）ということを四回繰り返す意であろう。（渡辺『集成』）

・「つつ」と言うのだから、十の四倍の四十年と解すべきであろう。（石田『注釈稿』）

など、「四十年」説が優勢であるが、片桐『全読解』は、

・「一緒になってもう十年経ったね」という感慨をお互いに繰り返して言っているうちに、「さらに四年が経った」と言っているのである。

とする。この歌は、「手を折りて」と上句にある通り、両手の指で数えると十になることに眼目があろう。それを四回も繰り返すような長い年月連れ添い、それなのに妻を送り出さなければならない、という感慨を詠んだものと考えられる。すなわち、「十と言ひつつ四つ」は、「四十年」と解するのが適切であると考える。

（6）松本裕喜「『伊勢物語』六十三段「あひみてしかな」考――異本の有する古態性――」（『国語国文研究』一四五、二〇一四年）。

（7）なお、本稿の論旨からは外れるが、この左馬頭の語ったエピソードに関して、坂本信道「左馬頭の指――『源氏物語』帚木巻の別れ話の裏側――」（『語文研究』一〇〇・一〇一、二〇〇六年）が、指を噛まれ、不具にでもなれば、それは「官吏たる左馬頭が脱落・放逐されかねない」ことであることを示し、「別れの場面のような微細な描写においても、当時の社会の現実や通年が、端々まできちんと書きこまれている」と論じており、きわめて興味深い指摘と言える。

（8）桜楓社、一九七五年。

（9）片桐洋一『伊勢物語の新研究』（明治書院、一九八七年）。

（10）『源氏物語』の先行物語受容――『竹取』『伊勢』『落窪』など――」（『源氏物語と王朝の教養』二〇〇九年）。

(11)「垣間見の諸相――橋姫巻を中心に――」(『人物で読む源氏物語』十九巻、勉誠出版、二〇〇六年)および「〈女はらから〉の物語史」(『名古屋大学文学部研究論集(文学)』六十一、二〇一五年)。
(12)『伊勢物語・大和物語　その心とかたち』(九州大学出版会、一九八八年)。
(13)「伊勢物語初段の「女はらから」その他――注釈上の諸問題をめぐって――」(『解釈』三七―二、一九九一年)および「伊勢物語初段と平城天皇の変」(『言語と文芸』一一〇、一九九四年)。
(14)『伊勢物語の表現を掘り起こす』(笠間書院、二〇一〇年)。

Ⅱ……解釈の連環・多層化

弘徽殿大后「悪后」享受史再読

――源氏物語論としての注釈の位置――

須藤　圭（すどう・けい）

一九八四年生まれ。立命館大学助教。専門は日本古典文学・地域文化学。著書に『狭衣物語　受容の研究』（新典社、二〇一三年。第三回池田亀鑑賞）、論文に「近世紀行文にあらわれた源氏物語享受一斑―義経の歌として語られた光源氏の歌一首をめぐって―」（『文学・語学』第二一三号、二〇一五年三月）、「源氏物語の「女にて見る」をどう訳すか―翻訳のなかのジェンダーバイアス―」（『第三九回国際日本文学研究集会会議録』国文学研究資料館、二〇一六年）などがある。

はじめに

源氏物語を、他のあまたの物語と峻別するものは、はたして、何か。それは、注釈や享受の幅の広さにあるのではないか。この幅の広さこそ、源氏物語が他の物語と異なるさいだいの要因であり、この物語をめぐるあまたの解釈を生成していく淵源であるに違いない。ところが、源氏物語の注釈や享受の研究は、注釈書と注釈書のあいだをたどることで注釈史なるものを考察したり、注釈書が生まれた場の属性や人物間のネットワークを解き明かしたりすることはあっても、源氏物語の多彩な解釈のありかとしての、注釈それじたいの叙述を問うことは、ほとんどなかったのではないか。

こうした多彩な享受のなかに、その身を投じてみる。源氏物語のテキストに向きあうだけではない。享受者たちの解釈の渦のなかに身を置いてみれば、さまざまなことがみえてくる。

一　弘徽殿大后の物語

源氏物語には、四〇〇人を超える人物が登場するといわれている。そのひとりに、弘徽殿大后（以下、弘徽殿）と呼ばれる人物がいる。まずは、この人物の概略を具体的なテキストとともに確認しておきたい。

弘徽殿の一生は、次のようにまとめられる。

1 第一皇子（後の朱雀帝）の母として、子の立坊・即位に奔走する（桐壺巻～葵巻）

2 朱雀帝の治下でときめく（賢木巻～明石巻）

3 光源氏帰還、朱雀帝譲位後の零落（澪標巻～若菜下巻・橋姫巻）

1は、子の第一皇子が朱雀帝として即位するまでのくだり。次に掲げたのは、このまとまりの始発、弘徽殿がはじめて物語に登場する一節である。

【A】桐壺巻／弘徽殿は右大臣の娘で第一皇子の母

前の世にも御契りや深かりけん、世になくきよらなる玉の男御子（＝光源氏）さへ生まれたまひぬ。いつしかと心もとながらせたまひて、急ぎ参らせて御覧ずるに、めづらかなる児の御容貌なり。一の皇子は、右大臣の女御（＝弘徽殿）の御腹にて、寄せ重く、疑ひなきまうけの君と、世にもてかしづききこゆれど、この御にほひには並びたまふべくもあらざりければ、おほかたのやむごとなき御思ひにて、この君をば、私物に思ほしかしづきたまふこと限りなし。

（①十八頁〜十九頁）

源氏物語は、ただひとり、桐壺帝の寵愛を受けた、桐壺更衣の存在を語るところからはじまる。宮廷の倫理を逸脱した異常な愛情は、桐壺帝と桐壺更衣のあいだに光源氏を誕生させた。桐壺帝が急ぎ参上して目にした光源氏の威光は、既に生まれていた第一皇子をはるかに凌ぐものであったという。その第一皇子の母が「右大臣の女御」、すなわち、右大臣の娘、弘徽殿であった。桐壺更衣への寵愛に加えて、子まで生まれてしまったのだから、弘徽殿の不安は計り知れない。どうやら、弘徽殿は、桐壺更衣や光源氏を敵視し、対立する存在としてかたちづくられていた、とみえる。

続く[2]は、桐壺院崩御の後、朱雀帝の治世で、いよいよ弘徽殿たち一門が栄えていくくだり。弘徽殿方から光源氏への圧力はいっそう強くなるのであったが、次に掲げたのは、そうした、ある日の場面である。

【B】賢木巻／光源氏と朧月夜の密会を知って憤慨する

后の宮（＝弘徽殿）も一所におはするころなれば、けはひいと恐ろしけれど、かかることしもまさる御癖なれば、いと忍びて度重なりゆけば、気色見る人々もあるべかめれど、わづらはしうて、宮にはさなむとは啓せず。……（しかし、雷雨の日、ついに、右大臣に発見され、弘徽殿へと通告されてしまう。弘徽殿は、次のように思う）……かく一所におはして隙もなきに、つつむところなくさて入りものせらるらむは、ことさらに軽め弄ぜらるるにこそは、と思しなすに、いといみじうめざましく、このついでにさるべきことども構へ出でむによきたよりなりと思しめぐらすべし。

（②一四三頁～一四九頁）

光源氏は、弘徽殿が帝寵を得させようとしていた朧月夜と、密かに、恋仲となっていた。このころ、朧月夜は弘徽殿とひとところに暮らしていたのだが、こうした危険な状況にますますかきたてられる性格の光源氏は、密会をやめることはなかった。やがて、密会は、右大臣に見つかり、弘徽殿にも伝わってしまう。弘徽殿はいらだち、光源氏を追いつめる絶好の機会と思い、あれこれと考えをめぐらせていく。光源氏の須磨行の最大の原因であった。

さいごの3からも、弘徽殿のありかたをみておこう。ここは、突然の朱雀帝の譲位による治世の交代を嘆きながら、余生を過ごすくだり。次に掲げたのは、藤壺の様子に引きつづいて、弘徽殿のことが叙述されるところである。

【C】澪標巻／治世の交代を嘆き光源氏の丁寧な対応を受ける

大后（＝弘徽殿）は、うきものは世なりけりと思し嘆く。大臣（＝光源氏）は事にふれて、いと恥づかしげに仕まつり心寄せきこえたまふも、なかなかいとほしげなるを、人もやすからず聞こえけり。

（②三〇一頁）

「つらいのは、移りかわってしまうこの世であった。」と嘆く弘徽殿に対して、光源氏は丁寧にお仕えする。かつての光源氏に対する仕打ちを考えると、弘徽殿はその対応に恥ずかしさを感じ、世間のひとびとも気の毒に思うほどであった。桐壺更衣を妬み、光源氏に敵意をもち、須磨へと追いやった弘徽殿の物語は、こうして、幕を閉じていくことになる。

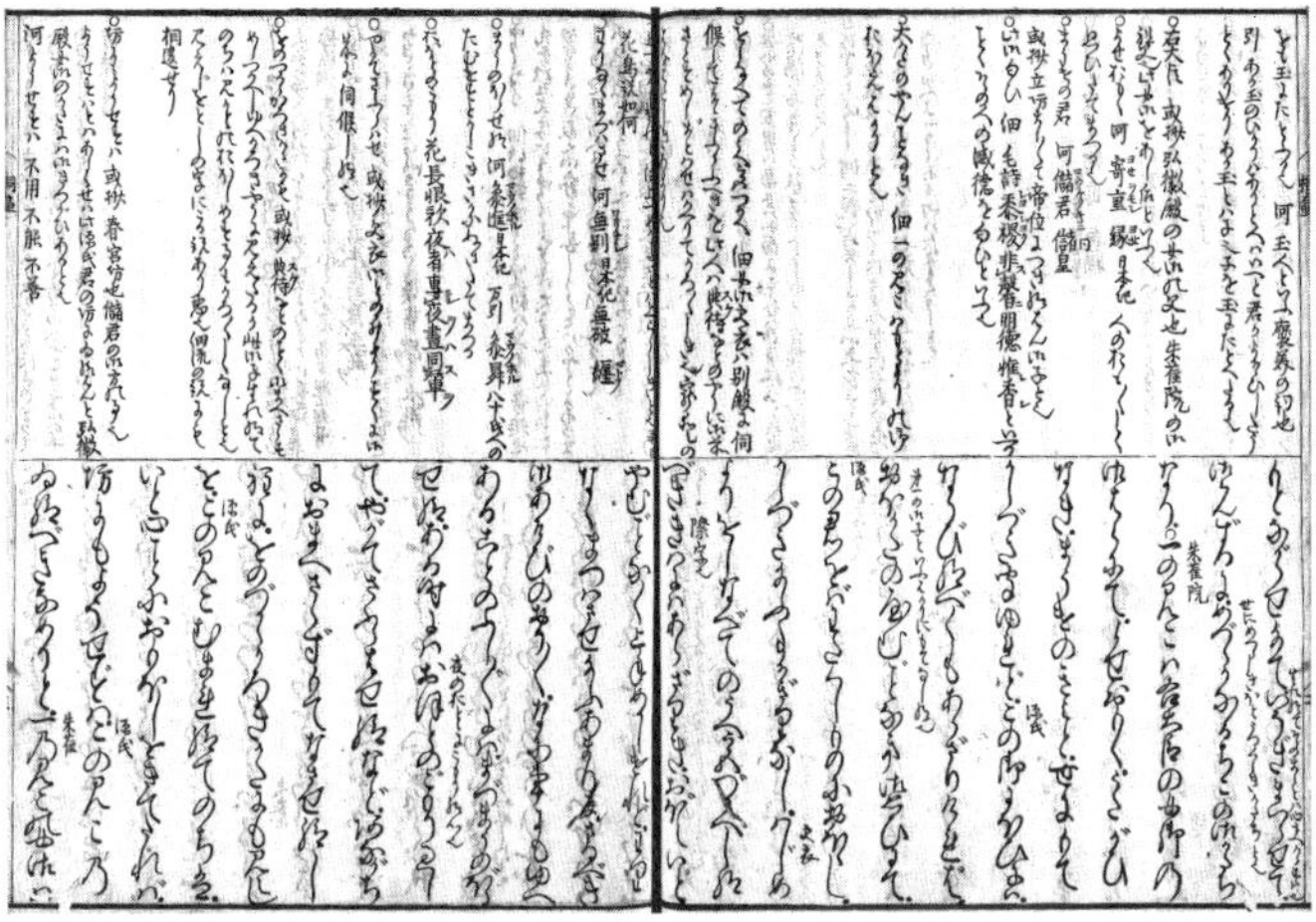

図　『首書源氏物語』(桐壺・2丁裏～3丁表)
(国立国会図書館デジタルコレクション　請求記号850-38)

　[1]、[2]、[3]と、弘徽殿の一生を順にとりあげてみた。現在までの源氏物語研究史は、こうした弘徽殿の行動のあちこちに、漢故事からの影響、人間としての感情、政治性などを見いだしてきた。（1）

二　主旋律としての「悪后」

　いま、俎上に載せた[1]の【A】の場面を、今度は、一竿斎『首書源氏物語』（寛文十三年〈一六七三〉刊）で読みなおしてみよう。

　この版本には、行間と上部にいくつかの注釈があり、本文とともに読まれ、参照されていたことがわかる。たとえば、「右大臣」には「〈或抄〉弘徽殿の女御の父也。朱雀院の御祖父也。此女御をあし后といふ也。」（桐壺・

二丁裏）とあって、弘徽殿が「悪后《あしきさき》」である、と瞬時に理解できるようになっている。

さて、ところが、この【A】の場面、はたして、弘徽殿は「悪后」といってよいのだろうか。【A】においても、弘徽殿は物語に登場したばかりであり、「悪后」と規定できるほどのふるまいどころか、何の行動も起こしていない。つまり、『首書源氏物語』の「此女御をあし后といふ也。」という叙述は、「或抄」からの引用のかたちをとってはいるものの、源氏物語の全編を読破した一竿斎が、後段の弘徽殿の言動にふれ、「悪后」である、と感じとったうえでの結論に他ならない。

もちろん、こうした理解の背後には、源氏物語をいかに読み解くか、その行為に覆いかぶさるように、読者たちの解釈を規定してしまう要素が介在していただろうことも見過ごせない。弘徽殿は「悪后」である、という理解を導くものとして、たとえば、「源氏物語系図」があげられる。国文学研究資料館蔵『光源氏系図』（鎌倉時代末期～南北朝時代写）から、弘徽殿に言及した部分を引用する。

弘徽殿の太后　朱雀院の御はゝ。あふひの巻に后にたち給。あし后と申。

『首書源氏物語』の叙述の背後には、このように、テキストに立ちもどることなく、弘徽殿を「悪后」と定めたものの存在もあった、と考えておくべきだろう。ただ、いずれにせよ、ここに示された弘徽殿「悪后」説は、先にみてきた複数のテキストから判断することもできるし、源氏物語じたいが、光源氏のそばに寄り添って語られていることとも無関係ではない。(2) 光源氏と敵対する弘徽殿は、悪役にふさわしい。「悪后」という理解は、まさしく、弘徽殿の主旋律であった、といってよい。

主旋律としての「悪后」は、テキストのいたるところに、弘徽殿の姿を呼びこむことになる。桐壺巻には、後宮の女御や更衣たちが、桐壺更衣を憎悪し、通り道に好ましくないものをまきちらしたり、戸を閉めて閉じ込めてしまったりと、いろいろな嫌がらせをする場面がある。

打橋、渡殿のここかしこの道にあやしきわざをしつつ、御送り迎への人の衣の裾たへがたくまさなきこともあり、また、ある時には、え避らぬ馬道の戸を鎖しこめ、こなたかなた心を合はせてはしたなめわづらはせたまふ時も多かり。（①二十頁）

弘徽殿も、他の女御や更衣たちと同様、桐壺更衣を憎んでいたことは疑いないものの、この露骨な嫌がらせに直接参加していたかどうかを、テキストから判断することは難しい。しかし、今川範政『源氏物語提要』（永享四年〈一四三二〉成立）には、「弘徽殿いよ〳〵ねたみいかり覚しめして、更衣のわたり給ふみちの爰かしこに、あやしき不浄をまきちらし、人々のきぬのすそをけかし、廊下なとの戸をさしこめ、道にまよはせ、女房達にわらわせ給ふ」（十四頁）とあり、中院通勝『岷江入楚』（慶長三年〈一五九八〉成立）には、「前わたりするあまたのつほねの女御更衣たちの心をあはせて也。弘徽殿以下也。」（①三十五頁）とあり、北村湖春『源氏物語忍草』（元禄元年〈一六八八〉頃成立）には、「弘徽殿の女御をはじめ、あまたの女御、更衣をそねみ給ひてくね〳〵しき事とも数しらず。」（四頁）とあるように、弘徽殿をいじめの一員に加えていこうとする見解がみえる。(3)

また、帚木巻の巻頭、「光る源氏、名のみことごとしう、言ひ消たれたまふ咎多かなるに、」（①五十三頁）

とはじまる一節に対して、一条兼良『花鳥余情』（文明四年〈一四七二〉成立）は、「いひけたれ給ふとかとは、東宮の女御（＝弘徽殿）の、此君（＝光源氏）をよしともおもひ給はぬに付て、その御かたさまより、ある事なきこと〳〵につけて、いひけたれ給ふとかおほかるへし。」（二十一頁〜二十二頁）といい、弘徽殿があるかなきかのうわさを流していたのだ、と判断する。(4)

このように、弘徽殿は、ときに、テキストを逸脱した解釈も生みだしつつ、「悪后」のイメージとともに語られていく。だからこそ、「弘徽殿大后は古来悪后と称され、意地悪女、さがなき女君の代表のように見られてきた(5)」「源氏物語古注以来「悪后」と評されてきた。(6)」などとまとめられ、昨今の弘徽殿にかかわる研究が「女御を悪后とする古典的通説を批判し、より社会的、政治的存在として弘徽殿女御を理解することを通して、その生き方を擁護する趨勢にあるといえよう。(7)」となったことも故無しとしない。

しかし、さらにいくつかの注釈書をみていると、「悪后」は、たしかに弘徽殿の主旋律にはなっているものの、どうやら、どの注釈書でも、機械のように同じ音色を奏でているわけではないらしい、ということもわかってくる。

三　復讐者として

林宗二『林逸抄』（永禄二年〈一五五九〉頃成立）も、『首書源氏物語』と同様、【A】から、弘徽殿を「悪后」と位置づけている。

【A】一ノ御子ハ　朱雀院ノ御事也。右大臣ハ**悪后**ノ父ソ。（十三頁）

第一皇子を紹介する「一の皇子は、右大臣の女御の御腹にて、」とある部分に対し、「一の皇子」が後の朱雀院であること、そして、「右大臣」が「**悪后**ノ父」であることが述べられている。【B】【C】でも、弘徽殿は「悪后」と称されている。

【B】宮にハさとハ《(「宮にハさなんとハ」か)》　**悪后**也。さなんとハ、申さす也。（二三六頁）

【C】おとゝハ事にふれて　**悪后**ハ源氏をよからす思給へとも、源氏ハかへりて、后に心よせ聞えつかうまつり給也。中〳〵いとおしけなるとは、源氏のかへりミにかゝり給さまをいへり。世の人もやすからすとは、**悪后**の御心を世人のよからす云る也。源氏性見えたり。（三〇〇頁）

しかし、全ての注釈書が、同じ様相を示しているわけではない。『林逸抄』や『首書源氏物語』の叙述を基準にして他の注釈書をみてみると、すぐさま、「悪后」ということの少ない注釈書があることに気づく。中院通勝『岷江入楚』（慶長三年〈一五九八〉成立）の叙述を、【A】【B】【C】の「悪后」にかかわる部分だけを抜きだして掲げてみる。

【A】（なし）

【B】おほしめくらすへし〈聞書〉太后の御心を推量て、かける詞也。〈私〉さるへき事かまへいてん

といへる心もちの、誠に悪きさきといへるに叶へし。（①六八五頁）

【C】大きさきはうきものは世なりけりと　是は、薄雲と源の事とを、太后のおほす心也。心のまゝに申をこなひ給へとも、つゐには、又、薄雲も源も御心のまゝなる世になり給へる事を、口おしくおほす。あし后の心なるへし。

おとゝは事にふれて〈弄〉悪后は源氏をよからす思ひ給へとも、源氏はかへりて、后に心よせつかうまつり給ふ也。

世人もやすからす〈弄〉悪后の心を、世人のよからすいへる也。源の心よせ給ふを見るによて也。源氏の性見えたり。〈私〉悪后の源へあしくし給へつれとも、源は今よくあたり給ふ也。それかかへりて、はつかしけなる也。我にあしき人によくこなたからあたるは、はつかしき事成へし。それを、世の人の色〳〵に、大后の心をあしくいふ成へし。（②一九七頁）

まず注目したいのは、【A】で「悪后」といっていないことである。その一方で、【B】と【C】には「悪后」のことばが確認できる。『岷江入楚』は、どうして、【A】では「悪后」といわず、【B】や【C】で「悪后」というのだろうか。

ところで、弘徽殿は、【A】〜【C】以外の場面でも、この物語に姿をみせている。朱雀帝の退位によって弘徽殿も政権から退くことを余儀なくされるのだから、三部構成説でいえば第一部に偏ってはいるものの、それでも、それなりの場面を数えることができる。主要な場面だけを書きだしてみよう。

【A】桐壺巻／弘徽殿は右大臣の娘で第一皇子の母（①十八頁〜十九頁）
【a】桐壺巻／桐壺更衣の死後も批判はつづく（①二十六頁）
【b】桐壺巻／悲しむ桐壺帝に配慮せず管絃の遊びを催す（①三十五頁）
【c】賢木巻／藤壺は弘徽殿の支配する世の中を不安に思う（②九十八頁〜九十九頁）
【B】賢木巻／光源氏と朧月夜の密会を知って憤慨する（②一四三頁〜一四九頁）
【d】明石巻／光源氏の召還を求める朱雀帝を諫める（②二五一頁〜二五三頁）
【e】澪標巻／光源氏の帰京を無念に思う（②二七九頁）
【C】澪標巻／治世の交代を嘆き光源氏の丁寧な対応を受ける（②三〇一頁）
【f】少女巻／光源氏の訪問をうけて往事を後悔する（③七十四頁〜七十五頁）
【g】橋姫巻／過去に宇治八の宮の春宮擁立を画策していた（⑤一二五頁）

また、【A】〜【C】、【a】〜【g】の全十箇所の場面に対し、いくつかの注釈書を対象に「悪后」にかかわることばがみられるかどうかを示したのが、次の表である。この十箇所以外にも「悪后」への言及はみられ、「悪后」にかかわる全ての叙述を抜きだしたものではないから、簡単なリストにはなるけれども、それでも、おおよその傾向を読みとることはできる。

この表で改めて確認できるように、『岷江入楚』がはじめに「悪后」を持ちだしてくるのは、【A】〜【C】、【a】〜【g】のなかで、【B】に対する注であった。

表　諸注釈書における弘徽殿大后「悪后」説対照表

	【A】	【a】	【b】	【c】	【B】	【d】	【e】	【C】	【f】	【g】
『花』										
『弄』						悪后	悪后	悪后		
『細』										
『万』		あし后	のちにあし后		悪后	悪后	悪后	悪后	悪后	悪后
『孟』										
『林』	悪后	悪后			悪后	悪后	悪后	悪后	悪后	悪后
『岷』					悪きさき	悪名		悪名		悪名
『首』										
『湖』		悪后		悪后	悪后	悪后	悪后	悪后	悪后	悪
『契』										
『玉』										

『花』＝一条兼良『花鳥余情』（文明四年〈一四七二〉成立）
『弄』＝三条西実隆『弄花抄』（永正元年〈一五〇四〉頃成立）
『細』＝三条西実隆『細流抄』（永正七年〈一五一〇〉～永正十年〈一五一三〉成立）
『万』＝能登永閑『万水一露』（天正三年〈一五七五〉成立）
『孟』＝九条稙通『孟津抄』（天正三年〈一五七五〉成立）
『林』＝林宗二『林逸抄』（永禄二年〈一五五九〉頃成立）
『岷』＝中院通勝『岷江入楚』（慶長三年〈一五九八〉成立）
『首』＝一竿斎『首書源氏物語』（寛文十三年〈一六七三〉刊）
『湖』＝北村季吟『湖月抄』（延宝元年〈一六七三〉刊）
『契』＝契沖『源注拾遺』（元禄九年〈一六九六〉成立）
『玉』＝本居宣長『源氏物語玉の小櫛』（寛政八年〈一七九六〉成立）

【B】おほしめくらすへし〈聞書〉太后の御心を推量て、かける詞也。〈私〉さるへき事かまへいてんといへる心もちの、誠に悪きさきといへるに叶へし。（①六八五頁）

『岷江入楚』の【B】の叙述を、再度、掲げた。弘徽殿は、桐壺更衣や藤壺への寵愛によってじしんの立場が軽んじられたこと、春宮妃に望んでいた葵の上が光源氏と結婚したこと、入内を目論んでいた朧月夜と光源氏が関係をもったことなどによって、光源氏に並々ならぬ敵対心を抱いていた。そこに、再びの朧月夜との密会が露見したのだった。弘徽殿は激しく怒り、これを理由に、あれこれと光源氏を陥れるための方法に思いをめぐらせていく。『岷江入楚』は、そうした弘徽殿の姿に対し、「誠に悪きさきといへるに叶へし。」と述べる。これまでの恨みを晴らすべく、復讐者として動きだすときに、「悪后」をはじめて発見しているのだ。【A】や【a】～【c】でも「悪后」という『林逸抄』や『首書源氏物語』とは、「悪后」の理解に差異があり、弘徽殿を、単純に「悪后」として読み解くことの難しさがわかってくる。

四　宇治八の宮立坊のたくらみ

「悪后」説と一括された注釈書の叙述は、しかし、それを注意深く吟味することで、互いに隔たりをもつことがわかってきた。注釈書だけではなく、梗概書も考察の対象に加えれば、弘徽殿の人物像は、いっそう、立体的なものになる。

桐壺更衣亡きあと、桐壺帝の悲しみは深まるばかりだったが、弘徽殿がそのことを気にもかけず、管絃の遊びに興じている場面が、桐壺巻にある。

【b】桐壺巻／悲しむ桐壺帝に配慮せず管絃の遊びを催す

風の音、虫の音につけて、もののみ悲しう思さるるに、弘徽殿には、久しく上の御局にも参上りたまはず、月のおもしろきに、夜更くるまで遊びをぞしたまふなる。（①三十五頁）

この直後には、弘徽殿のふるまいに対して、桐壺帝の「いとすさまじうものしと聞こしめす」様子、殿上人や女房たちの「かたはらいたしと聞きけり」であった様子、そして、弘徽殿の「事にもあらず思し消ちてもてなしたまふなるべし」な性格が描かれる。梅翁『若草源氏物語』（宝永四年〈一七〇七〉刊）『雛鶴源氏物語』（宝永五年〈一七〇八〉刊）『紅白源氏物語』（宝永六年〈一七〇九〉刊）『俗解源氏物語』（宝永七年〈一七一〇〉序）の四部作は、桐壺巻から花宴巻までを対象とした俗語訳なのだが、この管絃の遊びに対して、「このころの御門の。御なげきの深き御ありさまを。見奉る女中も。公卿殿上人も。こうきでんの御さはぎを。もつてのほかなる事どもかな。すこしは遠慮もあるへき事なるぞと。おもはぬものもなし」（『俗解源氏物語』桐壺巻二・七丁裏〜八丁裏）といって、周囲への配慮のない人物として弘徽殿を評し、「御心入よからぬゆへに悪后といふ」（『紅白源氏物語』花宴巻五・系図・一丁表）と、やはり、配慮のない性格をとりあげ、「悪后」と説明している。いわば、弘徽殿を配慮や気遣いのない女と捉え、そのもっとも象徴的な悪行として、管絃の場面をあげていると考えられる。

現今、このようなかたちで、管絃のくだりがとりあげることは、ほとんどない、といってよい。[8] 注釈書や梗概書のさまざまな叙述に目を凝らすことによって、弘徽殿を考えるための一要素が再発見されたことになろう。

ただ、そうはいうものの、この物語における弘徽殿のさいだいの役割といえば、『岷江入楚』で「誠に悪きさきといへるに叶へし。」と評され、光源氏の須磨行を招くことになった、賢木巻での弘徽殿の企てを指摘しないわけにはいかない。

作者未詳『源氏大鏡』(南北朝時代～室町時代中期成立)では、弘徽殿について、管絃の場面は省略される一方で、朱雀帝の治世で勢いを増したことなどとともに、次のように、光源氏を須磨へ追いやった張本人であることがとりあげられている。

朱雀院の御母大后、とがをもとめ給折ふしなれば、御門にわろさまに申給て、世中わづらはしく成ぬ。

(一二〇頁～一二一頁)

これとは別に、いまひとつ、弘徽殿の役割をあげてみると、冷泉帝が春宮であったとき、それを退けて、宇治八の宮を春宮に立てようと画策したことが指摘できる。

【g】 橋姫巻／過去に宇治八の宮の春宮擁立を画策していた

源氏の大殿の御弟、八の宮とぞ聞こえしを、冷泉院の春宮におはしましし時、朱雀院の大后(＝弘徽殿)の横さまに思しかまへて、この宮を世の中に立ち継ぎたまふべく、わが御時、もてかしづきたてまつりたまひける騒ぎに、あいなく、あなたざまの御仲らひにはさし放たれたまひにければ、いよいよかの御次々になりはてぬる世にて、えまじらひたまはず、また、この年ごろ、かかる聖になりはてて、今は限りとよろづを思し棄てたり。
(⑤一二五頁)

もっとも、多くの注釈書や梗概書にとって、この弘徽殿の行動が重要視されていたわけではない。先ほども扱った『源氏大鏡』には、【g】の前後にある、池の水鳥によせた唱和や、姉の大君に琵琶、妹の中の君に箏の琴を習わせていたこと、都の邸宅が焼けてしまい宇治の山荘に移り住んだことはとりあげられているけれども、宇治八の宮をめぐる弘徽殿の画策にはふれられていない。作者未詳『源氏肝要』(南北朝時代〜室町時代前期成立)や野々口立圃『十帖源氏』(承応三年〈一六五四〉頃成立)にも、宇治八の宮の過去は語られていない。

ところが、さらに探索をつづけていくと、必ずしも、それればかりではないことがわかってくる。作者未詳『源氏小鏡』(南北朝時代成立)の諸本のうち、国会図書館蔵古活字本(元和年間〈一六一五〜一六二四〉刊・第一系統(古本系)第四類)において、弘徽殿は二つの場面を中心にあらわれる。ひとつは、次に掲げた須磨巻である。

けんしの御あに、しゆしやくゐん、御くらゐのとき、はなのゑんにあいそめしおほろ月よのないしの事、御門さしもときめかせ給ふないしのかみの事、聞えて、うちの御はゝ大后、はらたち給ひて、すまへなかし給ふ。
(一五八頁)

朱雀帝の心寄せる朧月夜を光源氏が犯したことを憎み、須磨へ流謫させた役どころとして、弘徽殿を描いていることがわかる。もうひとつは、次に掲げた橋姫巻である。

れんせい院御くらゐのおり、しゆしやく院の御はら**あしききさき**、よこさまにおほしかへて、「此八のみやを、御くらゐにたてまいらせ給はゝや」なとのくわたてありける御こゝろかまへもれけん、

（一九五頁）

宇治八の宮にかかわる弘徽殿の画策が、端的にまとめられている。この梗概書において、弘徽殿は、桐壺更衣をいじめたことでもなく、光源氏の須磨退去後に権勢をふるったことでもなく、須磨行の原因になったこと、そして、宇治八の宮の立坊を企てたことが重んじられていた。【g】の記述は、弘徽殿を考えるうえで欠かせないことがらのひとつとして認識されていたことになる。さらに、この橋姫巻に描かれた弘徽殿の行いは、「悪后」にも深くかかわっている。

前掲の文章では、弘徽殿のことを、須磨巻では「うちの御はゝ大后」とする一方で、橋姫巻では「しゆしやく院の御はら**あしききさき**」と呼んでいた。「御はら」は「御はゝ」の誤写だろうが、(9)弘徽殿は、宇治八の宮をめぐる企てにおいて、須磨巻では言及されなかった「悪后」とあだ名されていることになる。光源氏が朧月夜と通じていたことに憤慨するのはやむを得ないとしても、春宮だった冷泉帝を排除して、宇治八の宮を春宮にしようとしたことは道理にあわないと考え、これこそが弘徽殿の悪行だと解している、と目される。同じく、『源氏小鏡』の京都大学本（第六系統（和歌中心本系））では、「源氏に忍ひ〳〵に逢給ひし事、

もれ聞え、……此事ゆゑ須磨へなかされ給けりとなむ。」(七三三頁)「おほろ月夜の内侍の事、……もれきこえて、須磨へそなかし給ける。」(七三六頁)と須磨行じたいの叙述はあるものの弘徽殿のことは描かれず、いっぽうの橋姫巻では、「冷泉院の御位の御時、は丶のあしきさき、よこさまにおほしめしかまへて、此八宮を御位に立給はんと思召御心かまへ、世にもれて、」(七五四頁)とあって、弘徽殿の姿が活写される。ここでの弘徽殿は、須磨行よりも、宇治八の宮立坊のたくらみが重視され、「悪后」と見なされていた、といえるだろう。(10)

五 「悪」であるのは弘徽殿だけか?

注釈書や梗概書の叙述を分析することは、テキストを読むだけでは見過ごしがちな要素に目を向けさせ、解釈を深めていくことを可能にしてくれる。そうした視点から、弘徽殿大后「悪后」享受史を読みなおし、弘徽殿の人物像を考察するさいに、欠かすことのできないことがらを拾いあつめてきた。ここで、いまいちど、テキストに立ちもどってみる。そもそも、悪事をはたらいていたのは、弘徽殿ただひとりだけだったのだろうか。

佐藤信雅(11)によると、弘徽殿の父であった右大臣が「感情的で、話すことによって発散する性質の、いわば、その場限りのものの印象を与えている」ことに対し、弘徽殿は「感情一辺倒の右大臣の言葉とは全く対照的に、かねての憎悪に深く根差して理路の通ったものとして描き出し、それだけにこの場限りでは到底終りそうもない」存在として把握できるという。また、沼尻利通(12)によると、「右大臣の発言は、有能ではあるが、しかし好色であることが欠点の男に対する愚痴とでも言う次元の発言であり、光源氏を政界から追い落とすような性格のものではない。」という。このように、弘徽殿の性格は、右大臣と対比させることで、いっそう剛直なものに感じられる。しかし、たとえば、夜の寝覚を並べて読んでみると、右大臣の性格も、弘徽殿と比べ、決して、温和なわけではなかった、と解することができる。

夜の寝覚の巻二、左衛門督は、大君から、その婿として迎えいれていた大納言が、あろうことか、大君の妹である中の君とのあいだに子を出産していた事実を告げられる。驚きあきれた左衛門督は、身分の上下を問わず味方につけて中の君の悪口をいい、また、広沢に住む父入道への報告を決意する。次に掲げたのは、その報告の一節である。

左衛門督、広沢に参りたまひて、「かうかうのことなむ、大納言殿の上（＝大君）のたまはせて、尼になりなむと、おぼしたちてはべる。いづれも同じことにておはしませど、世の音聞きの例なかるべき、いとたいだいしく思ひはべるを、㋑男の好色といふものは、昔よりかしこき人なく、この道には乱るる例どももはべりけり。これよりあるまじくおほけなきことを思ひ寄り、過つ類多くはべらめど、㋺そのなかに、この大納言は、いと若き年齢には似ず、ありがたく、このかたにも鎮めて、天の下、世のもどきなかるべく、思ひ鎮まり、をさめたまへる有識と、うしろやすく思ひたまへるに、いかなることにかはべらむ。いづかたにも、いと聞きにくく、苦しく」など、疑ひなく、すくすくと言ひつづけたるを、

（一七八頁）

左衛門督は、㋑「男の好色心について考えますと、昔から、思慮分別のある人はいない、つまり、たとえ、優れている人であっても、過ちを犯す例は多いのです」と述べつつ、㋺「しかし、そうしたなかでも、この大納言は、とてもお若いにもかかわらず、色恋の方面にも慎重で、世間からの非難を受けないよう、冷静で、身を慎んでいらっしゃる識者と安心していたのですが……」とつづけている。この夜の寝覚の一節が、次に掲げた、光源氏をとがめる右大臣の発言と非常によく似ているのである。

大臣は、思ひのままに、籠めたるところおはせぬ本性に、いとど老の御ひがみさへ添ひたまひにたれば、何ごとにかはとどこほりたまはん、ゆくゆくと宮にも愁へきこえたまふ。「かうかうのことなむはべる。……㋑男の例とはいひながら、大将（＝光源氏）もいとけしからぬ御心なりけり。斎院もなほ聞こえ犯しつつ、忍びに御文通はしなどして、けしきあることなど、人の語りはべりしをも、世のためのみにもあらず、わがためもよかるまじきことなれば、よもさる思ひやりなきわざし出でられじとなむ、㋺時の有職と天の下をなびかしたまへるさまことなめれば、大将の御心を疑ひはべらざりつる」などのたまふに、

（②一四六頁～一四八頁）

賢木巻、光源氏と朧月夜の密会の現場を見つけた右大臣は、㋑「色恋に夢中になり、過ちを犯すことは、男にはありがちなことです」としたうえで、㋺「しかし、光源氏は、当代きっての識者として世の中を支配している様子ですから、まさか、そんなことをするはずはない、と疑っていなかったのですが……」という。夜の寝覚の左衛門督も、源氏物語の右大臣も、㋑男が色恋に乱れることはありがちなこと、と認めつつ、

ロしかし、このひとだけは違うと思っていた、とする点で、よく似た構造をもっている。「男の好色といふもの」「男の例」と概括したり、「有職」と評価したりすることも、共通点としてとりあげておくべきだろう。もちろん、ここに、源氏物語と夜の寝覚の影響関係を見いだすかどうかは微細な検討を加えなければならないが、いま、ふれておきたいことは、中の君を徹底的に陥れようとする左衛門督の語り口を対置させたとき、右大臣の語り口は、光源氏を多少なりとも擁護したり、政界から追放しようとする意志が弱かったり、そのようにして、弘徽殿と比べて劣るものであったと判断することは、必ずしも、適切とはいえない、ということだ。

したがって、右大臣もまた、弘徽殿が「悪后」と称されるのと同じように、「悪」が冠されてよい人物ということになる。そして、事実、右大臣を「悪大臣」と呼ぶものも確認できる。宮内庁書陵部蔵四十四冊本（室町時代後期写、注記は別筆で室町時代末期頃写か）には、【A】の「右大臣」の右横に「二条のあし大臣也。悪后の父、御心アシキ（以下欠損があって判然としない）」とあるし（桐壺巻・三丁裏）、立命館大学図書館蔵西園寺文庫本（江戸時代中期写、注記も同筆）には、【A】の「右大臣」の右横に「悪大臣ト云」、左横に「悪后ノ類也」と書かれている（桐壺巻・二丁裏）。他にも、伝為氏筆本源氏物語系図（鎌倉時代中期写）や国文学研究資料館蔵『光源氏系図』（鎌倉時代末期〜南北朝時代写）、尾崎雅嘉『掌中源氏物語』（寛政九年〈一七九七〉成立）など、「悪大臣」の記述は枚挙に暇がない。後代の物語を視野に入れ、源氏物語を照射してみれば、新たな解釈の可能性が立ち上がってくる。

おわりに

弘徽殿の主旋律たる「悪后」をめぐる叙述をさぐってきた。(13) そこには、様々な要素や基準によって、複数の「悪后」のバリエーションが生じていたことが明らかになった。弘徽殿大后「悪后」説は、未だ多くの考察の余地が残されている、といえるだろう。

「悪后」や「悪大臣」などとする解釈の変転に言及しておけば、その発生は、少なくとも、鎌倉時代までさかのぼることは間違いない。これが、やがて、一般的な理解の水準になったといってよい。そうして、室町時代後期あたりから、注釈書にも「悪后」「悪大臣」とする叙述があらわれはじめ、互いに影響を与えあいながら、現在に至っている、と見とおすことができる。(14) しかし、このようにして、注釈書や梗概書を享受史のなかに位置づけることは、それはそれとして重要ではあるものの、これらの書物が本来目指したものとは、全く違うかたちで利用してしまっているように思われてならない。これらは、決して、享受の史的な流れを見とおそうとして作られたものではない。これらは、物語に寄り添い、物語を読むために作られたものであるはずなのだ。

物語を読むこととは、何よりもまず、そのテキストを虚心坦懐に分析する行為に他ならない。だから、テキストから離れて、数多くの注釈書や梗概書を探索し、その叙述を執拗にたどることは、一見、迂回しているようにしか感じられない。しかし、それらの書物が物語に向きあうなかで生まれたものであるからこそ、物語を精緻で多角的に分析するための多くの手がかりが残されている、と考えなければならない。一部の注釈書だけを恣意的に引用することは論外だが、注釈書や梗概書がもつさまざまな叙述の探求を放棄した物語論は、厳に慎まなければならない、ともいえるだろう。
注釈、梗概、後代の物語——あまたの叙述を博覧し、享受史論ではなく源氏物語論として、すなわち、「源氏物語がどう読まれてきたか」ではなく「源氏物語をどう読み得るか」として位置づけなおすことによって、弘徽殿大后の、そして、源氏物語の多彩な世界がひらかれていくに違いない。

注

（1）呂后の影響を説いた清水好子『源氏物語の文体と方法』「人物像の変形」（東京大学出版会、一九八〇年↑『国語国文』三十一—三、一九六二年三月）や、継子譚における継母的造型を指摘した日向一雅『源氏物語の主題「家」の遺志と宿世の物語の構造』十一「源氏物語と継子譚」（桜楓社、一九八三年↑西尾光一教授定年記念論集刊行会編『論纂説話と説話文学』笠間書院、一九七九年）、「悪后」理解に疑問を呈した林田孝和『源氏物語の精神史研究』第二編第五章「弘徽殿女御私論——悪のイメージをめぐって——」（桜楓社、一九九三年↑『国語と国文学』六十一—十三、一九八四年十一月）などがある。また、研究史を概括した、高木和子「研究史——弘徽殿大后」（上原作和編『人物で読む『源氏物語』第十一巻　朱雀院・弘徽殿大后・右大臣』勉誠出版、二〇〇六年）や、助川幸逸郎「弘徽殿の女御」（『源氏物語作中人物事典』東京堂出版、二〇〇七年）もそなわる。
（2）谷口茂「弘徽殿大后——孤独と屈辱の生涯」（『明治学院論叢　総合科学研究』五十、一九九五年二月）、金榮心「〈律令秩序体制〉と弘徽殿女御物語」（『日本文学』四十六—十二、一九九七年十二月）参照。
（3）同様の見解をとるものとして、林田孝和『源氏物語の創意』第一編第一章「光源氏の誕生——糞尿譚の意味するもの——」（おうふう、二〇一一年　↑源氏物語研究集成6『源氏物語の思想』風間書房、二〇〇一年）や、沼尻利通「「あやしきわざ」と弘徽殿大后」（上原作和編『人物で読む『源氏物語』第十一巻　朱雀院・弘徽殿大后・右大臣』勉誠出版、二〇〇六年）などがある。

（4）この『花鳥余情』説は、後代、否定的に受けとめられていく。たとえば、三条西実隆『細流抄』（永正七年〈一五一〇〉～永正十年〈一五一三〉成立）は「弘徽殿の方さまよりは、云けたれ給と也。されとも、唯、公界へかけてみるへきなり。」（十五頁）と批判する。

（5）田坂憲二「弘徽殿大后」（『源氏物語事典』大和書房、二〇〇二年）

（6）助川幸逸郎「弘徽殿の女御」（前掲注（1））

（7）高木和子「研究史――弘徽殿大后」（前掲注（1））

（8）この場面に注目したものとして、弘徽殿の行為を、音楽の力を借りた「諫め」であるとし、古代的な呪性を認めようとする沼尻利通「弘徽殿大后の「諫め」」（『野州国文学』六十六、二〇〇〇年十月）がある。

（9）なお、『源氏小鏡』伝持明院基春筆京都大学本（第一系統（古本系）第一類）には「しゆしやくゐんの御はゝ、**はらあしきさき**、」（六十三頁）とあり、「御母、腹悪しき后」と読むことができる。

（10）ここに述べたことは、『源氏小鏡』の全ての系統に共通する要素ではない。たとえば、伝持明院基春筆京都大学本（第一系統（古本系）第一類）などは、弘徽殿を「悪后」と称して光源氏を須磨へ追いやったことにふれているし、大阪市立大学本（第四系統（簡略本系））や伝飛鳥井宋世筆天理図書館本（第五系統（梗概中心本系））は、光源氏の須磨行の原因をつくった存在として弘徽殿を登場させつつも、宇治八の宮のくだりを描いていない。また、連蔵筆天理図書館本（第五系統（梗概中心本系））は、須磨行のくだりにも弘徽殿を描かず、宇治八の宮のくだりももたない。

（11）佐藤信雅『源氏物語の考察』第二章「「光君」「輝く日の宮」の物語における登場人物の役割　Ⅰ弘徽殿」（笠間書院、一九九一年、二二〇頁～二二一頁　↑岡一男先生頌寿記念論集『平安朝文学研究　作家と作品』有精堂出版、一九七一年）

（12）沼尻利通「弘徽殿大后・国母としての政治」（『むらさき』三十八、二〇〇一年十二月）

（13）「悪后」ということばだけに注目すれば、「悪左《あくさ》の大臣《おとど》」（『保元物語』）や「悪源太《あくげんだ》」（『平家物語』）のように、猛々しさを意味する「悪」として弘徽殿が捉えられた可能性も考えられるだろうか。指摘にとどめる。

（14）弘徽殿以外の人物論をとりあげれば、たとえば、田中まゆみ「空蝉像の変遷――人物論にみる享受史の試み――」（『女子大文学　国文編』三十二、一九八一年三月）や、岩坪健『源氏物語の享受　注釈・梗概・

絵画・華道』第二編第六章「明石の君の評価――中世と現代の相違――」（和泉書院、二〇一三年 ↑森一郎・岩佐美代子・坂本共展編『源氏物語の展望　第二輯』三弥井書院、二〇〇七年）も、それぞれの人物像の変遷を明らかにしている。

附記1

本文の引用等は、以下の原本・影印・文献などにより、巻数や丁数・頁数を示した。引用にさいしては、私に、句読点・鈎括弧等を付した。

『源氏物語』新編日本古典文学全集（20～25）『源氏物語（①～⑥）』（小学館、一九九四年～一九九八年）
『夜の寝覚』新編日本古典文学全集28『夜の寝覚』（小学館、一九九六年）
『花鳥余情』源氏物語古注集成1『松永本　花鳥余情』（桜楓社、一九七八年）
『弄花抄』源氏物語古注集成8『弄花抄　付　源氏物語聞書』（桜楓社、一九八三年）
『細流抄』源氏物語古注集成7『内閣文庫本　細流抄』（桜楓社、一九八〇年）
『万水一露』源氏物語古注集成（24～28）『万水一露（第一巻～第五巻）』（桜楓社、一九八八年～一九九二年）
『孟津抄』源氏物語古注集成（4～6）『孟津抄（上巻～下巻）』（桜楓社、一九八〇年～一九八二年）
『林逸抄』源氏物語古注集成23『林逸抄』（おうふう、二〇〇二年）
『岷江入楚』源氏物語古注集成（11～15）『岷江入楚（第一巻～第五巻）』（桜楓社、一九八〇年～一九八四年）
『首書源氏物語』国立国会図書館デジタルコレクション（請求記号　八五〇―三八）
『湖月抄』北村季吟古注釈集成（7～17）『源氏物語湖月抄（一～十一）』（新典社、一九七七年～一九七八年）
『源注拾遺』『契沖全集　第九巻』（岩波書店、一九七四年）
『源氏物語玉の小櫛』『本居宣長全集　第四巻』（筑摩書房、一九六九年）
『源氏小鏡』岩坪健編『『源氏小鏡』諸本集成』（和泉書院、二〇〇五年）

『源氏大鏡』　古典文庫508『源氏大鏡　訂正版』（古典文庫、一九八九年）

『源氏肝要』　中川照将「神宮文庫蔵『源氏肝要』の紹介と翻刻」（皇學館大学創立百三十周年・再興五十周年記念『神宮と日本文化』皇學館大学、二〇一二年）

『源氏物語提要』　源氏物語古注集成2『今川範政　源氏物語提要』（桜楓社、一九七八年）

『十帖源氏』　古典文庫507『十帖源氏　上』（古典文庫、一九八九年）・古典文庫512『十帖源氏　下』（古典文庫、一九八九年）

『源氏物語忍草』　中西健治先生『源氏物語忍草の研究　本文・校異編　論考編』（和泉書院、二〇一一年）

『紅白源氏物語』　国立国会図書館デジタルコレクション（請求記号　本別三―七）

『俗解源氏物語』　早稲田大学図書館古典籍総合データベース（請求記号　文庫三〇・a〇二二三）

『掌中源氏物語』　早稲田大学図書館古典籍総合データベース（請求記号　文庫三〇・A〇二四四）

伝為氏筆本源氏物語系図　池田亀鑑『源氏物語大成　第十三冊』（普及版・中央公論社、一九八五年）

国文学研究資料館蔵『光源氏系図』　加藤昌嘉・古田正幸「国文学研究資料館蔵『光源氏系図』翻刻」（『平安文学の古注釈と受容　第二集』武蔵野書院、二〇〇九年）

『源氏物語』　宮内庁書陵部蔵四十四冊本　国文学研究資料館マイクロフィルム（請求記号　二〇―四三三―二／所蔵先函架番号　一五〇・七四四）

『源氏物語』　立命館大学図書館蔵西園寺文庫本　原本（西園寺文庫資料番号　二五四五）、須藤圭・久我有生・川内有子「翻刻・立命館大学図書館西園寺文庫蔵『源氏物語』行間注記（桐壺巻）」（『平安文学研究・衣笠編』三、二〇一一年九月）、および、「立命館大学所蔵貴重書アーカイブ」（http://www.arc.ritsumei.ac.jp/lib/rarebook/）

附記2

本稿は、日本学術振興会・科学研究費助成事業・若手研究（B）「『狭衣物語』現存写本の悉皆調査と新校本作成のための基礎的研究」（課題番号　JP16K16775・研究代表者　須藤圭）の助成を受けたものである。

併存と許容の物語読解

――「可随所好」を端緒として――

松本　大（まつもと・おおき）

一九八三年生まれ。奈良大学文学部講師。専門は平安文学作品の注釈史・享受史の研究。論文に『河海抄』巻九論―諸本系統の検討と注記増補の特徴―」（『中古文学』第九一号、二〇一三年五月。第七回中古文学会賞）、「『河海抄』の注記形成と二条良基―『年中行事歌合』との接点から―」（『国語と国文学』第九一巻第八号、二〇一四年八月）、「富小路俊通『三源一覧』の源氏学―「愚存」注記から見る中世源氏学の一様相―」（『日本文学』第六四巻第九号、二〇一五年九月）などがある。

一　問題の所在と先行研究

古典文学作品を享受していく際、どの本文に依拠するかという問題は、その享受実態の根幹に関わる重大な要素である。本文に異同がある箇所において、全く異なる作品世界が描かれるということは、まま見られる現象と言える。そのため、ある一定の作品世界を捉えるために、現代にいたるまで多くの校本や校訂本文が作成されてきた。注釈書もその例外ではなく、古注の時代から本文に対する言及は少なくない。

現代における本文研究を振り返ると、依拠すべき本文の選定や証本として価値等を規定し、限られた一つの作品世界に向かっていくことが主流であったと思われる。その際、本文異同については、あくまで異なる世界として排除されていく傾向にあったのではないか。本稿では、この本文異同の問題を手掛かりに、主に中世の物語注釈に見られる読解の様相を紐解くこととする。

様々な物語注釈の中にあって、『源氏物語』の注釈書においては、早い段階から本文異同への言及がなされている。ある程度まとまった分量が見られるものに、南北朝期（貞治年間（一三六二～一三六七）頃）成立の四辻善成『河海抄』が挙げられる。その端的な例として、以下に『河海抄』料簡を示す。

・『河海抄』料簡（1）

一或説云此物語をは必ス光源氏物語と号すへしいにしへ源氏といふ物語あまたあるなかに光源氏物語は紫式部か製作也云々是今案之儀歟作者紫式部寛弘六年ノ日記ニ源氏物語の御前にあるをよませ給とあり水鏡にも紫式部か源氏物語とかけり代々集の詞これにおなし抑物語証本一様ならさるか行成卿自筆の本も悉ク今世に伝はらす源光行は八本をもて校合取捨して家本とせり所謂二条帥伊房本冷泉中納言朝隆本堀河左大臣俊房本号黄表紙左大臣書銘従一位麗子本土御門右大臣女号京極北政所法性寺関白本唐紙ノ小草子号尚侍殿本五条三位俊成本京極中納言定家本号青表紙等也各雖為証本皆有異同猶勘合古本且可加了見者耶善者従之古人之美言也

傍線部では、「証本」の問題に触れており、その非同一性に言及している。源光行が校合に用いた八本が列挙され、これらがそれぞれ「証本」とされる由緒正しい伝本であるにも拘わらず、物語本文は同一ではないことが述べられている。この記述からは、既に南北朝期において、本文に異同が存在することは自明であり、ある一つの「証本」を絶対的に信用していた訳ではない、ということが認められる。もっとも、善成の段階において、既に正統たる「証本」など存在していなかった可能性は高く、内容から純粋な「証本」であると判別することは不可能であったため、このような言及になったとも考えられる。

『河海抄』を俯瞰すると、本文異同が解釈の問題に結び付いている箇所も見受けられる。

・『河海抄』紅葉賀巻

かくしうにありけんむかしの人もかくやおかしかりけむとみゝとゝまりてきゝ給

此事定家卿本にはかくしうとあり親行本には文君といひけんむかしの人もとあり両説何も証本なり各可随所好

鄂州事

白氏文集夜聞謌者　宿鄂州

夜泊鸚鵡州　江秋月澄徹　隣船有歌者　発調堪愁絶

歌罷継以泣　泣声通復咽　尋声見其人　有婦顔如雪

独倚帆檣立　娉婷十七八　夜涙似真珠　双々堕明月

借問誰家婦　謌泣何凄切　一問一霑巾　低眉竟不説

文君事

史記曰是時卓王孫有女文君新寡好音故相如繆与令相重而以琴心挑之相如々臨卬従車騎雍容間雅甚弄琴文君竊従戸窺之心悦恐不得当也既罷相如乃使人重賜文君侍者通慇懃文君夜亡奔相如

案之鄂州猶叶物語意歟源内侍声はいとおかしくて山城哥をうたひたるを鄂州にて楽天の謌を聞しに思よそへたる歟如何

右は、琵琶を演奏する源典侍に、光源氏が心惹かれる場面の注釈である。この箇所には、傍線部の指摘の通り、青表紙本系統では「かくしうにありけんむかしの人」、河内本系統では「文君などいひけんむかしの人」という異同が存在する。本文が異なれば典拠も異なることとなり、『河海抄』がそれぞれの典拠を示すように、青表紙本では『白氏文集』巻十「夜聞歌者　宿鄂州」、河内本では『史記』に見える卓文君の故事を引いたものとなっている。つまり、当該箇所には全く別の背景を持つ物語世界が存在していることになり、『河海抄』はその両説を併記した注記となっている。

この注記内容を検討した先行研究として、日向一雅氏の論考が挙げられる。(2) 氏は、点線部の記述に注目し、『河海抄』が青表紙本の示す「鄂州」の方に軍配を挙げている点を評価し、他の流派の本文を柔軟に取り入れる姿勢が見られると指摘する。これに対して、稿者は、二重傍線部「各可随所好」こそが当該注記で最も注目すべき箇所と考える。文言をそのまま理解するならば、各読者がどちらでも好きな方を選択してよい、と述べていることになる。

本稿では、この「可随所好」という文言の使用実態を把握しつつ、本文異同と読解という問題を注釈書研究の観点から捉え直すこととする。

二　「可随所好」の諸相

現在確認出来るものの中で、文学史上最も早い「可随所好」の使用例は、藤原定家が『古今和歌集』の奥書で使用したものと考えられる。以下に、現在最も流布する貞応二年（一二二三）七月本の定家奥書を示す。

・**貞応二年本『古今和歌集』奥書**(3)

此集家々所レ称、雖二説々多一、且任二師説一、又加二了見一、為レ備二後学之証本一、不レ顧二老眼之不一レ堪、手自書レ之。

近代僻案之好士、以二書生之失錯一、称二有職之秘事一。可レ謂二道之魔性一、不レ可レ用レ之。但如レ此用捨、只可レ随二其身之所一レ好。不レ可レ存二自他之差別一。志同者可レ随レ之。

貞応二年七月廿二日癸亥　戸部尚書藤判

同廿八日、令二読合一訖。書二入落字一了。伝二于嫡孫一、可レ為二将来之証本一。

二重傍線部「可レ随二其身之所一レ好」が該当箇所であり、『古今和歌集』に見られる異同に関して使用されていることが分かる。

定家の奥書にこの文言が見られるようになるのは、貞応元年六月本以降である。浅田徹氏は、定家の『古今和歌集』証本に対する態度が、建保五年（一二一七）二月までと貞応元年六月本以降とで大きく変化することを指摘し、その要因として六条藤家の『古今和歌集』証本との接触を推定した。(4)その上で、定家自身の「証本」に対する自負や、歌道家当主としての姿勢が表出したものが、この「可㆑随㆓其身之所㆒好」であると指摘する。[5] この定家の奥書以降、「可随所好」は、歌学を中心に使用されていく。先行研究においても、主に和歌史において、特に定家歌学の継承といった観点から注目されてきた。定家以後の歌人達にとって、「可随所好」は定家を強く意識する用語であり、定家の歌学、歌道を象徴する文言であったことが明らかとなっている。[6]

ただし、和歌史からの検証が十分になされている一方、この文言が物語注釈や他の文献に見られることについては、ほとんど注目されて来なかった。先に示した『河海抄』の例のように、歌学、歌道継承とは異なる位置にある物語注釈にあって「可随所好」が用いられている点を、どのように捉えるべきであろうか。以下では、物語注釈に見られる諸例を確認していく。

『河海抄』では、先の例の他に、もう一箇所で「可随所好」が使用されている。

・『河海抄』御法巻

けにちりのかすのよゝへたる御願にやとみえける

法花の本門五百塵点劫の心也或はいそのかみのとかける本もあり用捨可随所好

拾遺 ちりひちの世々のみかすにありへてそ思あつむることもおほかる

ここでは「用捨可随所好」とあるように、定家の『古今集』奥書と類似した表現が採られている。この御法巻の用例も、本文の異同について指摘したものであり、「ちりのかすの」と「いそのかみの」という二種の本文が指摘される。現存伝本において「ちりのかすの」の本文を持つものは報告されておらず、やや不審は残るものの、(7)異なる本文が存在することに触れた注釈という点を押さえておきたい。先の紅葉賀巻の例のような詳細な検討は行われていないが、複数の本文が提示され、複数の解釈が認められることを示すものと捉えられる。

『源氏物語』注釈史において「可随所好」が使用されるのは、『河海抄』のみではない。一条兼良の手による『花鳥余情』(初稿本・文明四年(一四七二)成立)にも、この文言が登場する。

・『花鳥余情』明石巻(8)

月をいれたるまきの戸口けしきことにをしあけたり

定家卿の青表紙にはけしきはかりをしあけたりとあり あかしの入道源氏を引導申につきてけしきはかりといふは源氏にこの戸くちより入らせ給へとおもへる心むけにことさらはかりあけたる心なりけしきことにといふはもとよりみちひきたてまつるうへはこれよりいらせ給へとわさとかましくをしあけたるへし 両説ともに其謂なきにあらす 人の所好にしたかふへし この月入たるまきの戸口は源氏第一の詞と定家卿は申侍とかや

この例においても、やはり本文異同が関わる箇所での使用が認められる。河内本系統の「けしきことに」と青表紙本系統の「けしきはかり」とで、文脈上の解釈にも差異が発生することを指摘している。注目すべきは、二重傍線部の直前に、波線部「両説ともに其謂なきにあらす」と述べている点である。ここで示された二種類の本文とそれに基づく読解は、それぞれ正統な本文、正当な根拠があって導かれたものであると明言され、その上で「人の所好にしたかふへし」と続けている。これは、本文の差異が認められる箇所において、その異同の質が問われていたことを意味するのではないか。つまり、異同のすべてが信用に足るべき異同と捉えられていた訳ではなく、証本に確認出来るという事実（もしくは伝承）や、説の明確な根拠が存在することによって、はじめて複数の本文、物語世界が認められるということである。無条件に異同を認めるのではなく、一定の基準があったと考えるべきであろう。

また、ここまで示した源氏注の三例からは、複数説のいずれかを選択するための注釈ではない、という点も見て取れる。どちらの本文に依拠すべきか、どちらの説が正しいのか、といった判断は下されてはいない。やや優れる方を支持する部分もあるものの、もう一方を完全に否定するものではない。『花鳥余情』の例からは、定家校合の青表紙本系統の本文であったとしても、それが絶対的に依拠すべき理由にはならないということが窺える。むしろ、両説を併記することによって、それぞれの持つ差異や特性を浮かび上がらせ、結果的により客観的な判断を下せるように機能していると捉えられる。説の選択については、その注釈を享受する側に委ねている状態と解される。

兼良の例について言えば、このような注釈態度は、物語注釈に限定されたものではなかったことが、次の例から窺える。

・一条兼良『古今集童蒙抄』(9)

今はふしの山もけふりたゝならすなりなからの橋もつくるなりと

なにはなるなからのはしもつくる也いまはわか身をなにゝたとへん伊せ
たゝすなりの詞につきて不立不断の二の心あり二条家為世卿の流には不断の義を執すけふりの断は
禁忌なるうへ和泉式部か哥にひさしさに煙をたにもたゝしとて柴折くふる冬の山里とありたゝしは
不断の心なれはたゝすなりと其心同といへり又不立の義は京極家為兼卿冷泉家為相卿は此義をとる
たとへは富士の煙は人の思よりもえはしめたる物なれは煙のたゝぬといふはうれへをやむる祝の事
にかなへり長柄の橋はふりたる物なれはつくるなりといへはたえたる道をおこさるゝことふきとな
れり両説共にすてかたしといへとも不立の心は猶すくれたるにゝたりたゝし又人の所好にしたかふ
へし

「たたすなり」の解釈として、「不立」「不断」の二通りがあると述べている。傍線部で「不立」とする京極家、冷泉家の説を「猶すくれたるにゝたり」と述べてはいるものの、末尾の二重傍線部「又人の所好にしたかふへし」とあるように、最終的な判断は下していない。

これらの例からも窺えるように、「可随所好」という文言には、判断を行使する権利を、注釈を施す側から注釈を受ける側へと、移行させる機能があるのではないか。注釈を施す側は選択肢を提示するのみであり、実際の選択については注釈を受ける側の裁量に任せる、といったある種の自由さがそこにはあったものと考えられる。先の紅葉賀巻の例も、「各可随所好」とあることこそが、注記の根幹と把握すべきである。

選択される内容について、ここまでに示した源氏注では本文に関わるもののみであったが、『伊勢物語』の諸注釈書を見ると、その内容にも幅があったことが見えてくる。

・文明九年本『伊勢物語肖聞抄』一一六段(10)

波まより見ゆる小島のはまひさし久しく成りぬ君にあひ見て

はまひさしとは、たかきまさこのくつれたるなとか、ひさしの如くなるよしとそ。禅閤御説、浜ひさしとは、とまひさしなとの事なるへし。師説は真砂の義也。但、人の所好にしたかふへし。歌の心は明也。序歌也。

・文明九年本『伊勢物語肖聞抄』一一九段

かたみこそいまはあたなれこれなくはわするゝ時もあらまし物を

心は明也。あたなれは、執也。『古今集』には、あたをにこりてよめる也。定家卿義也。此物語にもにこりてよまんも、可随所好。

肖柏による宗祇の講義聞書である『伊勢物語肖聞抄』文明九年(一四四七)本より、二例を示した。一一六段の注記では「はまひさし」の語義解釈に関わる箇所に、一一九段の注記では「あた」の清濁に関する部分で、それぞれ「可随所好」が使用されている。両者ともに、「師説」や「定家卿義」と、学説の継承という観点からは大きく依拠すべきかと思われる説であっても、注釈の受け手に判断を委ねている。定家歌学を継承するという意識とはまた異なる論理が、ここに働いているものと捉えられる。現段階では、これらの要因が、『伊勢物語』への注釈という注釈の性質によるものであるのか、室町中期の兼良、宗祇周辺の学問動向によるものなのか、もしくは全く別の事情であるのか、明らかにはしがたい。ただ、これらの注釈が、歌学とは全く異なる注釈態度を見せる点には留意すべきである。

兼良、宗祇以降の勢語注にも、「可随所好」は確認出来る。これらの例として、三条西実隆の講義を清原宣賢が書き記した『惟清抄』（大永二年（一五二二）成立）と、三条西公条の注釈である学習院大学所蔵の『伊抄』（注釈内容は天文五年（一五三六）頃成立）を示す。

・『惟清抄』九六段[11]

トカキヲキテ。カシコヨリ。人ヲコセハ。コレヲヤレトテイヌ。サテヤカテ後ツヰニケフマテシラス。ヨクテヤアラム。イニシ所モシラス。カノ男ハ。アマノサカテヲウチテナン。ノロヒヲルナル。ムクツケキコト。人ノノロヒコトハ。オフモノニヤアラム。オハヌ物ニヤラム。今コソハ。ミメトイフナル。

（注記前半略）

ムクツケキ。業平ノ。我ノロイ事ヲ。ワレト。ムクツケキトイヘル也。女ハ。ヨハキ所アル物ナレハ。ヲチテ帰リ。アフ事ヤアラント思テ。イヘル也。此物語ハ。狂言。又イヤシキ事ナトヲ。イヘトモ。詞花言葉ヲ。翫トイヘレハ。ウチノヘテ。読テ。ソコニ心ヲ付ヘカラス。但人ノ所好ニ。シタカフヘキ歟。

・三条西公条『伊抄称名院注釈』初段

かりにいにけり

『愚見』、かりにとは鷹狩也。いにけりは、此京をさりて春日の里へ行也。又いきけりといふ詞は行けり也、云々。なにとなく狩なとしてあそひたるなるへし。如此、古来鷹狩の心に用る也。度々講釈、此分也。近日、今案とて被命云、これは只仮ニ居ニけりにて、心おたやかなる歟。いにけりの仮名つかひにかゝりて、此説あり。又、かりきぬのすそをきりてなとあれは、かたくに狩の方に心をやれり。かりきぬ、狩にかきらす用る衣装なれは、狩にかきるへからす。い文字、ゐ文字は、上古は仮名の差別あるへからす。されは、仮居、可然歟。但、古来狩の意を用来れり。可随好所とそ。

『惟清抄』の例は、『伊勢物語』の解釈のあり方について言及した箇所での使用、『伊抄』においては語彙認定、語義解釈と関わる部分での使用である。右の例においても、これまでに確認してきた「可随所好」の使用例と同様の傾向が確認出来る。

ここまでに確認してきた勢語注の例では、本文異同は関わっていない。『古今和歌集』や古今注、源氏注にあっては、本文異同と結び付く点が「可随所好」の特徴であったが、勢語注の例からは、この語が必ずしも本文異同に限定される用語ではなかった可能性が浮上する。(12) 検証対象を注釈書以外に広げると、その傾向は顕著となる。以下には参考として、一部分ではあるが、注釈書以外の例を示しておく。

・**猪苗代兼載『薄花桜』**（明応元年（一四九二）成立）(13)

ある先達被申候。右先哲庭訓のふんあらあら注申候。如此用捨は人の所好ニよるへし。耳にたつことは大略よろしからす候。此條々古歌より出ぬは候はし。然共古今にあれはとて。ちるそめてたき。へら也なとはよむましきよし候哉。又迯遁の作例はありとも。用にたゝぬと見え候。誰か又詞にいはゝ。よきもなくあしきもなし。たゝつゝけからにて侍へしともあり。

・『異制庭訓往来（百舌往来）』（延文～応安年間（一三五六～一三七五）成立[14]）

三者。書二色紙一者。可レ用二夏毛一。若唐筆羊毛虎毛也。但依二料紙一可レ用レ之歟。障子屏風。風情各雖レ異。而終者同様可レ書レ之。又要文詩歌等。先可レ書二祝言一也。真行書者可レ随二主之好一也。

・松田宗岑『蒙求臂鷹往来』（天文二三年（一五五四）頃成立[15]）

次装束條旋事可被先美麗。樫鳥装束。野小鳥装束。袙装束等風流也。於此中。昔若殿上人専被着之。今猶可随人々所好。

・斉藤利綱『家中竹馬記』（永正八年（一五一一）成立[16]）

一馬上にて拾《ユガケ》さゝぬは。近き所へ御供などの時の儀也。さなき時はさすべし。其謂は馬上にて弓を持ぬ事は有間鋪事也。縦我もたぬ時も。下人に弓うつぼを付さすべき間。何時も取て可レ射様故にゆがけさす也。但洛中などにては程近き間。弓うつぼを略る也。しかれども御出仕幷諸家へ御出などの外に御供の時。洛中成共。所にもよつて弓うつぼをはなさず。下人に付させん事所好に随べし。近き所とて弓を持す間敷にも。定れる法は有間鋪也。但又人にもよるべし。或は堪能或は若き人難レ不レ可レ有之。

連歌寄合書、往来物、武家故実書に使用される。書きぶりや装束の作法など、文学と全く関わらない箇所にも見られることを勘案すると、「可随所好」が注釈上の用語として、一般的に使用されていた可能性も十分に想定される。

以上、「可随所好」の諸相を探ってきた。南北朝期から室町後期までの諸書を見る限りでは、和歌史における使用状況とは必ずしも一致しない実態が見えてくる。物語注釈や、歌学書以外の文献からは、本文異同、語彙認定、語義解釈、場面読解など、「可随所好」の広範な使用が認められる。そして、定家への意識を強く有していた歌学、歌道での使用とは対照的に、時代や分野による差異はあるものの、使用者の好尚に任せんとする姿勢が看取される。本文異同や複数解釈が存在する箇所で用いられることは共通するが、どちらが適切なものであるかの判断は下していない。家説の相伝や正統性の主張といった意識は、歌学、歌道以外の諸書においては必ずしも見られるものではなかった。享受者への一方的な注釈行為ではなく、複数の説が選択されずに享受者に示されることによって、享受者側の主体的な判断が求められる点こそ、歌学、歌道以外の「可随所好」の特徴と言えよう。

物語注釈に立ち戻って考えると、「可随所好」が使用された場合、特定の一説への支持や各説への検証が主たる目的ではなく、両説並記することに意味を見出していたのではないかと推し量られる。複数の解釈を享受者自身に委ねようとする姿勢は、これまでの研究においては指摘されて来なかった。しかし、この観点に立つと、実は今まで見過ごされてきた部分においても、「可随所好」と同様に享受者自身が解釈を選択出来るよう配慮されたと思しい注記や文言も見られる。次節では、この問題を検討する。

三　複数説の併記とそのあり方

物語の注釈に限ったことではないが、複数説が提示されることは、まま見られる現象である。先に示した『河海抄』を例にとると、以下のようなものである。

・『河海抄』帚木巻

ことのねも月もえならぬやとなから

定家卿本菊もえならぬ云々　親行本は月也

本文異同への言及として、河内本系統の本文と青表紙本系統の本文との両者を示している。これまでの『河海抄』に対する理解としては、このような注記は、河内家の学統に属しながらも、一方で青表紙本にも目を配り、学問的に公正な立場から理解を行おうとした善成の意識が表出した箇所、として位置付けられてきた。(17)

しかし、本稿で扱っている本文異同への注釈態度を踏まえるならば、複数の物語世界を享受者に示し、両者の世界が併立していることを述べた注記とも捉えられる。また、本文の選択や優劣が示されていない点からは、両者の併存が許容されていたことをも示唆する。当該箇所においては、「月」「菊」のどちらとも『源氏物語』の確固たる本文であり、どちらの物語世界も『源氏物語』であるという認識である。二つの物語世界は独立しつつも、『源氏物語』という作品解釈においては併存するものであり、多層的に物語世界が把握されていたものと推察される。明確な文言が伴っていないため、推測にならざるをえないが、複数の物語世界が存在することを示す注記と捉え直したい。

具体的な文言を伴う場合としては、「両説」という注記に着目したい。この「両説」という用語も、複数説の許容を意味するものと考えられる。使用例は散見されるが、端的な一例を示す。

・『河海抄』紅梅巻

まつうくひすのとはすやあるへき

先也　又云待也案之両説共ニ証本ニ声をさせり而猶先の心相叶歟

万葉云荒玉の年ゆきかへる春はたゝまつ鶯は我やとになけ

右の注記には、「まつ」の解釈として「先」と「待」の「両説」が示されており、まさに二説が併立した注記となっている。この例では、「可随所好」の例として示した先の紅葉賀巻の注記と、高い類似性が見られる。当該注記でも、証本に声点が施されていることを根拠とした上で、「猶先の心相叶歟」と両者比較の上での見解は示されつつも、決定的な選択は保留されたままにある。「両説」とは、二者が存在するという点だけではなく、二者のどちらとも問題なく適用されるという意味も含まれているのではなかろうか。

時代は下るが、細川幽斎『伊勢物語闕疑抄』（慶長元年（一五九六）成立）には、示された「両説」が、ともに使用可能であることを示した事例が見られる。

・『伊勢物語闕疑抄』九四段[18]

其男、すます成にけり、業平の、女を離別するなり。後におとこ有けれと、他人に嫁すれとも、女の腹の子かあれは、まへの男の方へ時々いひかはす也。女かたに、ゑかく人なれは、ゑをかきてといふなり。今の男の心も有へき事なりと恨なり。ろうしては、我心さしをもらしての儀也。漏の字也。禅閤御説には、嘲弄の弄の字と見給へり。あざけりてよみてやる也。両説何にてもと、御説也。但、御説、中比まては、漏してとよめり。只、哢してと落著してみるべしと云々。

右の「禅閤御説」「御説」は、一条兼良の説を指す。「ろう」を「漏」と「哢」のいずれの意で解釈しても構わないとされ、後には「哢」を用いることで決着したようであるが、二通りの解釈が適用されていたこととなる。ここでは兼良によって「両説」の使用が認められており、「両説」ともに依拠すべき明確な根拠があるならば、どちらか片方を排除する必要性も無かったものと捉えられる。別の箇所から、もう一例を示したい。

・『伊勢物語闕疑抄』五九段

すみわひぬ今はかきりと山里に身をかくすへき宿ものとめてん

儀は、あらはなり。『後撰』には業平とありて、爪木こるへきとあり。俊成卿、両説いつれをも被用たると見えたり。

俊成卿
すみわひて身をかくすへき山里にあまりくまなき夜半の月かな

同
今はとて爪木こるへき宿の松千代をは君となをいのるかな

ここでは、「両説」の正当性を保証するものとして、俊成詠が持ち出されている。『伊勢物語』と『後撰和歌集』とで、和歌の四句目に「身をかくすへき」か「爪木こるへき」の異同が存在することを説明した上で、両者がともに使用されている俊成詠を示す。これは、まさしく本文異同が併存し、その異同が両者とも切り捨てられずに、使用されていた現象と認められる。

これに加えて、当該注記からは、「両説」が揃って提示される必要性があったことも窺える。つまり、異同や解釈の差がある箇所においては、それぞれが示す作品世界を認知し、一揃いの内容として把握しておくことが求められていた、ということである。「両説」提示とは、公正な立場から説を列挙するという性格ではなく、知識として蓄えておかねばならない情報を必要に応じて列挙したもの、と規定出来るのではないか。異同や各々の説が正当なものであれば、それらは全て認められ、それらが併存している作品世界が認識されていたものと捉えられる。(19)

このような「両説」提示は、物語注釈に限ったことではない。以下に示す、今川了俊による連歌寄合書である『言塵集』(応永十三年(一四〇六)第一次本成立)にも、「両説」が特徴的に用いられている。

・『言塵集』(20)

一、百舌鳥

もずの草ぐきとは、両説有。一には、もずの居たる草云々。一には、霞を云。是は俊頼朝臣の説也。所詮、しるしの跡もなく、はかなき事に読也。大和物語にくはしく見えたり。

とへかしな玉櫛の葉にみがくれて百舌鳥の草ぐきめぢならずとも

是は俊頼哥也。伊勢より京なる人につかはしたる哥云々。玉ぐしの葉は榊の名也。みがくれとは身隠と云言也。目路とは眼路也云々。基俊曰、み隠とは水隠也云々。此難を俊頼聞及て詠たる哥、

雪ふれば青葉の山もみがくれて常葉の名をや今朝はおとさん

基俊・俊頼の両説如此。末代の人は、時によりていづれをも可用詠歟。

・『言塵集』

一、夏《万》かりの玉江のあしをふみしだきむれゐる鳥の立空そなき

夏かりの事　両説也。一説には、夏苅の蘆也。一説には夏狩也。又云、夏雁云々。師説には、夏苅りのあし也。立空ぞなきとは就言羽ぬけ雁と尺せり。凡そ両説有事は、時によりて可用歟。又夏狩とて鹿狩を云歟。薬狩云々。五月五日以後の狩と云り。

右の二注記では、語義解釈として「両説」提示がなされている。これらの注記に見られる「両説」提示についても、これまでに確認してきた諸例と同様の方法が採られている。当該二注記で注目すべきは、「両説」提示がなされた理由が把握出来る点である。すなわち、二重傍線部「時によりて」とあるように、連歌においては、時と場に応じた使い分けが求められており、その使い分けを行うために「両説」が示されたと捉えられる。これについては、以下の例も参考になる。

・『言塵集』

一、わたつみとは　両説なり。一には海神也。一には海童也云々。共に海神也。一説には海底云々。わたつみわたつうみ是も両説也。

わたつみの手にまかしたる玉だすきかけて忍つ大和しまねを

一説わたつみの手とは綿むしるをばつむと云間、綿つむ手と云々。わたつみの底のみるめなどよめ

り。

私云、わたつ海とは、只海の名と心得つべし。わたつみと云ては、若海神の名とも心得べけれど、古人の説に有上は、其まゝに可用にや。定家卿のをしへのごとくは、和言は只和哥に可用事なれば、やさしき言、又はよせの有ぬべきを可用。万葉の哥も殊更可有用捨云々。其ために、万葉の哥をぬきかゝれたる記侍り。されども、此一帖にはあまたの説を申まで也。ひろく心得べきための也。連哥等には尤もいづれの説をも分明の説をば可用歟。今時かたかなの物などを自見のまゝにをさへて用事いかゞとおぼえ侍る也。

波線部で述べているように、「あまたの説」を「ひろく心得べきため」の注釈であるとする。「分明の説」であることが大前提ではあるものの、実際に複数説の使用を目的として企図された注釈であると分かる。連歌という作品性によるところも大きいが、特定の一説を堅持、検討することよりも、複数説を臨機応変に用いることこそが重要であったのである。説を検討、踏襲するためではなく、実用的な知識を蓄積するための方法こそが、「両説」提示の在り方であったと推測されるのである。

これは、必要に応じて、注釈の享受者自身が複数説の中から選択する、といった享受者の判断に任せた注釈と言える。この解釈の判断を享受者に委ねるという点こそ、先程来述べてきている「可随所好」に共通する注釈姿勢であり、複数説提示の最も中心的な目的であったと規定出来よう。

このように考えると、「両説」という文言を使いながらも、実際は二説以上の説を示す場合があることにも納得がいく。先の「夏かり」の例においても、「夏苅」「夏狩」「夏雁」の三通りが示されていたし、「わたつみ」の解釈に対しては、「海神」「海童」「海底」が挙げられている。注釈に見られる「両説」は、複数説の許容を認める記号的文言であって、文字通りの二説のみが存在するという意味ではなかろう。

この「わたつみ」に対する『言塵集』の注記を踏まえると、次に示す『河海抄』の注釈意図も、これまでの認識とは異なるものとして把握し直される。

・『河海抄』明石巻

わたつうみにしなへうらふれひるのこのあしたゝさりし年はへにけり

大海《わたつうみ》日本紀万　海神《同》日本紀　海底《同》万喜撰式　海若《同》

わたつうみは海の惣名也日本紀ニハ海神と書之万葉ニハ海若ともかけり荘子に北海若と云は竜神也山神を日本紀に山つみといへるも同心也（以下略）

傍線部には、「わたつみ」に対応する漢語、漢字の列挙がなされている。これら語彙の列挙についても、多義性の許容という観点から捉え直すことが出来るのではないか。従来、右に見られるような和語に漢語を宛てる注釈は、用例の列挙によって語彙の性質を探るもの、もしくは「わたつみ」という和語に対応する漢語、漢字を習得するためのもの、と把握されてきた。確かにそういった面も持ち合わせてはいようが、右の『言塵集』との類似を考慮すると、複数の漢字、漢語が持つ世界を複合的に捉えていたのではないかと考察される。つまり、注記対象となる和語に、複数の漢字、漢語が持つ世界を反映させながら理解していた、ということである。当該注記であれば、「わたつみ」には、「大海」としての要素も、「海神」を想起させる要素も、「海底」を意識させる要素もあり、それらを複合的に示すことで、広範かつ多様な観点からの物語読解の可能性が提示され、さらに享受者による読解の選択をも可能にしていた、とも捉えられよう。実際の物語読解にどの程度影響を与えたかという問題は残るが、これらの注釈に潜在的な多義性の許容があったことを指摘しておきたい(21)。

以上、複数説が提示される現象から、その意図を探ってきた。一つの本文や一つの解釈を目指す注釈とは全く異なる注釈方法として、複数説の提示が採られていたことを明らかにしてきた。本文異同や読解が示される箇所の全てに適用される訳ではないが、一部の箇所に関しては、多層的な物語世界が把握されていた可能性がある。また、それらが享受者によって選び取られていくという特徴を持つことも、注釈の性格として見逃してはならない要素である。注釈の享受者との関係の中で、作品の把握が広がり、据え直されていくという現象を、享受実態の一端として認めるべきであろう。

本稿で最初に取り上げた紅葉賀巻の本文異同に立ち帰ると、ある一本のみが正当なる物語を示すといった捉え方はしておらず、複数の物語世界が混合しているものこそが物語世界の姿として把握されていたと捉えるべきである。『源氏物語』古注釈書において、付せられる見出し本文が、特定の一本に拠るわけではなく、時に他の注釈書からの孫引きすら行っているという現象も(22)、この物語世界への把握と深く関わるものと思われる。複数の物語世界が多層的に存在することが前提として認識されていたからこそ、見出し本文が特定の一本に依拠していなくとも、読解や注釈を行う上では支障が出なかったものと思われる。

四　見せ消ちの書写

最後に、複数の物語世界の把握が、実際の典籍上でも行われていた可能性に触れておきたい。

これまでに確認した諸例は、注釈書上に見られる現象であった。注釈書は作品享受に大きな影響を与える媒体ではあるものの、享受の最たる基盤は本文そのもの、つまりは証本、伝本こそが重要な役割を果たすことになる。ここで取り挙げたい事象は、書き込みや校合の跡を示す、いわゆる異本注記についてである。典籍上に見られる異本注記の一部には、複数説提示の意図が潜んでいると考えられる。その一例を、次に示す、見せ消ちをめぐる逸話から窺いたい。引用は長くなるが、全体像把握のため該当箇所を全て示す。

・京大本『紫明抄』桐壺巻(23)

ゐにかけるやうきひのかたちはいみしきゑしといへともふてかきりありけれはいとにほひすくなしたいえきのふようひやうのやなきもけにかよひたりしかたちいろあひからめいたりけんよそひはうるわしうけふらにこそはありけめなつかしうらうたけなりしありさまはをみなへしのかせになひきたるよりもなよひなてしこのつゆにぬれたるよりもらうたくなつかしかりしかたちけはひをおほしいつるに花とりのいろにもねにもよそふへきかたそなき

帰来池苑皆依旧、大液芙蓉未央柳長恨哥

芙蓉荷一名也

おほよそ源氏物語といふ物あまたある中に、光源氏物語といふは紫式部君のしわさなり、しかるを亡父大監物光行かいゐにつたへきたれる本、むかしよりよみつたふる説々みたりかはしきによりて、人のまよひをたすけ世のさまたけをたゝさんかために、句点をきり隷字をつくといへとも、わたくしあるにゝたり、故実の人にとふらはんと思て、五条の三品の亭へまかりむかひて、この事を談へきよし申に、おほきによろこひて、としころわかねかふところこの事にありとて、暮年に功をゝへたり、そのあひたしたかひつかへたる物たゝ親行ひとり日をゝかす、こゝに三品の本桐壺巻をひらき見れは、ゐにかけるやうきひのかたちはいみしきゐしといへともふてかきりありけれはいとにほひすくなしたいえきのふようひやうのやなきも、とかきて、ひやうの柳といふ一句を見せけちにせり、すなはち親行をつかひとして申やりける、楊貴妃をは芙蓉と柳にたとへ、更衣をはをみなへしとなてしこにたとふ、みな二句つゝにてよくきこえ侍を、御本に未央の柳をけたれたるは、いかなる子細の侍そや、と申たりしかは、我はいかてかさる自由のわさはし侍へき、侍従大納言行成卿一筆本に、この一句を見せけちにせり、紫式部同時の人に侍れは、申あはするやうにこそありつらめとて、これも墨をつけては侍れと、いふかしさにあまたゝひ見しほとに、若菜の巻にて心をえておもしろく見なして侍なり、と申されけるを、親行かへりてこのよしをかたるに、若菜巻にはいつくに思あはせられたるとか申されし、といふに、それまてはたつね申さすとこたふる時、人の使は問答いふかしからぬをこそ専使といふに、汝道理をわすれたるふかくの事也、すみやかに見あきらめて不審をひらくへし、と申されて、ことはりなれは、親行とちこもりて若菜巻をひらき見る事六十遍にをよひてその心をえたり、朱雀院の五十の御賀を六条院の御さたとしてとりをこなはれし時、女試楽に院人〳〵のありさまをよろつの物に思よそへられし時、宮の御方をのそき給へは人よりけにちゐさくうつくしけにてたゝ御そのみある心ちすにほひやかなるかたはをくれてたゝいとあてやかになまめかしくて二月のなかの十日はかりのあをやきのわつかにしたりはしめらたん心ちして鶯のはかせにもみたれぬへくあえかに見え給さくらのほそなかに御くしはひたりみきよりこほれかゝりてやなきのいとのさましたり、とかけるに、はしめの未央の柳はようなき物と見つ、やかて父にかたるに、みやこの好士さま〳〵おほかれと、この三品の和才すくれたる中に、この物語をあきらかにもてあそふ人たくひなきかゆへに、逸興を見たてられたるなるへし、とて、この一句を見せけちにし侍しかば、愚本もおなしく見せけちにし侍なり

右は、素寂『紫明抄』（永仁元年（一二七四）成立）桐壺巻の注記である。当該場面は、桐壺更衣の死去を嘆く桐壺帝の様子を『白氏文集』「長恨歌」を用いて表現した箇所であり、よく知られた本文異同が存在する。すなわち、青表紙本系統では「大液芙蓉未央柳」とある部分が、河内本系統では「大液芙蓉」のみとなっており、「未央柳」の有無が系統判別の指標となる。(24) この本文異同の事情について述べたものが、右の注記内容となる。なかば説話化しているため一概に信頼を寄せることは難しいが、興味深い由縁が示されている。傍線部で示した部分はその要所にあたる。

『源氏物語』の家本を作成しようとした光行は、俊成のもとに子の親行を通わせ、物語の不審を拓こうとしていた。ある時、俊成所持の桐壺巻を被見したところ、「大液芙蓉未央柳」の「未央柳」が見せ消ちになっていた。俊成にその子細を尋ねたところ、行成筆の本で「未央の柳」が見せ消ちによって消されていたため、自身の本も同様に見せ消ちによって消し、後に見せ消ちとすべき根拠（納得する用例）を若菜巻から得

た、と述べる。親行も、若菜巻を繰り返し読解し、女三の宮を青柳にたとえる箇所に基づいて（明確に説明はされていないが）不要説を採り、家本にも見せ消ちを施した。概略は以上の通りである。この由緒を踏まえた素寂も、波線部「愚本もおなしくみせけちにし侍なり」と、自身の本も書きながら見せ消ちにすることを踏襲したとする。

この逸話で重要となるのは、見せ消ちの付いた伝本を書写する際に、見せ消ち部分を削除するのではなく、見せ消ちのまま残す、という行為にある。見せ消ちは、本文の訂正を示すことを目的とするため、書写によって訂正後の本文が採用された段階で本来は失われてしまう存在である。当該箇所では、行成や俊成の本に見せ消ちが施されていたからこそ、光行、親行はこの箇所に本文異同があることを知り、本文選択を行ったこととなる。見せ消ちによって、訂正前の本文と訂正後の本文とが典籍上に残された結果、享受者による本文選択に繋がったと捉えられる。まさに本稿で取り扱ってきた、複数説の提示と物語世界の把握、及び選択が、具現化されていよう。

当該箇所に見られる複数説の提示は、書写の過程で失われてしまい、現存諸本では飯島本のみが見せ消ちを持つ。[25]『紫明抄』に見られるこの逸話は、典籍上では消えてしまった複数説提示が、注釈書の中で姿を留めたものと言えよう。この本文異同は、『河海抄』や『原中最秘抄』といった後代の注釈書にも、引き継がれていく。[26]

当該箇所の見せ消ちの問題と類似する現象に、俊成の『古今和歌集』証本における見せ消ちの存在が挙げられる。浅田徹氏は、俊成が『古今和歌集』を伝授する際、見せ消ちや有力異文が書き込まれた研究資料的性格を保持する伝本と、一般歌人を対象とした校訂本の様相を呈す伝本との、二種類の性格の伝本を使い分けていたことを明らかにしている[27]。その上で、使用的詳密度や証本性と、俊成自身の本文選択の好尚とが、相反関係にあること指摘する。ここで取り上げた『源氏物語』における見せ消ちが、俊成の『源氏物語』証本への眼差しであるとは断定出来ないものの、本文異同と証本という問題と無関係であるとは考えにくい。この逸話が説話的である点を差し引いたとしても、物語本文を選択し、その物語世界を把握するという行為が、『源氏物語』に限定して行われた訳でないことが示唆されよう。また、この態度は、本稿の冒頭で提示した『河海抄』料簡に、「抑物語証本一様ならさるか」と断った上で「各雖為証本、皆有異同、猶勘合古本、且可加了見者耶、善者従之、古人之美言也」と述べる姿と重なる。複数本文を併立させ「善者従之」という方法を用いることで、複雑で同一ならざる証本、伝本から、より効果的に作品世界を把握することが可能になったのではないか。むしろ、青表紙本系統にしても、河内本系統にしても、確固たる純粋な本文がすでに不明な状態にあって、そういった混在した本文から物語世界を把握するために編み出された、実践的な方法と把握すべきであろう。

五　まとめ

本稿では、本文異同に代表される複数の物語世界が、多層的に併存し、許容されていたことを述べてきた。この意味において、併存と許容の作品読解が行われていたと認めるべきである。物語世界を広大かつ柔軟に扱う享受の一側面が、明瞭に浮かび上がったものと思われる。

ただし、この現象はあくまで一側面であり、強固に自説や家説、当流説を主張する箇所も多々見られるのも事実である。この、強固さと柔軟さの割合を量ることこそが、各注釈書や享受における性格、特徴、独自性の把握に繋がるのではないか。複合的に存在する物語世界といかに対峙しているのか、という観点から、これまでの物語享受の実相は捉え直される必要がある。

現代の我々に翻って考えると、一つの伝本、一つの本文、一つの解釈に、固執、収束することが、どれだけ有効な作品読解に結び付くのか、今一度考えるべきであろう。現代の我々が把握する現代の物語世界は、決して広くはない。本文は○○本を使用しなければならない、伝本を○本以上見た上で本文決定すべきだ、といった近代文献学的な価値観によって、我々の視野は知らず知らずの内に矮小化してしまっているように感じられる。今回扱った複合的な物語世界の把握は、必ずしも有効とは言い切れない部分も含むが、様々な可能性の広がる新たな作品世界が、享受者によって据え直されても良いのではないか。もっとも、正当かつ十分な根拠が存在していなければ、それは単なる妄想となってしまう。現代の物語世界は、どこまでが併存し、どこまでが許容されるか、それを問うことから、現代における新たな物語読解が生まれてくると期待したい。

注

(1)『河海抄』の本文は、便宜的に、玉上琢彌編『紫明抄 河海抄』(角川書店、一九六八年)により、一部私に改めた。

(2) 日向一雅「紅葉賀巻「鄂州にありけむ昔の人」と「文君などいひけむ昔の人」」(仁平道明編『源氏物語と白氏文集』新典社、二〇一二年)。なお、当該箇所への注目は早くからされており、『河海抄』の見出し本文の系統を論じた山脇毅「河海抄の系統について」(『源氏物語の文献学的研究』創元社、一九四四年。初出『芸文』一三—七、一九二二年)以降、多くの論考で扱われている。

(3)『古今和歌集』の本文は、小島憲之・新井栄蔵校注『古今和歌集』(新日本古典文学大系4、岩波書店、一九八九年)によった。

(4)浅田徹「定家本とは何か」(『国文学』四〇、一九九五年)。

(5)浅田徹「顕注密勘の識語をめぐって」(『和歌文学研究』七二、一九九六年)。

(6)早いものでは、宗祇に関する金子金治郎氏の論考(「宗祇の連歌論」『連歌論の研究』桜楓社、一九八四年)等がある。近年では、大石真由香氏が北村季吟『万葉拾穂抄』での使用例を検討している(「『万葉拾穂抄』における「可随所好」について」『近世初期『万葉集』の研究』和泉書院、二〇一七年。初出『叙説』三七、二〇一〇年)。氏によると、季吟が二条派歌人として自身の自負を持ちつつも、仙覚による実証的な万葉学等の他流の説をも受け入れざるを得なかった結果として、両者の併存を可能にする「可随所好」を用いた、と指摘される。

(7)加藤洋介『河内本源氏物語校異集成』(風間書房、二〇〇一年)、及び、同「定家本源氏物語校異集成(稿)」(http://www.let.osaka-u.ac.jp/~ykato/index.php/category/aobyoushi)、同「別本源氏物語校異集成(稿)」(http://www.let.osaka-u.ac.jp/~ykato/index.php/category/betsu)にて確認した。もしくは注記が本文に紛れてしまったことによる誤りか。

(8)『花鳥余情』の本文は、再稿本系統にあたる中野幸一編『花鳥余情 源氏和秘抄 源氏物語不審条々 源語秘訣 口伝抄』(源氏物語古註釈叢刊第二巻、武蔵野書院、一九七八年)によった。

(9)『古今集童蒙抄』の本文は、武井和人・西野強編『一条兼良自筆古今集童蒙抄 校本古今三鳥剪紙伝授』(風間書房、二〇一三年)によった。

(10)『伊勢物語肖聞抄』の本文は、片桐洋一・山本登朗責任編集『伊勢物語古注釈大成』第三巻(笠間書院、二〇〇八年)によった。

(11)『惟清抄』、及び、『伊抄 称名院注釈』の本文は、片桐洋一・山本登朗責任編集『伊勢物語古注釈大成』第四巻(笠間書院、二〇〇九年)によった。

（12）この傾向を持つ使用例は、歌学書にも見られる。『愚問賢注』（貞治二年（一三六三）成立）には、やや趣は異なるが、以下のような使用例が見られる。

・『愚問賢注』

一、和歌の風体は時うつり事変じて、代にしたがひ俗にひかれて、あらたまるべきか。詩は漢魏盛唐各一体別なりといへり。歌も萬葉、三代集已後度々撰集、あるひは時の褒貶により、あるひは人の好嫌によりて、一代吟賞の姿のあるをや。今の歌いづれの体を正路として模写すべきぞや。

漢朝は敵をほろぼして国をとる故に、風をうつし俗をかふとて、詩人才子文体も代々にかはれり。我国は天神地神の御末のみ国の皇統として、先皇の道をまもる故に、歌の体も大に変ずる事なきにや。但、人其時の上才の所好にしたがふ故に、世々にいさゝかおもむく所かはれり。そのむね委く、古来風体抄に見えたり。（以下略）

『河海抄』の使用例とも考え合わせると、「可随所好」の使用についての変化が、南北朝期、特に二条良基周辺で発生したのではないか、との推論も成り立つ。確認出来る限りではあるものの、後述する了俊『言塵集』の現象を含めると、よりその可能性は現実味を帯びるのではないか。この点については更なる検討を俟ちたい。なお、良基・了俊の『源氏物語』享受については、寺本直彦『源氏物語受容史論考 正編』（風間書房、一九七〇年）に詳しい。

（13）『薄花桜』の本文は、『続群書類従』第十七輯下（続群書類従刊行会、一九二四年）によった。

（14）『異制庭訓往来』の本文は、『群書類従』第九輯（続群書類従刊行会、一九三二年）によった。なお、前後関係は不明であるが、『遊学往来』にも同文が見られる。

（15）『蒙求臂鷹往来』の本文は、『続群書類従』第十三輯下（続群書類従刊行会、一九二六年）によった。

（16）『家中竹馬記』の本文は、『群書類従』第二十三輯（続群書類従刊行会、一九三〇年）によった。

（17）池田亀鑑「珊瑚秘抄とその学術的価値」（『物語文学II』、至文堂、一九六九年。初出『国語と国文学』九―五、一九三二年）。池田氏の指摘以降、今日までこの前提が継承されてきたように思われる。

（18）『伊勢物語闕疑抄』の本文は、片桐洋一・山本登朗責任編集『伊勢物語古注釈大成』第三巻（笠間書院、二〇一〇年）によった。

（19）本稿で取り上げた以外にも、以下の傍線部の例等も、複数説を許容する文言と考えられる。

・『惟清抄』三九段

アメノシタノ色コノミノ哥ニテハ。ナヲソ有ケル。イタルハ。シタカフカ。オホチ也。ミコノホイナシ。ナヲハ。直也。アリメノマヽ。スクニヨメル也。定家卿自筆ニハ。猶也。コレモヨキ也。（以下略）

・『伊勢物語闕疑抄』二六段

むかし、男、五条わたりなりける女を、えゝす成にけることゝわひたりける人の返事に、

五条わたりなりける女、二条の后也。侘たりける人、染殿の后也。業平のあらぬおもひする事を憐み給ひし其かたしけなき心さしの御返事に、業平のよめる。御説には、侘たる人、染殿后に非ず。道しるへせし人也。此義、尤面白し。

（20）『言塵集』の本文は、荒木尚『言塵集――本文と研究――』（汲古書院、二〇〇八年）によった。

（21）なお、中世古今集注の世界に多義性の許容という観点が見られるとの浅田徹氏の指摘（「中世の古今集注――多義性の二つの型――」、増田繁夫・小町谷照彦・鈴木日出男・藤原克己編『古今和歌集研究集成　第三巻　古今和歌集の伝統と評価』風間書院、二〇〇四年）がある。浅田氏は、中世古今集注の諸書に見られる多義性は、統一的な歌学観に基づくものでなく、混態化が著しいながらも、その混態こそが中世古今集注の基幹たる方法であるとする。

（22）この点に関しては、寺本直彦『源氏物語受容史論考 正編』（風間書房、一九七〇年）、伊井春樹『源氏物語注釈史の研究 室町前期』（桜楓社、一九八〇年）、岩坪健『源氏物語古注釈の研究』（和泉書院、一九九九年）、拙稿「河内方の源氏学と『河海抄』――内閣文庫蔵十冊本『紫明抄』巻六巻末の『水原抄』抜き書き群をめぐって――」（前田雅之編『中世の学芸と古典注釈』中世文学と隣接諸学5、竹林舎、二〇一一年）等、各注釈書における指摘の蓄積がある。

（23）『紫明抄』の本文は、玉上琢彌編『紫明抄 河海抄』（角川書店、一九六八年）によった。

（24）別本に関しても、青表紙本系統とも河内本系統とも異なる本文を見せる。一例として陽明文庫本の異同を示すと、「大液芙蓉」「未央柳」の両者ともに存在せず、またこれに続く本文も大幅に見られない、といった具合である。

（25）池田和臣氏は、この見せ消ちを以て飯島本が行成筆本の形態を残すのではないかと推測された（「春敬記念書道文庫蔵源氏物語解題」『飯島本源氏物語』第一巻、笠間書院、二〇〇八年）が、加藤洋介氏はこの指摘を否定している（「失われた定家本源氏物語――飯島本桐壺巻の場合――」『詞林』五〇、二〇一一年）。加藤氏は、本文が短縮されてしまうことに対する躊躇、及び、その結果としての見せ消ちの残存、という可能性を指摘している。

（26）当該箇所における、それぞれの注記は以下の通りである。

・『河海抄』桐壺巻

たいえきのふようひやうのやなきにも

奥入大液芙蓉未央柳対此如何涙不堕長恨哥

俊成卿本に未央柳の一句をみせけちにしけり是は行成卿自筆本の様云々

親行云六条院の女楽に女三宮を二月はかりの青柳にたとへたり人の皃を柳にたとへたる事一部の内に両所あり無念なるに似たり然而芙蓉柳是又いつれも除かたきにより て書なからみせけちにしたる歟云々

・『原中最秘抄』桐壺巻

一タイヱキノフヨウモケニカヨイタリシカタチ也アヒカラメイタリケンヨソヒハウルハシウケウラニコソアリケメ

（注記前半省略・ほぼ紫明抄と同内容）

しかあるを京極中納言入道の本に未央柳と書れたる事も侍るにや又俊成卿の女に尋申侍しかは此事は傳々の書写のあやまりに書入るにやあまりに対句めかしくにくいけしたる方侍るにやと云々よりて愚本に不用之

『河海抄』は見せ消ちをめぐる本文異同について言及するに留め、『原中最秘抄』は書写による誤りとする説を補強材料に挙げた上で「未央柳」を不要とする。

なお、素寂所持の本文がもとから見せ消ちを保持していたのか、見せ消ちが無かったために書き加える結果となったのか、その過程は不明と言わざるを得ない。ただし、素寂にとってこの箇所の見せ消ちは、河内家の源氏学を継承していることを示す部分であり、ある種の権威付けとして重要な意味を持つものであったと推測される。行阿が『原中最秘抄』で不要説を採る要因の一つに、この問題もあったのではないかと考えられる。

(27) 浅田徹「俊成本古今集試論――伝本分立の解釈私案――」(『和歌文学研究』六六、一九九三年)。

中世における『源氏物語』の虚構観

梅田　径（うめだ・けい）

一九八四年生まれ。早稲田大学日本古典籍研究所招聘研究員。専門は中世和歌・歌学・近世索引。論文に「『今鏡』における源有仁家の描き方―鎖連歌記事とその情報源―」（『古代中世文学論考』第三四集、新典社、二〇一七年）、「『和歌初学抄』所名注記の検討―歌枕と修辞技法―」（『中世文学』第六二号、二〇一七年六月）、「『長短抄』と『竹園抄』」（『廣木一人教授退職記念論集　日本詩歌への新視点』風間書房、二〇一七年）などがある。

はじめに

物語に描かれていない場面は実際にあった出来事なのだろうか。あるいは、直接描かれていない登場人物の内面は本当にあるのだろうか。口に出してみると幼稚な疑問のように思う。けれども、『源氏物語』に関する種々の論考を読むと、物語のこうした前提に対する態度は多様な幅をみせていることに気づく。虚構論と呼ばれる哲学領域で盛んに研究されてきたこのような議論も、(1)古典文学研究では、真摯に議論が交わされることはほとんどなかったといってよいだろう。(2)

この疑問を過去の人々はどのように考えたのだろうか。『源氏物語』に限っていえば、しばしば物語の欠落を新たに書き加えることで埋める欲望に突き動かされてきた痕跡が残っている。後代に作られる『源氏物語』の続編・外伝の数々は、出来不出来の差に関わらず光源氏や魅力的な姫君たちが活躍する「物語世界」に多くの〈作者〉が参加してきた事を示している。

本稿では、中世の『源氏物語』享受資料の分析を通じて、過去、物語に対する多様な向き合い方があったことを明らかにしたい。ひいてはその多様な読みの中から享受と解釈の溝と、時代ごとの断絶を縫合しうる可能性を開いていくことを目指そうともくろんでいる。

享受と解釈は截然と切り離せない。そもそも我々は当時の文化環境を再現出来ない以上、現代の解釈もまた、どれほど堅牢にみえる実証の上に立っていようとも、後代の受容のあり方のひとつにすぎない。文学研究もこのような受容を可能にする一つの制度でしかない。私たちの作品読解は現代における同時代的な文化環境や読みを可能にする諸制度に依拠したものであり、そこには古注釈の利用や先行学説の検討といった、現代に至るまでに蓄積された様々な解釈の反映が残らざるを得ない。享受史の研究は作品の解釈にも大きな影響を与えているのである。

しかしながら、物語や和歌について、古注釈や御伽草子、本歌取りなどの享受史を追いかけてみると、現代ではけっしてたどり着けないような解釈や理解にしばしば遭遇する。それは取るに足らない妄説として退けられることが多かったが、近年の古注釈研究や享受史の成果は、一見荒唐無稽に見える言説でも、歴史的・文化的な背景があることを明らかにしてきた。(3)

私たちが前提としている事柄の多くは、確固たる事実のように見えていたとしても、文化状況によって変動しうる要素である。中世に見られる特異な『源氏物語』受容を軸に、現在の我々が前提としている形とは異なるものとして物語作品が受け止められてきたことを再確認することで、異なる文化状況で発生した受容が、私たちの源氏観を刷新しうる可能性を開いていきたい。その端緒として、『源氏物語』受容が生み出す物語の虚構観について考察する。

　そして、現在の『源氏物語』本文を絶対とする立場を一度離れ、多様な物語観の様相を一つずつ明らかにしていくことで、物語との付き合い方をより豊かなものにすることができるはずである。

一　巣守三位、六十巻の『源氏物語』

島原松平文庫蔵『歌書集』所収「光源氏物語本事」の冒頭には『更級日記』の異文と覚しき文章がある。ここには『源氏物語』五十四帖に加えて「譜」があったと記されている。

・更科日記云〈菅孝標女〉ひかる源氏の物かたり五十四帖に譜くしてと有。

この「譜」とは何か。同書では、この実体について諸賢に尋ねて回ったことを次のように記している。

・庭云、譜くしては、譜とはいかなるものにか、と年来の不重《（ママ）》にて、心の中にたくはへ侍るまゝに、この物語さたする人ことに尋侍き。方〱の儀は、おろ〱しるし侍らん。

以下は省略するが、衣笠内府家良と藤原頼隆は「系図」であろうと述べ、源具氏は「目録」、真観はこの記述そのものを疑っている。「譜」とは何か。この文章をもつ『更級日記』の現物がないのでいずれも雲を掴むような話だけれども、鎌倉時代以前の資料状況を見る限りでは、今井源衛が指摘するように「系図」のようなものである可能性が高いのではないかと考えられる。

『源氏物語』の人物系図については、池田亀鑑が先鞭を付けて諸伝本の網羅的な博捜を行い[4]、三条西実隆による系図と、それ以前の系図で大別する事を提唱した。これに従い、実隆以前の源氏系図を「古系図」とする見解が現在では一般的である。

古系図研究は常磐井和子によってさらに深められ、近年では、池田が最古写本と認定した九条家本に近しい本文をもつ帝塚山短期大学蔵『光源氏系図』が紹介されるなど、古系図諸本の様相が明らかにされてきた[5]。その後も鎌倉・南北朝期に遡る系図はいくつか発見されている。

こうした古系図中に現存『源氏物語』に見えない巣守三位についての記述が見られる。巣守三位と源氏系図について、久保木秀夫、加藤昌嘉が研究史の概括と新見を示している[6]。加藤は、国文学研究資料館蔵『光源氏系図』の分析を通じて、「一三～一四世紀には、「巣守」は、確実に、『源氏物語』の一部として存在していた」と述べている[7]。この認識はおそらく心敬の『芝草句内岩橋』における『源氏物語』摂取を記した自注から、ほぼ十五世紀まで延長して捉えてよいと思われる[8]。

こうした現存伝本に見られない巣守三位が受容された背景には、『源氏物語』が六十巻だったという説に淵源があるのかもしれない。『今鏡』「作り物語の行方」で、『源氏物語』の功徳を説く嫗が「六十帖などまで作り給へる書」と述べているのを皮切りに、ほぼ同時代と覚しい澄憲『源氏一品経』でも言及されている。

袴田光康による書き下しを引くと「其中にも光源氏の物語は、紫式部の所制なり。巻軸六十巻と為し、篇目卅九篇を立つる」と見え、源氏物語の読者が次のように想定されている。

故に深窓の未だ嫁がざる女、之を見れば偸かに懐春の思ひを動かし、冷たき席に獨り臥す男、之を披けば徒に思秋の心を労す。

この「故に深窓の未だ嫁がざる女」は袴田による注釈でも触れられているように『長恨歌』における「養はれて深閨に在り人未だ識らず」を踏まえたものであろう。(9) それに対を成すように「冷たき席に獨り臥す男」が現れているのだが、これは『源氏物語』が男女共に読む物語だったことを示している。他、『無名草子』にも『源氏物語』を六十巻とみる説がある。

院政期にみられる六十巻『源氏物語』の内実がどのようなものであったかを知ることができる資料はほとんどない。その極めて稀な資料の一つに既に原本は消失したものの、橋本進吉によって紹介された『簾中鈔』異本の一本である『白造紙』がある。そこには「源ジノモクロク」として、キリツボからスモリまで、現存する巻と現在見えない巻をふくんだ巻立目録が見える。サクヒト、サムシロ、スモリの三巻の前には「コレガホカニ、ノチノ人ツクリソヘタルモノドモ」とあるが、これは『源氏物語』が後人によって増補されうる物語であったことを示している。

現存『源氏物語』と異なる『源氏物語』については和歌の逸文からも伺える。『袋草紙』には、次のように現存しない『源氏物語』詠が見られる。

故き物語の歌の、撰集に入るはなしと申すとかや。後拾遺雑一、藤為時の歌、

われひとりながむとおもひし山里に思ふことなき月もすみけり

これは源氏物語の歌なり。かの物語には、「入りぬと思ひし」と侍るとかや。件の物語は紫式部が所作なり。為時の女なり。仍りて詠ずるか。

これは「物語の歌は撰集に入ることは無い」という故実に例外があることの証歌だから、『源氏物語』を論じる上では間接的な資料である。とはいえ「われひとり」詠は現存の『源氏物語』にはないにも関わらず、清輔が『源氏物語』詠であると述べているのは、当時の受容がこのような形で書きとどめられた事を示している。鳥羽院政期ごろを境に、こうした現存『源氏物語』とは異なる本が受容されていたらしいことが浮かび上がってくるのであるが、それがどこまで遡る現象なのかはつまびらかではない。しかし『風葉和歌集』にも現存『源氏物語』には見られない歌が収載されており、中世期の『源氏物語』受容は五十四帖に限定されない広がりを持っていたのであろう。その端的な結果としては、第三部の続編を描いた『山路の露』と、光源氏の死と夢浮橋の続きを描いた擬作、『雲隠六帖』があげられる。『雲隠六帖』が成立するためには、『源氏物語』が五十四帖に加えて、六帖分の物語の「空白」が認められなければならないのである。(10)

二　『塵荊抄』と『源氏物語一部之抜書幷伊勢物語』

以上はよく知られたことであるが、こうした現存する五十四帖とは異なる形の『源氏物語』のあり方に対

して、現代の研究は比較的冷淡な立場をとってきた。それは資料的な限界もさることながら『源氏物語』五十四帖の外側にある『源氏物語』の研究は、本来の研究対象である『源氏物語』について知ること、解釈をすることとは別種の事柄であると理解されてきたからではないだろうか。当然、読んでいた当時の本の姿が違えば、その認識もおのずから現代のそれとは異なる。中世における特異な『源氏物語』観を探り、どのような要素が源氏観を構成するのかを解き明かすことで、『源氏物語』受容の多様性を示してみたい。

次に挙げるのは十五世紀後半に成立したと考えられている『塵荊鈔』にみえる『源氏物語』巻立に関する記述である。

第廿六

雲隠。此巻ハ絶テナシ。然ドモ或人住吉、玉津嶋ニ籠リ伝へ侍ト云儀アリ。胎蔵界ノ大日弥陀ニテ御坐ス。彼ノ誓願悪人ヲ救ン為ニ、種々ニ変化シ給フ。伊勢内宮ハ台蔵ノ大日、外宮ハ金剛ノ大日也。然ニ業平卿天下ノ花男也。近キハ見テ思ヲ尽シ、遠ハ聞テ心ヲ悩《ナヤ》マス。弥陀ノ度シ余シ玉ヘル処ノ女人、三千七百卅二人、是釈尊往来、娑婆八千度ニ度シ残セル所ノ女人也。是ヲ助給ベキ方便也。サレバ業平ノ詠歌ニ、

　知ルラメヤ我ニ馴ニシ世ノ人ノ暗《クラ》キニ行ガ便《タヨリ》有トハ

我ニ逢処ノ女人ハ悪道ニ落ベカラズト云歌也。後ニ又醍醐天皇ノ王子光君ト顕レテ、猶度シ残ス、極重悪人ノ女人一千余人ヲ度シ給。一度膚《ハダヘ》ヲ触ル丶、輩ハ八葉ノ蓮台ニ坐スル也。源氏ノ雲隠ハ天暦二年八月十八日ノ夜也。入如クニ六条院ヨリ兜率天ニ上リ給ト云ヘリ。御歳四十九。書置給歌ヲバ兵部卿ノ宮取テ

見給ニ、五十年ニハ一年タラヌ月影ノ本ノ雲居ニ今ヤカヘラント。
幷匂宮。〈カホル大将トモ云、匂兵部卿トモ申。〉是ハ源氏ノ御息女《メ》、明石《ノ》中宮ノ御子也。父ハ朱雀院第一王子、今上ト申。源氏ワ御事ヲ不思議ニ哀玉フ。源氏夢中ニ告曰、我ハ是観音ノ化身トシテ、仮ニ穢土ニ生ジ、極悪ノ女人ヲ度脱シキト。兵部卿夢中ニ申サク、然バ詠歌ヲ一首留給ヘト。源氏御返事ニ、柿下人丸、小野小町苔下ヨリ昔ヲ連《ツラ》ネ侍リ。我ハ兜卒内院ノ法性宮ニ居ス。然共是ヲ知辺《シルベ》タルベシトテ一首、法性ノ為ノ都モ遠カラズ只尋常ノ心ニゾアル。此歌ヲ以、此巻ヲ作レリ。

ここには二重傍線部で示したように、業平が釈尊ですら済度することが出来なかった女性三千七百三十二名（恐らくこれは三千七百三十三が正しい。後述）を済度したという理解がある。それに加えて、傍線部で示したように「醍醐天皇の王子」であった光源氏が、業平ですら救済できなかった極重悪人の女性千余人を済度したという。『塵荊鈔』では、『伊勢物語』の世界が『源氏物語』と、釈尊の行状を含むこの現実世界の歴史と地続きであることを示しているのである。(11)

『塵荊鈔』の記述は、『源氏物語一部之抜書幷伊勢物語』と深い関係にあることがよく知られている。関連する条目（167、168）を二つ掲げる。アラビア数字は翻刻の条数である。

167一　赤石《あかし》にあまたの事ありといへども、まづしるす。そもそも〳〵この人丸は、した（ママ）たかき市《いち》のきささきなり。いかなる事にてか、文徳御宇にこの浦へながされて、むかひあはちおのころしまを見やり、明石のうらのあさきりに、とよみし哥、その残ゆへに又、この嶋は天照皇のしばしをわしける所、あるいはこの嶋にて御誕生ありといふ事、日本紀に見えたり。この尊のつかひ給へる女房あり。玉ゆりひめといふ。彼うらにきてをわしける。これをいまの人丸の御座所にをきたてまつりける神代の事なれば、人これをしらず。住吉の明神たづねおわして、しるしのためとて一の木をうへけり。木は口伝。されどもいとつばきといふ木なり。いとつばきは榊也。彼神このうらに住たまへり。この神生くわゝりて、人丸となりけり。つぎには小野の小町となり、のちにはなりひらとなり、又生かはりてあかしの上となる。源氏ちぎり給ふ事、三世一知といふ也。

168一　源氏の、須磨よりあかしにかよひてすみ給ふ事は、すみ吉の明神人丸の御座候あひだ、あかしへつね〳〵かよひおわします事あり。すみよしは人丸、あかしの上又すみよしは源氏一体也。源氏、なりひらを一体といふぎあり。されば、これ胎金両部の大日といふぎあり。

まず167では、住吉明神が、人麿↓小町↓業平↓明石の上となって示現し、光源氏と契りを結んだことが述べられており、次の168では、住吉は光源氏と一体であるとして、さらに光源氏と業平が一体である「儀」が存したことが書かれている。『塵荊抄』でも、人丸、小町から光源氏への血脈が連ねられていると述べられている。これは稲賀が指摘する通り、両書の話題には共通源泉が存していたことの証左だろう(12)。『源氏物語』が『伊勢物語』と密接な関係を持つことは古くからよく知られている。そもそも一読した範囲でも、『源氏物語』がどれほど『伊勢物語』を意識して作られたかを感じられることだろうし、中世においても両書の関係は取り沙汰されてきた。一例を引けば、『弘安源氏論議』第三答に、源氏の物語は、なりひらをおもひてかけりといふ説あり。それにつきてこれを案するに、月やあらぬとよみける五条わたりにや、あれたるさまも思ひよそへられ侍り。

という文言を見ることができるし、『源氏大鏡』序にも、「但、作たる心は、業平の中将は阿保親王の御子、母は伊豆内親王の宮に生てその品たぐひなし、又かたち清げに、やまとことわざに妙なりしを学て、光源氏の君と名付出せり」と、光源氏の人物造形に業平の影響を認めることは一般的な立場だったと覚しい。『源氏物語』古注釈では『千鳥抄』に同様の文言をみることができる。

『塵荊鈔』の記述で留意しておきたいのは、光源氏が「醍醐天皇の王子」であると認識されていることである。光源氏が桐壺帝と桐壺更衣との間に生まれたことは桐壺巻にはっきり記されており、醍醐帝の子息ではないことは自明である。そのような本文をもつ『源氏物語』が存在したと考える必要はない。このような記述が成り立つためには『源氏物語』が現実世界をモデルとして構築された虚構ではなくて、物語世界が現実世界そのものを書き記しているという立場に立たなければならない。つまり、『塵荊鈔』は『源氏物語』を作り物語＝虚構として見てはいない。これは『源氏物語一部之抜書幷伊勢物語』でも変わらない。[13]

三　『伊勢物語』古注から『源氏物語』へ

このような物語観を『塵荊鈔』はどのようにして形成してきたのだろうか。宗教テクストとの関係を考慮するべきではあるだろうが、それだけでは『伊勢物語』も『源氏物語』もこの現実世界と連続する出来事なのだという認識は生まれ得ないだろう。

この物語観は、『源氏物語』の内徴からではなく『伊勢物語』古注の受容を経由して生成されてきたものである。先ほどの『塵荊鈔』の引用に業平が、釈尊が度し残せる「三千七百卅二人」の女人を救済したことを示す記述があった。これは『伊勢物語』古注に見られる業平が契りを結んだ女性の数なのである。『和歌知顕集』第一（書陵部本系統）には三度この数字がでてくる。

得脱の縁をむすばしめんと、人と世にむまれて、平野の宮にこもり、ちくまのまつりにあひ、たけうちのせんくうより三巻集をつたへて、人のこゝろをなやまして、かへてその心をなくさむる事、凡三千七百三十三人也。……（業平ガ）えたるところの女三千七百三十三人なりといへとも、きく人みちにふけりぬへき女はかりをゑらんで、わづかに十二人をこの物がたりにあらはしかきたる也。……鳥、抑三千七百三十三人の女の中に名聞にも得益にもきこえぬべき人ばかりをときゝ侍つるに、二条・五条の両后、そめどの、斎宮などは、まことにいろごのみのしわざありがたく侍り、そのほかの人は、なにのとくも面目もあるべしともおぼえぬをかきいれたる、こゝろえがたし。

この三千七百三十三人という人数は『塵荊鈔』のそれとほぼ一致する。『冷泉家流伊勢物語抄』（書陵部本）冒頭にも、

凡、業平一期会所女、三千七百三十三人なり。其中に、此物語には、唯十二人をえらび入たる也。其十

二人とは……

とある。(14) 同書には「本当の業平は、この三千七百三十三人の女性と関係を結んだが、物語にはそのうちの十二名との話が描かれている」という知顕抄系の『伊勢物語』古注と同じ説が見られる。『和歌知顕集』(書陵部本系統)に、その十二人の他は「名聞」にも「得益」にも聞こえない人ばかりだったとあるのは、業平が、高貴な名門の女性だけではなく、凡婦とも関係を持っていたということを暗に示した記述ではないか。ここには、こうした言説の享受者であった非貴族階級による、貴種と交わることによる救済の願望が反映されているのかもしれない。この認識は恐らく『源氏物語』の女性たちが、元々は貴顕の子女でありながらも零落し、後に光源氏によって見いだされた女性達であること、則ち『源氏物語』が光源氏を媒介にして姫君たちが地位を回復する物語であることと、『伊勢物語』の古注釈世界が結びつきうる理解であるように思われる。

また、『和歌知顕集』(島原松平文庫本系統)には、『源氏物語』の書名に関する言及が見られる。

問、……物かたりに名をつくる事は、その中にかきあらはすことの心につけてこそ、なづけ侍れ。さればこそ、はしひめの事をかきたる物がたりをば、すなはち、『はしひめ』となづけ、唐国の事をのみかきたる物をば、『唐物かたり』となづけ、大和島根の事をのみかきたる物がたりをば、『大和物かたり』となづけたり。いづらは作者の名をつけたる事あり。『大和ものかたり』こそ、いせがつくりたれば、『いせ物かたり』ともなづけべけれども、この義なし。また『源氏ものかたり』は、ひかるげんじの事をのみかきたれば、『げんじ』とぞなづけける。

ここでは、『源氏物語』が「光源氏」について書くように、物語の書名は主人公の名前を付けたとする認識が見られる。『伊勢物語』は主人公の名前を書名に据えないという点で異様なのであるということを述べたいのであろうが、『うつほ物語』や『堤中納言物語』など例外はいくらでもある。重要なのは『伊勢物語』を論ずるにあたって『源氏物語』が参照され、その逆の関係もみられるという古注釈における両書の交渉である。

少し時代は下るが『伊勢物語口決』百十四段に次のような記述が見える。

惣て草子を造るの法は、始を載れば、終を闕て、書つらぬる物也。源氏の文章など、又古法にしたがひて書たる也。されば、此物語の終に至りて業平終焉の哥、入べきいはれなき事也。滋春が所伝といふ事も、又たしかなり。

傍線部では「草子を造るの法」として、物語は終わりを欠いて、書き続けるものだという認識が見られる。『源氏物語』の文章がそうした古法に従って書いたというのは、雲隠巻を指すのか、それとも夢浮橋巻の末尾を示しているのか判然としないものの、はっきりとした終章を指摘したのだろう。こうした物語観が『伊勢物語』を通じて『源氏物語』をみる視座として機能していたことは注意される。中世における『源氏物語』をめぐる認識は精読や思索によってのみ構築されるのではなく、『伊勢物語』からの「物語」にまつわる言説の影響を受けつつ形成されたものなのである。

四　連歌寄合から『源氏小鏡』へ

このような『源氏物語』にまつわる言説の構築を考える上で『梵灯庵袖下集』と『源氏小鏡』の関係を取り上げて別の角度から考えてみたい。両書の関係は、近年岩坪健によって「風祭り」の語が見える天理図書館蔵連蔵筆本『源氏小鏡』（以下連蔵筆本）が詳細に論じられたことで、いっそう検討されるべき課題となった。(15)

『源氏小鏡』は『源氏物語』の詞を容易に引見できるように物語のあらすじと詞の抜書（寄合語）とが記された『源氏物語』の梗概書である。主に連歌寄合に用いられたものと覚しく、その成立は南北朝期に遡るかとみられる。その伝本系統の検討と研究に先鞭を付けたのは稲賀敬二である。(16)その後、伊井春樹が『源氏小鏡』の網羅的な調査を行い、六十本余の伝本を六系統に分類した。(17)この伊井の分類は現在でも利用され、岩坪健編『『源氏小鏡』諸本集成』(18)においても基本的な分類として踏襲されている。優に一五〇本を越える現存伝本に恵まれ、また新出伝本の紹介も相次いでいるものの、基本的には伊井の分類が現在の水準を示しているとみてよいだろう。

この連蔵筆本は伊井の分類では「第五系統本（梗概中心本）」に位置する。この系統は他の系統によく見られる寄合語の列挙を廃し、物語の梗概を中心に述べたものであると説明される。ただし、連蔵筆本は『源氏小鏡』の中でも一つ書きで巻名と人物について記す体裁をもつ特殊な体裁をしており、他の『源氏小鏡』とは性質を異にしている可能性がある。扱いには注意が必要であろう。

さて、連蔵筆本に見える「須磨の風祭り」という語が、南北朝期から室町時代にかけて製作された雑多な連歌の知識を記した連歌論書『梵灯庵袖下集』に見えることを、岩坪は次のように述べている。

「須磨の風祭り」については、安達敬子氏（注（12）：梅田）に詳細な論考がある。それによると当該語句は、連歌師の梵灯庵が三六才の至徳元年（一三八四）に著した『梵灯庵袖下集』で取り上げ、それを簡略化したのが『宗祇袖下』に、逆に他の源氏寄合を付会したのが『詞林三知抄』に収められている。『梵灯庵袖下集』は連歌師が作成した寄合書の著書の中では最古のものであり、本文は四系統に分類され、そのうち最も原型を留める系統の一本を引用する。（中略）このように物語に見られない内容を含む梗概書が一四世紀にも存在し、それが『梵灯庵袖下集』に採られたと考えられる。

梵灯庵が連蔵筆本のような作品から「須磨の風祭り」を自作に引用したように、連歌師の心敬も源氏物語そのものではなく、その梗概書を利用している。[19]

『梵灯庵袖下集』に『源氏物語』を典拠とするかのように記されながら、本文に見えない連歌寄合が記載されていることは寺本直彦が指摘している。[20]「風祭り」もその一つなのだが、現在では『梵灯庵袖下集』の本文研究が進み見直すべき点もある。

『梵灯庵袖下集』の伝本系統を研究した島津忠夫は伝本を甲乙丙の三類とそれと関連する丁類の四類に分類した。本書は、梵灯庵自身、あるいはその弟子によって増補されていったものと考え、各条が短い甲類（特に西高辻家旧蔵本）が古態を残していると考えた。[21] 先にみた寺本、安達、岩坪らは島津による諸本分類に依拠して分析を行っている。

近年、島津の伝本研究を再検討した長谷川千尋は、島津とは逆に条数・文章が多い伝本が古態を残す可能性があると論じている。[22] 長谷川も島津と同じように四類に分類するが、島津が丁類とした京都大学蔵『初心求詠集』付載の文章を『梵灯庵袖下集』とは無関係と退け、代わりに天理図書館蔵『灯庵袖下』（二冊中の下冊）本の系統を丁類として立て、最も古態を残している可能性を示唆した。[23]

ところが、この天理図書館本には「風祭り」の語が見られないのである。長谷川の分類に従うと先の引用で岩坪が述べたような「梵灯庵が連蔵筆本のような作品から「須磨の風祭り」を自作に引用した」という議論は成立せず――また、『梵灯庵袖下集』が梵灯庵の著作であるかどうかも留保が必要である――連蔵筆本は末流の『梵灯庵袖下集』にみられる連歌寄合を取り込んだ『源氏小鏡』であると想定されるのである。

連蔵筆本は『『源氏小鏡』諸本集成』に同系統の東京大学史料編纂所蔵本と校合されて収載されている。件の「風祭り」については次のようにある。

又、「すまのみそき」と云事あり。これは、しかるへき人のなかされたるに、ちんぎくわんのくわん人、はい所にくたりて、七日はらひする事あり。又、「かせまつり」と云事あり。源しの、花をおしみたまひて、よものあらしのふきけるを、かせのかみをまつりたまふ事あり。

この「須磨の禊ぎ」と「風祭り」は他系統の『源氏小鏡』に見えない。ここでは「須磨の禊ぎ」を考えてみたい。これは須磨巻に見える次の場面を示すものであろう。

弥生の朔日に出で来たる巳の日、「今日なむ、かく思すことある人は、禊したまふべき」と、なまさかしき人の聞こゆれば、海づらもゆかしうて出でたまふ。いとおろそかに、軟障ばかりを引きめぐらして、この国に通ひける陰陽師召して、祓させたまふ。

この場面は、「須磨の巳の日の祓い」という連歌寄合語として定着し広く流通した。『連珠合璧集』には次のようにある。

ひぢかさ雨トアラバ、にはか雨を云也。
いもが門行過かねて催馬楽　すまの巳日のはらへ源

「巳の日の祓い」は『梵灯庵袖下集』甲乙丙類では「須磨の撫物」の条で言及されており、立条されてはいない。丁類（天理図書館綿屋文庫本）では次のように立項されている。

一、須磨の御祓。春也。源氏年〳〵三月卅日に御祓をし玉ふ也。須磨のはらいと申なり。

「須磨の御祓」が連蔵筆本のように神祇官が配所に降ることを意味するという言及は見られない。もちろん、七日祓をするという記述も見えない。「風祭り」の語を『梵灯庵袖下集』との関係で考えるならば、それは抄出本系統（甲乙類）に近い本から挿入したもの、「須磨の禊ぎ」は『梵灯庵袖下集』とは異なるが近い関係にある別の寄合書から挿入された語なのではないかと思われる。
岩坪がいうように十四世紀に連蔵筆本があり、それを『梵灯庵袖下集』が取り込んだのであれば、「風祭り」と「須磨の禊ぎ」の両方を摂取するのが自然であろうし、その解説も一致するはずである。また「風祭り」と「須磨の禊ぎ」が共に「又〇〇と云事あり。……事あり」と文をつなげた形式で締めくくられており、それぞれ物語の概要を説く語り方ではなく、エピソードの紹介として語られていることに注意したい。これは、連蔵筆本が他の『源氏小鏡』のように寄合語を列挙したのではなく、寄合語を外挿して梗概を作成した痕跡なのではないだろうか。もちろん、連蔵筆本から連歌付合への配慮が消えてしまったわけではない。その例としては、「一、うすくものにうゐん」にみられる。紫上が薄雲の女院の姪にあたることを述べて、

されは、むらさきにゆかりといふ事は、このいはれなり。

とあるのは典型的な寄合になる「むらさき」と「ゆかり」に対する配慮だろう。他に、「四塚の博士の娘」、「火取の灰」など他の『源氏小鏡』でもピックアップされる連歌付合に頻出する語句は収載している。気に掛かるのは古本系『源氏小鏡』にみられない「野宮の別れ」という言葉である。これは「一、六ちやうみやすところは」のくだりに見られる。なお【　】は東京大学史料編纂所蔵本による校合箇所である。

そのゝち、さいくふ、いせへくたりたまふに、【まつたひりへ参り給ふて、いとまこひ申給に】さしくしといふ事あり。これを、のゝみやのわかれと云なり。

この「野宮の別れ」は連歌寄合として広く知られたものである。『連珠合璧集』にも、

長月トアラバ、

秋の夜　在明　梢の秋　衣うつ　野の宮の別　きく

とあり、別の箇所にも、もう一例「野宮の別れ」の語が見られる。朝顔斎院と共に伊勢に下向する六条御息所と光源氏が野宮で別れを告げる著名な場面であるが、他系統の『源氏小鏡』には「野宮の別れ」は立項されておらず、古本系を代表する伝持明院基春本では、

さて、さま〳〵の御物かたり、あかつきちかくなりしかは、かへりたまふ。そのこと葉。ゆふ月夜。あかつきのわかれ。しはかき。くろきのとりゐ。のゝみや。松むし。あさちかはら。秋の草かれ〳〵になる。むしのこゑ。すゝかゝわ。いせまて。やそせのなみ。

これらは「のゝみや」「いせ」なとにつくへし。

とだけあって、「野宮」はあるが「野宮の別れ」という言葉は見られない。あまりに著名なフレーズなので断定は憚られるが、これも「須磨の御祓」や「風祭」と同じように他の連歌寄合書から挿入された語句である可能性がある。

このように考えてくれば、連蔵筆本がなんらかの『梵灯庵袖下集』に依拠して記述を行ったと限定する必要もないかもしれない。連歌寄合の語句を物語のあらすじに挿入した本が連蔵筆本であると考えてよいのである。

連蔵筆本が示すように『源氏小鏡』が提示する「源氏物語の梗概」は、確固たる物語上のあらすじの要約ではなく、連歌の詞が外挿的にあらすじへと介入するような空間であった。本稿で問いかけたいことは連蔵筆本が連歌寄合の影響を受けているように、『源氏物語』の概要に連歌寄合が影響を与えうるという源氏観はどのようなものなのか、ということである。

五　中世的『源氏物語』観の形成

本文に依拠しない形で『源氏物語』に言及し、他の要素を取り込んで『源氏物語』の物語世界が拡張される現象は連蔵筆本と『梵灯庵袖下集』だけではなく、先に見た『塵荊鈔』や『源氏物語一部抜書幷伊勢物語』にも指摘できる。

こうした現象は特異なものであるにせよ、このような拡張が行われる根底には『源氏物語』が虚構の「作り物語」ではなく、物語内部に書きとどめられなかった出来事を含んだ現実世界の外延とみる物語観がある。このような物語観は先にみた『伊勢物語』古注釈の世界に根強く存していたが、『源氏物語』にもいままで見てきたような資料から同様の思想があったことが伺える。

こうした物語観は恐らく『源氏物語』の本文全体を直接読むことができなかった読者たちに対して顕著で

あっただろう。そもそも『源氏物語』全巻を具備することは『湖月抄』の開版までは決して容易なことではなく、注と本文が全冊具備されたテキストも、天正三年成立の『万水一露』まで待たなければならなかった。連歌師をはじめとする『源氏物語』の知識を必要とした人々の多くが、『源氏物語』の梗概書によって受容していたと考えられることは、先学が繰り返し指摘していることである。(24)

こうした梗概書を通じた読書によって、『源氏物語』はある種の現実の延長としての現実感を獲得していったと覚しい。これを与えていたのは口伝による秘説の伝授であったり、伝承として付加され増殖していく『源氏物語』本文に存在しないエピソードであったりしただろう。それと同時に梗概書独自の語り方もまた、『源氏物語』とは異なるリアリティを与えるものであったのではないかと考えられる。三谷邦明らが「自由間接言説」と見なすような『源氏物語』の輻輳的な語りは、(25)梗概書に引き継がれることはない。伝持明院基春本『源氏小鏡』では夕顔の女房である右近について次のように履歴を書く。

かのうこんをは、いみすくるまゝに、めしよせて、つほねなとして、いとねんころに、はこくませ給ひて、つかはせ給ふ。「ふくらかに、いろくろき女」といふ、これなり。のちに、たまかつらのきみに、はつせにてたつねあひて、六てうのゐんにわたしたてまつり給ひて、この御かたにさふらいしなり。源氏も、はか〳〵しきものにおほして、めしつかひ給ひし人なり。

このようにあらすじや人物を説明するに留まる『源氏小鏡』は、『源氏物語』とは異なるあらすじを説明したり、その物語構造をよりわかりやすく、ドラマティックに説明する性質があることを橋本美香が指摘している。[26] こうしたわかりやすさは『源氏物語』の輻輳的な語りを単純な叙述に変えたことによって得られた明快さである。

『源氏物語』は、時にそばに近侍する女房の視点、時に登場人物の内面、時に超越的な視点に立った、一人称とも三人称ともつかない高密度な語りによって構成されている。[27]『源氏物語』がこうした高度に複雑な語りを採用できたのは、それがそもそも多視点からの虚構を描く「物語」であったからに他ならない。『源氏物語』には、しばしば虚構であることを読者に念押しするような記述がみられる。たとえば、夕顔巻末尾には次のような「女房の語り」がある。

かやうのくだくだしきことは、あながちに隠ろへ忍びたまひしもいとほしくてみなもらしとどめたるを、など帝の皇子ならんからに、見ん人さへかたほならずものほめがちなると、作り事めきてとりなす人ものしたまひければなん。あまりもの言ひさがなき罪避りどころなく。

語り手は「くだくだしきこと」を記さない（語らない）という選択肢もあったにも関わらず、「みな漏らし留めた」ことの言い訳を述べる。このような『源氏物語』が書かれたテクストであることを示す表徴は、物語が虚構であることを、「語り」の体裁を通じて読者に示していると考えられる。[28]

だが梗概書の記述はこうした「語り」を一切拒否して、全てを「あらすじ」に霧消させてしまう。『源氏物語』の「語り」が消失した時にどのような物語観が形成されるのかを知る上でも梗概書の分析は一つの視座を提供するだろう。梗概書の記述の仕方は、そのまま鵜呑みにすると「虚構の物語」であるか「実際に起こった出来事」であるかを決定的に判別することができなくなってしまうのである。

おそらく、このような物語本文に見られる虚構性を示す記述の剝奪が、中世、『源氏物語』をあたかも史実であるかのように捉え、その物語世界に牽強付会なエピソードを外挿的に接ぎ木していく土壌を生み出していたのではないかと考えられる。

物語世界の放恣な拡張は、同じ『源氏小鏡』でも密教的言説を付加する三井寺聖護院本系統のように『源氏物語』の成立にまで仏教思想を拡張した物語空間を生みだすに至る。聖護院本系統『源氏小鏡』では、『源氏物語』が「物語」に連なるものではないことを示す記述もある。若紫に、「一切経」の秘密が入った石塔の内、三基が日本にあることを示して『源氏物語』が次のように書かれたとする。

かのせきたうの中の一さいきょうのひみつを、かのしきぶ見あらはして、けんし六十てうをつくる。(中略)けんしかきたるすゝりは、あふみのくにのてうほうなれはとて、いし山にこめられけるを、むらかみのてんわうの御はからひにて、ちくふしまにこめらるゝともいふなり。これらはみな、うらかきにある事なり。もつてのほかのひじ也。

なんとも荒唐無稽な説であるが『源氏物語』が「作り物語」ではなく『一切経』の延長として捉えられていることは、いままで見てきた中世『源氏物語』の虚構性を考える上で重要な視点を提示している。それと同時に「作り物語」が単純な虚構として受容されていなかったことを端的に示す事例として注意されてよいはずである。梗概書や連歌寄合書の乾いた叙述文が、さらに『伊勢物語』古注釈の方法と接触したとき、物語を現実世界の延長と捉える源氏観と、それを土台にしたさまざまな『源氏物語』が起動するのではないかと想像されるのである。(29)

おわりに

『源氏物語一部之抜書幷伊勢物語』、『梵灯庵袖下集』、『塵荊鈔』、『源氏小鏡』といった中世『源氏物語』関連資料が、『源氏物語』を作り物語とは見なさず、現実世界の延長線上にあるものと捉える視点があったことを指摘してきた。これらは具体的に強い影響関係を指摘できる場合もあるが、様々な段階で様々な付会を経てきたと覚しく、その記述が完全に一致することは少ない。

これらの『源氏物語』言説が登場する背景には『塵荊鈔』で見たように『伊勢物語』古注との接触があったことは間違いない。古注との接触を通じて『伊勢物語』がそうであるように、『源氏物語』もまた現実の人物が現実世界の出来事を記すものであったという認識が育まれていったのだろう。『源氏物語』古注釈の分析だけではなく、『伊勢物語』古注の物語観が『源氏物語』にスライドして適用されていたという事柄の細部を追求するためには『伊勢物語』古注釈の分析も必要となる。(30)これらは連歌の寄合語を媒介にして物語と注釈世界が相互に浸食しあう鎌倉時代から室町時代にかけての、いわゆる『伊勢物語』古注時代の文学知をめぐる受容の様相を示している。

中世、『源氏物語』本文に触れることができなかった人々による、梗概書や連歌寄合を経由して形成された源氏観が、一定の支持を受けて様々なテキストへと波及し、その受容が特異な物語観を形成する要素として働いていた。そのように考えたとき『源氏物語』とは、その本文世界すら越境する広がりをもった作品であったことに気づくことができるのではないか。

『源氏物語』の享受史を繙いてみれば、私たちの読書行為よりも幅広い受容の様態をそこに見いだすことができる。『源氏物語』世界を拡張して理解することは、『源氏物語』五十四帖の内徴を調べることと同じように、その世界を「読む」ことでもある。近年、『源氏物語』成立当時の読者を女房と想定して、その読者がどのように本文の仕掛けに反応したのかを探る研究も見受けられる。こうした研究方法の有効性を考える上でも、『源氏物語』が、現在とは異なる形であったこと、また誤読や改編を含み混んだ読者たちの書写・流布・改編、あるいは連歌寄合や和歌の本歌取りといった営為と共にあり続けた書物であることに目配りをすることが重要ではないだろうか。私たちの「解釈」は「物語」の枠組みに対してすら、より自由に、幅をもってなすことが許される。そのような可能性を、中世の『源氏物語』受容は開いてみせているのである。[31]

受容は解釈の産物であり、解釈は受容そのものである。解釈と享受史の断絶はあってはならない。『源氏物語』は物語＝虚構のくびきすら取り外しうる可能性がある。しかし、そのような物語観を含みこんだ作品は決して多くはない。各領域で蛸壺化した文学研究者たちの「安住の地」たるそれぞれの立場を越え、様々な研究手法が参与する豊かな空間を、『源氏物語』の研究が再生することを願っている。

注

（1）虚構論については、清塚邦彦『フィクションの哲学』（勁草書房、二〇〇九年、改訂版二〇一七年）が手際よくまとめている。分析哲学領域で議論される「フィクション論」にはかなりのサブジャンルがあり、分析対象も文学作品だけではない。ロバート・ステッカー、森功次訳『分析美学入門』八章（勁草書房、二〇一三年）も参照。

（2）近代文学においては、近年の中村三春の論がこうした虚構論と文学研究の接続を目指すものとして注意される。中村三春『フィクションの機構』（ひつじ書房、一九九四年）、同『フィクションの機構　2』（ひつじ書房、二〇一五年）他。同「虚構論と語り論　小川洋子「ハキリアリ」「トランジット」など」（『日本文学』六六―四、二〇一七年）の前半は、文学研究と虚構論の接点について先行研究をまとめており、中村の立場も明確に示されている。文学研究においては「語り」論がこうした哲学における虚構論との接点を示している。

（3）この点で鎌倉・室町時代の和歌・連歌論書の研究が優れた成果を上げてきた。近年の動向については「シンポジウム　室町期の古典学」（『中世文学』六一、二〇一六年）所収の議論が参考になる。

（4）池田亀鑑「源氏物語古系図の成立とその本文資料的価値について」（『池田亀鑑選集　物語文学（Ⅱ）』至文堂、一九六八年）、同『源氏物語大成（13）資料篇』普及版（中央公論社、一九八五年）。

（5）常磐井和子『源氏物語古系図の研究』（笠間書院、一九七三年）。清水婦久子編『帝塚山短期大学蔵『光源氏系図』影印と翻刻』（和泉書院、一九九四年）。

（6）久保木秀夫「『源氏物語』巣守巻関連資料再考」（久下裕利他編『平安文学の新研究――物語絵と古筆切を考える――』新典社、二〇〇六年）。加藤昌嘉『揺れ動く『源氏物語』』（勉誠出版、二〇一一年）。

（7）加藤前掲注（6）書。なお加藤昌嘉・古田正幸翻刻、加藤昌嘉・久保木秀夫注解・解題「国文学研究資料館蔵『光源氏系図』」（陣野英則他編『平安文学の古注釈と受容　第二集』武蔵野書院、二〇〇九年）参照。

（8）上野英子「連歌師たちの源氏物語本文――心敬の連歌自注にみる源氏本文とその矛盾点を中心に――」（『実践国文学』五五、一九九九年）。

（9）『源氏物語奥入』帚木をはじめ、「養在深閨人未識」の引用は『源氏物語』古注釈にしばしば見られる。

（10）咲本英恵「雲隠六帖「雲隠考」――その表現に見る成立事情――」（『名古屋大学国語国文学』一〇五、二〇一二年）、同「中世を生きる『雲隠六帖』――『源氏物語』六十巻説を始発に――」（『文學藝術』三七、二〇一三年）参照。また、『山路の露』については、小川陽子『『源氏物語』享受史の研究　付『山路の露』

『雲隠六帖』校本』（笠間書院、二〇〇九年）参照。なお、両書ともに千本英史編『日本古典偽書叢刊　第2巻』（現代思潮社、二〇〇四年）に校注付きで収められた。

（11）『塵荊鈔』が伊勢物語古注を摂取していることについては、松原一義『『塵荊鈔』の研究』（おうふう、二〇〇二年）、市古貞次「『塵荊鈔』について」（『日本学士院紀要』三九―一、一九八三年）参照。

（12）稲賀敬二『源氏物語の研究　物語流通機構論』二部二（笠間書院、一九九三年）。また、安達敬子『源氏世界の文学』二（清文堂出版、二〇〇五年）参照。

（13）『源氏物語一部之抜書幷伊勢物語』でも光源氏は「ゑんき第七のわうし」だと述べられている。もちろん桐壺帝の准拠として醍醐天皇が当てられたという解釈も可能ではあるのだが、物語が史実をなぞらえているという意味での「准拠」ではない。直接、光源氏の父親は醍醐帝であると述べているとしか読みようがない。この点、実在の人物を当てはめることで物語をどのように構築するのかという『河海抄』などが示すような、いわゆる「准拠論」とは本質的に異なるものであると考えられる。従って、『源氏物語』古注釈における准拠論とは異なる物語観を前提にして『塵荊鈔』と『源氏物語一部之抜書幷伊勢物語』の『源氏物語』に関連する記述を読むべきなのである。

（14）なお同じ冷泉家流古注でも『十巻本伊勢物語注　冷泉家流』旧鉄心齋文庫本、『増纂伊勢物語注　冷泉家流』同旧蔵にはこの言説は見られない。元は和歌知顕集系の言説であったかもしれない。

（15）岩坪健『源氏物語の享受　注釈・梗概・絵画・華道』二編五章（和泉書院、二〇一三年）。

（16）稲賀敬二『源氏物語の研究　成立と伝流　補訂版』三章二節（笠間書院、一九八七年）。

（17）伊井春樹『源氏物語注釈史の研究　室町前期』二部一章（桜楓社、一九八〇年）。

（18）岩坪健編『『源氏小鏡』諸本集成』（和泉書院、二〇〇五年）。

（19）岩坪前掲注（15）論文。

（20）寺本直彦『源氏物語受容史論考　正編』前編二章六節（風間書房、一九七四年）。

（21）島津忠夫「梵灯庵袖下集をめぐって」（『島津忠夫著作集　二』和泉書院、二〇〇三年）。『著作集』収載時には長谷川論に触れた上で、自説に修正の要があることを認めている。

（22）長谷川千尋「『連歌秘伝抄』解題」（京都大学文学部国語学国文学研究室編『京都大学蔵貴重連歌資料集

第1巻』（臨川書店、二〇〇一年）及び同「『梵灯庵袖下集』の成立」（『国語国文』七一―七、二〇〇二年）。

（23）長谷川前掲注（22）［二〇〇二］論文による伝本関係を私に整理すると次のようになる。「　」は外題。

［　］は長谷川論以降に発見された伝本である。奥書年次は今は省略した。

甲類　一五四条

尊経閣文庫蔵本「梵灯庵主」（外題）

国文学研究資料館高乗勲文庫蔵本

天理図書館綿屋文庫蔵A本「灯庵主袖下集」

天理図書館綿屋文庫蔵B本「灯庵主袖下　次第不同源氏万葉古今等」

太宰府天満宮西高辻家蔵本「灯庵主袖下」

神宮文庫A本「歌道大概集」（外題）

早稲田大学図書館伊地知文庫蔵A本「梵灯庵主袖下　但源氏万葉古今」

早稲田大学図書館伊地知文庫蔵B本〈天理A本の写〉

白百合女子大学図書館蔵本「梵灯庵主袖下集次第不同　源氏万葉古今以下此内」

聖護院蔵本「灯庵主袖下　次第不同源氏万葉古今諸道在之」

続群書類従所収本「梵灯庵主袖下集　次第不同　源氏万葉古今以下凡以下此内に有」

太田武夫氏蔵A本「灯庵集袖下」

太田武夫氏蔵B本「灯庵袖下」

奥田勲氏蔵本

［国文学研究資料館蔵本一本「灯庵主袖下」］

乙類　一二二条

東北大学附属図書館狩野文庫蔵本「歌道之大事本歌少々次第不同」

島原図書館松平文庫蔵本「歌道之大事本歌次第不同」

神宮文庫蔵B本「歌道之大事本歌次第不同」

丙類　一二四条

宮内庁書陵部蔵本「歌道寄合肝要集」
丁類　二五二条
天理図書館綿屋文庫蔵C本「灯庵袖下」（外題）
京都大学他蔵『宗祇秘注抄』（延宝六年刊）
［早稲田大学図書館伊地知文庫蔵『宗祇秘注抄』（刊本写）］
なお天理C本は『宗祇袖下』との二冊本であり外題に「灯庵袖下　陰」とあるのが、『梵灯庵袖下集』に該当する。長谷川論でも二冊本であることに触れていない。甲類は諸本大差ないが、長谷川は尊経閣文庫本を最善本と認定する。

(24) 稲賀前掲注（16）書。

(25) 三谷邦明『物語文学の言説』（有精堂出版、一九九二年）、同『源氏物語の言説』（翰林書房、二〇〇二年）。

(26) 橋本美香「『源氏小鏡』――梗概化の手法――」（『国文学』八八、二〇〇四年）。

(27) 陣野英則は、『源氏物語』の叙述が「人称」という理解では捉えきれないことを指摘している。この見方を応用すれば、『源氏物語』が梗概書になるときには、ほぼ単純な三人称に変えられてしまう、という見方もできるだろう。陣野英則「ナラトロジーのこれからと『源氏物語』」（助川幸逸郎他編『架橋する〈文学〉理論』竹林舎、二〇一六年）参照。

(28) 読者に対してテキストが虚構である事を示す記述について「虚構性マーカー」の観点から考えることができるだろう。虚構性マーカーについては、清塚前掲注（1）書に詳しい。ただし、哲学領域で用いられる虚構性マーカーはフィクション内部の真理値を明らかにするためのものであり、ある作品の記述がフィクションか史実の出来事かといった歴史実証主義的な問題とは若干関心に乖離がある。野口武彦『小説の日本語日本語の世界13』（中央公論社、一九八〇年）で触れられているように『源氏物語』における「虚構性マーカー」（野口は「虚構記号」と呼ぶ）は、桐壺巻冒頭の「いづれの御時にか」のような時制文であるとされているが、適切ではないと稿者は考える。女房や複数の語り手による「語り」や「書かれた言葉」を示す記述に虚構性マーカーを読み取ることができると考えられる。

(29) 『伊勢物語』が『源氏物語』と違い史実性を帯びた物語である事を『肖聞抄』は指摘している。一方で

『伊勢物語』旧注の物語観には、しばしば源氏と比較した伊勢の言説が見られ、「作り物語」としての両書の認識の相違が伺われる。なお山本登朗『伊勢物語論　文体・主題・享受』第三章（笠間書院、二〇〇一年）参照。

（30）例えば、中世和歌諸流の一つである為顕流の影響を受けた『玉伝深秘巻』と、冷泉家流伊勢物語古注との関係などが、中世の『源氏物語』受容と交渉するのかといった問題が残されている。林克則「冷泉家流伊勢物語古注と為顕流との接点をめぐる一考察」（山田昭全編『中世文学の展開と仏教』おうふう、二〇〇〇年）参照。

（31）鈴木日出男『源氏物語虚構論』序章（東京大学出版会、二〇〇三年）では、物語の定義を「物語とは、いうまでもなく、平安時代から鎌倉時代にかけて、虚構的な話柄を、語り手が語り聞かせるという趣で、仮名散文によって書きつづった文学作品の事である」とし、「虚構的な話柄」とは「人の世のたぐい稀な非日常的な話を基本」とする。あるいは加藤昌嘉は源氏物語から中世王朝物語（という呼び方を否定しているが）を連続するジャンルとしての「作り物語」と呼ぶ（『『源氏物語』前後左右』勉誠出版、二〇一四年）。しかし、『源氏物語』が虚構ではないと考えられていたならば、その後続たる中世の物語も単純に『源氏物語』に続くものと考えられていたとは考えられなくなる。物語を虚構として読む前提を廃する中世的な読みから、現代における「物語」の前提を改めて問い直すことができるのではないだろうか。

附記　利用した本文は以下の通り。「光源氏物語本事」は今井源衛『改訂版　源氏物語の研究』（未来社、一九八一年）。『源氏一品経』は袴田光康「源氏一品経」（日向一雅編『源氏物語と仏教　仏典・故事・儀礼』青簡舎、二〇〇九年）。『白造紙』は橋本進吉「簾中鈔の一異本白造紙について」（『橋本進吉著作集一二　伝記・典籍研究』岩波書店、一九七二年）。『袋草紙』は岩波新日本古典文学大系、『塵荊鈔』は古典文庫、『源氏物語一部之抜書幷伊勢物語』は伊井春樹「『源氏物語一部之抜書幷伊勢物語』解題および翻刻」（紫式部学会編『源氏物語の思想と表現　研究と資料』武蔵野書院、一九八九年）。『弘安源氏論議』は高田信敬「弘安源氏論議（管見・簡校）」（紫式部学会編『源氏物語と文学思想　研究と資料』武蔵野書院、二〇〇八年）。『源氏大鏡』は古典文庫。『和歌知顕集』（書陵部本系統）、『和歌知顕集』（島原松平文庫本系統）は伊勢物語古注

釈大成、『冷泉家流伊勢物語抄』（書陵部本）、『伊勢物語口決』は片桐洋一『伊勢物語の研究　資料篇』（明治書院、一九六九年）。『源氏小鏡』はすべて岩坪健編『『源氏小鏡』諸本集成』（和泉書院、二〇〇五年）。『連珠合璧集』は連歌論集。『梵灯庵袖下集』丁類は、天理図書館綿屋文庫蔵『灯庵袖下　陰』（外題）を、天理図書館より提供された紙焼写真によって私に翻刻、校訂したものを利用した。同甲乙類は『島津忠夫著作集　五』（和泉書院、二〇〇四年）によった。『源氏物語』は小学館新編日本古典文学全集によった。一部私に清濁を付し、句読点を補った。なお、本稿の校正中に小川陽子氏より、『国文学研究資料館平成18年度研究成果報告　物語の生成と受容②』（国文学研究資料館、二〇〇七年）をご恵送いただいた。内容を十分に反映することができなかったが『源氏物語』の続編・外伝といった捉え方と、『塵荊鈔』等の源氏受容は異なる性質の受容であろう。今後の課題としたい。

二次創作から読む『源氏物語』

——宣長と秋成の作中人物論——

高松亮太（たかまつ・りょうた）

一九八五年生まれ。県立広島大学専任講師。専門は日本近世文学（上田秋成・賀茂真淵・和学）。著書に『秋成論攷—学問・文芸・交流—』（笠間書院、二〇一七年）、『上田秋成研究事典』（共著、笠間書院、二〇一六年）、論文に「賀茂真淵の実朝研究」（『国語国文』第八四巻第六号、二〇一三年六月）などがある。

はじめに

現在の『源氏物語』研究は中古末から中世・近世を経て、近代まで続く営々たる研究史の上に成り立っているのだなどと言うと、何をいまさらと笑われるかも知れない。しかし、『源氏物語』関連論文が年間三〇〇を超すとまでいわれる現在であっても、古注釈が指摘する用例や典故等の洗い直しによって、新たな解釈の可能性が提示され続けていることを考えれば、上記の自明の事柄は強調してもし過ぎることはあるまい。今後もそうした観点からの新見の提示が専家からなされることも、大いに期待されるところであろう。

一方で『源氏物語』は、そうした学問的な古注釈ばかりではなく、さまざまな形をとることによって後代の人々に享受されてきた。あるときは梗概書としてダイジェスト化されることで、またあるときは俗語訳として平易化されることで、近世期には知識人の間だけではなく、庶民の間にも広く普及していくこととなったのである。[1] その結果として、小説・俳諧・演劇・狂歌・浮世絵などの素材源ともなり、近世文芸のあらゆる分野に息づいていること、既に多くの言及が備わるところである。[2]

そうした享受のあり方を考えるときにもうひとつ注目されるのが、二次創作の存在である。既に鎌倉・室町期には、『山路の露』や『雲隠六帖』、『別本八重葎』といった二次創作が行われており、[3]『源氏物語』に寄せた後世の人々の関心と愛着が一方ならぬものであったことが分かる。近世期においても、惟光の孫として設定された惟豊なる人物が「夢浮橋」以後の出来事を語る伴蒿蹊『雪のあした』や、こちらも同じく「夢浮橋」巻の続編である橘千蔭『花を惜む詞』など、特に和学者による和文創作活動の一環として、二次創作が行われてきたのであった。そして、これらの作者の多くが和学者であったことに鑑みれば、こうした二次創作は、王朝物語に文体を模した和文（擬古文）としてのみ理解されるべきではなく、彼らの『源氏物語』解釈を垣間見ることのできる作品として捉え直していく必要性も孕んでいよう。

本稿では、そうした近世期に作り出された二次創作の中でも、とりわけ名の知られた本居宣長の『手枕』と、それに対する上田秋成の批評態度をもとに、両者の作中人物観の相違を浮かび上がらせたうえで、彼らの視点を借りることによって、『源氏物語』の作中人物論への一視座を提示したい。

一　『手枕』について

「夕顔」巻で、「六条わたりの御忍びありきの比」(4)と唐突に語り出される六条御息所と光源氏との逢瀬だが、その馴れ初めについて、『源氏物語』は何ら語るところがない。御息所の素性についても、のち「葵」巻に至って初めて、故前坊の未亡人であることが明らかにされるのみである。描かれることのない二人の出会いについては、早く藤原定家『源氏物語奥入』の「一説には　二かゝやく日の宮このまきなし」(5)という記述に基づき、「桐壺」と「帚木」の間に「輝日宮」なる一巻の存在と散佚を想定する立場が支持されたことさえあった。

ところで、この描かれない二人の馴れ初めに思いを巡らした人物に、近世期を代表する和学者本居宣長(享保十五年〈一七三〇〉～享和元年〈一八〇一〉)がいた。彼は、『源氏物語』における光源氏と六条御息所の関係をもとに、出会いの情景を想像し、その様子を描いた『手枕』という雅文体小説を著している。

此さうしは、ある人のこふまゝに、源氏の物語に、六条御息所の御事の、はじめのもれたるを、詞も何も、かの物語のふりをまねびて、かきそへたる也。さるは此御事は、夕顔ノ巻に、六条わたりの御しのびありきのころと、ゆくりなくかき出て、そはいかなるおこり共、そこにすなはちいはで、つぎ〱やう〱に見もて行まゝに、事のさまはおのづからしらるべく物したるぞ、すぐれたるたくみなンめるを、今つたなき筆して、さだかに書あらはしたるは、中々に心浅く、かつはおふけなく、かたはらいたきわざになん。

本居宣長(6)

神宮文庫所蔵、蓬萊尚賢《ほうらいひさかた》手写本『手枕』に残る宣長の自跋である。彼は『源氏物語』に二人の出会いを描いた欠巻があることを想定して『手枕』を執筆したのではない。右の跋文で自ら語るように、話の筋を追っていくことで二人の馴れ初めの様子が自ずから想像されるように巧んだ作者紫式部の構想力を称賛しつつ、某人の依頼によって、仮に二人の出会いを想像し、文体や舞台背景を『源氏物語』に倣って書いた擬古小説が、この『手枕』であった。[7] 本居宣長記念館に修訂の加えられた自筆稿本が、神宮文庫にその訂正が反映している蓬萊尚賢手写本が蔵されているほか、寛政七年（一七九五）に名古屋の門人大館高門《おおだちたかかど》（明和二年〈一七六五〉～天保十年〈一八三九〉）によって出版された版本があり、また宣長の家集『鈴屋集』（寛政十年〈一七九八〉～同十二年〈一八〇〇〉刊）にも版本とほぼ同文のものが収められている。

あらすじは次のとおりである。

六条御息所は、桐壺帝の弟で東宮でもあった前坊の妃となり女宮（秋好中宮）を生むが、気楽で風流な隠居を願った夫前坊とともに、六条京極あたりに移り住んでいた。しかし、姫宮四歳の頃、夫前坊と父大臣が相次いで死去する。ものさびしい生活ながら、姫宮の世話をして過ごす御息所を、桐壺帝も折々見舞っていた。

桐壺帝に時々御息所を見舞うように促された光源氏は、宮中退出後の夕方に初めて訪れて以降訪問を繰り返すうちに、御息所のみやびやかな様子に心惹かれ、これまで御息所の元を訪れなかったことを後悔するようになる。以後手紙などで幾度となく好意を仄めかすものの、御息所が靡くことはない。好意を寄せて二年、御息所もさほど疎ましく思わなくなり、その翌年初めて御息所は光源氏に肌を許す。しかし御息所は、光源氏との関係を若々しく不釣り合いなことだと思い乱れるのであった。

『手枕』は、近世の擬古小説のなかでは比較的よく知られた作品であり、特に宣長研究の側から、彼の源氏学における位置付けや、「もののあはれ」論との関連などについて検討が行われてきた。(8)そしてその評価も、『源氏物語』の文体をよく体得しており、宣長の深い『源氏物語』理解が窺えるとして、高く評価される傾向にあるといってよいだろう。(9)

二　上田秋成の『手枕』批判

ところが、この『手枕』が著されてから程なく、同時代の和学者上田秋成（享保十九年〈一七三四〉～文化六年〈一八〇九〉）から思いがけない横槍が入ることとなった。秋成は友人であった荒木田末偶《すゑとも》（菊屋兵部）に宛てた書簡（天明四年〈一七八四〉頃）のなかで、次のような読後感を吐露している。

また手枕の巻もくはへて奉る。是は写しとゞめずぞある。此事前坊の聟兼にておはせば、時々御息所へ参り給ふべきを、色好み給ふ名のたかきから、御むすめの御ために、しうねきさがをあらはして、打かすり聞え給ふはて〳〵に、乱りごゝちなりしなど書てこそ。君はまだはたちに足せたまはぬには、御母とも申方に、打あざれて物のたまはんやは。みやす所よりこそみだりごゝちしてと、誰もおもふなり。ゐ中におはせば、言えりし給へど、おもひはあたらぬものぞ。とりかくしてあれかし。(10)

荒木田末偶は、伊勢度会郡の人で、内宮の権禰宜。天明四年に宣長に入門し歌道を学んだ和学者で、秋成との交流は宣長入門以前の天明二年（一七八二）頃から確認できる人物でもある。のちに宣長と秋成が古代の音韻や天照大御神の解釈を巡って議論を戦わせた、いわゆる「呵刈葭《かがいか》論争」において、当初宣長と秋成との書簡の取り次ぎをしていたのも、他ならぬこの末偶であった。

右に引いた書簡は、秋成が末偶から借りていた、宣長の『古事記伝』巻十二・十三の写本と『馭戎慨言《ぎょじゅうがいげん》』、『手枕』を返却した際のもので、秋成は『古事記伝』と『馭戎慨言』を書写しつつも、「私言」（私意さかしら）や「僻言」（道理に合わない言）が多く、承服しかねる見解の多い宣長の学問に少々辟易気味である。引用したのはそれに続く部分で、光源氏が執念深い性格を発揮し、それとなく気持ちを伝えるうちに、恋心が乱れるようになったとする『手枕』の描写に対し不満を示す。そして、二十歳にもならない年齢では、母親とも申し上げるべき御息所に戯れるはずもなく、御息所の方から心を乱して戯れかかったに違いない、と両者の馴れ初めを想像しているのである。

『手枕』において光源氏が御息所に思いを寄せていく場面は、例えば次のように描かれていた。

いとゞ御《ミ》心のみとまりて、年ごろよそに思ひやりつゝ、きこえで過ぬることさへくやしくぞおぼされける。をり〱はおかしきなほざりごとな《ン》どうちいでざればみ、御《ン》文にもやう〱けしきばましきことのうちまじりゆくに、あはれなる御《ミ》心ざしのほどは、うれしくおぼさるゝ物から、かううるさくむつかしき御《ミ》心のうちそひぬることを、いと心づきなくうとましうおぼして、御かへりもをさ〱なきに、いよ〱御《ミ》心いられて、御《ン》せうそこうちしきり、惟光な《ン》どはあしたゆきまでかよひありきつゝ、まめやかな

るさまにも、心よせつかふまつり給ふ（下略）

初めて御息所を訪問した光源氏は、これまで他所事のように思い、通わずにいたことを後悔し、以後折々の便りでそれとなく自身の想いを伝えていく。さらに執心が募ってからは、頻りに便りを発し、惟光などをも使者として通わせながら、一層思慕を寄せるようになっていったのである。秋成が批判したのは、まさにこうした年齢に似合わぬ執心ぶりを見せる若き光源氏の描き方であった。

このように、秋成による『手枕』批判の趣旨は実に明快である。しかしここで注意しておきたいのは、この批判が光源氏と御息所の馴れ初めに対する宣長と秋成の認識の相違を暴露しているのみならず、その背後にある『源氏物語』作中人物の造型に対する両者の異なった認識まで覗かせている点である。

『手枕』の成立時期は未だ確定できていないものの、宝暦十三年（一七六三）頃成立とする説が支持されており、これは『源氏物語』を論じた『紫文要領』が書き進められていた時期に程近い。[11] 一方の秋成にも、右の書簡の約五年前に当たる安永八年（一七七九）成立の『ぬば玉の巻』という『源氏物語』評論書が備わる。これまで『ぬば玉の巻』は、どちらかといえば、秋成の物語観（いわゆる寓言論）の検討に用いられる傾向が目立ったが、薄冊ながらも秋成唯一の源氏物語評論としても、見過ごすことができない。[12]

いったいどのような信条に基づいて、宣長は『手枕』を創作し、秋成はこれを批判したのか。以下、『紫文要領』と『ぬば玉の巻』の二書を、『手枕』と秋成書簡の横に置いて考察することで、宣長の『手枕』創作と秋成の『手枕』批評の背景にある、両者の作中人物観を炙り出していくことにしよう。

三　宣長の作中人物観

よく知られているように、『紫文要領』では、のちの『源氏物語玉の小櫛』にも継承される「もののあはれ」論が展開されているのだが、その主意のひとつに作中人物論があった。(13) 同書では、『源氏物語』の作中人物が「もののあはれ」を知る人物か否かということについて多くの筆が費やされている。次にその一部分を抜いてみよう。

物語のよきとするは、物の哀をしる人也。あしきとするは、物の哀をしらぬ人也。（中略）たとへば物語の中に、いたりてあはれなる事のあらんに、かたはらなる人これを見聞て、一人はそれに感じてあはれに思ひ、一人は何共思はずあらん。その感じて哀がる人が、人情にかなひて物の哀をしる人也。是をよき人とす。何共思はぬ人が、人情にかなはずあしき人也。(14)

宣長にとって、物語中における「よき人」と「あしき人」との相違は、道徳的・倫理的に模範となる人物か否かということではない。哀れを催すべき出来事に直面した際に「哀がる」ような「物の哀をしる」人であるか、「何共思はぬ」「人情にかなは」ぬ人であるかの相違であるという。こうして宣長は、この「もののあはれ」を知る人か否かということを基準として、『源氏物語』の作中人物が善悪二傾向に類型化されていることを指摘していく。

まづこの物語一部の中にをきてよき人とするは、男にては第一が源氏君也。かの「よきさまにいふとて

は、よきことのかぎりをえりいで」といへる、すなはち此君が第一也。(15)

この引用は、光源氏を理想的な「物の哀をしる」人物として、「よきことのかぎりをえりいで」て描いた「よき人」の筆頭であることを述べた一節である。このようにして、宣長によって「よき人」として描かれていると認められた人物には藤壺や紫の上がおり、一方で「もののあはれ」を知ることのない「あしき人」として類型化されていると指摘された人物には、葵の上や弘徽殿女御、紫の上の継母（式部卿宮の大北の方）がいた。

杉田昌彦によれば、宣長が「よき人」か「あしき人」か判断する根拠のひとつとしたのが、作中における客観的第三者からの評価であり、作中で世間一般の人々から共感され支持されたり、天や神仏などの加護が与えられたりしている人物は、あまねく「物の哀をしる」「よき人」として造型された人物であると宣長は考えていたという。(16)こうして宣長は、徹底した実証主義のもと、作中の第三者の発言をひとつの拠り所として、「よき人」は「よき人」として、「あしき人」は「あしき人」として、一貫した属性が付与されていると判断していたのであった。

そして、このような作中人物観は、当然のことながら、宣長が『手枕』を執筆するに際しても、光源氏と六条御息所の人物造型に投影しているものと考えられている。(17)御息所は早く『無名草子』において、

六条の御息所は、余りに物怪に出でらるるこそ怖ろしけれど、人ざまいみじく、心にくく好もしく侍る

なり。(18)

と記されるなど、「もののけ」としての側面が強調される一方で、「人ざまいみじく、心にくく好もしく侍るなり」とも記されているように、早くから上品で奥ゆかしいという優雅な側面にも注意が向けられてきた人物であった。かつて鈴木敏也が述べたように、『手枕』の御息所には、「夕顔」巻以降に見られる「激しい魂の慄き」の萌芽すら認めることができない。(19) そこに描かれているのは、あくまでも奥ゆかしさの強調された御息所である。『手枕』の御息所の描写を少々引いておこう。

げに心にくゝよしある人と、さき〴〵もきゝおき給ひしあたりの事なれば、かつはゆかしくおぼされて、一日内よりまかで給ふ(中略)御門のもとに御車たてさせて、御随身いれて、あないせさせ給ふほど、すこしさしいでて、見いれ給へば、木立いと物ふりて、こぐらく見えわたり、けはひしめやかに、こゝろにくゝ思ひやられ給ふに(下略)

前半はかねて御息所の評判を聞き及んでいた光源氏が初めて御息所邸に向かう場面、後半は牛車から御息所邸の様子を見入った場面である。宣長が御息所(およびその周辺)を「心にくゝよしある人」として描くのは、「葵」巻に「心にくゝよしあるきこえありて」と描写されていたことによるのであろう。あるいは、先に引いた『無名草子』の記述も参照していたのかも知れない。ともあれ、『手枕』における御息所は、「もののけ」と化すほどの執着心を持っているという性質が捨象され、「心にくゝ」「もののあはれ」を知る女性としての側面が強調された、理想的な人物として造型されていたのであった。前節で引いた、光源氏の度重なる消息に対する御息所の冷淡な対応も、杉田が述べるように、御息所から「あだ」なる気質を極力排除しようとする宣長の周到な配慮によるものと理解してよいであろう。

こうした善悪二傾向に類型化されているという作中人物論は、宣長以前の先行諸抄において、既に倫理道徳的な観点から行われてきたものであった。しかし宣長は、その類型化を道徳的基準による設定であるとする先行諸抄の解釈を否定し、「もののあはれ」を知っているか否かという新たな基準によって、人物造型を捉え直したわけである。その結果として生み出されたのが、『手枕』の光源氏であり、六条御息所であった。ところが、秋成はそうして紡ぎ出された二人の人物像に対し、少なからず違和感を覚えたようである。

四　秋成の作中人物観

秋成の『ぬば玉の巻』は、『源氏物語』を二十四部書写したという伝説で知られる堺の連歌師宗椿を登場させ、『源氏物語』の書写を続ける宗椿の夢に貴人（柿本人麻呂の霊）が現れ、『源氏物語』を教戒の書と考える宗椿の迷妄を破る話である。物語の登場人物に持説を語らせる手法は『雨月物語』『春雨物語』をはじめとする諸作に見える秋成の常套であり、本書も登場人物に持説を仮託した、いわば寓言の書として作られたものであった。

さて、その『ぬば玉の巻』を読む限り、秋成は先行諸抄の教戒主義的『源氏物語』観を擯斥した点において、まずは宣長と歩を同じくしていたと見做すことができる。しかし、同書に披瀝された作中人物の造型に対する秋成の見方は、宣長のそれと大きく異なるものであった。[20]次に引くのはその大要である。

ひとり源氏の物がたりは、いとも長はへてつらね出たりしさへ、猶あかぬものにめでたふとめるは、たぐひなき上衆《じようず》の筆なればなり。されど女ゝしき《女ラシキ也》心もて書たるには、所々ゆきあはず、かつおろかげなる事もおほかりけり。[21]

『源氏物語』の長編に及ぶ筋立てを人々が愛読してきた理由について、「たぐひなき上衆の筆」(比類なき巧者の筆力)によるものであるとしながら、女性の私的な感情に従って書いているため、構成上の破綻や愚かしい記述も多く認められるという。そのうえで、構成上の破綻の例として秋成が指摘したのは、一人の人物に善悪が混在しているという人物造型の不統一であった。[22]槍玉に上げられたのは、光源氏・桐壺帝・夕霧・薫・匂宮・紫の上といった面々。例えば、夕霧の造型については次のような見方が提示されている。

大−学の君いみじき有職にて、まめ人の名をとり給ふと書なすかと見れば、小野の夕霧わけまよふは、友垣の信なし。恋の山には孔子だをれ。口さかしく聞よからず。又正しう親とうやまへる御かたをかいま見て、うつしごゝろもなく、をり〳〵胸つぶるゝとや。猶今ひと度の本意かなふ時ぞとて、むなしきからを、物のまぎれに見て、かくる涙の雨そゝぎ、それも是もいとうるさけれ。[23]

よく知られているように、光源氏と葵の上との間に生まれた夕霧は、才知に溢れ、実直な「まめ人」と規

定されていた。「少女」巻で、光源氏の教育方針により大学に入学した夕霧は、父の仕打ちに不満を漏らしつつも、

おほかたの人がらまめやかに、あだめきたる所なくおはすれば、いとよくねんじて、いかでさるべきふみ共とくよみはて丶、まじらひもし、世にもいでたらんと思ひて、たゞ四五月のうちに、史記などいふふみはよみはて給てげり。

と、実直で浮ついたところのない人柄のために、辛抱し、立身出世を目指した修学に励んだとされている。夕霧が「まめ人」であることは、「真木柱」「若菜上」「横笛」などの各巻にも明記されており、加えて「まめ人」としての相応しい行動についても既に諸注に指摘が備わる。

その一方で夕霧は、「夕霧」巻冒頭に至って、

まめ人のなをとりてさかしがりたまふ大将、此一条の宮の御ありさまをなをあらまほしと心にとゞめて、おほかたの人めにはむかしをわすれぬようゐにみせつ丶、いとねん比にとぶらひきこえ給。したの心には、かくてはやむまじくなん、月日にそへて思ひまさり給ける。

と記され、「まめ人」としての評判とは裏腹に、「したの心」では女に執着する人物であると、造型が規定し直されている。秋成はこのような「まめ人」としての造型の揺らぎを見逃さなかった。すなわち、夕霧

は柏木の妻である落葉の宮への思慕によって心を迷わす（「横笛」）という友を裏切る行為を犯したり、義母たる紫の上を垣間見て惑乱したりする（「野分」）など、作中で見苦しい描き方がされていることを指摘しているのである。秋成はこうした一貫性のない形象を、作中の人物造型のなかに見透かしていたのであった。そして同じような調子で、篤実な精神性を持つとされる薫が中君にすかし寄る後ろめたさや、作者の理想を託したとされる紫の上の「心はかたちにまけた」形象など、『源氏物語』に一貫性のない善悪混在した人物造型が認められる事例を列挙していくのである。

こうした観点から『源氏物語』の作中人物を眺めたとき、宣長が理想的な人物として一貫性を以て仕立て上げられているとする光源氏も、決して例外ではあり得ない。

かたちのめでたきはさら也。ざえの高きも。むかしよりならべあぐべき人はすくなかりき。本性の実だちたるを、交野の少将にはわらはれたまはんといふ。さてよく見れば、あらず。ひたぶるに情けふかく、親しきにもうときにも、よろづゆきたれるよと見ゆれど、したにしうねく、ねぢけたるところある君也けり。[24]

一見、容貌・才知に欠陥がなく、実直な人物として造型されている光源氏ではあるが、情愛豊かな反面、執念深く、ひねくれた内面を持っているという。そして、その具体的な例として、義母藤壺との不義密通（いわゆる「もののまぎれ」）、秋好中宮・玉鬘への横恋慕という背徳的恋情、女三の宮と密通した柏木への非情な対応、女三の宮を垣間見た夕霧への嫉妬のはしたなさ、須磨・明石の流謫に自らの罪を認めない「教へなき山がつが心」などを、辛辣に論っていくのである。秋成は、光源氏の設定にさえ、善悪混在という欠陥を読み取っていたのであった。

ここで、秋成が末偶宛書簡で『手枕』の人物造型を批判する際に述べた、「色好み給ふ名のたかきから、御むすめの御ために、しうねきさがをあらはして、打かすり聞え給ふはて〲に、乱りごゝちなりしなど書」いたという光源氏の設定に対する批語を思い起こしておきたい。秋成にとって『手枕』に描かれた光源氏は「しうねきさが」を持った人物であった。宣長が理想的な人物として描いたはずの『手枕』の光源氏を、秋成が嫉妬深い人物とするのは、彼の人物評価が、あくまでも一方では批判していた道徳的・倫理的基準によって行われているからであって、宣長のように「もののあはれ」を知るか否かという基準による裁断がなされていないことに起因しているのだろう。秋成は恐らく『紫文要領』を閲してはいない。

さて、大事なのはここからである。というのも、秋成は『手枕』の光源氏を「しうねきさがをあらはして」と批難していたのだが、前引のとおり秋成自ら『源氏物語』の光源氏を「したにしうねく、ねぢけたるところある君」と捉えていたわけであり、であるならば宣長と秋成に解釈上の対立はなく、一見すると『手枕』の設定を批難する謂れはないように思われる。にもかかわらず、秋成が『手枕』における光源氏や御息所の造型を批判しなければならなかったのはなぜか。

秋成は『ぬば玉の巻』で「うつ蟬の裳ぬけの衣、あながちなるしわざも、まだわかきほど〻ゆるすべき」とも述べ、「帚木」巻における空蟬への戯れを若気の至りとして許容する姿勢を見せていた。さらに、先に引いた末偶宛書簡にも「君はまだはたちに足せたまはぬには、御母とも申方に、打あざれて物のたまはんやは」とあって、光源氏の若さに対し寛容な態度を示している。こうした態度と、先に確認した善悪混在の人物造型という理解を併せ考えたとき、導き出されるのは、秋成が光源氏の中に、執着心が未だ発露していない青少年期における誠実さと、壮年期以降に顕現する執念深さという善悪両面の混在を認めていたということであろう。すなわち、光源氏の壮年期と青年期の性情が一貫しているようには『源氏物語』は書かれていない、というのが秋成の解釈であった。それが作者紫式部の意図なのか、不統一という欠陥なのかは、この際問題ではない。『源氏物語』に善悪混在する人物造型を指摘していた秋成は、若き日の光源氏が執着心を表わして、自ら心を乱したとする『手枕』の設定を、『源氏物語』における成長後の光源氏の描写を敷衍して、少年期の光源氏までも「しうねき」人物として一貫性のあるごとき人物として造型しているとして批判したのである。

一方の御息所にも同様のことが言える。先に考察したように、宣長は『手枕』において、御息所を奥ゆかしく情趣を解す理想的人物として設定したのであったが、そうした奥ゆかしい優雅な一面とともに、彼女は「もののけ」に化すほど強い執着を持った人物でもあった。すなわち秋成は、宣長が御息所の執着心が強いという側面を捨象し、奥ゆかしく上品な側面のみを強調した理想的人物として描いていることを批判し、「みやす所よりこそみだりごゝちして」（御息所から心を乱して）光源氏に戯れかかったのであろうと、指摘したのであった。そして、再三述べているように、こうした秋成による批判の背景にあったのは、『源氏物語』に善悪混在する人物造型を読み取っていた秋成の作中人物観であったのである。

五　江戸からの照射

本稿では、宣長の『紫文要領』と秋成の『ぬば玉の巻』を参照しつつ、両者の『源氏物語』作中人物の造型に対する認識の相違を浮かび上がらせ、それが宣長の『手枕』における人物造型と、それに対する秋成の批判の背景となっていたことを明らかにしてきた。

『手枕』が描いた奥ゆかしい御息所像は、宣長が一から作り上げたものではなく、例えば「心にくゝよしあるきこえありて、昔より名だかくものし給へば」（「葵」巻）、「中宮のはゝ御息所の、こゝろにいれずはしりがいたまへりし一くだりばかり、わざとならぬをえて、きはことにおぼえしはや」（「梅枝」巻）、「中宮の御はゝみやす所なん、さまことに心ふかくなまめかしきためしにはまづ思ひいでらるれど」（「若菜下」巻）といった『源氏物語』作中の片々たる描写から紡ぎ出された人物像であった。

一方、作中人物に善悪混在した性格を認めていた秋成が、奥ゆかしい御息所像を重々承知のうえで、「みやす所よりこそみだりごゝちしてと、誰もおもふなり」として『手枕』とは異なった馴れ初めを想定したとき、彼の念頭にあったのは、「葵」巻に、

> 女もにげなき御ゝ年《とし》の程《ほど》をはづかしうおぼして心とけ給はぬ気色なれば、それにしたがひたるさまにもてなして、院にきこしめしいれ、世ノ中の人もしらぬなくなりにたるを、ふかうしもあらぬ御こゝろのほどを、いみじうおぼしなげきけり。

と記されているような、光源氏との関係に懊悩する御息所像であったと思われる。末偶宛書簡における秋成の『手枕』批判の矛先は、善悪混在した『源氏物語』の人物造型を無視し、理想的な人物として一貫した属性を付与した宣長の人物造型のあり方に対して向けられていたものでもあった。こうして、秋成による独白のような批評は、『源氏物語』を絶対視する宣長と相対視する秋成との思想的立場の相違を、図らずも浮かび上がらせる結果となったのである。

ところで筆者は、安易に宣長のように執心深い御息所像を捨象し、奥ゆかしい上品な御息所像を提示したいわけでもなければ、秋成のように光源氏や御息所の善悪混在する人物像に構想上の破綻を読み取りたいわけでもない。むしろここで強調しておきたいのは、作中人物の造型に、「もののあはれ」を知るか否かという基準による善悪の類型化を読み取った宣長にしても、善悪が混在しているという人物造型を読み取った秋成にしても、彼らが作中人物を解釈する際の拠り所としたものが、他ならぬ『源氏物語』本文中の描写であったという、極めて当たり前の、それでいて忘れられがちな事実である。

試みに従来の六条御息所論を瞥見してみると、その多くが彼女の「もののけ」としての側面に焦点を当てたものとなっていることに気がつく。それはそれでよいのだが、では作中において奥ゆかしく上品な人物として描写されていた御息所像との折り合いをどのようにつけるのかという視点は、人物造型を論じるに際し排除してはならないものであろう。それゆえ筆者は、「もののけ」と優雅さという一見相矛盾するような人物像の両面に目配りしつつ、御息所の「もののけ」が、自身の激情を露わにしない優雅な性格において初めて生成可能であったとする吉田幹生の解釈[25]を支持する立場をとる者だが、例えば秋成のように、この相反する人物像に造型の破綻を読み取るという立場があっても構わないのである。いずれにしても、光源氏や御息所はもとより、善悪混在が指摘されている他の作中人物についても、外的要素によっていたずらに必要以上の意味を付与する前に、すべては『源氏物語』本文の記述という作品内部から出発しなければならないという当たり前の前提を、ここでは改めて確認しておきたい。

そして、こうした問題と向き合うに際し、後代の人々がどのように『源氏物語』と向き合ったのか、という視点から得られる情報も少なくないだろう。決して注釈書だけを指して言うのではない。梗概書も、二次創作も、俗語訳も、詠源氏物語和歌なども。これは、近世文芸における『源氏物語』享受を考えるだけでなく、『源氏物語』そのものの捉え直しにも、有益な視座を提供してくれるはずである。彼らがどのように『源氏物語』と対峙し、解釈し、創作を行ってきたのか。後代の人々の享受を単なる愉悦と捉えるのではなく、そうした享受作品から逆照射していく視点を導入することで、初めて（改めて）見えてくる『源氏物語』世界もあるのではないだろうか。

＊

以上、近世和学という観点から『源氏物語』へのアプローチの可能性を探ってきた。近世文芸を専門とする筆者の、本書における責務を推度するならば、それは近世から『源氏物語』を読むアプローチの可能性を提示することであっただろう。本稿でのささやかな提言が、わずかでも「源氏物語をどのように読んだらよいか」を論じるという本論集の趣意に貢献できていることを願う。

注

（1）ちなみに、野口武彦『『源氏物語』を江戸から読む』（講談社学術文庫、一九九五年）は、『偐紫田舎源氏』を、北村季吟『源氏物語湖月抄』（延宝三年〈一六七五〉刊）をはじめとする注釈書の読者たる知識人層と、梗概書やパロディ作品、俗語訳などを楽しむ庶民層という、受容の二つの流れが混然雑居した文政・天保年間という時代を背景に生まれた作品であるとする見取り図を示している。

（2）江本裕編『江戸時代の源氏物語』（講座源氏物語研究第五巻、おうふう、二〇〇七年）、小嶋菜温子・小峯和明・渡辺憲司編『源氏物語と江戸文化――可視化される雅俗――』（森話社、二〇〇八年）など参照。

（3）『別本八重葎』は、江戸時代成立とする見解もあり、成立時期は未確定ながら、鎌倉時代成立とする見方が一般的であるため、従来の通説に従って、一応ここに連ねた。市古貞次・三角洋一編『鎌倉時代物語集成』第五巻（笠間書院、一九九二年）参照。なお、『源氏物語』の享受作については、加藤昌嘉「『源氏物語』続編・外伝一覧」（『物語の生成と受容②』国文学研究資料館平成18年度研究成果報告、人間文化研究機構国文学研究資料館、二〇〇七年）に詳しい。

（4）『源氏物語』の引用は、北村季吟『源氏物語湖月抄』（延宝元年〈一六七三〉刊、国文学研究資料館蔵本（サ四―九一―一～六〇））による。

（5）中野幸一・栗山元子編『源氏物語古註釈叢刊』第一巻（武蔵野書院、二〇〇九年）九五頁。

（6）『本居宣長全集』別巻一（筑摩書房、一九九一年）所収の蓬莱尚賢手写本。以下『手枕』の引用は全て同本による。これは、尚賢手写本が秋成の閲した本文に近い本文を有しているのではないかと考えるためである。例えば、『蒹葭堂日記』からは秋成とも交流のあった木村蒹葭堂と尚賢の、安永末年から天明年間にかけての頻繁な交流が知られる。また、京都大学文学研究科図書館蔵『東西紀行』（Ｌｎ―一〇）は、蒹葭堂から該書を借りた尚賢から又借りした書写主（不明）が写した一本だが、わずか一箇所ながら「秋成按」とする秋成説の書入が見出せる。書入の経緯は不明ながら、秋成が尚賢写本に触れ得る環境にあったことを示す一資料とも考えられよう。

（7）宣長が『源氏物語』各巻から満遍なく表現を取り出し、『手枕』の文体を作り上げていることを、中川婷梵「宣長の源氏学『手枕』について」（『松阪女子短期大学論叢』二四、一九八六年）が指摘している。

（8）田原南軒『源氏物語宣長補作　手枕の研究』（私家版、一九六八年）、杉田昌彦「『手枕』の人物造型――六条御息所と光源氏――」（『宣長の源氏学』新典社、二〇一一年）など。

（9）例えば、田原前掲注（8）書の「現在の源氏物語の筋の展開とその理解を助けるものとして、無用どころか、大いに必要なものと考えられる」や、鈴木敏也「雅文小説としての『手枕』」（『國學院雑誌』三六―五、一九三〇年）の「情緒の昂揚もあり、生命の踊躍もあり、よく源氏物語の作為を把捉しえ、潤ひあるみやび心の「あはれ」の様相を写しだしている」など。

（10）中央公論社版『上田秋成全集』第十巻、三七〇～三七一頁。

（11）筑摩書房版『本居宣長全集』別巻一および別巻三の解題、杉田昌彦『宣長の源氏学』（新典社、二〇一一年）の「序章　源氏研究及び講義の概略」参照。

（12）本書の『源氏物語』評論に言及した主な論考に、倉本昭「上田秋成『ぬばたまの巻』の再検討」（『日本文学研究』三三、一九九八年）、鈴木淳「近世後期の源氏学と和文体の確立」（江本前掲注（2）編書）がある。

（13）宣長の作中人物論については、杉田昌彦「「物のあはれ」と勧善懲悪――『紫文要領』の作中人物論――」（杉田前掲注（8）書）に詳しい。本稿の論述においても、杉田稿に負うところが大きいことを予め断っておく。

（14）筑摩書房版『本居宣長全集』第四巻、三二一頁および三二八頁。

（15）前掲注（14）四〇頁。

（16）杉田前掲注（13）論文。

（17）杉田前掲注（8）論文。

（18）桑原博史校注『無名草子』（新潮日本古典集成、一九七六年）三〇頁。

（19）鈴木前掲注（9）論文。

（20）ここに、『ぬば玉の巻』はあくまでも「そらごと」（虚構）であり、人麻呂によって開陳された見解を全て秋成の持説と見做してよいかという問題も存する。しかし、倉本も述べるように、秋成の学問的著作と共通する見解も見出せることから、本稿では秋成の持説が披瀝されたものと理解しておきたい。

（21）中央公論社版『上田秋成全集』第五巻、七〇頁。

（22）もっとも、このように作中人物に善悪の混在が認められるという見解は、「此物語は一人の上に美悪相まじはれる事をしるせり」（『源注拾遺』「源注拾遺大意」）という先人契沖の祖述であり、全てが秋成独自の見方ということではない。しかし、勝倉壽一が述べるように、「契沖の論説が専ら主要登場人物に対する道徳的批判と、その上に立って勧懲主義的解釈の不当性を衝いたのに対し、秋成の視線はむしろ各人物の性格描写と、その内面的不統一性や矛盾・破綻に向けられて」おり、『源氏物語』の「文章の写実的性格と、登場人物の徹底した心理分析を高く評価したところに」秋成の論の特徴が認められる。秋成が契沖の説を継承しているとはいえ、そこから自身の作中人物観を形成していったという事実が動くことはない。勝倉壽一「『ぬば玉の巻』の研究史的意義」（『上田秋成の古典学と文芸に関する研究』風間書房、一九九四年）参照。

（23）前掲注（21）書、七一〜七二頁。

（24）前掲注（21）書、七一頁。

（25）吉田幹生「六条御息所の人物造型——その生霊化をめぐって——」（『日本古代恋愛文学史』笠間書院、二〇一五年）。

附記　本文の引用に際しては、濁点・句読点を施し、鉤括弧を付し、適宜旧字体を通行の字体に改めるなど、表記を私に改めた箇所がある。

なお、本研究はJSPS科研費JP17K13389の助成を受けたものである。

Ⅲ……………ことば・表現との対話

「をんなし」考

――『源氏物語』のことばとして――

桜井宏徳（さくらい・ひろのり）

一九七六年生まれ。國學院大學兼任講師・成蹊大学非常勤講師・武蔵野大学非常勤講師。専門は平安文学（中古文学）・歴史物語。著書に『物語文学としての大鏡』（新典社、二〇〇九年）、論文に「宇治十帖の中務宮―今上帝の皇子たちの任官をめぐって―」（『中古文学』第九三号、二〇一四年五月。第八回中古文学会賞）、「藤原彰子とその時代―后と女房―」（助川幸逸郎・立石和弘・土方洋一・松岡智之編『新時代への源氏学4　制作空間の〈紫式部〉』竹林舎、二〇一七年）などがある。

一　「をんなし」とその語誌――語意と語構成を中心に――

現行のほとんどの活字本が底本に採用している大島本に拠った場合、『源氏物語』には「をんなし」という形容詞が七例見出される。さして難解というわけでも、またキーワード的に用いられているわけでもないため、従来の研究史ではあまり注目されてこなかった語であるが、通行の索引等による検索の限りでは『源氏物語』以前には用例は見られず、『源氏物語』以後の用例も、近世まで範囲を広げても『栄花物語』『今とりかへばや』『雨月物語』に各一例ずつ、計三例を数えるのみで、『源氏物語』の七例は際立って多い。大島本以外の伝本に拠っても、本文異同による一、二例の減少は見られるものの、「をんなし」の用例が相対的に『源氏物語』に偏在していることに変わりはない。

周知のように、『源氏物語』にはそれ以前に用例を見出せない語も少なくなく、「をんなし」もその一つと目される。散逸した文献の存在も考慮に入れれば、「をんなし」を『源氏物語』の造語と性急に断じることはためらわれるが、(1)『源氏物語』における「をんなし」の用例群は、「をんなし」の語意や語感を知る上でも、また、この物語が用例の乏しい、つまりはさほど一般的ではなかったとみられる語をどのように用いていたのかを考える上でも、興味深い題材たりうるものと思われる。

近年の物語研究の動向について、室城秀之氏は「ややもすると、作品を、その作品のことばからきちんと読むといった、ごくあたりまえのことがおろそかにされているむきはないか」と警鐘を鳴らしている。(2)「をんなし」もまた、「女」というジェンダーに関わる語であることもあってか、その解釈は論者の男女に対する先入観によって左右されやすく、本来の語意からは逸脱しているのではないかと疑われる事例も散見する。本稿は、そのような先入観を極力排することに努めながら、室城氏のいう「言葉を通して、作品と直接向き合」うことをめざし、「をんなし」という一つの具体例に即して、『源氏物語』におけることばの機能について考えようとするささやかな試みである。

はじめに、やや迂遠な手続きながら、「をんなし」の意味を辞書によって確認しておくことにしたい。用例の乏しさと語意の平易さゆえにか、『角川古語大辞典』(角川書店)『古語大辞典』(小学館)などの主要な古語辞典の記述も軒並み簡素なものにとどまっており、以下に掲げる『日本国語大辞典』の項目が最も詳細である。

おんな-○しをんな:**【女】**〔形シク〕いかにも女らしい。おみなし。↕男し。＊源氏（1001—14頃）帚木「なよびかに女しと見れば、余り情けにひきこめられて」＊源氏（1001—14頃）夕霧「いと貴（あて）に女しう、なまめいたるけはひし給へり」＊読本・雨月物語（1776）蛇性の婬「金忠夫婦、真女子（まなご）がことわりの明らかなるに、此女しきふるまひを見て、努（ゆめ）疑ふ心もなく」［辞書］言海 ［表記］女（言）

（『日本国語大辞典 第二版』第三巻、小学館、二〇〇一年）

古辞書では、平安期の『和名類聚抄』『色葉字類抄』はもとより、室町期の『節用集』などにも「をんなし」は立項されておらず、『日本国語大辞典』が記すように、「をんなし」の項目を立てた辞書は、明治期の『言海』が最初であったものと思しい。その記述は、

をんな-し・シキ・シケレ・シク・シク（形・二）［女］女ノヤウナリ。女ラシ。「イト、オホトカニ女シキモノカラ」イト貴《アテ》ニ女シウナマメイタル」

（大槻文彦『言海』〈第四六六版〉六合館、一九二四年）

というものであり、用例の出入りや追加は見られるが、『日本国語大辞典』も、またそれ以外の現代の辞書も、これと大きく変わるところはなく、「をんなし」を「女らしい」の意と解することに異を唱えるものはない。近年の辞書の中でやや特色のあるものとしては、「見るからに女らしい」（傍点稿者）という視覚に特化した説明を付している『古語大鑑』（築島裕編集委員会代表『古語大鑑』一、東京大学出版会、二〇一一年）が挙げられるが、その当否については後述に委ねる。

また、「をんなし」の語構成については、辞書には直接の言及は見られないものの、「「女」に「し」をつけて形容詞としたもの」（阿部秋生・秋山虔・今井源衛校注・訳『源氏物語』一〈日本古典文学全集〉小学館、一九七〇年）、「「女し」は〈女・し〉」（山崎良幸・和田明美『源氏物語注釈』一、風間書房、一九九九年）などとする『源氏物語』の注釈書の指摘が当を得ていよう。ただし、近世には賀茂真淵『源氏物語新釈』によって、

女し　今昔に 光遠が妹云ミほそやかに女めかしければといふによるに、めかしを略して女しとはいひ
し也

という異説が提示されたこともあり、これについても検討を加えておく。「をんなめかし」は、

おんなーめか○し をんな：【女―】〖形シク〗（「めかし」は接尾語）女性的である。女らしく見える。女し。＊今昔（1120頃か）二三・二四「細やかに女めかしければも、光遠が手戯れ為るに、取たる腕を強く被取ぬれば」＊宇治拾遺（1221頃）一三・六「さこそ細やかに女めかしくおはすれども」
（『日本国語大辞典　第二版』第三巻、小学館、二〇〇一年）

と説明されるように、「をんなし」とほぼ同義の語である。「をんなし」の成り立ちを考えるに際して「をんなめかし」を参照した真淵は、その意味では慧眼であったともいえようが、院政期を遡る用例の見出せない「をんなめかし」は、明らかに「をんなし」よりも後発の語であり、「めかし」の「めか」が略されて「し」

のみが残ったとする推測も、いかにも不自然で苦しい。やはり「をんなし」の語構成は、「をんな」に、そのような性質を有していることを表し、形容詞を作る接尾語「し」が付いたものと見るのが至当であろう。(3)

さらに、「をんなし」の対義語である「をとこし」についても付言しておきたい。「をとこし」は「をんなし」以上に用例の稀少な語であり、古語辞典でもほとんど立項されていない。三たび『日本国語大辞典』の項目を掲げれば、

おとこ‐し《をとこ》【男】〘形シク〙いかにも男という感じである。男らしい。↔女し。＊浮世草子・古今堪忍記（1708）三・五「いまより男しきふるまひなせそ、いづかたにも似つかはしき方に縁もこそあれ」

（『日本国語大辞典　第二版』第二巻、小学館、二〇〇一年）

のごとくであるが、ここに引かれている青木鷺水作の浮世草子『古今堪忍記』の一例以外には用例は管見に入らず、むろん平安時代の用例も皆無である。「をんなし」の類義語「めめし」には、平安時代にもすでに対義語「ををし」が存在していたが、「をんなし」の対義語「をとこし」は近世に至るまで現れず、女／男の対比という点においては、平安時代語としての「をんなし」は非対称性を帯びていることになろう。

なお、いかにも男らしいことを表す「ををし」は、「をとこし」の用例が見られない平安時代にあっては「をんなし」の対義語であったようにも思われるが、「ををし」と「をんなし」は語構成のあり方を異にしており、「ををし」と対になる語はやはり「めめし」であると見るのが妥当である。また、『源氏物語』の「ををし」の用例を精査した植田恭代氏が「称賛する意味を担わせてはいても、第一級の人物の美徳をあらわす

語として機能しているわけではない」と述べているように、[4]『源氏物語』では「をゝし」は批評性を色濃く帯びた語として用いられており、その点でも後述の「をんなし」の用法との差異は大きい。

二 「をんなし」の用例——本文異同と注釈史から——

前節では、形容詞「をんなし」の語誌について、語意が「女らしい」であること、また語構成が「をんな＋し」であることの確認を中心に述べてきた。それを踏まえて、本節では『源氏物語』に見られる七例の「をんなし」について、本文異同と注釈史に着目して検討してゆくが、まずは当該本文を大島本に拠って以下に掲出する。（ ）内には『源氏物語大成』『河内本源氏物語校異集成』『源氏物語別本集成（正・続）』に拠って異同を示したが、表記の相違や音便の有無など、「をんなし」の語彙に直接関わらないものは省略に従った。

A なよびかに女しとみれば、あまりなさけにひきこめられて、とりなせばあだめく。（「帚木」）

B（若紫は）つね〔に〕かきかはし給へば、わが（＝光源氏の）御てにいとよくにて、いますこしなまめかしう女しき（―うつくしき河相国高天）所かきそへ給へり。（「賢木」）

C うへ（＝紫の上）、「心あさげなる人まねどもは、みるにもかたはらいたくこそ。うつほのふぢはら君のむすめ（＝あて宮）こそ、いとおもりかにはか〴〵しき人にて、あやまちなかめれど、すくよかにいひいでたる〔事も〕しわざも、女しき所なかめるぞ、ひとやうなめる」とのたまへば、（「蛍」）

D 光源氏「宮（＝秋好中宮）にみえたてまつるは、はづかしうこそあれ。なにばかりあらはなるゆへ〳〵しさもみえ給はぬ人の、おくゆかしく心づかひせられ給ぞかし。いとおほどかにをんなしき（―を〔ん〕なしき池）ものから、けしきつきてぞおはするや」（「野分」）

E（落葉宮は）いとあてに女しう（―女〳〵しく国麦）、なまめいたるけはひしたまへり。（「夕霧」）

F ひじりだちたる御ために、かゝるしもこそ心とまらぬもよほしならめ、女君たち（＝大君・中の君）、なに心ちしてすぐし給らむ、よのつねの女しくなよびたるかたはとをくや、とおしはからるゝ御ありさまなり。（「橋姫」）

G もとありし（八の宮の部屋の）御しつらひは、いとたうたげにて、いまかたつかた（＝大君・中の君の部屋）を女しく（―女ししく鳳・をとな〳〵しう池）こまやかになど、一かたならざりしを、あじろ屏風、なにかのあら〳〵しきなどは、かの御堂の僧坊のぐに、ことさらになさせ給へり。（「東屋」）

【凡例】 **河**＝河内本　**相**＝伝冷泉為相筆本　**国**＝国冬本　**高**＝高松宮旧蔵本　**天**＝天理河内本　**池**＝池田本　**麦**＝麦生本

異同は全体としてはそれほど大きくはなく、「をんなし」という語がそれなりに認知されていたことをうかがわせるが、一方で「をんなし」が「うつくし」というまったく別の語になっているBのような例も見られる。「女しき」が「うつくしき」に、また逆に「うつくしき」が「女しき」に誤写された可能性は想定しにくく、ここは語彙を異にする二通りの本文が併存していたと考えるのが穏当であろう。光源氏の筆跡に似通いつつも、少し「なまめかし」さの加わった若紫のそれを、「女らしい」と評するか、あるいは「かわいらしい」と評するかの相違である。いずれも文意は自然に通じるが、Bの直前には「うつくしとほゝゑみ給」（賢木）とあり、傍線部「うつくし」に目立った異同はないので、「女しき」とする本文は、光源氏の内話文とその直後の地の文における「うつくし」の重複を避けていることになろう（むろん、これは本文の優劣に関わるものではない）。

EもBと同じく、「をんなし」が「女〱し」という別の語になっているとみられる例であるが、この異同はBの場合とはいささか事情が異なる。「女〱し」という表記が表している語が、「めめし」なのか、それとも「をんな」を繰り返して強調した「をんな〱し」なのか、容易には判断しがたいからである。もっとも、すでに今井正氏や植田恭代氏によって論じられているように、[5]「めめし」は、男性の持つ女性性を男らしからぬものとして否定的なイメージで表す語であって、「あて」なる落葉宮の「なまめいたるけはひ」を肯定的に捉えるEの文脈にはそぐわない。そうであるとすれば、この「女〱し」は、やはり「をんな〱し」の意か、ないしは「女し」の「し」が「〱」と読み誤られて衍入したものなのではあるまいか。

これと同趣の例は、**G**にも見られる。池田本の「を(お)となくし」は、他に用例を見ない「をんなくし」とは異なり、『うつほ物語』『源氏物語』『夜の寝覚』などにも見られる語ではあるが、宇治の大君・中の君の部屋の「御しつらひ」が「いかにも大人びていた」というのは、奇異の感を否めない。ここは、本来「をんなくし」とあったものが、「ん」が字形の近い「と」と誤読された結果、「をとなくし」に訛化した蓋然性が高いように思われる。なお、鳳来寺本の「女しし」が衍字であることは論を俟たない。

Dの池田本は、「をなしき」に「ん」を補入して、「をんなしき」と訂している例である。ここは「をなしき(同じき)」のままでは文意不通であり、妥当な処置といえよう。

叙上のように、誤写や訛化などによらない、「をんなし」とはそもそも語彙の異なる本文の存在が想定される確かな例は**B**のみであり、用例こそ少ないものの、「をんな十し」という平易な語構成も手伝ってか、「をんなし」が後代の書写者にとっても比較的意味の取りやすい語であったことが推察される。

その一方、注釈史に目を転じれば、早く鎌倉期の素寂『紫明抄』が**D**について、

をんなしき物から　　女しき也

とわざわざ漢字を充てている例も見出され、「をんなし」が必ずしも人口に膾炙していた語ではなかったことが知られる。しかし、語意に難解な点のない「をんなし」が注釈史において取り上げられることは稀であり、わずかに一条兼良『花鳥余情』が**A**について、

なよびかに女しとみれば　　女しは女のやうなるとみればの心なり

と注記し、林宗二『林逸抄』・里村紹巴『紹巴抄』・能登永閑『萬水一露』など、後続の室町後期の古注釈がこれを継承している程度である（『紹巴抄』は「女のやうなるとおもへば也」〈傍点稿者〉とする）。

これとはやや異なる注記を持つものとして、同じく**A**について、

なよびかに女しとみれば　　女房しいとの心也

とする九条稙通『孟津抄』があるが、ここでいう「女房」とは、宮仕え女房を指すものではなく、「一人の成人としてみた女性をいう。婦人」（『時代別国語大辞典　室町時代編』四、三省堂、二〇〇〇年）の意であって、『孟津抄』の「女房しい」と『花鳥余情』の「女のやうなる」との間には、実のところ何ほどの懸隔もない。近世・近現代に至っても、前掲の賀茂真淵『源氏物語新釈』の語構成をめぐる異説を除けば、「をんなし」についての見るべき注記はほぼ皆無に等しい。

とはいえ、「をんなし」が個々の文脈の中でどのように用いられているのか、またいかなる役割を果たしているのかについては、なお考究の余地が多分に残されているものと思しい。次節では、**A**〜**G**の「をんなし」の用法について、さまざまな観点から考察を加えてゆく。

三　「をんなし」の用法――共起する語に着目して――

ある語が含まれる文が、地の文なのか会話文なのか、あるいは内話文なのか、といった言説区分の問題は、その語の性格を考える上で有効な指標たりうるが、『源氏物語』の「をんなし」の用例は、**B**・**E**・**G**は地の文、**A**・**C**・**D**は会話文、**F**は内話文の中にそれぞれ現れており、言説区分による偏りは見られない。従って、「をんなし」は取り立てて口語的でも文章語的でもない、ごく一般的に用いられうる語であるということになろう。

また、会話文とそれに準じる内話文の例について、各々の発話者に着目してみると、**A**は左馬頭、**C**は紫の上、**D**は光源氏、**F**は薫であり、性差による偏りも認められない。「をんなし」の使用が、発話者の女性性ないしは男性性の徴表となることもないようである。

一方、「をんなし」によって形容されているのは、『源氏物語』ではもっぱら女性のみであり、女性性が男女を問わず備わりうるものであることを思えば、これは顕著な特徴であるといえよう。女性一般について述べた**A**、大君・中の君の部屋の「御しつらひ」について述べた**G**のように、特定の人物を対象としない例も見られるが、「をんなし」が直接・間接の別を問わず、女性を形容する際にのみ用いられていることは動かない。

ただし、湯本なぎさ氏が『源氏物語』の「をんなし」をめぐって、「「女し」と形容される女君は内親王又は孫王という上の品の女性であ」る、と述べていることには疑問が抱かれる。(6)**E**の落葉宮や**F**の大君・中の君のような「内親王又は孫王」、あるいは二世源氏である**C**の『うつほ物語』のあて宮など、「上の品の女性」が「をんなし」と形容されている例が目立つことは確かであるが、それはそもそも物語の登場人物に王家流《わかんどおり》の女性が多いことによっているのではなかろうか。**A**のように女性一般について――しかもここで左馬頭が念頭に置いているのは、主に中の品の女性であろう――「をんなし」が用いられる場合もありうることに鑑みれば、「をんなし」を特に「上の品の女性」に限って用いられる語と見ることはできない。

それでは、「をんなし」という語が用いられるとき、具体的にイメージされている女らしさとは、どのようなものなのであろうか。このことを考える上で注目されるのが、「をんなし」と共起している用言である。前掲の**A**～**G**からそれらを摘記すれば、

「なよびか」（**A**）「なよぶ」（**F**）…柔和さ
「なまめかし」（**B**）「なまめく」（**E**）…優美さ
「おほどか」（**D**）…大らかさ
「あて」（**E**）…高貴さ
「こまやか」（**G**）…繊細さ

が挙げられる。むろん、これらは女性のみに用いられる語ではないが、「をんなし」によって表される女性の具体相は、おおむね右のようなものであると見てよく、それを「上品でもの柔らかな意味を表わす」(7)と総括することも可能であろう。

これらの中には、「なよびかに女しとみれば」（**A**）のように「見る」と共起しているもの、当人を眼前に

してはいなくとも、その筆跡を「なまめかしう女しき」（**B**）と評するものなど、視覚によって「をんなし」さを看取している例も見られるが、一方では**E**の「いとあてに女しう、なまめいたるけはひ」のように、視覚的な印象というよりも、むしろ漠然とした雰囲気によって「をんなし」さを捉えていると判断される例も存する。こうした例に照らせば、前掲の『古語大鑑』が「見るからに女らしい」と視覚のみに限定して「をんなし」の語意を説いているのは、正確さを欠くものといえよう。

また、「をんなし」を「専ら女について用いられプラスの評価になっている」[8]「女性の優美さをプラスのイメージで把握する」[9]などと評する向きもあるが、はたして「をんなし」はそのような価値判断を内包している語なのであろうか。既述のように、「をんなし」の語意は「女らしい」という抽象的なものに過ぎず、「優美さ」などの具体的な要素は、「をんなし」それじたいではなく、それと共起する語によって付加されるものである。それらの要素にしても、必ずしも「プラス」の意味合いで用いられるとは限らず、たとえば「おほどか」については、正負いずれのイメージでも用いられうることがすでに指摘されている[10]。

少なくとも『源氏物語』の用例に徴する限り、「をんなし」とは、「ストレートな女らしさ」[11]を、ことさらにその正負をあげつらうこともなく、「いわば問題にすることすらないくらい当然のこと」[12]として示す語であったと見るよりほかない。そのことは、**G**における「よのつねの女しくなよびたるかたはとをくや」という薫の内話からも類推される。姫君たちが「女し」いのは本来ならば「よのつね」のことであるはずだが、「ひじりだちたる」八の宮に育てられた大君・中の君は、そのような世間並みの女らしさからかけ離れているのではないか、と薫は臆測をめぐらせているのである。そうした「よのつね」のことを表す語であるがゆえに、「をんなし」は特定の人物に用例が集中したり、特色ある人物像の形成に寄与したりするようなキーワードとして用いられることもなかったのだといえよう。
女性が「よのつね」のこととして持つ女性性を、「めめし」によって表される男性の負性を帯びた女性性とは差異化して表現するには、どのような語を用いたらよいのか――。『源氏物語』の造語であったか否かはさておき、「をんなし」は、そのような要請に応える語として創出されたものではなかったかと思量されるのである。

四　『源氏物語』以後から『源氏物語』へ――「をんなし」と性規範――

最後に、『源氏物語』以後の『栄花物語』『今とりかへばや』、そして『雨月物語』に見られる三例の「をんなし」について検討し、それらとの偏差を見定めることを通じて、あらためて『源氏物語』の「をんなし」の意味するところについて考えておきたい。
まずは、『源氏物語』と同じく彰子の文化圏において制作されたテクストであるという点でも注目される[13]、『栄花物語』の例を掲げる。

H 故式部卿宮（＝為平親王）の御子の右衛門督（＝源憲定）〈は〉、関白殿（＝頼通）のうへ（＝隆姫女王）の御おぢ（の子）にこそはおはしけめ。その君、人におんなしき（―おとなしき富）さまにぞおぼえ給へりし。
（巻第二十四「わかばえ」）

【凡例】富＝富岡本

右の例で興味深いのは、前述のように『源氏物語』では例外なく女性に対して用いられていた「をんなし」が、男性に対して用いられていることである。男性の女性性を表す語としては、『源氏物語』では否定的な意味合いながら「めめし」が用いられていたが、『栄花物語』には「めめし」の用例はなく、右の「をんなし」が男性の女性性を直接に表している唯一の例であるということになる。

異本系統の富岡本では、「お（を）んなしき」が「おとなしき」となっており、これは前掲の『源氏物語』の**G**の場合と同様であるが、**H**の場合は「をんなし」「おとなし」のいずれでも文意は無理なく通じるため、安易に「ん」から「と」への誤写を想定するわけにはゆかない。『栄花物語』の注釈史においても、「をんなし」への着目はほとんど見られないが、幕末の岡本保孝『栄花物語抄』が、

その君人に○〔は一本〕おむ〔と一本〕なしき　　一本よし有国の女をつねの女には勝りておとなしき人柄ぞと憲定の思ふ也

として「をんなし」を退け、「おとなし」を支持していることは注目される。もっとも、保孝は「をんなし」という評の対象を源憲定ではなく、その妻の藤原有国女であると誤認しており、そのことが「をんなし」「おとなし」のいずれを採るかの判断に影響を与えた可能性も否定しがたい。あるいは、男性が「をんなし」と評されるはずがない、という先入観が誤認を招いたのでもあろうか。

いずれにしても、『大鏡』が憲定を「人がらこそ、いとしもおもはれ給はざりしかど」（「太政大臣道長」〈藤氏物語〉）と評していること、また、憲定が彰子から娘を女房として出仕させるよう求められて判断に迷い、意見を仰いだ実資にその優柔不断ぶりを「太愚也」と指弾されたこと（『小右記』長和二年〈一〇一三〉七月一二

日条）などを傍証とすれば、憲定が「おとなし」という世評を得ていたとは考えにくく、ここはやはり「をんなし」に分があるものと判断される。

この憲定に対する「をんなし」をめぐっては、与謝野晶子が「その人は至つて女性的な人で、柔弱《じうじやく》な点を人人は嘲《あざけ》つたものである」（『新訳栄華物語』中巻「若枝」）という解釈を示しているが、傍線部に該当する箇所はむろん原文にはない。ここには晶子自身の男女観がはしなくも表れているが、のみならず、晶子が「をんなし」を「めめし」と同義の、男性の女性性を否定的に捉える語として理解していたこともうかがわれよう。

また、木村朗子氏は、この「をんなし」について、「憲定が男色関係をもつ人ととらえられていたことを示していると考えてよかろう」と述べているが、(15) この解釈は「女らしい」という「をんなし」の語意から見てあまりにも飛躍が大きく、従いがたい。関口力氏が「をんなし」を憲定の「容貌について」述べたものと見ているのも、(16) 同じく「をんなし」の語意にそぐわない。

成立時期の近い『源氏物語』と『栄花物語』との間で、「をんなし」の語意それじたいに大きな相違があるとは考えがたく、ここでの「をんなし」は、憲定が「女らしい」という印象を与えるような雰囲気を持つ人物であったことを表しているに過ぎないのであろう。『栄花物語』には直接の言及はないものの、憲定は「なよびか」「なまめかし」「おほどか」「あて」「こまやか」などの、女性性の徴表と見られやすい要素を備えた男性であったものと思しい。

右の『栄花物語』の例によって、「をんなし」が女性のみならず男性に対しても用いられうる語であったことが確認されたが、次の『今とりかへばや』の例もまた、男性を「をんなし」と評するものである。

I（吉野に滞在する男主人公の）御ともには、御めのとごひとり、しもに人ひとり、かばかりにてゐ給て、女しくてすぐし給へるに、ふみをならひなどし給ふ。（中巻）

ここでの「をんなし」は、『今とりかへばや』の主題である異性装の問題にも関わっており、異性装を解除する以前の男主人公の尚侍としての日々が、「女しくてすぐし給へる」ものとして捉えられている。ただし、この「をんなし」が、男主人公の異性装への志向や女性的な性向について述べているわけではなく、あくまでも女らしい暮らしぶりを述べたものであることは注意を要するであろう。直接の人物評ではないという点では、宇治の大君・中の君の部屋の「御しつらひ」を「女しくこまやかに」と評した前掲のGに近似する例といえようか。

さらに、時代ははるかに下るが、『源氏物語』の受容という視座からも、また『源氏物語』の「をんなし」への逆照射という意味においても、以下の上田秋成『雨月物語』の例は、王朝物語の系譜に属する『栄花物語』『今とりかへばや』の例以上に示唆に富んでいる。

J金忠夫婦、真女子《まなご》がことわりの明らかなるに、此女しきふるまひを見て、努疑《ゆめ》ふ心もなく、「豊雄のもの語りにてハ世に恐しき事よと思ひしに、さる例《ためし》あるべき世にもあらずかし。はる〴〵と尋まどひ給ふ御心ねのいとほしきに、豊雄肯《うけがハ》ずとも我〳〵とゞめまいらせん」とて、一間《ま》なる所に迎へける。（「蛇性の婬」）

右は、真女子が妖怪であることを知る豊雄が恐れて追い返そうとするのを、豊雄の姉とその夫金忠が、真女子の情理を尽くした哀訴にほだされて、真女子を迎え入れる場面である。ここでの「をんなし」は、まさに女性の女らしさを表す語として用いられており、その点では『源氏物語』の用法と何ら変わるところはない。『今とりかへばや』を最後におよそ六〇〇年も用例の絶えていた「をんなし」という語を、秋成がどのようにして知り、なぜ自作に用いたのか、気にかかるところであるが、これについては、中村幸彦氏が『日本古典文学大系』（中村幸彦校注『上田秋成集』〈日本古典文学大系〉岩波書店、一九五九年）の頭注に、加藤宇万伎『雨夜物語だみことば』の、前掲**A**に対する次のような注記を引いて以来、これを踏襲するものが多い。

女しとハ、今昔物語に、光遠が妹云々、細やかに女めかしけれど、是におなじ

秋成の師である宇万伎の著作であり、秋成自身が序を寄せてもいる『雨夜物語だみことば』の注記が、秋成に「をんなし」への着目を促した可能性は確かに否定しがたいが、右の注記が前掲の賀茂真淵『源氏物語新釈』のそれをほぼそのまま継承していることは一目瞭然であろう。『雨夜物語だみことば』は、宇万伎自身の所見をも交えてはいるものの、その大半は師である真淵の『源氏物語新釈』の抄出であり、[17] 右の「をんなし」についての注記も宇万伎のオリジナルではなく、真淵の説である。

もっとも、『源氏物語』を自家薬籠中のものとし、みずからの創作に自在に活かしていた秋成であってみれば、[18] 真淵や宇万伎の知見に導かれずとも、「をんなし」という語を見出し、それを「蛇性の婬」に用いることは充分に可能であったようにも思われる。「をんなし」の用例を含む「蛇性の婬」が、『雨月物語』の中

でも最も強く『源氏物語』の影響を受けていることは、夙に後藤丹治氏の丹念な調査によって明らかにされている。(19)

また、ここで「をんなし」が形容しているのが「ふるまひ」という語であることも、『源氏物語』における「をんなし」の意味をあらためて問う上で看過しがたい重みを持つ。「ふるまひ」「ふるまふ」について、谷山茂氏はそれが「自主的可動性をもつもの」の「意識的または意識的と認められる行為」を表す語であることを説き、(20)村戸弥生氏はそこに身体性と規範性とを看取している。(21)金忠夫婦をまんまと欺き果《おお》せた真女子の「女しきふるまひ」とは、まさしくそのような規範としての「をんなし」さを意識的に装い、演じる行為にほかならないであろう。ここでは、いわば女が女を演じているのであって、(22)「をんなし」の語が表す女性性が、必ずしも生得のものとしてあるわけではなく、意識的な「ふるまひ」によって演出されうるものであることを、真女子の「女しきふるまひ」は鋭く抉出しているのである。

翻って、『源氏物語』の場合はいかがであろうか。すでに見たように、『源氏物語』のA〜Gの「をんなし」はいずれも、女性の女らしさを「当然のこと」として語る文脈の中で用いられており、男性の女性性を否定的に表す「めめし」のような批評性を含んでいるわけでも、Jの『雨月物語』の場合のように「をんなし」さの自明性に疑問を投げかけ、「ふるまひ」の問題を浮上させているわけでもない。たとえば、Dの秋好中宮やEの落葉宮が自覚的に「をんなし」く「ふるま」っていると見るのは深読みに過ぎるであろうし、『源氏物語』の「をんなし」が「女が男に比べて、より「らしさ」を強要されていることを示していると言えるのかもしれない」(23)と見ることにも無理があろう。

だが、女性が「をんなし」くあることがFのように「よのつね」のこととみなされている以上、『源氏物語』においても、女とはかくあるもの、かくあるべきものであるとする性規範が抜きがたく伏在していることは否めないのではあるまいか。加えて、その「をんなし」さの具体相は、**A**・**F**で「なよびか」「なよぶ」が、**B**・**E**では「なまめかし」「なまめく」がそれぞれ繰り返されているように、多分に類型的なものでもあった。「をんなし」はそうした具体的な、しかし型通りのイメージを伴う語であり、女性たちが「をんなし」くあること――つまりは「なよびか」「なまめかし」「おほどか」「あて」「こまやか」であることを期待され、求められていたであろうことは想像に難くない。そうしたあり方に反する女性には、「女しき所なめる」(**C**)といった批判が寄せられもする。それは「当然のこと」であるがゆえに、ことさらに言い立てられることも、強く意識されることもないが、深く確実に浸透していた性規範であったものと思量される。

一九九〇年代から二〇〇〇年代にかけての『源氏物語』研究では、主に光源氏のありように関わって、ジェンダーの越境や逸脱を読み取り、それを称揚する傾向が顕著であったが、[24]作中人物としての光源氏はさておき、『源氏物語』それじたいを取り巻いていた性規範は、それほど容易に乗り越えられるものではなかったように思われる。[25]『源氏物語』もけっしてそこから自由ではありえなかった、女らしさを「当然のこと」とみなす性規範を炙り出す語として、「をんなし」はある。

注

(1) 神谷かをる・野村未津帆「語彙と語構成からみた源氏物語――複合語と造語の効果(1)――研究ノート」(『光華日本文学』一八、京都光華女子大学日本文学会、二〇一〇年一〇月)参照。

(2) 室城秀之「『源氏物語』の敬語二題――主体敬語(尊敬語)+使役・受身の表現について――」(『物語研

究会会報』三三、物語研究会、二〇〇三年三月）。

（3）折口信夫「形容詞の論――語尾「し」の発生――」（『折口信夫全集』一二、中央公論社、一九九六年。初出一九三七年）は、「国語に於ける所謂、形容詞の生命を扼するものは、その語尾なる「し」である」と説いている。

（4）植田恭代「宿木巻の薫――ふたつの「女々し」から――」（物語研究会編『物語〈女と男〉』〈新物語研究3〉有精堂出版、一九九五年）。

（5）今井正「源氏物語「女し」考」（『王朝語雑考』四季出版、一九八六年。初出一九八二年）、植田氏前掲注（4）論文。

（6）湯本なぎさ「をゝし・めゝし・をんなし」（上坂信男・湯本なぎさ『『源氏物語』の思惟――その〝ことば〟に読む』右文書院、一九九三年。初出一九九〇年）。

（7）湯本氏前掲注（6）論文。

（8）今井氏前掲注（5）論文。

（9）山崎和子「東宮の御容貌――〈女にて見まほし〉美――」（『源氏物語における「藤壺物語」の表現と解釈』風間書房、二〇一二年。初出一九八四・二〇〇七年）。

（10）中山幸子「『源氏物語』における「おほどか」の負のイメージについての考察――浮舟・女三宮・夕顔・玉鬘・八宮等を中心に――」（『二松学舎大学人文論叢』七五、二〇〇五年一〇月）参照。

（11）植田氏前掲注（4）論文。

（12）木村朗子「『源氏物語』におけるジェンダーの女性《おんなせい》について」（物語研究会編『物語〈女と男〉』〈新物語研究3〉有精堂出版、一九九五年）。

（13）拙論「藤原彰子とその時代――后と女房――」（助川幸逸郎・立石和弘・土方洋一・松岡智之編『新時代への源氏学4　制作空間の〈紫式部〉』竹林舎、二〇一七年）参照。

（14）神作光一・逸見久美解題『鉄幹晶子全集』一二（勉誠出版、二〇〇三年）、七二頁。

（15）木村朗子『女たちの平安宮廷――『栄花物語』によむ権力と性』〈講談社選書メチエ〉（講談社、二〇一五年）、二二〇頁。

(16) 関口力「源憲定」(角田文衞監修/古代学協会・古代学研究所編『平安時代史事典』下、角川書店、一九九四年)。

(17) 東喜望「加藤宇万伎『雨夜物語たミこと葉』考証」(『文学研究』三七、日本文学研究会、一九七三年七月)、原雅子「加藤宇万伎著『雨夜物語だみことば』攷」(『賀茂真淵攷』和泉書院、二〇一一年。初出一九九一年)参照。

(18) 秋成と『源氏物語』との関わりについて体系的に論じた最近の論稿に、近衞典子「『源氏物語』への眼差し――秋成の物語と物語論――」(『上田秋成新考――くせ者の文学――』ぺりかん社、二〇一六年。初出二〇〇五・〇七年)がある。

(19) 後藤丹治「「蛇性の婬」の成立と源氏物語」(京都帝国大学国文学会編『京都帝国大学国文学会二十五周年記念論文集』星野書店、一九三四年)、同「「蛇性の婬」の成立と源氏物語」(『立命館文学』一〇四、立命館大学人文学会、一九五四年二月)。なお、この二論文は同題の別稿である。

(20) 谷山茂「歌のふるまひ」(『谷山茂著作集一　幽玄』、角川書店、一九八二年。初出一九五八年)。

(21) 村戸弥生「日本古代(八~十一世紀)の「ふるまふ」の語にみる身体性と規範性」(『体育史研究』二二、日本体育学会体育史専門分科会、二〇〇五年三月)。

(22) 女が女を演じることについては、古典文学を対象とするものではないが、小平麻衣子『女が女を演じる――文学・欲望・消費』(新曜社、二〇〇八年)から多大な示唆を得た。

(23) 木村氏前掲注(12)論文。

(24) 『源氏物語』のジェンダー批評の総括と展望については、河添房江「源氏物語とジェンダー――和漢のはざまで――」(国文学研究資料館編『ジェンダーの生成――古今集から鏡花まで――』〈古典講演シリーズ〉臨川書店、二〇〇二年)に詳しい。

(25) 山本淳子「「真名書き散らし」ということ」(『紫式部日記と王朝貴族社会』和泉書院、二〇一六年。初出一九九四年)は、女性の漢詩文の素養についての『紫式部日記』の記述の読解を通じて、「漢学のありかたについても女性のありかたについても、紫式部は旧来の意識に強く拘泥するのである」と述べている。

附記　本文の引用は、以下の影印または翻刻により、適宜私に濁点・句読点・鍵括弧等を付したが、仮名・漢字の表記は底本のままとした。底本に補入されている文字は〔　〕で、底本にない文字を補った場合は（　）で、それぞれ括って示した。

・『源氏物語』［大島本］…古代学協会・古代学研究所編集／角田文衞・室伏信助監修『大島本 源氏物語』一〜一〇（角川書店、一九九六年）
・『栄花物語』［梅沢本］…川口久雄序・解説『梅沢本 栄花物語』一〜六〈古典資料類従〉（勉誠社、一九七九〜八二年）
・『大鏡』［東松本］…山岸徳平・太田晶二郎・山田忠雄解説『東松本 大鏡』一〜六（貴重古典籍刊行会、一九五三〜八一年）
・『今とりかへばや』［伊達本］…鈴木弘道編著『とりかへばや物語　本文と校異』（大学堂書店、一九七八年）
・『紫明抄』［東京大学総合図書館本］…田坂憲二編『紫明抄』〈源氏物語古注集成〉（おうふう、二〇一四年）
・『花鳥余情』［松永本］…伊井春樹編『松永本 花鳥余情』〈源氏物語古注集成〉（桜楓社、一九七八年）
・『紹巴抄』［九曜文庫蔵古活字本覆刻版］…中野幸一編『紹巴抄』〈源氏物語古註釈叢刊〉（武蔵野書院、二〇〇五年）
・『孟津抄』［内閣文庫本］…野村精一編『孟津抄』上・中・下〈源氏物語古注集成〉（桜楓社、一九八〇〜八四年）
・『源氏物語新釈』［宮内庁書陵部本］…久松潜一監修／秋山虔・鈴木日出男編『賀茂真淵全集』一三・一四（続群書類従完成会、一九七九・八二年）
・『雨夜物語だみことば』［九曜文庫蔵安永六年刊本］…中野幸一編『源氏物語影印資料集成』一二（早稲田大学出版部、一九九〇年）
・『雨月物語』［国立国会図書館蔵安永五年刊本］…森田喜郎解説『雨月物語』〈勉誠社文庫〉（勉誠社、一九七六年）

・『栄花物語抄』〔内閣文庫本〕…室松岩雄編『国文註釈全書』七（國學院大學出版部、一九〇七年。復刻、すみや書房、一九六八年）

追記　校了後、三浦一朗「「女しき」ことと「婬なる」ことのあいだ——「蛇性の婬」論——」（『日本文芸論稿』二九、東北大学文芸談話会、二〇〇五年三月）に接した。本稿の論旨には直接関わらないが、真女子の「女しき」姿とその相対化についての示唆的な言及がある。

『源氏物語』「初音」巻の表現

――六条院の情景描写をめぐって――

山中悠希（やまなか・ゆき）

一九八一年生まれ。東洋大学専任講師。専門は平安文学（中古散文）・枕草子。著書に『堺本枕草子の研究』（武蔵野書院、二〇一六年。第四八回早稲田大学国文学会（窪田空穂）賞・第一二回（通算二四回）第二次関根賞）、論文に「『枕草子』の本文における「女」―三巻本と他系統本の比較から―」（『中古文学』第九六号、二〇一五年一二月）、「諸本論は『枕草子』研究を革新できるか」（松田浩・上原作和・佐谷眞木人・佐伯孝弘編『古典文学の常識を疑う』勉誠出版、二〇一七年）などがある。

はじめに

『源氏物語』「初音」巻は、初めての正月を迎えた六条院のはなやかな光景を、光源氏の女君巡訪と正月行事の様子とを交えながら描き出す巻である。冒頭から和歌が引用され、新春の空の明るくはれやかな風情、また萌え出で始めた草木の様子が、人々の心と重ねられて印象付けられるところから始まり、磨き立てられた建物と庭のありようへと話題は及んでいく。

年立ち返る朝の空の気色《けしき》、名残なく曇らぬうららかげさには、数ならぬ垣根の内《うち》だに雪間《ま》の草若やかに色づき始め、いつしかと気色《けしき》だつ霞に木《こ》の芽もうちけぶり、おのづから人の心ものびらかにぞ見ゆるかし。ましていとど玉を敷《し》ける御前《おまへ》の、庭よりはじめ見所多《おほ》く、磨《みが》きましたまへる御方々のありさま、まねびたてんも言の葉足《た》るまじくなむ。

春の御殿《おとど》の御前《おまへ》、取り分きて、梅の香《か》も御簾《みす》の内《うち》の匂ひに吹きまがひ、生ける仏の御国《みくに》とおぼゆ。さすがにうちとけてやすらかに住みなしたまへり。……　（初音　七六三頁）

冒頭に引用される『拾遺集』所収の素性歌、貫之歌（一）をはじめとして、この新春描写には和歌的・漢詩文的な趣向が豊富に取り込まれていることが諸注により指摘されているが、これほど表現技巧を凝縮した美文を連ねてなお、そこに住まう御方々のありようは「まねびたてんも言の葉足るまじくなむ」であると物語は述べる。続いて源氏と紫の上が住む東南の町の様子が語られる。そのすばらしさは「生ける仏の御国」と讃えられ、この春の町に「うちとけ」て住まう紫の上の姿が配されている。この後、東南の町で歯固めの祝いなどをしてはしゃぐ侍女の様子、源氏と紫の上との和歌贈答などへと叙述は進み、さらに源氏は花散里、玉鬘、明石の君のもとを訪れる。

六条院の人々が穏やかに新春を迎える様子を自然描写と重ね合わせながら語るこの冒頭部は、後世においても祝意のこもった特別な場面として享受された。三条西実隆が毎年正月二日に朗読したことでも知られるが、宮川［一九九七］によれば、元和元年（一六一五）、中院通村が徳川家康に『源氏物語』を進講した際、指定されていた「桐壺」巻の講釈に先んじて「初音」巻の朗読を提案しており、この冒頭部が家康によって読み上げられたことが推定されている。

このように享受史の観点からも注目を浴びてきた当該場面は、表現の特異性という点でもしばしば注意を向けられてきた。たとえば室伏［一九九五］は、「和歌が地の文に融合した見事な散文の効果を発揮しながら、けっして歌のリズムに乗りえないぎごちなさを、なぜかとどめている」として、「これから展開する六条院世界の、とりわけ人間関係をとりむすぶ機構の、人工的性格を象徴する表現」であると捉える。ここで引き合いに出される「うららかげさ」等の珍しいことばの存在は、「初音」巻の本文の問題とも絡むことから、直ちに答えを出しがたいものではあるが[2]、ともかくも、この場面の文章が和歌や漢詩文に由来する表現を下敷きにしながら構築されたものであり、また本文上もやや特異と言われていることを押さえたい。なお室伏論文では末摘花や空蟬のような存在をも包摂する六条院世界のありようが読み解かれており、華々しい六条院世界に描き込まれた人間関係の含み持つ問題にはその後も多くの議論が交わされてきているが、本稿では「人工的性格」の象徴ともされる「初音」巻の表現そのもの、またその「効果」について、もう少し考えてみたいと思う。

『源氏物語』における表現技法や文体が、平安時代の仮名文の中でも一線を画していると考えられることについては、これまでにも多様な切り口から論じられてきた。とくに当該場面に見られるような和歌や漢詩文の表現を用いた叙景の方法をめぐっては、清水［一九九七b］、清水［一九九七c］、清水［一九九七e］などの一連の論考が、『源氏物語』の「風景」を象る表現上の工夫と卓抜な手法とを明らかにしている。また『源氏物語』の「風景」についてあらためて考察する山田［二〇一五］は、それらが主観的に形象されていることの意味を説いている。

「初音」巻冒頭部を彩る和歌的表現をめぐっては、小町谷［一九八四］の、「六条院の世界を間接的に表現する媒体」としての和歌のことばの機能の分析があり、近年では、鈴木宏子［二〇一二］および鈴木宏子［二〇一五］が、「初音」巻の冒頭部と明石の君関連の物語に『拾遺集』春歌が引かれること、また『拾遺集』春歌・雑春歌に特有の歌ことばが物語に散りばめられていることを論じている。(3) 鈴木宏子［二〇一五］では「単に同時代の季節感を共有しているという以上に、『源氏物語』は、新しい勅撰集である『拾遺集』の春歌を集中的に引くことによって、六条院の初めての春を言祝いでいるのではないか」との新見も示されており、注目される。鈴木論文自身も言及するとおり、「初音」巻や『拾遺集』の成立の問題とも合わせて慎重に構えるべき議題だが、(4) ことばの表出状況からそれらの表現の選び取られた何らかの背景を明らかにし得るのではないかという問題提起は、『源氏物語』における「初音」巻の位置付けについて考究することにも繋がってくる。また、成立の問題はいったん措くとしても、このような傾向が「初音」巻に通底するものとして捉え得るのかどうか、検討してみる価値はあるだろう。

「初音」巻冒頭で描かれるのは六条院の元旦の光景であったが、物語はこの後、臨時客、男踏歌といった行事を語っていき、六条院の様子がそれぞれ描写されることになる。節を改め、源氏が明石の君のもとから帰った翌日の臨時客の場面を見てみたい。

一　「初音」巻における臨時客と六条院の情景描写

源氏は新年の一夜を明石の君のもとで過ごし、曙の時分に東南の町へと渡った。迎え入れた紫の上の機嫌を取るも紫の上からの返事はなく、空寝をして過ごした翌一月二日、臨時客が行われる。

今日は臨時客の事にまぎらはしてぞ面隠《おもかく》したまふ。上達部、親王《みこ》たちなど、例の残りなくまゐりたまへり。御遊びありて、引出物《ひきでもの》、禄《ろく》など、になし。そこら集《つど》ひたまへるが、我もおとらじともてなしたまへる中にも、少しなずらひなるだにも見えたまはぬものかな。取り放ちては、いと有識多《いうそくおほ》くものしたまふころなれど、御前《おまへ》にてはけおされたまふもわるしかし。何《なに》の数ならぬ下部《べ》どもなどだに、この院にまゐる日《ひ》は、心づかひことなりけり。まして、A若やかなる上達部《かむだちめ》などは、思ふ心などものしたまひて、すずろに心げさうしたまひつつ、つねの年よりもことなり。

B花の香《か》さそふ夕風のどやかにうち吹きたるに、御前《おまへ》の梅やうやうひもときて、あれはたれ時なるに、物のしらべどもおもしろく、この殿うち出でたる拍子《ひやうし》いとはなやかなり。大臣《おとど》も時々声《こゑ》うち添へたまへるさき草の末つ方《かた》、いとなつかしくめでたく聞こゆ。何《なに》事も、さしいらへしたまふ御光《ひかり》にはやされて、色をも音《ね》をもますけぢめ、ことになむ分かれける。

（初音　七六九〜七七〇頁）

『源氏物語』において臨時客が描写される唯一の例がこの「初音」巻の箇所である。臨時客とその歴史、さらに注釈史をも博覧して「初音」巻に臨時客が描かれる意味を考察する原［二〇一四］は、「今生の世界を越えた安定的な「生ける仏の御国」が生成され」る方法を捉えるが、さらに『御堂関白記』の記述内容との照合から、少なくとも『御堂関白記』の寛弘年間の内容が『源氏物語』の創作に影響を与えている可能性が高いとしていて示唆に富む。

六条院の臨時客は上達部や親王たちが残らず参上する盛況ぶりとなった。管弦の遊びが催され、引出物や禄などはこのうえなくすばらしく、人々はお互いに競い合って振る舞い、それがまた源氏の卓越性を際立たせる。物の数にも入らない下部までもが六条院への参上には心配りをし、年若い上達部には玉鬘の存在を意識しての特別な期待感、緊張感が漂っていることに触れて、管弦の場面へと叙述は進む。その端緒となる傍線部B「花の香さそふ夕風のどやかにうち吹きたるに……」に、現代の注釈書類の多くは『河海抄』以来指摘される『古今集』の歌「花の香を風のたよりにたぐへてぞ鶯さそふしるべにはやる」(古今集・春上・一三・紀友則/寛平御時后宮歌合・春・一/古今六帖・三〇・三八五・四三九四)を挙げる。

鈴木日出男［二〇一三］は、この期待される「鶯」の声が、源氏が声を添えた催馬楽の演奏であったこと、また、傍線部A「若やかなる上達部などは、思ふ心などものしたまひて、すずろに心げさうしたまひつつ」との響き合いから、「鶯さそふ」が、「玉鬘に思いを馳せる恋の情緒をかもし出している」ことを指摘する。加えて傍線部B中の「御前の梅やうやうひもときて」という表現にも留意されよう。花が開く意をいう語「ひもとく」は、「したひも」「とく」とも用いられ、古来より男女がお互いを受け入れることを表す表現として使われており、『源氏物語』中では和歌に三例、散文中に四例の「ひもとく」が用いられている。

①夕露にひもとく花は玉ぼこのたよりに見えし縁こそありけれ　(夕顔)
②いくかへりつゆけき春を過ぐし来て花のひもとくをりにあふらむ　(藤裏葉)
③はかなしや霞の衣たちしまに花のひもとくをりも来にけり　(早蕨)
④「前栽どもこそ残りなくひもときはべりにけれ。いとものすさまじき年なるを、心やりて時知り顔なる

もあはれにこそ」（薄雲）

⑤花の香さそふ夕風のどやかにうち吹きたるに、御前の梅やうやうひもときて、あれはたれ時なるに……（初音）

⑥ゆゑある庭の木立のいたく霞み籠めたるに、いろいろひもときわたる花の木ども、わづかなる萌木の蔭に、かくはかなき事なれど、よしあしきけぢめあるをいどみつつ、我も劣らじと思ひ顔なる中に、衛門督のかりそめに立ちまじりたまへる足もとに並ぶ人なかりけり。（若菜上）

⑦東の高欄におしかかりて、夕影になるままに、花のひもとく御前の草むらを見わたしたまふ。（蜻蛉）

①は光源氏、②は夕霧が詠んだ歌で、「ひもとく」に男女が想いを交わす意が重ねられている。(5) ③は薫の歌で、「花のひもとく」は中の君の除服を指している。①②に比べると直接的ではないが、匂宮に引き取られる中の君の除服を「花のひもとく」と表現している点、着目される。なおこの後、薫は亡き大君を追慕し、中の君や女房達の偲ぶ想いが語られ、「袖ふれし」詠の場面へと連なっていく。

散文の例では⑦を見てみたい。「蜻蛉」巻で薫が女房と戯れた後の描写で、花の咲き乱れる草むらが「花のひもとく」と表されており、全集・新全集は「この場の艶っぽい雰囲気を強調していよう」と述べる。④は「薄雲」巻で斎宮の女御を訪れた源氏の言で、この後源氏は女御への恋情を訴えていく。後掲する⑧『古今集』歌が『源氏釈』以来引かれており、全集・新大系・基礎知識などが下紐を解くの意をかけた「いわくありげな物言い」（新大系）と積極的に解する。⑥は「若菜上」巻の六条院の蹴鞠遊びに柏木が加わる場面である。花が擬人化され、前後に「乱る」関係の表現が繰り返されて、女三の宮を見る場面へと連なっていく中に「ひもとく」の表現も響いていると考えられる。このように見ていくと、『源氏物語』の「ひもとく」は、ことばに付随する男女の交情のイメージを前提とした用い方がされており、⑤の「初音」巻の「ひもとく」も、六条院を包む和らいだ雰囲気を描きつつ、傍線部Aの上達部達の想いの叙述と響き合って、この場面に「恋の情緒をかもし出している」ものと思われる。

『源氏物語』の「ひもとく」「とく」に関しては、清水［一九九七a］および清水［一九九七d］の検討があり、『源氏物語』の「とく」はしばしば心がうち解けるの意と重ねて用いられることが指摘されている。また、②を含めた夕霧関連の語彙を精査する内藤［二〇一一］は、「花のひもとく」が河原院周辺歌人の間で好まれていたことを明らかにしており、『源氏物語』に反映されている『拾遺集』の季節感、および夕霧の物語に用いられている同時代あるいは花山院時代の和歌の好尚を論じている。河原院周辺歌人詠における「紐」「衣」関連語の発想については西山［一九九二］の論考もある。したがって、「初音」巻の表現にも同傾向のことばの選択がなされているのではないかと予想されてくるのであるが、厳密に言えば「初音」巻の表現は「御前の梅やうやうひもときて」であり、またその前置きに「花の香さそふ夕風のどやかにうち吹きたるに」という一節が伴われている。関連する表現の位相をもう少し探ってみたい。

二　風と「とく」「ひもとく」の組み合わせ

「とく」「むすぶ」は「ひも」の縁語であり、『伊勢物語』や『うつほ物語』にも「ひもとく」和歌の例が見られる。花や植物などが「ひもとく」歌には次のようなものがある。

⑧もゝくさの花のひもとく秋ののを思ひたはれむ人なとがめそ

（古今集・秋上・二四六／小町集・四四／古今六帖・一二一五・「のべ」・第四句「おもひみだれん」）

⑨花のみなひもとくのべにしのすすきいかなるつゆかむすびおきけむ

（女四宮歌合・一・侍従御許・「薄」）

⑩いろ〳〵のはなのひもとくあきのゝにちよまつむしのこゑきこゆなり

（元輔集Ⅰ・二五五／後拾遺集・秋上・二六六・第三句「ゆふぐれに」結句「こゑぞきこゆる」）

⑪もゝくさのなかにひもとくをみなへしつゆの心やことにおくらむ

（大斎院前の御集・下・二九七・さいさう）

このほか、『内裏前栽合』『古今和歌六帖』『大弐高遠集』『賀茂保憲女集』『惟成弁集』にもみえ、⑧の『古今集』歌のように秋の草花と詠まれるものが散見される。また「とく」「むすぶ」に関わって、露、氷、水などとも共に詠まれる。春の花や植物が「ひもとく」という歌には解氷に関わらせる、あるいは春雨によって植物の芽生えがもたらされるというものがある。(6)

⑫はるさめのほどふることもときにあへばひもとくはなのつまとなりけり

（忠岑集・一七六）

⑬ゆきふると衣かさねしほどもなく花のひもとく春は来にけり

（安法法師集・二・「正月一日」）

⑭ふして思ひおきてながむる春雨に花の下ひもいかにとくらん

（古今六帖・四五五・「あめ」／新古今集・春上・八四・よみ人しらず）

⑮はるくれば花のひもだにとけぬるにひとつきながらむすぶこほりよ

（大斎院前の御集・上・五八・さい将）

⑨のように薄を詠む歌には「風」の語が詠み込まれるものがある。

⑯花薄かぜになびきて乱るるはむすびおきてし露やとくらん
（深養父集・一六／古今六帖・三七〇七・「すすき」／続古今集・秋上・三四二・清原深養父）

⑰つゆこそはむすびおきけめ花すすきそらにふきとく風もあらなむ
（大斎院前の御集・下・二六三・さいさう）

しかし、「風」と「ひも」「とく」ということばが同時に詠まれる歌の例は少なく、他は⑱⑲のような秋の歌となる。また⑳は台盤所に落ちていた袴の紐が「てかぜ」にほころんだとする諧謔味のある歌である。

⑱しめはゆひつゆはむすべるくさぐさをせめてひもとくをちこちのかぜ
（三条左大臣殿前栽歌合・五一）

⑲多可麻刀能　乎婆奈布伎故酒　秋風尓　比毛等伎安気奈　多太奈良受等母
たかまとの　をばなふきこす　あきかぜに　ひもときあけな　ただならずとも
（万葉集・巻二十・四三二九・四二九五／古今六帖・四〇五・「あきの風」・第二句「をばなふきしく」）

⑳ときむすぶてかぜにいたくほころびてはなのしたひもとけにけるかな
（朝光集・四）

和歌と散文における「春風」表現の相違を考察する中川［二〇一一b］では、散文における「春風」の描写が、和歌の類型表現に縛られないものになっていることが論じられている。「初音」巻の当該場面については、『源氏物語』中では和歌で詠まれる「春風」のような温和な風はあまり描かれておらず、またこの場面は「あれはたれ時」であるため、明るいイメージの「春風」でなく「夕風」ということばが選ばれていることなどが指摘されており（中川［二〇一一a］）、源氏の栄華の形象としてこの場面が捉えられている（中川［二〇一三］）。

一方、風は花の香を運ぶもの、花を散らすものとして詠まれるが、漢詩文の世界では花を開かせるものとして表現されており、そのような発想を導入した和歌が『道済集』などに見出せることを近藤［二〇〇五b］が論じている。また清水［一九九七a］でも擬人表現と「とく」「むすぶ」の関係が漢詩文表現との関わりから検討されている。

『河海抄』が当該場面に「花の香を」の歌を注する以前、『光源氏物語抄』と『紫明抄』では、『和漢朗詠集』所収の漢詩が引用されていた。

○『光源氏物語抄』

はなのかさそふ夕かせのとかにうちふきたるにおまへのむめやう〱ひもときてと云事

朗詠《》 春風暗剪庭前樹夜雨偸穿石上苔　勘文

○『紫明抄』

花のかさそふかせのとかにうちふきたるにおまへのむめやう〱ひもときて

春風暗剪庭前樹、夜雨偸穿石上苔

山かせの花のかさそふもとには春のかすみそほたしなりける　後撰 興風

ここに引用される詩句は『和漢朗詠集』巻下の冒頭に載るもので、『全唐詩』になく作者傅温についても不詳とされている。

春風暗剪庭前樹　夜雨偸穿石上苔　傅温

春の風は暗に剪る庭前の樹　夜の雨は偸かに穿つ石上の苔　傅温（和漢朗詠集・巻下・三九七・傅温・「風」）

詩句の内容は春風が木の芽を芽吹かせるというものだが、『千載佳句』『新撰万葉集』にみえ、『蜻蛉日記』にも引用されることから、日本での受容の広さが窺える。また『光源氏物語抄』と『紫明抄』は『源氏物語』の本文を「花の香さそふ……」から「やうやうひもときて」まで引用した上で注記を行っており、春の風と梅の花が開くという文脈への注として『和漢朗詠集』の詩を引いたと思しく、表現上の特性を鋭く読み取ったものと考えられる。「花の香を」の歌を引く『河海抄』の本文引用は「花のかさそふ夕かせ」のみで、それ以降の古注も「花の香さそふ夕風のどやかにうち吹きたるに」までの一部分を挙げ「花の香を」の歌を引いて注を付けている。「初音」巻冒頭でも「梅の香も御簾の内の匂ひに吹きまがひ」とあり、極楽としての春の御殿には梅の芳香が漂っていた。ただし「花の香を」の歌は「さそふ」対象が鶯であるため、『源氏物語』の本文とは合致しない面がある。そのためか、現代の注釈書類でも参考歌として挙げつつ「未詳」（新全集）などといった姿勢が取られる傾向にある。

風と開花の歌の表現史に関しては前述の近藤［二〇〇五b］が詳しい検討を行っているが、類歌をあらためて確認しても用例は限られてくるようである。

㉑吹く風や春たちきぬとつげつらん枝にこもれる花さきにけり

（後撰集・春上・二・よみ人しらず・「寛平御時きさいの宮の歌合のうた」／新撰万葉集・巻上・一五／古今六帖・三九一・「はるのかぜ」）

㉒白妙の浪路わけてや春はくる風吹くからにはなも咲きけり

（寛平御時后宮歌合・二八／新撰万葉集・巻下・二六五／新勅撰集・春上・五一）

㉓かぜぬるみむめのはつはなさきぬればいづらは宿のうぐひすのこゑ

（大弐高遠集・一六五・「南枝暖待鶯」）

㉔はるかぜにゑみをひらくる花の色はむかしの人のおもかげぞする

（大弐高遠集・二八二・「春風桃李花開日」）

㉕ききわかずはなふりひらくはる風にさむげもあらずけさもふかなん

（道済集・二八七・「春風」）

まず㉑の『後撰集』歌であるが、『千載佳句』『和漢朗詠集』にも収載される『白氏文集』巻十七「潯陽春三首」の「春生」の影響が指摘され、現代の注でも翻案とされるなど（片桐［一九九〇］）、漢詩文的発想の存在が従来認められてきた歌となっている。

先遣㆔和風報㆓消息㆒　先づ和風をして　消息を報ぜしめ、

續敎㆔啼鳥說㆓來由㆒　續いて啼鳥をして　來由を說かしむ。

（白氏文集・巻十七・一〇二〇・「潯陽春三首　春生」）

『千載佳句』『和漢朗詠集』に入るこの句は、「展㆓張草色㆒長河畔　點㆓綴花房㆒小樹頭（草色を展張す　長河の畔、花房を點綴す　小樹の頭。」」と続いて、春が風に便りを告げさせ、樹々の梢に花を咲かせるとうたう。ただし半澤・津田［二〇一五］が「春風が花鳥の活動を促すのは、早春詩の表現パターンの一つとも言えるもの」と述べるように、この詩のみの特別な表現というわけではない。たとえば『枕草子』の積善寺供養の段で展開する「春の風」をキーワードとしたやりとりの中で定子が「花の心ひらけざるや」と発言し、清少納言が返答をしているが、その返答にふまえられるのが「長相思」（白氏文集・巻十二・〇五八九）の一節である。(7)日本漢詩においても、たとえば菅原道真に「和風期五日　徳化在三春　…（中略）…　開花鶯老樹　解凍放潛鱗」（菅家文草・巻三・二四二・「賦二得春之徳風一」）などの用例がみられる。

㉓と㉔の藤原高遠歌は漢詩句を題とする歌である。㉓は「江州赴二忠州一、至二江陵一以來、舟中示二舍弟一五十韻」（白氏文集・巻十七・一一〇四）の一節「南枝暖待レ鶯」を題とする。この題は中世・近世に至って盛んに享受されることとなる（鈴木健一［一九九六］）。㉔は著名な「長恨歌」（白氏文集・巻十二・〇五九六）の一節に拠る。㉕の源道済の歌は近藤［二〇〇五b］が『千載佳句』二九の「和風ハ次第ニ遣ムレ開カレ花ヲ」を典拠に指摘する。

三　「ほころぶ」と「匂兵部卿」巻との対応

このように見てくると、傍線部Bは、『古今集』歌を想起させるような梅の香に関わることばによって香気に満ちた浄土のごとき六条院をあらためて印象付ける箇所といえるが、「うちとけ」た六条院の情景を描出する和歌的表現「ひもとく」は河原院周辺あるいは同時代に特有の趣向を反映する語であること、花の香を誘引する「夕風」という表現も和歌の典型表現に収まらない性質をもつこと、さらに風が吹く描写から開花へと至る文脈は漢詩文的発想を帯びる可能性があることなどを確認していくと、ここには幾層にも表現の作り込みがなされており、六条院の格別性を増幅させる働きを担っているのではないかと考えられる。

なお「夕風のどやかに」の部分には本文異同があり[8]、「のどやかに」を「のどかに」とする伝本が多く、古注釈書の本文引用も「のどかに」となっている。和歌では「のどかに」が使われるため、大島本や保坂本のように「のどやかに」の本文を採れば和歌の類型表現からより逸脱したものになると言えようか[9]。「夕風」も尾州家河内本、高松宮家本では「風(かせ)」とある。こちらは単なる脱字の可能性が高いかもしれないが、結果としての表現の差異をあえて読み取れば、たとえば尾州家河内本の「風のどかに」のような本文は、比較的型どおりに落ち着いた表現になっているとも捉えられよう。

河原院周辺あるいは同時代的趣向との関係に関しては、風に花が「ほころぶ」という類似表現をめぐる事象も参照してみたい。

「ほころぶ」は『万葉集』になく『古今集』からみえる語で、衣などの縫い目が解ける意と花が咲く意に用いられる。花のつぼみが開くことを「綻」字で表す例は杜甫の詩などにも見られ、『白氏文集』にも「春風」が吹き「梅」を「綻」ばすと詠む詩がある。

春風搖蕩自㆑東來　　春風搖蕩して　東より來り、
折㆓盡櫻桃㆒綻㆓盡梅㆒　　櫻桃を折き盡くし　梅を綻ばし盡くす。
唯餘思婦愁眉結　　唯だ餘す　思婦　愁眉を結べるを、

無レ限春風吹不レ開　限り無き春風　吹けども開かず。

（白氏文集・巻十九・一二九二・「思婦眉」）

『菅家文草』にも「綻」の用例が確認でき、『田氏家集』では花が咲く意と衣がほころびる意とが重ねて用いられることから、後藤［二〇一二］では「ほころぶ」を漢語に基づいた表現と論じているが、その縁語的技法の淵源を白居易や元愼と直接結びつけることには否定的な見解もある（工藤［二〇〇〇］）。『和漢朗詠集』にも「春風」と「綻」を用いる詩句が複数収められている。

○偸綻春風未扇先　偸かに綻ぶ春の風の未だ扇がざる先

（和漢朗詠集・巻上・春・梅・八九・村上御製）

○款冬誤綻暮春風　款冬誤つて暮春の風に綻ぶ

（和漢朗詠集・巻上・春・款冬・一四〇）

○春風吹綻牡丹花　春風は吹き綻ばす牡丹の花

（和漢朗詠集・巻下・妓女・七〇八・白）

三代集の「ほころぶ」の例は次のようになり、やはり衣が解ける意と重ねて詠まれているが、㉗㉘㉙では「風」の語とともに詠まれている。(10)

㉖あをやぎのいとよりかくる春しもぞみだれて花のほころびにける

（古今集・春上・二六・紀貫之／新撰和歌・六一／貫之集Ⅲ・一七／古今六帖・四一六二・「やなぎ」／和漢朗詠集・巻上・春・柳・一一〇）

㉗秋風にほころびぬらしふぢばかまつづりさせてふ蟋蟀なく

（古今集・雑体・誹諧歌・一〇二〇・在原棟梁・「寛平御時きさいの宮の歌合のうた」／寛平御時后宮歌合・九四／新撰万葉集・巻上・八五／古今六帖・三七二九・「らに」）

㉘吹く風にあらそひかねてあしひきの山の桜はほころびにけり

（拾遺集・春・三九）

㉙春風のけさはやければ鶯の花の衣もほころびにけり

（拾遺集・物名・四一四・「さはやけ」／拾遺抄・雑上・四九〇・「さはやけ」／如意宝集・四二）

このほか、「ほころぶ」を用いる歌は『論春秋歌合』『新撰和歌』『公忠集』『忠見集』『順集』『斎宮女御集』『元輔集』『能宣集』『保憲女集』『朝光集』『重之集』『和泉式部集』『大斎院前の御集』『無動寺和尚賢聖院歌合』に例がある。㉖の貫之歌の影響は重く見ておく必要があると思うが、「ほころぶ」が和歌の中できわめて広汎に使用され続けた語であるとも言えないようであり、使用者に河原院周辺歌人の名前が複数確認できることにも注意される。また『古今集』の㉖㉗は掛詞や縁語を巧みに用いる歌となっているが、『拾遺集』の㉘には「あらそひかねて」という『万葉集』特有の表現が、㉙には物名が詠み込まれており、それぞれに技巧的な側面がある。『古今集』にみえた「ほころぶ」の語が『後撰集』にはなく、『拾遺集』で再び光が当てられていることも興味深く、関連語彙をめぐっての共通の好尚が、ここにも認められるように思われるのである。なお『康資王母集』には次のような歌があり、『源氏物語』の影響を受けているのではないかと思われる。

梅の花ひもとく春の風にこそ匂ふあたりの袖は染みけれ

（康資王母集・一〇・「殿上人あまた参りて梅のかころもにうつるといふ題を」）

「匂兵部卿」巻巻末においては、夕霧による賭弓の還饗が、かつての光源氏の行為をなぞるものとして語られている。

賭弓《のり》の還饗《かへりあるじ》のまうけ、六条院にていと心ことにしたまひて、親王《みこ》をもおはしまさせんの心づかひしたまへり。…〔中略〕…六条院へおはす。道のやや程経《ほどふ》るに、C雪いささか散りて、艶なるたそかれ時なり。物の音《ね》をかしきほどに吹きたて遊びて入りたまふを、げにここをおきて、いかならむ仏の国にかは、かやうのをりふしの心やり所を求《もと》めむと見えたり。寝殿《しん》の南の廂《ひさし》に、常《つね》のごと南向きに中少将着きわたり、北向きに向かひて垣下《ゑが》の親王《みこ》たち、上達部の御座あり。御土器《かはらけ》などはじまりて、ものおもしろくなりゆくに、D求子舞《もとめごま》ひてかよる袖どものうちかへす羽風《は》に、御前近き梅のいといたくほころびこぼれたる匂ひのさとうち散りわたれるに、例の、中将の御薫《かを》りのいとどしくもてはやされて、言ひ知らずなまめかし。はつかにのぞく女房なども、「闇《やみ》はあやなく心もとなきほどなれど、香にこそげに似たるものなかりけれ」と、めであへり。

（匂兵部卿　一四四〇～一四四一頁）

六の君の処遇を思案し、男性達の関心を引こうとする夕霧の姿が描かれた後、六条院にて賭弓の還饗が催される。夕霧が親王や上達部達を誘って向かった六条院は、傍線部Cのように雪がちらつく「たそかれ時」を迎えていた。楽の音色が吹き渡り、「げにここをおきて、いかならむ仏の国にかは」と最大限の讃辞が添えられる。『源氏物語』中の「仏の（御）国」[11]という用例は「初音」巻と「匂兵部卿」巻の二例に限定されており、かつての六条院の繁栄が強く想起されてくる場面となっている。その中において、傍線部D「求子」を舞って翻る袖の「羽風に、御前近き梅のいといたくほころびこぼれ」る匂いがあたりに拡がり散るという描写は、「初音」巻の「花の香さそふ夕風……御前の梅やうやうひもときて」と対応しているのではないだろうか。「初音」巻を想起させる場面形成を支える鍵語として、これらのことばが機能しているさまが窺えるように思われるのである。[12]

四　男踏歌の情景描写へ――むすびにかえて――

本稿では「初音」巻の六条院の情景描写における表現上の特性という観点から、主に正月の臨時客の場面を採り上げて考察を行った。

「初音」巻の後半では六条院に男踏歌が参上する場面があり、月の冴え渡る風景とともに六条院の様子が描かれている。

今年は男踏歌あり。内裏《うち》より朱雀院にまゐりて、次にこの院にまゐる。道のほど遠くなどして、夜明け方《がた》になりにけり。月曇りなく澄みまさりて、薄雪《うすすこ》少し降《ふ》れる庭のえならぬに、殿上人なども物の上手多《おほ》かるころほひにて、笛の音《ね》もいとおもしろう吹きたてて、御前《まへ》はことに心づかひしたり。御方々、物見に渡りたまふべく、かねて御消息《せうそこ》どもありければ、左右の対、渡殿などに、御局しつつおはさず。西の対の姫君は、寝殿の南の御方に渡りたまひて、こなたの姫君に御対面ありけり。上も一所におはしませば、御几帳ばかり隔てて聞こえたまふ。

朱雀院の后の御方など巡りけるほどに、夜もやうやう明けゆけば、水駅《むまや》にて事削《そ》がせたまふべきを、例ある事より外に、さま異《こと》に加へて、いみじくもてはやさせたまふ。影すさまじき暁月夜に雪はやうやう降《ふ》り積む。松風木《こ》高く吹きおろし、ものすさまじくもありぬべきほどに、青色の萎えばめるに白襲《しらがさね》の色合ひ、何《なに》の飾りかは見ゆる。挿頭《かざし》の綿《わた》は何《なに》の匂ひもなき物なれど、所からにや、おもしろく、心行《ゆ》き、命延《の》ぶるほどなり。殿の中将の君、内の大殿の君たちぞ、ことにすぐれてめやすくはなやかなる。

ほのぼのと明けゆくに、雪やや散りてそぞろ寒きに、竹河うたひてかよれる姿、なつかしき声々の、絵にも描《か》きとどめがたからむこそくちをしけれ。……

（初音　七七四～七七五頁）

『源氏物語』では「冬の月」が「薄雲」巻や「総角」巻などの印象的な場面において繰り返し賞されており、源氏は「冬の月は人にたがひてめでたまふ御心」（「若菜下」巻）であったという。この場面は正月ではあるものの、同様の美意識によって描出されたものと思われる。冴えた月下の情景は『枕草子』でもしばしば採り上げられる素材だが、この美意識は漢詩文の影響を受けて河原院周辺歌人の間で流行し、『拾遺集』に至って一気に展開したものであることを丹羽［一九八九］や近藤［二〇〇五a］が論じており、久保木［二〇〇一］、中島［二〇〇五］にも言及がある。「初音」巻の冒頭部および臨時客における表現の特徴にも通じることから、「初音」巻において社会的な栄華を極める六条院のありさまが、とくに行事などを通して描かれる際の描出方法の一側面を看取できるのではないかと思われる。なお右の場面では月影を「すさまじ」

と形容するなど、その表現の位相にも特色があるのだが（伊原［二〇一四］など）、すでに文字数を超過してしまっている。引き続き、検討を続けたい。

注

（1）あらたまの年立帰る朝よりまたるる物はうぐひすのこゑ（拾遺集・春・五・素性法師・「延喜御時月次御屏風に」／拾遺抄・春・四／古今六帖・一三・「ついたちのひ」／和漢朗詠集・巻上・春・七二・「鶯」／素性集・四九）、野辺見ればわかなつみけりむべしこそかきねの草もはるめきにけれ（拾遺集・春・一九・紀貫之・「恒佐右大臣の家の屏風に」／拾遺抄・春・七／古今六帖・三五四五・「春草」／貫之集・三五五）。

（2）「初音」巻の本文については、伊井［一九八八］、柳井［一九九四］、室伏［二〇一四］、佐々木［二〇一六］などの論があり、風間注釈でも詳細な検討がなされている。「うららかげさ」は「うららけさ」とする本もあり（【青】池慈横【河】宮尾【別】東穂）、別本には「うららかさ」（【別】保麦阿前）とするものもある。また、「うららかげさ」「うららけさ」は物語中に他例のない語であるという問題も孕んでおり、今後の検討を要する。

（3）明石の君の物語における漢詩文表現を論じる田中幹子［二〇〇六］などもある。

（4）たとえば田中隆昭［一九九九］は、『拾遺抄』と『拾遺集』の本文異同等々を挙げて本文の一致状況を検討しているが、どの本文に一致しているかは確かめがたいと結論付けている。

（5）①の解釈には諸説あるが、「ひもとく」の意味に関しては清水［一九九七d］の説に従った。いずれにせよ「ひもとく」の語に備わる男女の情交のイメージをふまえた上での用法であると思われる。

（6）その他、『順集』『恵慶集』『好忠集』『和泉式部集』には夏に「ひも」「とく」和歌がみえ、河原院周辺歌人の間で集中している。西山［一九九二］に論点と研究史とがまとめられている。

（7）「思」君秋夜長　一夜魂九升　二月東風來　草拆花心開」。なお『枕草子』の「春の風」と「花の心」について落合［二〇一二］による考察がある。

（8）夕風——風【河】尾　かせ【河】宮　□せ【河】鳳　夕嵐【別】阿、のとやかに——のとかに【青】【河】御大飯宮尾鳳【別】陽麦阿国伏前穂平。

（9）「のどか」自体も、「のどけし」に対して口語的性格の強い語であり、歌においても口語的性格を帯びて用いられていると見做すべきとの説がある（原田［一九八三］）。

（10）『源氏物語』中に「ほころぶ」は名詞「ほころび」も含めて十四例みえ、おおよそ几帳や衣装がほころぶ意で用いられる。他には「少女」巻で「人々みなほころびて笑ひぬれば」、「梅枝」巻で「霞だに月と花とを隔てずはねぐらの鳥もほころびなまし」と花の縁語で用いられている。

（11）仏の国——ほとけのみくに【青】池肖三【河】【別】陽保言麦阿東。以下、傍線部にみえる主な校異を示しておく。雪——ゆきは【青】池　ゆきの【別】保東、いささか——ナシ【別】飯、まひてかよる——まひてかよへる【青】横〈へ補入〉　まひてかよれる【青】肖【別】陽　まひてかよひ【河】兼　まひてかにる【河】岩　まひたる【別】飯麦阿　まいたる【別】東、袖とものうちかへす——そてくちかへす【別】麦阿、梅——こうはゐ【別】飯。

（12）ただし、傍線部Dの文章自体は「ほころびこぼれたる匂ひ」に比重が置かれており、むしろ「初音」巻の表現のポイントを押さえ切っていないとも捉えられる。阿部［二〇一一］などの論じる匂宮三帖の構造の問題、あるいは成立の問題などとも関連付けて考える必要があろう。

※『源氏物語』の本文は伊井春樹編『角川古典大観　源氏物語』（CD-ROM版）所収の大島本本文に拠り、問題のある箇所については適宜影印版と見合わせた。大島本「初音」巻は本文に問題があることが知られるが、佐々木［二〇一六］の議論などにも鑑みて、本稿ではひとまず大島本を用いることとし、適宜句読点、濁点等を付し、漢字仮名等の表記を改めた。また、用例文を除いて、末尾に巻名と池田亀鑑編著『源氏物語大成　校異篇』（中央公論社、一九五三年〜一九五四年）の頁数を付した。主な本文異同については注記で示すこととし、便宜上、ひとまず『大成』の基準に拠りながら加藤洋介編『河内本源氏物語校異集成』（風間書房、二〇〇一年）および源氏物語別本集成刊行会編『源氏物語別本集成』『源氏物語別本集成続』（おうふう、一九八八年〜二〇一〇年）の情報を加えて示した。

※『源氏物語』以外の引用は次のものに拠る。ただし私に表記を改めた箇所がある。
『河海抄』…玉上琢彌編・山本利達・石田穣二校訂『紫明抄　河海抄』角川書店、一九六八年
『菅家文草』…川口久雄校注『日本古典文学大系　菅家文草　菅家後集』岩波書店、一九六六年
『紫明抄』…玉上琢彌編・山本利達・石田穣二校訂『紫明抄　河海抄』角川書店、一九六八年
『千載佳句』…金子彦二郎『平安時代文学と白氏文集　句題和歌・千載佳句研究篇　増補版』培風館、一九五五年
『白氏文集』…岡村繁『新釈漢文大系　白氏文集　二下・四』明治書院、二〇〇七年・一九九〇年
『光源氏物語抄』…中野幸一・栗山元子編『源氏物語古註釈叢刊　第一巻　源氏釈　奥入　光源氏物語抄』武蔵野書院、二〇〇九年
『枕草子』…杉山重行編著『三巻本枕草子本文集成』笠間書院、一九九九年
『和漢朗詠集』…菅野禮行校注・訳『新編日本古典文学全集　和漢朗詠集』小学館、一九九九年
※和歌の引用は『新編国歌大観』『新編私家集大成』(日本文学Ｗｅｂ図書館版)に拠り、一部表記を改めた。
※本稿でとくに言及した『源氏物語』の注釈書と略号は次のとおりである。
全集…阿部秋生・秋山虔・今井源衛校注・訳『日本古典文学全集　源氏物語　二・六』小学館、一九七二年・一九七六年
新大系…柳井滋・室伏信助・大朝雄二・鈴木日出男・藤井貞和・今西祐一郎校注『新日本古典文学大系　源氏物語　二』岩波書店、一九九四年
新全集…阿部秋生・秋山虔・今井源衛・鈴木日出男校注・訳『新編日本古典文学全集　源氏物語　②・⑥』小学館、一九九五年・一九九八年
基礎知識…鈴木一雄監修・小山利彦編集『源氏物語の鑑賞と基礎知識　薄雲・朝顔』至文堂、二〇〇四年
風間注釈…山崎良幸・和田明美・梅野きみ子・熊谷由美子・山崎和子『源氏物語注釈　五』風間書房、二〇〇四年

引用文献

阿部好臣［二〇一二］「竹河巻の位相――逆照射の構造を軸として」『物語文学組成論Ｉ――源氏物語』笠間書院

伊井春樹［一九八八］「大島本源氏物語の本文――『源氏物語大成』底本の問題点――」『詞林』三　大阪大学古代中世文学研究会　一九八八年五月

伊原昭［二〇一四］『源氏物語の色――いろなきものの世界へ』笠間書院

落合千春［二〇一二］「「春の風」から「花の心」へ――二条の宮の花盗人――」小森潔・津島知明編『枕草子創造と新生』翰林書房

片桐洋一（校注）［一九九〇］『新日本古典文学大系　後撰和歌集』岩波書店

工藤重矩［二〇〇〇］「平安朝漢詩文における縁語掛詞的表現」『平安朝和歌漢詩文新考　継承と批判』風間書房

久保木寿子［二〇〇一］「作品への影響　ａ和歌」枕草子研究会編『枕草子大事典』勉誠出版

後藤昭雄［二〇一二］「古今集時代の詩と歌」『平安朝漢文学史論考』勉誠出版

小町谷照彦［一九八四］「六条院の季節的時空――春秋の争いに即して」『源氏物語の歌ことば表現』東京大学出版会

近藤みゆき［二〇〇五ａ］「平安中期河原院文化圏における表現の生成――恵慶・曾禰好忠・源道済の漢詩文受容を中心に――」『古代後期和歌文学の研究』風間書房

近藤みゆき［二〇〇五ｂ］「源道済の和歌における漢詩文受容」『古代後期和歌文学の研究』風間書房

佐々木孝浩［二〇一六］「「大島本源氏物語」の書誌学的研究」『日本古典書誌学論』笠間書院

清水婦久子［一九九七ａ］「朝顔巻の女君」『源氏物語の風景と和歌　増補版』和泉書院（増補版は二〇〇八年刊行）

清水婦久子［一九九七ｂ］「仮名文学の文体と絵画」『源氏物語の風景と和歌　増補版』和泉書院（増補版は二〇〇八年刊行）

清水婦久子［一九九七ｃ］「源氏物語の絵画性」『源氏物語の風景と和歌　増補版』和泉書院（増補版は二〇〇八

年刊行）
清水婦久子［一九九七ｄ］「最後の贈答歌」『源氏物語の風景と和歌　増補版』和泉書院（増補版は二〇〇八年刊行）
清水婦久子［一九九七ｅ］「風景と引歌」『源氏物語の風景と和歌　増補版』和泉書院（増補版は二〇〇八年刊行）
鈴木健一［一九九六］「句題「南枝暖待鶯」考」『近世堂上歌壇の研究　増訂版』汲古書院
鈴木日出男［二〇一三］『源氏物語引歌綜覧』風間書房
鈴木宏子［二〇一二］「三代集と源氏物語――引歌を中心として――」『王朝和歌の想像力――古今集と源氏物語――』笠間書院
鈴木宏子［二〇一五］「源氏物語の和歌」助川幸逸郎・立石和弘・土方洋一・松岡智之編『新時代への源氏学5　構築される社会・ゆらぐ言葉』竹林舎
田中隆昭［一九九九］「源氏物語における『拾遺集』の引歌」『源氏物語　引用の研究』勉誠出版
田中幹子［二〇〇六］「『源氏物語』初音巻の明石の君について」『『和漢朗詠集』とその受容』和泉書院
内藤英子［二〇一一］「夕霧物語の表現の方法――「河原院周辺歌人」詠との共通の歌ことばを通して――」『古代文学研究　第二次』二〇　古代文学研究会　二〇一一年十月
中川正美［二〇一一ａ］「源氏物語における風――和歌からの飛翔――」『平安文学の言語表現』和泉書院
中川正美［二〇一一ｂ］「散文表現と歌ことば」『平安文学の言語表現』和泉書院
中川正美［二〇一三］「源氏物語と和歌――白梅・紅梅の喩――」『源氏物語のことばと人物』青簡舎
中島和歌子［二〇〇五］「枕草子二十五年――「この草子」をどこに置くか――」『国語と国文学』八二―五　東京大学国語国文学会　二〇〇五年五月
西山秀人［一九九二］「源順歌の表現――好忠および河原院周辺歌人詠との関連――」『和歌文学研究』六四　和歌文学会　一九九二年十一月
丹羽博之［一九八九］「月氷攷――「影見し水ぞまづ氷りける」の展開――」藤岡忠美編『古今和歌集連環』和泉書院

原　豊二［二〇一四］「初音巻の臨時客――歴史と物語を紡ぐ〈誌〉の世界の考察――」『源氏物語文化論』新典社
原田芳起［一九八三］「語誌（のどか）」中田祝夫・和田利政・北原保雄編『古語大辞典』小学館
半澤幹一・津田潔［二〇一五］『対釈新撰万葉集』勉誠出版
宮川葉子［一九九七］「徳川家康と「源氏物語」（三）――「中院通村日記」元和元年七月二十日の条をめぐって――」『源氏物語の文化史的研究』風間書房
室伏信助［一九九五］「六条院の春――初音巻の方法――」『王朝物語史の研究』角川書店
室伏信助［二〇一四］「『源氏物語』の本文とはなにか――大島本「初音」巻をめぐって――」『王朝日記物語論叢』笠間書院
柳井滋［一九九四］「大島本初音の巻の本文について」柳井滋・室伏信助・大朝雄二・鈴木日出男・藤井貞和・今西祐一郎校注『新日本古典文学大系　源氏物語　二』岩波書店
山田利博［二〇一五］「風景をつむぐことば――風景の中に人を見、人の中に風景を見ること――」助川幸逸郎・立石和弘・土方洋一・松岡智之編『新時代への源氏学5　構築される社会・ゆらぐ言葉』竹林舎

附記　成稿に際してご意見を賜りました方々に厚く御礼を申し上げます。

顔を隠す女君

関本真乃（せきもと・まさの）
一九八四年生まれ。京都大学文学部非常勤講師。専門は中世の王朝物語。論文に「『苔の衣』の大将の主人公性」（『国語国文』第八二巻第七号、二〇一三年七月）、「『石清水物語』の伊予守と姫君―その人物造型における光源氏と藤壺―」（『国語国文』第八四巻第二号、二〇一五年二月）、「『石清水物語』と近衛長子―成立年代についての一考察―」（『文藝論叢』第八八号、二〇一七年三月）などがある。

はじめに

『源氏物語』成立当時、「顔」という語は、その意味内容が拡大すると共に、どのような場面、どのような人間関係において用いられるかが定まっていく過渡期にあった。

『日本国語大辞典』に拠ると、「顔」という語は上代には容貌の意でのみ用いられたが、中古になると顔面の意をも表すようになり、上代に顔面の意を表した「面《おもて》」と交替したとされる。

顔面という意味を有する語のうち、「面《おもて》」という語の使用場面が狭まっていったことは、「面」が「面目」

の意味で用いられることが増え、かつ「顔面」の意味で用いられるときは、『源氏物語』でほぼ全て「面」が「赤」むという形を取るなど、[1]「面」が「赤」むという言い回しに限定されていったことに明らかであろう。

一方「顔」は「顔面」という意味で用いられ始めた当初、顔面の美醜への評価と共には用いられず、その役割は主に「顔かたち」が担っていた。[2] しかし「顔かたち」の勢力が徐々に後退すると共に、[3]「顔」は何らかの評価を伴っても表されるようになる。[4]

これと並行して『源氏物語』成立ごろまでには、もともと「顔面」の意味をも持つ「かたち」「顔かたち」に加え、「顔ざま」「顔つき」「かほやう」、また「おもやう」「おももち」などの語が見られるようになる。これを承け、『源氏物語』においては、さまざまな顔に関する語、表現が見つかり、[5] しかもそれらが使い分けられている。

たとえば『源氏物語』における「顔」を「かたち」と比較すると、僧や身分の低い者など、元々素顔を晒している人物の顔面を指す場合を除けば、より身近で親しい人々の関係に限定されて用いられることが多い。ある者の間で用いられるのは、源氏が明石の君の「かたち」を見る場合に限られる。[6]「御かたち」七十三例中、「かたち」八十九例中、親子・血縁関係にある者の間で用いられるのは夢浮橋巻の一例のみ、男女関係のある者の間で用いられるのは六例、男女関係のある者の間で用いられるのは八例である。これに対して、「(御)顔」一〇九例中、血縁関係にある者の間で用いられるのは十三例、「顔」が男女関係にある者同士で用いられるのは十九例、「顔」を見た直後に男女関係に至る例も五例あり、[7]「顔」は特に男女関係において用いられる傾向にあることが読み取れる。

これは、『源氏物語』以前の作り物語と比較しても際立っている。『うつほ物語』『落窪物語』では男女関係にある者同士の間で、「顔」という語が用いられる例は、それぞれ全三十例中二例、全九例中一例と数少なく、(8)『源氏物語』が「顔」を男女間で見る・見られるものとして意識的に用いていることが窺えよう。

本稿では、『源氏物語』における「顔」(9)、特に男女が相対し、男が女を見る場面における「顔」という語に注目し、『源氏物語』が新たに見出した「顔」に関する表現の特徴と、そこに込められた意図を探りたい。(10)

一　女君の「顔」

1　女君の「顔」を見ること

『源氏物語』において男女関係に係わる「顔」は、ほとんど男が女を見る場合に用いられ(11)、男に色めいた視線で「顔」を見られた女君は普通、その男君と肉体関係を持つに至る。(12)既に『うつほ物語』にその萌芽が見て取れるように(13)、女君の「顔」は第一に、うちとけた夫婦間で見られるものである。

「なやましげにこそ見ゆれ。いまめかしき御ありさまのほどにあくがれたまうて、夜深き御月めでに、格子も上げられたれば、例の物の怪の入り来たるなめり」など、いと若くをかしき顔してかこちたまへば、うち笑ひて、…(横笛)

夕霧から見た雲居雁の「顔」である。同様の例として、源氏が紫の上の将来を案じる場面を示す。

かうやうの例を聞くにつけても、亡からむ後、うしろめたう思ひきこゆるさまをのたまへば、御顔うち赤めて、心憂く、さまで後らかしたまふべきにや、と思したり。（夕霧）

男君が女君の表情をも見ることができる馴れ親しんだ関係において「顔」という語が用いられている。ほかに、二条院に引き取られた中君も匂宮に顔を見られている。

寝くたれの御容貌いとめでたく見どころありて、入りたまへるに、臥したるもうたてあれば、すこし起き上がりておはするに、うち赤みたまへる顔のにほひなど、今朝しも常よりことにをかしげさまさりて見えたまふに、あいなく涙ぐまれて、しばしうちまもりきこえたまふを、恥づかしく思してうつぶしたまへる、髪のかかり髪ざしなど、なほいとありがたげなり。（宿木）

同じ宿木巻において、匂宮は夕霧の娘六の君と結婚し、その「顔」も見ている。

宮は、女君の御ありさま昼見きこえたまふに、いとど御心ざしまさりけり。大きさよきほどなる人の、様体いときよげにて、髪の下がり端、頭つきなどぞ、ものよりことにあなめでたと見えたまひける。色あひあまりなるまでにほひて、ものものしく気高き顔の、まみいと恥づかしげにらうらうじく、すべて何ごとも足らひて、容貌よき人と言はむに飽かぬところなし。（宿木）

いずれも男君とある程度正式な関係を結んだ女君であり、関係も良好である。男が女の「顔」を見ずに「かたち」のみしか見ていない場合、精神的肉体的な距離があるか、男が関係に不満足であることと併せると、「顔」を見ることが『源氏物語』の男女関係において特別な意味を持つことが見て取れよう。[14]

さらに、視線に拘りを持つ[15]『源氏物語』は、男に「顔」を見られる女のみならず、男が見ようとするにもかかわらずその「顔」を見られないようにふるまう女君、「顔」を「隠」す女君を見出した。

2 「顔」を見せない女君と漢籍

『源氏物語』以前、女性が顔を隠す、見せないようにするという行為を表現することばには「面をふたぐ」「面隠」「さしかくす」などがあった。「面をふたぐ」は、『竹取物語』に一例見られる。

光満ちてけうらにてゐたる人あり。これならむと思して、逃げて入る袖をとらへたまへば、面をふたぎてさぶらへど、初めよく御覧じつれば、類なくめでたくおぼえ…（『竹取物語』）

かぐや姫が帝から顔を隠す場面である。また、女が照れて「面隠」すという表現は『万葉集』の相聞歌に二例あるが、[16]『源氏物語』においては男君が「照れ隠し」する、また女君に顔を合わせたくないという場面で用いられており、女君が「顔」を見せない、隠す、という表現とは位相を異にする。「さし隠す」は、『うつほ物語』『落窪物語』『蜻蛉日記』『枕草子』などにも見られるが、扇など顔を隠すものに重点があり、女性が主体の場合は、大体、公の場でのたしなみを表す。[17]

これに対して「顔」を見せないようにふるまう女君は『源氏物語』以降に見受けられる。『源氏物語』空蟬巻の例を以下に示す。垣間見する光源氏の目に映った顔を隠す空蟬と、あらわに見える軒端荻の姿は対照的である。

濃き綾の単襲なめり、何にかあらむ上に着て、頭つき細やかに、小さき人の、ものげなき姿ぞしたる。顔などは、さし向かひたらむ人などにも、わざと見ゆまじうもてなしたり。手つき痩せ痩せにて、いたうひき隠しためり。いま一人は、東向きにて、残るところなく見ゆ。（空蟬）

顔を引き入れ、身近な相手にも見せないようにすることは、空蟬の慎み深さ、たしなみの表れである。「顔」を見せない空蟬と、「残るところなく見」える軒端荻のいずれが魅力的であるかは、源氏の執心の差に顕著である。次に少女巻の例を示す。

独り言を聞きたまひけるも恥づかしうて、あいなく御顔も引き入れたまへど、あはれは知らぬにしもあらぬぞ憎きや。（少女）

雲居雁は、夕霧に独り言を聞かれた羞恥から「顔」を引き入れる。「あいなく」という形容からすると、『源氏物語』はここに初恋のいたいけさを見出しているのであろう。

このような、私的な空間で女君が「顔」を「引き入」れる、並びに「顔をもたげ」ないという表現は、

『源氏物語』『紫式部日記』以降に見えるようになる。

さしのぞきたれば、昼寝したまへるほどなりけり。萩、紫苑、いろいろの衣に、濃きがうちめ心ことなるを上に着て、顔はひき入れて、硯の筥にまくらして、臥したまへる額つき、いとらうたげになまめかし。絵にかきたるものの姫君の心地すれば、口おほひを引きやりて、「物語の女の心地もしたまへるかな」といふに、…
（『紫式部日記』）

『紫式部日記』には、同僚の宰相の君について、「顔」を「ひき入」れて臥している「額つき」が可愛く優美で絵にかいた姫君のように思われるとある。私的空間で「顔」を見せないという女君の姿態、たしなみには肯定的な評価、美しさが認められている。

引き続き「顔」を「引き入れ」る例を示す。長雨のころ、物語論を玉鬘に披露した源氏が、玉鬘に色めいた会話をしかける場面である。

「いみじくけ遠き、ものの姫君も、御心のやうにつれなく、そらおぼめきしたるは世にあらじな。いざ、たぐひなき物語にして、世に伝へさせん」と、さし寄りて聞こえたまへば、顔をひき入れて、「さらずとも、かくめづらかなることは、世語にこそはなりはべりぬべかめれ」とのたまへば、…「…不孝なるは、仏の道にもいみじくこそ言ひたれ」とのたまへど、顔ももたげたまはねば、御髪を書きやりつつ、いみじく恨みたまへば、からうじて、…
（蛍）

源氏に「さし寄」られ、「顔」を「引き入」れた玉鬘は、さらに身体的距離を詰められた結果、せめてもと「顔」を「もたげ」ない。玉鬘が「顔」を引き入れ、もたげないのは、たしなみと羞じらいからであろうと考えられ、源氏への心からの拒絶を示すものではない。それは、後の例であるが、『浜松中納言物語』などに、

いらへ聞ゆべき言葉などもおぼえず、はづかしうて、うち泣きて、顔ひき入るるほかのことなきも、いとらうたげなるを、…
(『浜松中納言物語』巻四)

とあるように、羞恥で「顔」を引き入れるさまが「らうたげ」と評されることにも端的に示されていよう。『源氏物語』は顔を隠す女君の姿態に、たしなみと羞恥が一体となった美しさと魅力を見出している。

ここには漢籍の影響を見て取ることができるかもしれない。漢籍においては、深い悲しみや苦しみ等で顔を掩い、また羞じるという表現が男女問わず見られる。[18]中でも、女性が男性に対して顔を隠す表現としては、男女間の恋愛を詠い日本にも影響を与えた『玉台新詠』に収められる「桃葉」に、「団扇復団扇 持許自障面 憔悴無復理 羞与郎相見(団扇復た団扇、許を持して自ら面を障す。憔悴復た理むる無し、郎と相見ることを羞づ)」[19]とある。団扇で顔を隠すのは、男性に対するときの、やつれた己の姿からくる羞じらいがなせる仕草である。また、『源氏物語』が摂取したと指摘される[20]白居易の新楽府「牡丹芳」には、牡丹の美しさを女性にたとえ「映葉多情隠羞面(葉に映じては多情羞面を隠す)」という表現が見られる。漢籍において、女性が男性と相対するとき、主に照れや羞じらい、そのやつれによって顔を隠すことはまま見られ、顔を隠すことは嬌姿の一つ

として捉えられた。(21)

『源氏物語』成立当時、顔を見せないことは女君が持って当然の慎みの一つであり、顔を見せようとしない女君の姿は、それがままある仕草であったからこそ物語絵にも描かれたのであろう。しかし、それまで表現されず見逃されていた美を捉えて言語化し、存在せしめることは容易いことではない。女君が私的な空間で「顔」を隠すことの美を俯瞰し、女君が意識しない嬌羞を「顔」を「引き入る」「もたげ」ないと表現し得たことそのものが、『源氏物語』の独自の発見であり、それをいくばくか助けたのが、こういった漢詩文の発想ではなかろうか。

二 「顔を隠す」女君

1 玉鬘

「顔」を「引き入る」「もたげ」ない用例としてさきほど、蛍巻の玉鬘が源氏に相対する場面を挙げたが、同じく玉鬘が男性に「顔」を見せないようにするという行為において、「顔」を「隠す」(22)という表現も用いられている。

大将のおはせぬ昼つ方渡りたまへり。女君、あやしうなやましげにのみもてないたまひて、すくよかなるをりもなくしほれたまへるを、かく渡りたまへれば、すこし起き上がりたまひて、御几帳に、はた、隠れておはす。殿も、用意ことに、少しけけしきさまにもてないたまひて…「…思ひのほかなりや」と

て、鼻うちかみたまふけはひ、なつかしうあはれなり。女は顔を隠して、
みつせ川わたらぬさきにいかでなほ涙のみをのあわと消えなん（真木柱）

髭黒との予想外の結婚の後、源氏が玉鬘のもとを訪れた場面である。玉鬘は、蛍巻とは異なって身体を几帳に隠し、さらにそれまであらわにしていた「顔」を「隠」す。蛍巻との差異は何にも増して玉鬘の結婚にある。玉鬘にとって、源氏は家族同然でありながら男性としての魅力を意識する存在であったろうが、しかし今となっては、玉鬘は夫以外を拒絶するしかない。源氏は、「顔」を見た女性のうち玉鬘以外と全員肉体関係を持っており、「顔」を「隠す」ことは、男性との間に明らかな一線が引かれていることを示している。先述した、顔を見せずに隠す女君の姿態がちょっとした嬌容や美しさを併せ持っており、男に色めいた期待を抱かせる要素があるのとは明確に異なる。

ここでは「顔」を「隠す」ことに、関係が結ばれる可能性への断絶が示されている。しかも、肉体関係にない男性に対して、女君が拒絶を表明するほかない状況であることを表す。

『源氏物語』ではこの女君が「顔」を「隠す」という表現が四例あり、それが玉鬘と大君にのみ用いられること(23)は注目に値しよう。特に、総角巻の大君臨終場面に、「顔」を「隠す」が三例も集中していることは見逃せない。

2 大君

この大君が「顔」を「隠す」女性であったことへの注目は、後代わずかに『狭衣物語』に見える。

うち笑みたまへる愛敬、あたりさへにほふ心地ぞしたまふ。いとど顔隠して背きたまへれば、「あな、いぶせのわざや。時々は対面許させたまへ」とて、例ならず引き顕しきこえたまへば、げに御年のさばかりとこそ見えさせたまへと見えて、痩せ痩せにあてやかに、まみいと恥づかしげにらうらうじう、清げにおはしけり。（巻三）

狭衣が本意ならず結婚した年上の一品宮については、大君の面影が窺えることが知られており、顔を隠すという行為も、その一つであると言えよう。しかし、『源氏物語』が「顔」を「隠す」ことに込めた意味を『狭衣物語』が汲んでいるかといえば、そうは言えない。「顔」を隠し続け、薫と結ばれなかった大君とは異なり、一品宮は狭衣と正式に結婚しており、かつ狭衣は夫の特権として無理やりに一品宮の「顔」を見ているのである。一品宮は、衰えた自身の容貌を恥じるからこそ狭衣に対して顔を隠すが、大君はただ羞恥のみによって顔を隠しているのだろうか。

大君臨終場面における大君と薫の関係性は、主に「隔て」の問題として取り上げられてきたが、[24]「顔を隠す」こととの関わりにおいて再検討したい。大君を見舞って宇治を訪れた薫が、大君と対面する場面を示す。

灯はこなたの南の間にともして、内は暗きに、几帳を引き上げて、すこしすべり入りて見たてまつりたまへば、老人ども二三人ぞさぶらふ。…心細くて臥したまへるを、「などか御声をだに聞かせたまはぬ」とて、御手をとらへておどろかしかしきこえたまへば、「心地にはおぼえながら、もの言ふがいと苦しくてなん。…」と、息の下にのたまふ。「かく、待たれたてまつるほどまで、参り来ざりけること」とて、さくりもよよと泣きたまふ。御ぐしなど、少し熱くぞおはしける。「何の罪なる御心地にか。人の嘆き負ふこそかくはあむなれ」と、御耳にさし当てて、ものを多く聞こえたまへば、うるさうも恥づかしうもおぼえて、顔をふたぎたまへり。…むなしく見なして、いかなる心地せむ、と胸もひしげておぼゆ。…少し退きたまへり。直面にはあらねど、這ひよりつつ見たてまつりたまへば、いと苦しく恥づかしけれど、かかるべき契りこそはありけめと思して、こよなうのどかにうしろやすき御心を、かの片つ方の人に見くらべたてまつりたまへば、あはれとも思ひ知られにたり。むなしくなりなむ後の思ひ出にも、心ごはく、思ひ隈なからじ、とつつみたまひて、はしたなくもえおし放ちたまはず。（総角）

これまでの薫の接近は、「障子の中より御袖をとらへて、ひき寄せていみじく恨むれば…」（総角）と描かれるように、大君の「袖」を捉えるものであったが、ここで薫は、距離を詰めて大君の手に触れている。薫が後に中君の袖を捉え添い臥す場面でも、捉えるのはあくまでその「袖」であり[25]、ここで薫が直接大君の肌に触れると描かれる意味は小さくない。さらに、「御ぐしなど、少し熱くぞおはしける」と、薫はその髪に触れ、熱のある身体の生々しさを肌で感じ取る。そのうえ「耳」に直接肉声を吹き込む。この場面において、二人の身体的距離は驚くほど縮まることが描かれ、強調されている。大君もこれだけの接近を許したことを「かかるべき契りこそはありけめ」と感じ、薫を「あはれ」と思い知り、いくらか打ち解けるところがある。しかし、大君はなお「顔をふた[26]」ぎ、薫もまた、「這ひよ」りつつも「直面」では接しない。ここには、互いの体温を知り、触れ合うほど肉体的に接近しているにもかかわらず、肉体関係がないゆえの遠慮、緊張が滴り、張り詰めているようである。裏返せば、肉体関係がないだけで濃厚な接触があり、お互いの心情を確かめ得ずすれ違いながらの交感がある。二人の距離が精神的にも肉体的にもこれまでで最も接近した瞬間と言えよう。しかし、しばらくしての大君の臨終場面は、様子を異にする。

例の、近き方にゐたまへるに、御几帳などを、風のあらはに吹きなせば、中の宮奥に入りたまふ。…いと近う寄りて、「…後らかしたまはば、いみじうつらからむ」と、泣く泣く聞こえたまふ。ものおぼえずなりにたるさまなれど、顔はいとよく隠したまへり。……少しうきさまをだに見せたまはばなむ、思ひさますふしにもせむ、とまもれど、いよいよあはれげにあたらしく、をかしき御ありさまのみ見ゆ。腕などもいと細うなりて、影のやうに弱げなるものから、色あひも変らず、白ううつくしげになよなよとして、…御髪はいとこちたうもあらぬほどにうちやられたる、枕より落ちたるきはの、つやつやとめでたうをかしげなるも、いかになりたまひなむとするぞ、とあるべきものにもあらざめりと見るが、惜しきことたぐひなし。…こまかに見るままに、魂も静まらむ方なし。「…ただ、いと心苦しうてとまりたまはむ御事をなむ思ひきこゆる」と、答へさせたてまつらむとて、かの御事をかけたまへば、顔隠したまへる御袖をすこしひきなほして、「かくはかなかりけるものを、思ひ隈なきやうに思されたりつるもかひなければ、このとまりたまはむ人を、同じことと思ひきこえたまへ、とほのめかしきこえしに、違へたまはざらましかば、うしろやすからましと、これのみなむ恨めしきふしにてとまりぬべうおぼえはべる」とのたまへば…。（総角）

大君の髪や体型、肌の色など他の姿態を薫は見ているにもかかわらず、大君は「顔」を「隠して」いると二度も表現される。この表現が『漢書』外戚伝の、李夫人が、臨終に際して姿を見せなかった故事を典拠とし、「色衰而愛弛」という観念を埋め込んでいるという藤原克己氏の指摘がある。[27]これに関して林欣慧氏は[28]大君が病顔を見せない「真の理由」は「やつれた姿を晒すような恥をかかずに、尊厳を守」るためであるとし、この場面が李夫人の故事を取り入れつつも、故事による打算を取り除いているとする。

確かに、大君は以前に自身の容貌の衰えを感じている。加えて死の床で顔を見せようとしないこと、親族の行く末を気に掛けるところは、李夫人と大君に共通する。

しかし、「顔」という観点からすると、さらなる差異が挙げられる。まず、李夫人が寵愛を受けたのは、その容色ゆえである。しかし、薫が大君に惹かれたのは、単に容色ゆえではない。[29]痩せた大君の姿を見ても、薫は「思ひさます節」なく思っている。武帝は李夫人と肉体関係を結び、子も成しているが、薫は大君の「顔」を知らず、肉体関係を終ぞ持たない。李夫人は衰えた容色ゆえに、愛が損なわれ一族が失脚することを恐れるが、大君は自分自身が薫に思い遣りのない人物と思われることを恐れているのであり、中君のことを口にしつつも、当該場面では一対一のごく個人的な人間関係が描かれている。

この場面で李夫人の故事が踏まえられている可能性を否定するものではないが、「顔」を「隠す」という表現に込められた作者の意図を探るには、さらに、死の描写に大君同様「消え果つ」の語が使用される紫上のそれと大君の臨終場面を比較してみることも必要であろう。『源氏物語』中、「消え果つ」の語が、大君と紫上の死にのみ使用されることは既に指摘があり、[30]また紫上と大君の比較、共通点に関しては、藤原氏が大君と紫上の「主題的連関性」をまとめ、[31]中川正美氏も[32]「この二人（稿者注：薫と大君）以前に「へだて」が意図的に用いられているのは紫上と源氏の場合である」として取り上げる。紫上の臨終は「光り耀く生命が散り行く瞬間のはかなさ」を、大君のそれは「あるかなきかの脆弱な生命が痩せ細った体からするすると抜け出たような、命の静かな終焉」を表す相違があるという指摘[33]もあるが、ここにはもう少し、共通点と相違点があるようである。臨終場面を比較して挙げる。

修法の阿闍梨ども召し入れさせ、さまざまに験あるかぎりりして、加持まゐらせさせたまふ。我も仏を念ぜさせたまふこと限りなし。世の中をことさらに厭ひ離れねとすすめたまふ仏などの、いとかくいみじきものは思はせたまふにやあらむ、見るままにものの枯れゆくやうにて、消えはてたまひぬるはいみじきわざかな。（総角）

「今は渡らせたまひね。乱り心地いと苦しくなりはべりぬ。言ふかひなくなりにけるほどといひながら、いとなめげにはべりや」とて、御几帳ひき寄せて臥したまへるさまの、常よりもいと頼もしげなく見えたまへば、「いかに思さるるにか」とて、宮は御手をとらへたてまつりて泣く泣く見たてまつりたまふに、まことに消えゆく露の心地して限りに見えたまへば、御誦経の使ども数も知らずたち騒ぎたり。さきざきもかくて生き出でたまふをりにならひたまひて、御物の怪と疑ひたまひて、夜一夜さまざまのことをし尽くさせたまへど、かひもなく、明けはつるほどに消えはてたまひぬ。（御法）

紫上は、源氏と養女の明石中宮に看取られて静かに逝く。明石中宮は、最後の親子の情愛に満ちた触れ合いの中で紫上の手を取り、そのまま紫上がいよいよ意識不明の重体に陥るにいたって、ようやく「御誦経の使ひども数も知らずたち騒」ぐ。源氏は紫上の死を覚悟し、最後の別れを身内だけで静かに看取るのである。一方大君は、薫が修法の阿闍梨を召し入れ、加持祈禱させているうちにあっけなく亡くなる。薫はさきほどのようにその手を捉えることもできない。そもそも大君の周辺は、紫上周辺の静けさとは無縁である。

・例の、阿闍梨、おほかた世に験ありと聞こゆる人の限り、あまた請じたまふ。御修法、読経、明くる日よりはじめさせたまはむとて、殿人あまた参り集ひ、上下の人たち騒ぎたれば、心細さのなごりなく頼もしげなり。（総角）

・かく籠りゐたまへれば、聞きつぎつつ、御とぶらひにふりはへものしたまふ人もあり。おろかに思されぬことと見たてまつれば、殿人、親しき家司などは、おのおのよろづの御祈禱をせさせ、嘆ききこゆ。（総角）

薫は阿闍梨や験者を呼び寄せ、また薫が訪問することによって人々が集まっている。それはうら寂しい宇治の日常とはかけ離れ、傍から見れば「頼もしげ」である。そのような薫の援助を欲する女房たちにとって、大君の受戒は、それが無に帰す可能性のある言語道断で不都合なものである。そのため女房たちは大君の願いを薫に告げず、薫は大君が受戒を希望していることを知り得ない。御法巻冒頭で、紫上の出家の希望を知りつつも、源氏がそれを退けることとは、意思の疎通、伝達の面でも対照的である。

深く理解し合い、数多の危機、愛憎を乗り越え年月を共にした家族の静かな看取りと、あくまで他人でしかあり得なかった男女の突然の死別は対極にあり、紫上と光源氏の関係と、薫と大君のそれでは、それまで二人が重ねてきた相互理解の深度が異なることが明らかである。築いてきた関係性の密度の違いが最も露呈するのは、死者の顔を見る場面である。

中納言の君は、さりとも、いとかかることあらじ、夢かとおぼして、御殿油を近うかかげて見たてまつりたまふに、隠したまふ顔も、ただ寝たまへるやうにて、変りたまへるところもなく、うつくしげにてうち臥したまへるを、かくながら、虫の殻のやうにても見るわざならましかばと思ひまどはる。今はのことどもするに、御髪をかきやるに、さとうち匂ひたる、ただありしながらの匂ひになつかしうかうばしきも、ありがたう、何ごとにてこの人をすこしもなのめなりしと思ひさまさむ、まことに世の中を思ひ棄てはつるしるべならば、恐ろしげにうきことの、悲しさもさめぬべきふしをだに見つけさせたまへと仏を念じたまへ[34]

ほのぼのと明けゆく光もおぼつかなければ、大殿油を近くかかげて見たてまつりたまふに、飽かずうつくしげに、めでたうきよらに見ゆる御顔のあたらしさに、この君のかくのぞきたまふを見る見るも、あながちに隠さんの御心もおぼされぬなめり。「かく何ごともまだ変らぬ気色ながら、限りのさまはしるかりけるこそ」とて、御袖を顔におし当てたまへるほど、大将の君も、涙にくれて目も見えたまはぬを強ひてしぼりあけて見たてまつるに、なかなか飽かず悲しきことたぐひなきに、まことに心まどひもしぬべし。御髪のただうちやられたまへるほど、こちたくけうらにて、つゆばかり乱れたるけしきもなう、つやつやとうつくしげなるさまぞ限りなき。灯のいと明かきに、御色はいと白く光るやうにて、とかくうち紛らはすことありし現の御もてなしよりも、言ふかひなきさまに何心なくてど、いとど思ひのどめむ方なくのみあれば、言ふかひなくて、ひたぶるに煙にだになしはててむと思ほして、とかく例の作法どもするぞ、あさましかりける。（総角）

臥したまへる御ありさまの、飽かぬところなしと言はんもさらなりや。なのめにだにあらず、たぐひなきを見たてまつるに、死に入る魂のやがてこの御骸にとまらなむと思ほゆるも、わりなきことなりや。（御法）

いずれにおいても男君が「大殿油を近くかかげて見奉」り、亡くなった女君は「うつくしげ」である。異なるのはまず、肉体的な近さである。薫は体温を帯びた大君に触れた記憶も新しく、さらに大君の髪をかきやると「さとうち匂」うと描かれる。三田村雅子氏[35]は「間接的な匂いを「嗅ぐ」という行為が、もっともなまなましく大君という人を蘇らせている」とし、大君は「薫の永遠の思慕と憧憬を手に入れているのである」と指摘する。大君の生前、肉体関係を終ぞ持たずしかし極限まで接近したからこそ、ここには死してなお身体の官能があり、薫の剝き出しの未練と生々しい執着が引きずり出されている。一方紫上は「めでたうきよら」な「顔」を見せるばかりであり、大君と比較するとその死には温度がない。女君の死に顔を見る源氏、薫の眼も対照的である。

夕霧が紫上の「めでたうきよらに見ゆる御顔」を窺っても、生前夕霧を紫上から「け遠くもてなし」（蛍）た源氏は、自分のみが見て他人から隠してきた紫上の顔を、「あながちに隠さんの御心」もない。長い年月を経た二人であるからこそ、一見生前と変わらぬ紫上の死が、源氏には「限りのさまはしるかりけるこそ」と截然としているのである。もう「紛らはす」ことのない無心なありさまが、紫上の死を生から一際峻別している。

対して大君は「顔」を隠したままであり、薫の目には「変はりたまへるところもなく」と映る。死に顔と生前のそれを区別できるほどの関係がないからこそ、薫は魂の宿らぬ亡骸を、「虫の殻」のように見ていたいと思うのである。これは、紫上をただ一度垣間見ただけの夕霧が「死に入る魂のやがてこの御骸にとまらなむ」と執着する心情に通う。

このように、紫上の死の場面と対比することによって、薫と大君の間には、源氏と紫上が積み重ねてきた心の通い合った関係性が構築されていないこと、しかもそれが強調されていることが見えてくる。それを端的に示す表現が大君の「隠したまふ顔」であることは、薫にとって大君のみが、「顔」を見たかったけれども、見ることのできなかった女君として位置づけられることからも明らかである。

薫が執着していない正妻の女二宮にはそもそも「顔」という語は用いられず、薫は、橋姫巻で中君[36]の「顔」を垣間見、理想的な存在として憧れていた女一宮の「顔」をも垣間見ている[37]。男性が色めいた興味を持って女君の「顔」を見た場合で、女君と肉体関係を結んでいないのは、『源氏物語』を通じて、源氏から見た玉鬘、薫から見た中君・女一宮のみであることからも、薫が大君の「顔」を見られなかったことは、やはり意識的に強調されていると言えよう。また浮舟に関しては、宿木巻に以下のような一節がある。

つつましげに下るるを見れば、まづ頭つき様体細やかにあてなるほどは、いとよくもの思ひ出でられぬべし。扇をつとさし隠したれば、顔は見えぬほど心もとなくて、胸うちつぶれつつ見たまふ。…四尺の屏風を、この障子にそへて立てたるが上より見ゆる穴なれば残るところなし。こなたをばうしろめたげに思ひて、あなたざまに向きてぞ添ひ臥しぬる。（宿木）

浮舟は最初「顔は見えぬ」存在として登場するが、薫に対して「顔」を隠すわけではない。浮舟と関係を結んだ薫がその顔を見る場面を示す。

起こせば、今ぞ起きゐたる。尼君を恥ぢらひて、そばみたるかたはらめ、これよりはいとよく見ゆ。まことにいとよしあるまみのほど、髪ざしのわたり、かれをも、くはしくつくづくとしも見たまはざりし御顔なれど、これを見るにつけて、ただそれと思ひ出でらるるに、例の、涙落ちぬ。尼君の答へうちする声けはひ、宮の御方にもいとよく似たりと聞こゆ。（宿木）

ここでは、浮舟の顔を見たことでなく、大君の「顔」を「くはしくつくづくとしも見」なかったことが思い起こされている。(38)

明け方にお互いの姿が見えるほど並んで過ごしても、(39)隠された死に顔を見ても、薫にとって、大君の「顔」は隠され、見ることのできなかったものとして未練がましく刻みつけられているのである。

では、大君はなぜ臨終に至って様子を一変させ「顔」を「隠す」ようになるのか。薫が見舞いに訪れてから臨終に至るまでの間、薫に対する心情は以下にのみ示されている。

なほかかるついでにいかで亡せなむ、この君のかくそひゐて、残りなくなりぬるを、今はもて離れむ方なし。さりとて、かうおろかならず見ゆめる心ばへの、見劣りして我も人も見えむが、心やすからずうかるべきこと、もし命強ひてとまらば、病にことつけて、かたちをも変へてむ、さてのみこそ、長き心

をもかたみに見はつべきわざなれ、と思ひしみたまひて、…。（総角）

薫にとっては皮肉なことに、「もて離れ」る術がないほど近づき、他にはないほどあらわな姿をさらしたからこそ、大君は、薫との関係を不可能であると片付けてしまう。大君はこうなっては薫を拒否することはできないと思うが、互いの「心ばへ」の「見劣り」を「憂かるべきこと」と恐れ、関係性を安定させて薫と付き合っていくためには出家しかないと独りで結論づける。二人が大小さまざまな衝突を繰り返しつつ、理解を深め合い愛情を育んでいくことが不可能だというのは、薫の心情を慮らず、お互いの成長、関係性の変化の可能性を考慮に入れない大君の勝手な思い込みであり、仮に薫と肉体的に結ばれていたならば、違った選択肢もあったかもしれない。しかし、玉鬘が親しんだ男性である源氏に対して否応なく「顔」を隠さざるを得なかったように、大君の主観の中ではもはや、関係の不可能性が覆しがたい事実と化しているのであろう。それゆえにこそ、大君は、意識が朦朧としても、亡くなっても「顔を隠」し続けたのではなかろうか。

女君が「顔を隠す」ことは、まだ逢っていない男女の関係が、そこから一歩も進まず断絶すること、それ以上の相互理解が成立し得ないことを、女君が示すふるまいであることが読み取れよう。

おわりに

『源氏物語』において、「顔」は、決してあらわなものではない。男君の視点に寄り添って描くことに長けた『源氏物語』では、男君からは女君の「顔」は隠されており、男女が相対する場面、男が女を垣間見る場面で「顔」という語が用いられることは、ほとんど男女の肉体関係を意味する。

『源氏物語』はさらに、女君が「顔」を見られないようにするという姿態に注目し、そこに、たしなみと羞恥が相俟って男の関心を引きつける一種のかすかな嬌羞を見出し、「顔」を「引き入る」「もたげ」ないという表現を編み出した。

一方同じく『源氏物語』が新たに見出した表現ではあるが、女君が「顔」を「隠す」ことは単なる羞恥の表現ではない。女君が「顔」を「隠す」という表現は、源氏と玉鬘、薫と大君においてのみ用いられ、肉体関係のない男女において、意志を超えて否応なく、これからの関係が決して深められないこと、その可能性の断絶を表明する行為として、特別な意図をもって用いられている。

ところが、『源氏物語』以後の物語においては、「顔」を「引き入る」についてはそののちも男女関係における女君の羞じらいを表す仕草として生き残ったが、(40)時代が下るにつれ、「顔」を隠す仕草は用例を減らしていき、(41)「顔」を「もたげ」ない、(42)女君が「顔」を「隠す」という表現は以降の物語にほぼ存在しない。先述した『狭衣物語』の一品宮が容貌の衰えを恥じて「顔」を「隠す」のみである。

女君の「顔」が隠されたものであるという意識は以後の物語には受け継がれず、(43)女君の「顔」を見ることがほぼ男女の契りを意味するという図式は崩れていった。かつ女君の「顔」は、物語の語り手たる女房たちが直接目にしている通り、そもそもがあらわなものとして捉えられていく。(44)それに伴って「顔」を「隠す」ことの意味は失われていったのであろう。

「顔」という語一つをとっても、『源氏物語』のことばに対する感覚が他にないほど抜きん出て鋭敏であることを改めて確認できる。

＊『源氏物語』本文は新編日本古典文学全集に拠り、適宜『源氏物語大成』『河内本源氏物語校異集成』『源氏物語別本集成』等を参照し、重大な校異がある場合示した。
＊『万葉集』『竹取物語』は新日本古典文学大系、『うつほ物語』『落窪物語』『紫式部日記』『狭衣物語』『夜の寝覚』『浜松中納言物語』は新編日本古典文学全集に拠った。

注

（1）「面」が「（うち）赤」むという表現は、『うつほ物語』一例、『落窪物語』三例と増え、『枕草子』で五例、『源氏物語』では十五例見られる。

（2）「顔」は『伊勢物語』『平中物語』に一例ずつ、『大和物語』に九例見られる。『大和物語』で「をかしげ」と表される「ちごの顔」を除けば、「顔」は基本的に美醜の評価の対象外である。『源氏物語』以前における「顔かたち」は、『竹取物語』に一例、「汝が持ちてはべるかぐや姫奉れ。顔かたちよしと聞しめして、御使賜びしかど…」とあり、『伊勢物語』にも以下の一例見られる。いずれも「よし」という評価と共に用いられる。

この帝は、顔かたちよくおはしまして、仏の御名を御心に入れて、御声はいと尊くて申したまふを聞きて、女はいたう泣きけり。（六十五段）

（3）『源氏物語』の「顔かたち」は匂宮巻以降で四例のみ用いられ、すべて一般論もしくは個人的な関係がない人物の目から見た外見のことを指す。『大和物語』に「顔かたち」は六例あり、容貌の「清ら」なることなど、やはり何らかの評価と共にある。

（4）・髪のさまなど、まだいと幼げなる顔の、気高くうつくしげなるに、…（楼の上上）

・童、さるべき人に仰せたまひて、「よくいたはりものせよ」とて、やがて殿にとどめさせたまふ。顔の清げに、愛敬らうらうじきこと、殿上童ともいひつべし。（楼の上下）

など、管見の限り、作り物語では『うつほ物語』より見られる。

（5）『源氏物語』の接尾語としての「…顔」については、清水婦久子「源氏物語のことば――「……顔」について――」（『日本語学』四―一一、一九八五年）に「他の作品に見られない用例」が多く、「漢詩の翻訳語であった、景を形容する「…顔」を用いて、独自の感性による（王朝的な）価値観や美意識に基づいた新しい語を生み出した」という指摘がある。また倉田実「表情の発見――夕霧の「…顔」表現――」（『大妻女子大学紀要（文系）』二八、一九九六年）・「薫の表情――「…顔」表現の反復――」（『大妻女子大学紀要（文系）』二九、一九九七年）にも具体的に検討されている。

（6）明石巻一例、澪標巻一例、松風巻一例、薄雲巻一例。

（7）肉体関係に至らないが男女間で「顔」という語が用いられる用例は十三例あり、そのいずれにも男性の色めいた視線が存在する。特に、五例ずつが玉鬘及び大君への視線であることは注目される。

（8）『源氏物語』と同時代に成立した『枕草子』や『紫式部日記』では「顔」という語が頻出するが、それが男女関係や血縁関係を持つ者の間で用いられる例は数少ない（『枕草子』で一例）。そこでの「顔」は身分の低い者や僧などが晒しているものであり、また女房同士、貴族と女房の間などで見られるものであった。

（9）本稿で考察の対象とするのは、接尾語ではない「顔」そのものであり、「顔の色」などの成句も考察の対象外とする。

（10）なお『紫式部日記』の「顔」に着目した先行研究に安藤徹「『紫式部日記』の耳伝――応答する耳、呼びかける顔――」（『国文学 解釈と教材の研究』五一―八、二〇〇六年）がある。

（11）例外は、浮舟が「顔を他ざまにもて隠し」た匂宮を見る（東屋）、浮舟が匂宮の「描き給し手つき、顔の匂ひなど」を思う（浮舟）場合のみ。

（12）男女関係を結ばないのは、源氏と玉鬘、薫と中君・女一宮のみである（詳細は後述する）。

（13）『うつほ物語』では、兼雅が中君・女三宮といった妻たちの「顔」を見ている。

（14）夫婦仲が打ち解けず、源氏が葵上の「いと恥づかしげに、気高ううつくしげなる御容貌」を見る場面（若紫）、垣間見した女一宮と妻女二宮の「御かたち」を比べ、薫が嘆く場面（蜻蛉）の二例。

（15）三谷邦明「物語文学の〈視線〉――見ることの禁忌あるいは〈語り〉の饗宴――」（『物語研究　特集――視線――』新時代社、一九八八年）、葛綿正一「源氏物語における視線の問題――昼寝をめぐって――」（『同右』）、三田村雅子『源氏物語　感覚の論理』（有精堂、一九九六年）をはじめ、高木美和「六条院物語をめぐる視線の構造」（『藤女子大学国文学雑誌』五八、一九九七年）、鈴木和仁「『源氏物語』「見ること」

の方法——玉鬘への視線——」（『日本文学誌要』五四、一九九六年）、坂本智美「『源氏物語』「天翔る」攷——愛の視線意識——」（『早稲田大学大学院教育学研究科紀要別冊』一三—一、二〇〇五年）、山田利博「源氏物語続編の世界構造——「天翔る」という語を手掛かりとして——」（『研究講座源氏物語の視界』五、新典社、一九九七年）等の指摘がある。

（16）巻十一・二五五四「対面者《相見ては》 面隠流《面隠さるる》 物柄尓《ものからに》 継而見巻能《継ぎて見まくの》 欲公毳《欲しき君かも》」、巻十二・二九一六「玉勝間 相登云者《逢はむと言ふは》 誰有香《なるか》 相有時左倍《逢へる時さへ》 面隠為《面隠する》」。

（17）端的な例を示す。

・小さき御扇さし隠したまひて、静かにゐざりおはするさま、いとうつくしくゆゆしく覚えたまふ。（『うつほ物語』楼の上上）

・少納言あさましくなりて、扇さしかくしたりつるもうちおきて、ゐざり出づる心地もたがひて、…（『落窪物語』巻二）

（18）日本に伝来していたものでは、『六臣注文選』巻十三に「呉王自蔽面曰吾無以見子胥也（呉王乃ち自ら面を蔽て曰く、吾以て子胥を見る無し）」、『春秋左伝正義』巻六十に「子西以袂掩面而死」とあり、白居易「長恨歌」に「君主面を掩ひて救ふを得ず」とある。女性が主体となるものには、たとえば『文選』の宋玉「神女賦」に「西施掩面比之無色（西施面を掩ひ之に比べて色無し）」とある。『遊仙窟』でも同様の表現が見られ、日本でも、『続浦島子伝記』に「西施掩面而無色」とある。神女の美しさの前では自分が比較にならないのを羞じて、西施も顔を掩う、という表現は日本でもある程度知られていた。

（19）『藝文類聚』にも収録される。「障面」は一本「遮面」。『古今集』恋四にも採られる伊勢の「夢にだに見ゆとは見えじ朝な朝なわが面影に恥づる身なれば」などにも影響あるか。

（20）西野入篤男「『源氏物語』常夏巻における『白氏文集』「牡丹芳」」（『明治大学大学院文学研究論集』二九、二〇〇八年）。

（21）「桃葉」を承けたと思われる中唐の王建の詞に「団扇団扇美人病来遮面玉顔憔悴三年」とある（『王司馬集』巻三に「宮中調笑四首」の一として収められ、また『楽府詩集』巻二十八「雑曲歌辞」にも収録される）。また、その他唐代の詩詞中、欧陽炯「賀明朝」に「憶昔花間初識面 紅袖半遮粧瞼（憶ふ昔花の間に初めて面を識りしとき、紅袖半ば粧瞼を遮す）」（温庭筠撰『金奩集』）、魚玄機の「贈隣女」に「羞日遮羅袖（日に羞て羅袖を遮す）」（『魚玄機詩』）、常理の「妾薄命」に「乍啼羅袖嬌面遮（啼きながら羅袖嬌やかにして面を遮す）」、李暇「擬古東飛伯労歌」に「瓊窓半上金鏤幬 軽羅掩面不遮羞（瓊窓半ば上り金の鏤幬、軽き羅面を掩て羞を遮さず）」等の表現が見られる。

（22）男君が「顔」を「隠す」という表現は、『落窪物語』『源氏物語』とも高貴な男君が、身分の高くない相手に素性を隠すときに用いられる。

（23）鬚黒と結婚後尚侍として参内した玉鬘は、月が明るくて「かたち」が明らかであっても、冷泉帝に対しても「顔」を「もて隠」す。

月の明きに、御容貌はいふよしなくきよらにて、ただかの大臣の御けはひに違ふところなくおはします。かかる人はまたもおはしけりと見たてまつりたまふ。かの御心ばへは浅からぬも、うたてもの思ひ加はりしを、これはなどかはさしもおぼえさせたまはむ。いとなつかしげに、思ひしことのたがひにたる恨みをのたまはするに、面おかん方なくぞおぼえたまふや。顔をもて隠して、御答へも聞こえたまはねば、「あやしうおぼつかなきわざかな。…」とのたまはせて、…（真木柱）

「顔」を「もて隠」す人物には、源氏の召人の中将の君もいる。

中将の君の東面にうたた寝したるを、歩みおはして見たまへば、いとささやかにをかしきさまして起きあがりたり。つらつきはなやかに、匂ひたる顔をもて隠して、少しふくだみたる髪のかかりなど、をかしげなり。（幻）

中将の君の昼のうたたねを描く場面である。また、薫に対する浮舟の仕草にも「もて隠す」は用いられる。

いますこしをかしくて入りおはしたるも恥づかしけれど、もて隠すべくもあらでゐたまへり。（東屋）

「もて隠す」では、いずれも羞恥が前面に押し出され、他人を意識した気取りがある。細かいが「隠す」と「もて隠す」では意味するところが異なる。

（24）鷲山茂雄「薫と大君」（『源氏物語の語りと主題』武蔵野書院、二〇〇六年）、中川正美「宇治大君――対話する女君の創造――」（『論集源氏物語とその前後』第四巻、新典社、一九九三年）、末沢明子「住居・隔てもの・調度――源氏物語における飾りと隔て――」（物語研究会編『物語とメディア 新物語研究一』有精堂、一九九三年)、加藤昌嘉「源氏物語宇治十帖のことばの線」(『詞林』一八、一九九五年)、三田村雅子「宇治十帖、その内部と外部」(『岩波講座日本文学史』第三巻、岩波書店、一九九六年)、久慈きみ代「他者の視線にさらされる女君たちの宿世――『源氏物語』の宿世――」(『駒沢国文』四五、二〇〇八年)、坂本智美「『源氏物語』「消え」果てる女君論――藤壺・紫上・大君との交錯する視線意識――」(『早実研究紀要』四二、二〇〇八年)、井野葉子『源氏物語　宇治の言の葉』第八章「薫と大君の「隔て」をめぐる攻防」(森話社、二〇一一年)等。

(25)　常よりも昔思ひ出でらるるに、えつつみあへで、寄りゐたまへる柱もとの簾の下より、やをらおよびて御袖をとらへつ。(宿木)

(26)「顔」を「ふたぐ」という表現も『源氏物語』中ではここだけに見られる。先述したかぐや姫が帝に対して「面」を「ふたぐ」用例を承けた可能性もある。

(27) 藤原克己「紫式部と漢文学――宇治の大君と〈婦人苦〉――」(『国文論叢』一七、一九九〇年)。『漢書』外戚伝に「李夫人病篤上自臨候之夫人蒙被謝曰…」とある。

(28) 林欣慧「宇治の大君と『白氏文集』「楊柳枝二十韻」――「色なりとかいふめる翡翠だちて」を手がかりに――」(『国語国文』八三―一、二〇一四年)。

(29) 橋姫巻の垣間見では、大君の「けはひ」が伝わるだけであり、薫は大君の「いとよしあ」る返答や和歌の贈答の書きぶりから惹かれていく。また、さらに椎本巻で大君を垣間見る場面では、

うしろめたげにゐざり入りたまふほど、気高う心にくきけはひそひて見ゆ。黒き袷一襲、同じやうなる色あひを着たまへれど、これはなつかしうなまめきて、あはれげに心苦しうおぼゆ。髪さはらかなるほどに、落ちたるなるべし、末すこし細りて、色なりとかいふめる、翡翠だちていとをかしげに、糸をよりかけたるやうなり。紫の紙に書きたる経を片手に持ちたまへる手つき、かれよりも細さまさりて、痩せ痩せなるべし。(椎本)

と、やはり、外見そのものの美しさに惹かれているわけではない。

(30)『源氏物語の鑑賞と基礎知識　総角』(『国文学 解釈と鑑賞』別冊、至文堂、二〇〇三年)。

(31) 藤原克己「源氏物語から　大君――李夫人とかぐや姫の面影」(『国文学 解釈と教材の研究』三八―一一、

一九九三年）。「李夫人の物語」が、大君と桐壺更衣をも「はるかにつなぐ糸の一筋」であるとしている。

(32) 中川氏前掲注（24）論文。「紫上の場合は心の隔てで、大君の方は物象の隔てである」と指摘する。

(33) 前掲注（30）。

(34) 『河内本源氏物語校異集成』の河内本系統諸本は「かくし給つる」（尾州家本は「かくし給ふ」に見せ消ちで「かくし給つる」）、阿里莫本「かくしたる」、保坂本「かくし給へる」、陽明文庫本「かくし給ふ」ナシ。

(35) 三田村氏前掲注（24）論文。

(36) 内なる人、一人は柱にすこしゐ隠れて、琵琶を前に置きて、撥を手まさぐりにしつつゐたるに、雲隠れたりつる月のにはかにいと明くさし出でたれば、「扇ならで、これしても月はまねきつべかりけり」とて、さしのぞきたる顔、いみじくらうたげににほひやかなるべし。（橋姫）

「琵琶」の前にいる女君を中君と取る。

(37) 「御声をだに聞きたてまつらむ」と思い、薫にとって「見る」ことの出来ない存在であった女一宮を、薫は大君の死後、垣間見する。夕暮れではあるが、「顔」を見て、「声」も「ほのか」に聞く。

夕暮に、…白き薄物の御衣着たまへる人の、手に氷を持ちながら、かくあらそふをすこし笑みたまへる御顔、言はむ方なくうつくしげなり。いと暑さのたへがたき日なれば、こちたき御髪の、苦しう思さるるにやあらむ、すこしこなたになびかして引かれたるほど、たとへんものなし。……いとうつくしき御手をさしやりたまひて、拭はせたまふ。「いな、持たらじ。雫むつかし」とのたまふ、御声いとほのかに聞くも、限りなくうれし。（蜻蛉）

(38) 「つくづくと見る」は、『源氏物語』内でもう一例、竹河巻に見られる。

廊の戸の開きたるに、やをら寄りてのぞきけり。…夕暮の霞の紛れはさやかならねど、つくづくと見れば、桜色の文目もそれと見分きつ。げに散りなむ後の形見にも見まほしく、にほひ多く見えたまふを、いとど異ざまになりたまひなんことわびしく思ひまさらる。（竹河）

「つくづくと見る」は、よくよく見るとの意で、何とかして大君の姿を見ようとする蔵人少将のやや行き過ぎた執着を強調する。逆説的に、薫は大君の「顔」を「つくづくと見」たかったことが示されている。

(39) はかなく明け方になりにけり。…光見えつる方の障子を押し開けたまひて、空のあはれなるをもろともに見たまふ。女もすこしゐざり出でたまへるに、ほどもなき軒の近さなれば、しのぶの露もやうやう光見えもてゆく。かたみに、いと艶なるさま容貌どもを、「何とはなくて、ただかやうに月をも花をも、同じ心にもて遊び、はかなき世のありさまを聞こえあはせてなむ過ぐさまほしき」と、いとなつかしきさましして語らひきこえたまへば、…（総角）

(40)『夜の寝覚』で六例、『浜松中納言物語』で五例あるのに対し、鎌倉時代の『石清水物語』一例、『いはでしのぶ』三例、『我身にたどる姫君』二例など、用例は減少していく。

(41)「顔」を「引き入る」以外では、『在明の別』巻三に「顔のごひかくして」、『しのびね』に「顔に袖をおほひて」などの表現が見られる。

(42)引き離れたまはむことの、飽かずわびしきに、かたはらにうち添ひて、顔ももたげたまはぬ気色を、…（『夜の寝覚』巻四）

石山の姫君が、別れがたくて母寝覚上に寄り添う場面である。管見の限り、平安・鎌倉期の作り物語における唯一の「顔」を「もたげ」ない用例である。

(43)・思しもかけず、見返らせたまへる御顔の、隈なき所にては、いとど千歳まぼるとも、飽くべうもあらず、まばゆきまで見えさせたまふ。（『狭衣物語』巻三）

・まことに亡き人のやうにて臥し給へる、顔くまなう白うをかしげに、ここもとぞ、すこしおくれたりけれと見ゆるところなう、…（『浜松中納言物語』巻四）

それぞれ、狭衣が源氏宮を垣間見る場面、中納言が吉野の姫君を介抱する場面である。これらに端的に示されるように、女君の「顔」を見ることがすなわち男女関係を意味するわけではない。

(44)たとえば『苔の衣』『石清水物語』の女君の「顔」はそれぞれ、その用例十六例・十一例すべてにおいて隠されておらず、あらわなものとして捉えられている。端的な例として、苔衣大将が、関係を持たずに終わる弘徽殿の姫宮を垣間見する場面を示す。

・御髪の懸かりなど、きらきらと美しげなり。御顔貴やかに子めかしうて小さやかなるほどなどは、朱雀院の一品の宮にぞ通ひ給へる。（『苔の衣』秋）

紫の上の乳くくめ考

——仏教報恩思想との関わりから——

宇野瑞木（うの・みずき）

一九七九年生まれ。日本学術振興会特別研究員ＲＰＤ（東京大学）・専修大学兼任講師・千葉商科大学兼任講師・ハワイ大学マノア校客員研究員。専門は説話文学・表象文化論。著書に『孝の風景―説話表象文化論序説』（勉誠出版、二〇一六年）、論文に「日本中世における祖先供養の場と孝子説話」（『説話文学研究』四二号、二〇〇七年七月）、「蓑笠姿の孟宗―五山僧による二十四孝受容とその絵画化をめぐって」（『東方学』一二二輯、二〇一一年七月）などがある。

『源氏物語』には、乳母以外の貴族女性が乳を含める場面が二箇所描かれている。従来、貴族社会における授乳については、〈乳母／母〉の制度的分割という観点から、〈母〉の象徴性を読み取る解釈が試みられてきた。(1) しかし、その〈母〉の中味が、具体的にいかなる存在として認識されていたのか、という点については十分に把握されてこなかったようである。おそらく当時、制度上の〈母〉とは別に、より観念的な、具体的にいえば、追善供養の場などで主に語られていた仏教の報恩思想の規定する〈母〉が並存していた。物語において、人生儀礼やそこで日常的に触れる仏典の教説が無視できない要素であることは既に指摘されてきたところであるが、(2) 本稿では特に亡母追善供養の場で共有された『大乗本生心地観経』などの仏典に基づきながら〈母〉の恩を説く語りにおける授乳の位相を明かにし、さらにもう一つの「乳くくめ」に関わる儀礼として産養のなかの「乳付」との関係にも着目しながら、紫の上の乳くくめの場面の解釈について再考を試みたい。

一　『源氏物語』の二つの乳くくめ――紫の上と雲居雁――

何ごととも聞き分かで戯れ歩きたまふ人を、上はうつくしと見たまへば、をちかた人のめざましさもこよなく思しゆるされにたり。いかに思ひおこすらむ、我にていみじう恋しかりぬべきさまとうちまもりつつ、ふところに入れて、うつくしげなる御乳をくくめたまひつつ戯れゐたまへる御さま、見どころ多かり。御前なる人々は、「などか同じくは」「いでや」など語らひあえり。（『源氏』薄雲・四三九～四四〇頁(3)）

右は、源氏が明石の浦で受領の娘・明石の君との間になした明石姫君を紫の上が養女に引き取ってまだ間もない頃の一場面。紫の上は、姫君のあどけない愛らしさに、ふと彼女を懐に抱いて戯れに自分の乳房を含ませたのであるが、新全集注が「この紫の上の姿態、女性の秘奥に触れる趣がある」と記すように、何らかの含意を汲み取れそうな印象的な場面である。従来この紫の上の乳くくめを解きほぐす上で参照されてきたのが、次の雲居雁の実子に対する授乳行為である。

この君いたく泣きたまひて、つだみなどしたまへば、乳母も起き騒ぎ、上も御殿油近く取り寄せさせたまて、耳はさみしてそそくりつくろひて、抱きてゐたまへり。いとよく肥えて、つぶつぶとをかしげなる胸をあけて乳などくくめたまふ。児も、いとうつくしうおはする君なれば、白くをかしげなるに、御乳はいとかはらかなるを、心をやりて慰めたまふ。（横笛・三六〇頁）

紫の上の乳くくめの意味について、雲居雁との共通性に注目して読解を試みた木村朗子氏は、雲居雁の「かはらかなる」乳房を乳の出ない〈から〉の乳房と解釈し、実際の〈母〉である雲居雁の乳房が〈から〉であることを根拠として、〈乳母＝実際の授乳／母＝仮（から）の授乳〉という構図を見出した。さらにその上で、紫の上の「戯れ」に含ませた〈から〉の乳房も「雲居雁がしたような慰撫するための母の行為」となり、「かえって紫の上の母としての正統性を堂々と主張するもの」となると指摘した。(4)

但し、雲居雁の「かはらかなる」乳房を乳が全く出ない意にとる点には、注意が必要である。「かはらかなる」は別本群でもほぼ異同はなく、(5)古注釈では「乳のいてさる也」（『弄花抄』『細流抄』）など「乳が出ない」意とするものが見られる一方、「乳の不ルレ垂《タラ》間きれいなる心也」（『紹巴抄』）、「乳のたらぬ事也それをくゝめてわか君をなくさめ給也さるほとにきれいなる也」（『林逸抄』）など審美的な意味あいを強く採るものでは、乳が全く出ない解釈とは言い切れないからである。そこで、同時代の「かはらかなり」の用例を確認すると、「乾いた」という意味に取れるものは管見の限り見出せない。以下列挙すると、①「やすらかに身をもてなしふるまひたる、いとかはらかなりや」（『源氏』帚木・五九頁）、②「尼姿いとかはらかに、あてなるさまして」（『源氏』若菜上・一〇六頁）、③「ほめつる装束、げにいとかはらかにて、みめもなほよしよししくきよげにぞある」（『源氏』宿木・四九二頁）、④「いとをかしく、らうたげなるけはひ、ものきよくかはらかに」（『紫式部日記』一九一～一九二頁）、⑤「なほいとかはらかにあてにおはせしかば」（『大鏡』二五五頁）、⑥「年四十余許なる女の乾かなる形して」[6]（『今昔物語集』二二・七）となるが、多くが審美的な意味の形容動詞に連なる形で用いられているように、これらは審美的意味でとるべきで、乾いている状態として読むことはできない。試みに『日本国語大辞典』を確認しても、「さわやかである。こざっぱりしている」の意しか見えず、「乾いた」という意の用例は挙がっていない。古注釈は時代がかなり下った時期の解釈であるから、[7]むしろ古くは審美的な意味で読まれた可能性も否めないのではないか。一方、「つだみ」が古注釈で「小児の乳をあます事也」（『弄花抄』）とされ、十巻本『和名類聚抄』二にも「哯吐 病源論云哯吐〈上音見 豆太美〉小児由哺乳冷熱不調所致也」とあるように、乳の出がよすぎるために飲んだ乳を吐くことを意味したとすれば、確かにその直後に本格的な授乳をすべきではない。但し、ここでは乳母は寝ていたのであり、授乳後すぐ戻したというより、激しくしゃくりあげたことで前に飲んだ乳を吐いた可能性が高い。それならば乳の出る乳房を含ませて落ち着かせる行為はそれほど不自然ではないだろう。とするならば、雲居雁の乳房は、この時初めて子に吸わせたものであるかも疑わしくなってくるのである。少なくとも、この箇所は、雲居雁の乳が〈から〉でない読みの可能性をも孕んだ、きわめて審美的要素の強い曖昧な表現が選び取られていたといえよう。

さらに、雲居雁は夕霧に対して、夜更けにわが子がひどくぐずり嘔吐したのを「物の怪」の仕業と断言しており、そこには「邪気」から子を護るのに、乳母ではなく生母でなければならないと考える、何らかの思想的必然性があったことが伺える。

対して、紫の上は、機嫌よく遊んでいた姫君を不意に抱き寄せて乳房を含ませており、乳が出ないことのみならず、その授乳のタイミング自体にも雲居雁のような必然性が見出しにくい。紫の上の「うつくし」い乳房やその「戯れ」は、姫君の幼さを示す「うつくし」と「戯れ」に共鳴する形で現れた語であり、当時二十四歳であった紫の上の乳房は、出産を経験していない未成熟な身体として描き出されている。それは雲居雁の乳房が「いとよく肥えて、つぶつぶとをかしげなる胸」をもち、夫の夕霧に「あまたの人の親になりたまふ」と皮肉を言われるほど堂々とした様子とは鮮やかな対照をなすものであろう。

以上のように、二つの乳くくめには大きな位相の違いが横たわっているのであり、先行研究が紫の上の乳くくめを正統な母の象徴と読む根拠とした雲居雁の〈から〉の乳房自体も、実は必ずしも〈から〉として読まれたとは限らないのであった。したがって、その〈からの乳房〉という〈乳母〉から〈母〉を切り分ける共通点において、紫の上の乳くくめを雲居雁と同じく「母としての正統性」を主張するものとして読み取ることの妥当性は、再度検討されねばならないであろう。

そこで次に、当時貴族社会において共有されていた、もうひとつの〈母〉と〈乳〉の関係をめぐる言説を、追善供養の場の具体的な語りのなかに探ってみることにしたい。

二　追善供養の場から（一）――母の胎内／胎外の授〈乳＝血〉――

源氏が父・桐壺院の崩御に際し、「後々の御わざなど、孝じ仕うまつりたまふさまも、そこらの親王たちの御中にすぐれたまへるを、ことわりながら、いとあはれに、世人も見たてまつる」（『源氏』賢木・九八頁）と、追善供養を他の皇子よりも手厚く行なったことが賞賛されている場面があるように、[8]当時追善供養のパフォーマンスは、個人的な哀悼の表明であるという認識のもとに、多分に政治性を帯びていた。既に指摘されているように、『源氏』において人生儀礼は表面化せずとも潜在的に影響を及ぼしており、(9) 追善供養の場で母の恩がいかに語りだされていたかは、当時の〈母らしさ〉を規定する言説の枠組みを知る上で一つの重要な手がかりを与えてくれるはずである。その際参考となるのは、平安初期の唱導書『東大寺諷誦文稿』(10)、及び少し時代が下るけれども、平安末から鎌倉初期にかけての安居院流唱導のテクストである。

まず、『文稿』の追善供養に関する詞章に見える「乳房」に関するものとして、母の恩を説く文脈に「百石云、八十石云乳房之恩、未レ報上」という表現が見出せる。(11) 母から与えられた乳汁の総量を一八〇石とし、その乳房の恩に報いなければならないと説く経典としては『大乗本生心地観経』巻二報恩品第二之上(12)(『大正新修大蔵経』三・二九〇)の「所飲母乳百八十斛」や『中陰経』(『大正新修大蔵経』一二・三八五・一〇五九)の「飲乳一百八十斛」が知られるが、この思想自体は、例えば光明皇后作と伝わる「百尺ニ八十石ソヘテ給テシ乳房ノ報今ゾ我ガスルヤ　今日ゾ我ガスルヤ　今日セデハ何カハスベキ　年モヘヌベシ　サヨモ経ヌベシ」(『百石讃嘆』)、或は行基仮託の「ももさくにやそさかそへてたまへてし　ちぶさのむくいけふせずは　いつかわがせん　としはをつ」(東寺観智院旧蔵本『三宝絵』下、平凡社東洋文庫513)、「もゝ草に八十草そへて給ひてし　ちぶさのむくいけふぞわがする」(『拾遺和歌集』哀傷・一三四七)などに詠まれるように、既に人口に膾炙していた。『日本霊異記』には、不孝な息子に母親自らが与えた母乳の値の返済を迫る話(上23)や、前世での負債を取り立てるために子として転生し、十余歳になるまで母乳を貪る話(中29)、或は子供に飲ませるべき母乳を、男遊びに耽って十分に与えなかった罪によって現報を受ける女の話(下16)など、皆母が子に与えた乳汁の総量が問題となっているように、母乳の総量を換算して母の恩徳の重さを量るという仏典に基づく発想がいかに広まっていたかが窺い知れよう。

『文稿』においても、「四恩」をはじめとして『心地観経』報恩品は頻繁に引用されていることから、父母の恩を説く際の重要な経典であったことは明らかである。そこで『心地観経』において、母はどのような存在として定義されているか確認してみると、先の「所飲母乳百八十斛」の前後に、「悲母」としてその恩が以下のように説かれている。

世間悲母、念子無比。恩及未形。（a）始自受胎終於十月。行住坐臥受諸苦悩非口所宣。雖得欲楽飲食衣服而不生愛。憂念之心恒無休息。（b）但自思惟将欲生産。漸受諸苦昼夜愁悩。若産難時如百千刃競来屠割。或致無常。若無苦悩諸親眷属喜楽無尽。（c）猶如貧女得如意珠。其子発声如聞音楽。以母胸臆而爲寝処。左右膝上常為遊履。於胸臆中出甘露泉。（d）長養之恩彌於普天。憐愍之徳広大無比。……（e）所以者何。一切男女処于胎中。口吮乳根飲噉母血。及出胎已幼稚之前。所飲母乳百八十斛。母得上味先与其子。珍妙衣服亦復如是。（後略）

（『大正新修大蔵経』三・二九七）

「母」には「悲」という属性が付され、その子を思うことは他に比べるもののないほど深く、母の恩は未だ形を成す前から始まるとされる。以下要約すると、（a）で妊娠中の母体の苦悩を述べ、（b）では時に生命を賭す出産の苦しみについて説く。（c）では、生まれてきた我が子を慈しみ、終始胸で寝かせ、膝の上で遊ばせ、胸間から甘露のような乳汁を湧出させるとする。（d）では、このような母の恩徳は広大無比であると述べ、（e）において、その重恩の根拠として、まさに授乳の恩、そして養育の恩があるからであると説き及ぶ。

つまり「悲母」とは、懐胎出産から始まるあらゆる身体的苦痛に耐えながら、それを苦とせず、むしろ子のためなら喜んで犠牲になるような「憐愍之徳」を湛えた存在なのであった。そして、何より注目されるのは、（e）の部分で、「胎中」で胎児が「母血」を乳房の裏側にあると想定される「乳根」と呼ばれる部分から直接口で吸う（「吮」）とイメージされている点である。つまり、その胎内の授乳（＝「母血」）と「出胎」してからの授乳の二つの授乳を合計して「母乳百八十斛」とみなすのであり、懐胎を起点とした母子一体観は、〈血＝乳〉の授与を通して産後も途切れず、「悲母」はその連続性の中で子を養育・慰撫していくものとして認識されていたといえるだろう。

先述のように、従来貴族社会においては、乳母の台頭によって、[13]授乳行為は生母から奪取されたと論じられてきたのであるが、[14]もし仏説において生母の胎内における授乳が認識されていたとすれば、生母の授乳行為は、当時の貴族にとって日常的に眼にすることが殆どなかったとしても、観念的には、むしろより根源的なイメージとして強固に保たれていた可能性が出てくるのではないか。

確かに王朝物語において生母の授乳風景はめったに描かれないけれども、『源氏』以外にも、『うつほ物語』俊蔭には六箇所、生母の授乳をめぐる表現が見える。[15]それは異国の天人の母子や、俊蔭の娘が熊から譲り受けた木の洞で子育てするという「なかば神話的な異界領域にのみ囲い込まれ」た特殊ケースであったけれども、[16]物語に生母の授乳が召還される現象は、当時の仏教言説において原・授乳風景が胎内に担保されていたことと無関係ではないのかもしれない。[17]王朝物語などにおいて、実際の授乳シーンが描かれない一方で、妊娠の兆候としての乳房の変化が異様なほど注視される傾向が見られるのも、[18]当時妊娠を知る手段として乳房の変化が重要な判断材料であったことに加え、仏説における生母の胎内での授乳のイメージが乳房の変化に具体的に想定されていたと考えれば頷けよう。

三、追善供養の場から（二）――「三歳」までの乳房之恩と〈母／乳母〉の位相――

また、このような胎内における授〈血＝乳〉観念の存在を踏まえるならば、亡母の追善供養の場において、母の恩を説く際に、乳房の恩が完全に排除されない状況も首肯される。先の平安初期の『東大寺諷誦文稿』において「乳房之恩」が説かれていたが、例えば平安末から鎌倉初期の安居院唱導の書『言泉集』の亡母追善供養の文例の集成「孝養句為亡母」（金沢文庫蔵本、四帖之一）[19]においても、乳房の恩が説かれているのである。構成を一見しても、六項目の内『心地観経』報恩品からの引用が三項目を占め（「悲母恩心地文」「母十徳心地文」「父母恩心地観経文」）、この経文が母の追善の場でいかに活用されていたかが知られる。実際の亡母追善供養の文を集成した「為亡母」の項目から、授乳に言及する文例を抜粋すると、十五例の内、次の四例となる（原文の送り仮名に従いながら、送り仮名や読点を私に加え訓み下した）[20]。

（Ⅰ）「十月モ胎内ニ宿リ、三年[21]掌ノ上ニ養ハル、乳汁ヲ飲テ生長シ…」（春日殿正（忌カ）日）

（Ⅱ）「悲母ハ是レ託胎之親也、慈父ハ是レ受生之源也、身体髪膚是レ誰カ生メル所ソ、推燥含乳是レ誰カ掌ル所ソ」（土御門右府後家五七日）

（Ⅲ）「所謂懐胎十月ハ、三十八轉ノ辛苦ヲ経、掬育三年ハ、百八十石ノ乳汁ヲ飲ミ、吾ヲ生シ時半死半生也」（一條大納言之母堂周忌）

（Ⅳ）「徳嶺ノ春風、久ク一子之慈悲ニ垂レ、乳海ノ秋ノ浪、幸ニ五尺之形骸ヲ全ス」（近江内侍為母周忌　匡房）

（Ⅲ）では、「十月」胎内にあり、「百八十石」の乳汁をのみ、出産時は「半死半生」の危険な状態になる等、先の『心地観経』と重なるが、一方で掬育の期間を「三年」とするのは、『論語』陽貨の「子生まれて三年、然る後に父母の懐を免る」、さらに授乳との結び付きでは『中陰経』の「乃至三歳母之懐抱為飲幾乳。弥勒答曰。飲乳一百八十斛」（『大正大蔵経』一二・三八五・一〇五九）等の言説の影響を見るべきであろう。或は、『大報父母恩重経』一巻も[22]「三年之中飲母白血」と説くように、報恩思想においては、数えでいう「三歳」はまさしく離乳期にあたる。[23]（Ⅱ）では、「身体髪膚之を父母に受く」という『孝経』開宗明義章の有名な一節を用い、父母から体を享けたとしても、それをこの世に産んだのは母である、と母の恩を強調する文意に変形されている。そして、「推燥含乳是レ誰カ掌ル所ソ」は、母が乳を含ませる行為とともに、「燥を推《ゆづ》る」すなわち吐瀉物やおねしょなどで濡れた寝床に自分が寝、子供に乾いた場所を譲ることをしてくれたのは誰か、それは母であると説き及ぶ。「推燥」については、『言泉集』の「孝養句為亡母」（金沢文庫蔵本、四帖之二）にも「母恩文」として引用される『大般涅槃経』第九菩薩品の「乾ケルヲ推《ゆず》リ湿リタルヲ去ラシム」（推乾去湿）、「不浄大小便利ヲ除去シ、乳哺長養シテ将ニ我身ヲ護ラントス」（除去不浄大小便利乳哺長養将護我身）（『大正新修大蔵経』一二・三七四・四一九）などの吐瀉物や大小便のような不浄のものにまみれながらも、それを常に子供から取り除き、自ら授乳をして養育する母親像を踏まえたものであろう。

次に、『言泉集』（東大寺北林院本）から、「乳母」の追善文も見てみよう。乳母の追善には乳房の恩を欠くことはできないはずだが、母の恩といかなる語り分けがなされたのだろうか。

(Ⅴ) 酬二多生之厚縁一ニ以宿世深契一ヲ施二シ傳母之撫育一ヲ献ス一子之仁愛一ヲ在二シ襁褓之中一ニ之昔シ懐二キ持テ之膝ノ上一ニ為二リシ乳嗅形一之古ヘ捧二ケ恭《カシ》ツク之掌ノ上一ニ智少ケレトモ能ク知二リ君ノ寒温之節一ヲ識リ浅トモ不レ違二君ノ起居之心一ニ恩同二ク二親一ニ志超二タリ九族一ニ報恩ノ思雖レ萌《キサ》二スト情ノ底一ニ謝徳ノ儀未レタ彰眼前一ニ

二条先帝皇后為乳母

(Ⅵ) 養育恩厚シ久ク出二ス有露ヲ胸間一ニ仁愛ノ徳勲幾カ施二慈悲於眼前一ニ

貞憲為乳母

(Ⅶ) 自三彼在二襁褓一及三于弁二東西一憂共ニ憂笑互笑推燥居湿乳育長養

保胤

乳母の場合は、無論、懐胎出産の恩から始めることはできないため、「襁褓之中」に起点が置かれるという違いがあるが、その他の内容自体は、母の恩を説く仏典からの借用が目立つ。例えば、(Ⅴ)「赤ん坊の時からその膝の上で抱っこされ、授乳してもらうときには、その掌の上で捧げ持ってもらった」や(Ⅵ)「長い間その胸間から甘露のような乳を湧出させた」は、例えば先に見た『心地観経』の「以母胸臆而爲寢處。左右膝上常爲遊履。於胸臆中出甘露泉」とも重なるものであり、(Ⅶ)「推燥居湿乳育長養」も『涅槃経』の「推乾去湿」に類する表現である。

こうしてみてくると、〈乳母／母〉の分節というものが、母の恩を説く言説空間においては、当時の社会的制度におけるそれとかなりずれた位相をもって共存していた状況が知られるであろう。つまり制度上は、授乳行為は乳母が主体となるが、仏教儀礼の言説空間においては、胎内での授乳という或る種の授乳の原風景が生母に想定されており、それを乳母がなぞる形をとるのである。この場合、二次的な授乳を行なうのは乳母の方になるのであり、制度上のそれと完全に反転した構図となるのである。以上のように、当時〈母らしさ〉の中核にあったのは、乳母の制度によって断ち切られたはずの〈血＝乳〉の授与を基盤とした母子一体観であり、むしろその紐帯を強固に結び付けようとする報恩思想なのであった。

例えば、源氏が明石の君から未だ三歳に満たない姫君を引き剝がし、車に乗せて連れて行く道すがら、「とまりつる人の心苦しさを、いかに、罪や得らむと思す」(薄雲・四三四頁)と自覚する罪の淵源にも、今見てきたような受胎から三歳頃までとりわけ強く認識される〈血＝乳〉を介した母子一体の恩愛の世界観が厳然と横たわっていたと考えられるのである。(24)

四 「乳付」の儀礼から——生母と切断する乳房——

前節でみたように、仏説においては、母子は三歳頃まで胎内から始まる授乳という行為をもって連続体として見られたのであり、その強固な繫がりを断ち切る行為は、源氏のように仏罰に触れると恐れられていた節がある。例えば、それは次の敦成親王(道長・御堂関白家の中宮彰子が入内九年目に出産、後の御一条天皇)の誕生記事において、臍の緒を切る者は「罪得ること」つまり仏罰を受けると信じられていたことからも伺える。

かくて御臍の緒は、殿の上、これは罪得ることとと、かねては思しめししかど、ただ今のうれしさに何ごともみな思しめし忘れさせたまへり。御乳付には有国の宰相の妻、帝の御乳母の橘三位参りたまへり。

（『栄花物語』八「はつはな」四〇三頁）

さらに、ここで着目したいのが、臍の緒を切断する儀礼とともに行なわれる「乳付」の儀礼である。乳付とは、口中の清掃から始まって種々の薬を与え、最後に乳を含ませるというものである。皇子の生誕時の記事が多いとされるが、(25)『うつほ』では一の宮が女児を出産した時も行なわれており、(26)史実においても道長の娘に対し乳付を行った記録が残るため、(27)必ずしも男児とは限らない。

ここでは、臍の緒は道長の北の方・倫子が切り、乳付は橘三位が行ったとある。橘の三位徳子（播磨守橘仲遠の娘）が選ばれたのは、帝の乳母であったことによるが（『御産部類記』引『不知記』「内裏ノ御乳母タルヲ以テ、件ノ役ヲ奉仕ス」）、彼女は、当時（寛弘五年）五十歳くらいであったというから、実際に授乳したわけではない。つまり、乳付は薬を飲ませるために乳房を含ませるだけであり、その後に実際にお乳を与える乳母が参内するのである。『源氏』には乳付に触れた箇所はないが、『紫式部日記』には「御臍の緒は、殿の上。御乳づけは、橘の三位徳子」（一三七頁）と先の敦成親王出産時の事も見える。そして、それぞれの儀礼をかなり具体的に記述していることから、「乳付」も実見した可能性が高いと思われ、ここにおいて、ある程度高貴な身分にある女性が乳の出ない乳房を含ませるという儀礼が社会的に認知されていたことが知られる。(28)すなわち、当時〈からの乳〉を含ませるという行為自体、必ずしも高貴な〈母〉のみを意味するわけではなかったことになるのである。

先述のように、「乳付」は臍の緒の切断とセットで行なわれ、口内の清めが目的であり、甘草などの薬を含ませた後に、乳房を吸わせるという一連の流れの中にあった。臍の緒の切断は産後すぐに行なわれるべきであろうが、当時は吉時を陰陽師に占わせ、その時間まで待ってから厳粛に執行された。(29) それは先の仏罰の観念とも関わるものであろう。つまり仏教の報恩思想における〈血＝乳〉を基盤とした母子一体観を断ち切る行為こそが産養の一連の儀礼なのであり、それは恩愛の世界と真逆のベクトルを持ったものでもあったのである。そもそも当時、出産は一方では穢れとして認識されていたのであり、(30) 乳付も単なる口内の清めに留まるものではなく、出産の穢れを浄祓する意図が込められていたはずである。換言すれば、臍の緒の切断とセットで行なわれた乳付は、生母（の乳房）との切断をすると同時に、その出産の穢れを浄祓し、その上で共同体社会へと導き入れる儀礼として位置づけられていたものであったといえよう。

五　再び、物語へ——雲居雁と紫の上の乳くくめの位相——

当時の貴族女性を取り巻く環境として、出産をして母となることが制度の中で安定した地位を得るための重要なツールとなっていたことは、紫の上の周囲の人々の世俗的な言動から十分に伺える。(31) 一方で、彼女が実子を欲しがったかについては、その言動から明確に把握しづらく、解釈が割れるところである。(32) しかし、ここでまず確認しなければならないのは、当時〈母なるもの〉の社会的規定には、少なくとも二側面があった点である。すなわち、それは社会的立場としての〈母〉と、仏教の説く恩愛の存在としての〈母〉であった。前者であれば、確かに木村氏の指摘したように、養母であっても立場としての〈母〉が成立するため、紫の上は「母としての正統性」を示すことができるはずである。

しかし一方で、当時の追善の場で繰り返し語られた〈母〉像とは、仏教的な恩愛の存在としての〈血＝

乳〉の授与を前提とした〈母〉であった。そして、そのような〈母〉像が『源氏』の世界と無縁ではなく、むしろ物語を支える一つの通念として流れていたことを示すものこそ、雲居雁の乳くくめであったと考えられる。なぜなら、雲居雁の子供の吐瀉物を取り除き、濡れた衣服や寝床を乾いたものにすばやく取り替え、乳をくくませるまでの一連の動作は、「乾けるを推《ゆづ》り、湿れたるを去らしむ」「不浄大小便利を除去し、乳哺長養して将に我が身を護らんとす」（『涅槃経』菩薩品）等の、[33] まさに胎内からの連続性のなかに産後の世話までを捉える仏典の〈母性〉にそのまま重なるからである。さらに雲居雁の「物の怪」から守護するために生母が自ら乳をくくめるという発想は、「乳付」の儀礼における母の出産の穢れから子を清浄なほうへと切り分ける論理と真逆のベクトルを見せるが、それも仏典においては、生母こそが懐胎守護から始まり、産後も不浄を除き守護する存在であったからであり（「不浄大小便利を除去し、乳哺長養して将に我が身を護らんとす」『涅槃経』菩薩品）、すなわち雲居雁の行動原理は完全に仏教的〈母性〉に則っていたといえるからである。

では、紫の上の乳くくめとは何だったのか。それは、第一に制度的な〈母〉として君臨することを志向したものではなく、生母の持つ〈血＝乳〉を基盤とした母子一体観を志向したものであった。彼女は明石の君の我が子を思う心中を察した時、〈血＝乳〉の授与という仏教的な〈母〉の行為の擬態をしてみせたのである。しかし、かえって〈血＝乳〉の不在を可視化し、そこに「うつくし」「戯れ」という未熟さが刻印され、また「などか」という女房たちの不満の言葉が囁かれることになったのである。

加えて言えば、雲居雁の場合は、子は「いたく泣き」「つだみ」（吐瀉）し、それに対し母は「耳ばさみ」し「抱き」、「いとよく肥えて、つぶつぶとをかしげなる胸をあけて」、「乳などくくめ」るというように清濁併せ持つ濃厚な母子の肉体的接触が実現しているが、紫の上の場合は、子は泣いたり、吐いたり、漏らしたりせず、母も乳が出ない。つまり、清濁を併せ持つことなく、どこまでも清浄な触れあいにとどまる時点で、「戯れ」を超えるものとはなっていないのであった。

まとめ――紫の上の矛盾する乳房――

「藤裏葉」において、明石の姫君が入内する際、紫の上は実の母子の心中を慮り、後見役を明石の君に任せることを決意した。しかしいざ入内の儀式に臨むと、「人に譲るまじう、まことにかかることもあらましかばと思す」（『源氏』藤裏葉・四五〇頁）と、姫君を人の手に渡したくないと自覚し、実子であれば入内しても強固な紐帯が続くのにと口惜しさを噛み締めるに至る。すなわち、紫の上は〈血＝乳〉の強固な繋がりをもつ母子の在り方を思い遣ったときに、やはりそれでも自分の子であってほしい、という矛盾する思いを露わにしたのである。しかし、この心の動きは、実は姫君を養女にして間もない時点で、紫の上の乳くくめという行為に、既に先取りされていたのではないだろうか。

明石の姫君の生んだ御子の産養の儀礼では、紫の上は生まれたばかりの首の座らない姫君を抱いている（『源氏』若菜上・一〇九頁）。しかし、紫の上は「親」ではなく「親めきて」と評されており、いかにも「むつかしげ」で手馴れない様子が明石の君によって見出されている。明石の君はその危なっかしい赤子の扱いに気がつきながらも、余計な口出しはしない。ここには明らかに〈生母／母代〉の差が可視化されているのである。

さらに、注目すべきは、ここで明石の君がお湯殿の準備をしていた点である。なぜなら、通常お湯殿の前になされる儀式こそ、「臍の緒」と「乳付」であったからである。生母である明石の君が、母代であった紫の上に任せたのが、「乳付」の際の世話であったとすれば、紫の上の乳くくめには、もう一つの意味を汲み取ることも可能となるのではないか。すなわち、紫の上の母としての〈血＝乳〉の通うことのない乳房は、生母とは異なる〈から〉の乳房を含ませ、生母との紐帯を断ち切る「乳付」の儀礼と通じていくのである。紫の上が、源氏が明石の君のもとへ向かった後の空ろな胸のうちを埋めるように、小さな姫君を掻き抱き、さらに自らの乳房を含ませる行為をしたのは、男女のセクシュアリティが透かし見える場面でもあるが、同時に報恩思想に裏付けられた「悲母」の〈血＝乳〉の連続性を擬態しつつも、そこからさらに、生母との〈血＝乳〉すなわち〈紐帯＝乳房〉を断ち切りたいという強い衝動に駆られたことをも示すのである。[34]

以上のように、物語において、紫の上が子に抱いた感情とは、決して制度的な〈母〉として君臨しようとする世俗的なそれでもなかったが、一方で、〈血＝乳〉の連続性から捉えられる恩愛の〈母〉を体現することも叶わなかった。つまり紫の上は、貴族女性たちを搦め捕っていた複数の〈母性〉の枷から巧みに逃れながらも、当時複数に切断されていた彼女たちの乳房という場に、まさに通念では規定しきれない矛盾を孕む感情をあざやかに表出させ得たのである。[35]

注

(1) 木村朗子「乳房はだれのものか」（『乳房はだれのものか——日本中世物語にみる性と権力』新曜社、二〇〇九年）。西山登喜「うつほ物語」乳房の記憶——いぬ宮誕生場面を媒介に——」（『フェリス女学院大学日文大学院紀要』一三、二〇〇六年）。

（2）小嶋菜温子「源氏物語の産養と人生儀礼――〈家〉と〈血〉の幻影――」（『源氏物語の性と生誕　王朝文化史論』立教大学出版会、二〇〇四年）、同編『王朝文学と通過儀礼』（竹林舎、二〇〇七年）など。また三角洋一氏は、物語が書かれた当時において、作者と読者が共有しえた仏教教学の水準と位相を具体的に明かにすることの重要性を説いていた。「古注釈には、法会、参籠、追善の折とか日常の勤行などで身近なお経や、さらにわれわれの耳には縁遠く聞こえるにしても、菩薩行の教導実践に活用された『年三経』『沙弥戒経』『心地観経』などの名が見えており、これらも知識人の仏教知識の（あやふやかもしれない）裾野をなしていたに違いない」（「源氏物語の古注釈と仏教」『源氏物語と天台浄土教』若草書房、一九九七年）。

（3）本稿における頁数は、特記しない限り小学館『新編日本古典文学全集』に拠る。

（4）木村氏前掲注（1）論文。

（5）「かはらなる」の異同が一例存在する（徳川黎明会館蔵・源氏物語絵巻詞書）。

（6）「乾」の漢字があてられても、語義としては審美的意味であろう。

（7）室町時代に下ると、『日葡辞書』に「Cauaracaxi, su, aita」、また十六世紀半ばの『全九集』に「五味子……酒にひたし、そっといりかはらかしてくだいて用也」などと見えるように、「乾かす」の意味で「かはらかす」と用いる事例が出てくる。或は、下った時代の解釈を反映したか。

（8）田中徳定氏によれば、『源氏』において「孝」〈名詞〉の用例は、生前を意味するもの二例、死後の孝すなわち追善供養を意味するもの一例、亡親への服喪を意味するもの一例であり、「孝ず」（動詞）の三例はいずれも追善供養をすることを意味する（『孝思想の受容と古代中世文学』第二部第一章、新典社、二〇〇七年）。

（9）前掲注（2）参照。

（10）一九三九年に覆製刊された佐藤家蔵本。平安初期の写しである新羅表員の著『華厳文義要決』第一巻の紙背にあるもので、表白文または願文などの作文のための例文を蒐集し、稿本として書き付けた要句集（永井義憲「中世に於ける唱導」『日本仏教文学研究』一九六六年改定版、豊島書房、八五頁）。

（11）中田祝夫『東大寺諷誦文稿』（勉誠社文庫12）五七頁。なお拙著（『孝の風景――説話表象文化論序説』勉誠出版、二〇一六年）で、この箇所を「乳房の恩という母のみに帰着せられる恩の根拠を父母の恩の根拠に据えている」（三二五頁）と述べたが、父についても続いて「三千六百日之内守長之恩未究」と別の根拠が説かれている。ここにお詫びともに訂正する。

(12)　九世紀初頭に般若三蔵と入唐の日本僧霊仙らの訳出と筆受によりできた。とくに、衆生がこの世で受ける四種の恩（父母・衆生・国王・三宝の恩）を説くことで知られる。

(13)　吉海直人「乳母の歴史的展開」（『平安朝の乳母達――『源氏物語』への階梯――』世界思想社、一九九五年）では、『うつほ』を境に、あらゆるジャンルにおいて乳母の台頭が見られるとされる。

(14)　前掲注（1）論文参照。

(15)　俊蔭の娘による仲忠への授乳（「俊蔭」六七、七一頁）及び、七天女の子等が天に帰ってしまった母を恋しがる場面で繰り返し言及される「乳房」への憧憬・思慕（「俊蔭」三一～三五頁）。

(16)　木村氏前掲注（1）論文。また西山登喜氏は、高貴な生母の授乳風景が現実社会で見られないからこそ、物語においては天人から琴を伝授される家系であることを特権的に印付けるものと成り得たと指摘する（西山氏前掲注（1）論文）。

(17)　但し、七天女の天地を通う乳のイメージには、摩耶夫人の乳の筋が迸る説話（『摩訶摩耶経』巻上（『大正新修大蔵経』一二・三八三）、『今昔』二―二「仏為摩耶夫人昇忉利天給語」など）も想定されていよう。つまり、仏教言説においては、生母の授乳は、この摩耶の乳による原・母子像をもって神聖視されるとともに、それが胎内の授乳によって全ての母に普遍化されていくという構造があったことになろう。なお、仏教説話における摩耶をはじめとする授乳の奇蹟譚については、小峯和明氏の論考を参照（「授乳の神話学――マヤとマリア」『漢字漢文研究』一一、二〇一六年八月など）。

(18)　『夜の寝覚』巻一「おのづからとれて見ゆる御乳の気色などを」（五三～五四頁）、巻五「四月ばかりになりたまひにたる御乳の気色など、紛るべくもあらぬさまを」（四七六頁）、『狭衣物語』巻二「さばかり美しき御乳の、例ならず黒う見ゆるに」（一九七頁）などは妊娠の兆候を知る手段として読めるが、『栄花物語』巻二六で、嬉子が出産後まもなく亡くなった時、その乳房が張っていた様子が繰り返し描写される箇所では、「御乳のあたりなど、わざとつくりたらんものめきて、をかしげにらうたげに」（四七八頁）、「御乳はいとうつくしげにおはしますが、いたう硬るまで膨らせたまへれば、白う丸に、をかしげにて」（五一〇頁）など潜在的な授乳能力という生命を漲らせる力に反する死を受け止められない親族の無念さが表現される。『大鏡』では、源頼定との密通により綏子が妊娠したことを確かめる場面で、出産もしていないのに、乳首をひねっただけで乳が迸るという非現実的表現もみえる（二四五頁）。

(19) 永井義憲・清水宥聖編『安居院唱導集』上巻（角川書店、一九七二年）に翻刻所収。

(20) その他は、無常や別離の事を説くものの他、中国孝子説話などを引用しながら子の側からの哀悼思慕の情を言うもの、また『孝経』に基づく「身体髪膚」云々の肉体を親から享けた恩、或は袖の下で遊び、膝の上で眠ったこと、或は子を念うことの測り難いこと（『心地観経』）など養育の恩に言及するものなど。

(21) 「千」で翻刻されているが、「年」の誤りと判断して私に訂正した。

(22) 牧田諦亮『疑経研究』（京都大学人文科学研究所、一九七六年）、同復刊『牧田諦亮著作集 第一巻――疑経研究――』（臨川書店、二〇一四年）に影印所収。『言泉集』四帖之四「亡父」（金沢文庫本）では、「大報恩経云」と見える。また『うつほ』において、安産なら孝子（仲忠やいぬ宮）、難産なら不孝者（宮の君）とする観念が見えるのも、この経文の「若是孝順之男。擎拳合掌。而生不損阿嬢。若是五逆之子。擘破阿嬢胞胎。手攀阿嬢心肝。脚踏阿嬢胯骨。教嬢如千刀攪。腹恰似万刃攢心。如斯痛苦」に基づくとすれば、その当時から既に何らかの形で受容されていた可能性もあろう。

(23) 中国孝子説話の語りにおいて三歳という年齢が母子離別の一典型となる例が見られる点について、母の恩を説く仏典の言説が淵源となっていることは既に論じたことがある（前掲注（11）拙著第四章）。また、『うつほ』俊蔭で仲忠が三歳になると自ら離乳し、すぐに母の食事を捜し求め恩に報いようとするのも、こうした観念の影響を見て取ることも可能であろう。

(24) 『言泉集』の資料は時代が少し下るが、『源氏』に先行する『文稿』に既に引かれる『心地観経』は無論のこと、『言泉集』の母の追善文に見える仏典の文言自体が『源氏』のテクスト生成の場で共有された知識の圏内にあったことは十分に想定できよう。またこの恩愛の世界観は、後掲注（35）に引用した『心地観経』の経文のように、親であるが故の罪業という点で『源氏』に頻出する親の心を「闇」と捉える観念にも通じていくものだろう。源氏と「親の心は闇」の和歌との関係については、今井上「闇に惑われぬ光源氏と「不致仕」の思想――物語の精神的基底――」（『源氏物語　表現の理路』二〇〇八年、笠間書院）参照。

(25) 吉海氏前掲注（13）書所収「乳付考」を参照。

(26)「か丶る程に御乳参るべき時なりぬ。御薬父の中納言の懐にてくゝめ奉り、御乳付左衛門の佐殿の北の方、御几帳のもとに候ひ給へば、女御の君かき抱きて、御衣着せ奉り給ふ。」(「蔵開上」三四五頁)。

(27) 嬉子(寛弘四年正月五日)、禎子内親王(長和二年七月六日)、章子内親王(万寿三年十二月九日)誕生記事(『御堂関白記』『左経記』)。

(28) 吉海氏(前掲注(25))によれば、平安後期以降は生母の事例が見られるようになるが、中期では、「外祖母・父帝の乳母・外祖母の乳母子・母方親戚の妻などバラバラ」で、「しいて言えば母方の縁者が多」く、乳は「年齢から考えると出ないほうが普通」であった。さらに、初乳を嫌う風習もあったという(九三頁)。

(29)『御堂関白記』の禎子内親王誕生記事「陰陽師等進勘文、丑時御乳付、切臍緒、乳付等母奉仕」など。

(30)『うつほ』蔵開上の犬宮誕生の祝賀の場面では「汚らひたれば」(三四三頁)と出産の穢れについて言明されている。

(31) 藤本勝義「〝不生女〟紫上の論——源氏物語の深層——」(『源氏の想像力　史実と虚構』笠間書院、一九九四年)参照。

(32) 例えば、藤本氏(前掲注(31))は紫の上が子を産むことを望んでいたと見るのに対し、木村氏(前掲注(1))は『源氏』において紫の上が子を産むか否かは重要な主題とならない、と反論した。また古くは、今西祐一郎氏が『源氏』に「寡産の思想」を見出している(「寡産の思想——源氏物語試論——」『文学』四一—八、一九七三年)。

(33)『大報父母恩重経』の母の十種恩徳でも、「懐胎守護」、「臨産受苦」……「咽苦吐甘」、「回乾就湿」、「乳哺養育」、「洗濯不浄」と続くように、胎内からの連続性のうちに産後の授乳や養育が捉えられる。

(34) 紫の上が「乳付」を直接したというのではなく、乳付役の女性のほうに抱っこして連れて行ったのであろう。『うつほ』では、乳付の女性が几帳の陰で控えているところに仁寿殿女御がいぬ宮に産着を着せて連れて行く例がある(前掲注(26)参照)。

(35) 但し、そのことは、生前の安定のみならず、追善供養の文脈を想定するならば、当然死後の安寧すら頼りにする宛てのない、真の孤独を彼女に担わせることをも意味しただろう。当時、とりわけ女性は五障があるとされたため、堕地獄への恐れが色濃かっただろうが、『心地観経』三では、親は子を育てるために罪を得るとされるため（「世人爲子造諸罪、墮在三塗長受苦」『大正大蔵経』三・三〇二）、子が追善により親の死後を救済することは必然として説かれる。つまり母となれば後世を救ってくれる子を得ることにもなるのである（真如蔵本及び大谷大本『言泉集』「母料施主分」には、「人の母は子に依りて罪を造り悪道に堕つるも、……子の追善に依りて必ず苦を離れ楽を得るなり」とみえる。なお前掲注（11）拙著三一七頁の『心地観経』の引用部分「女人」は「世人」の誤りであり、ここにお詫びと共に訂正する）。その上、源氏は紫の上の出家を認めなかったのであり、物語が負わせた彼女の寂寥は果てしない。源氏が彼女の供養をするために幻巻があるとする説もあるが（宮川葉子「幻巻の一視点――幻巻は紫の上の追善願文か――」『平安文学研究』七八、一九八七年）、確かに彼女の頼る宛ては生前も死後も源氏只一人なのであった。

あとがき

どの年度だったでしょうか、ある中古文学会の大会会場で桜井宏徳さん・須藤圭さんと立ち話をした際、『源氏物語』以外を専門とする若手研究者が集って『源氏物語』を論じたら、興味深い結果が得られるのではないか」という趣旨のことを申し上げたのが、事の起こりです。もとよりそれは当座の思いつきで、私自身は失念したまま過ごしていたある日、桜井さんが具体的な提案書をお送り下さったことから、本論集の企画は動き出しました。

以後、桜井さんには実務面の大半をお任せすることとなり、またたびたび遠方からのご足労もお掛けした須藤さんには、そのつど本論集の目指すべき道を照らしていただきました。立ち話での思いつきから無事に上梓へと至ることができたのは、ほとんどが共編者のお二人のご尽力によるものであることを、ここに書き記しておきたいと思います。

本論集の編纂を進めている間、私の胸中には、編者間の初回会合で発された「文学を諦めない」という標語が密かに響いていました。この氷河期に文学の険路を選び、綿々と受け継がれた研究の灯を絶やさず未来へ運ぼうとしている、同世代の研究者達の責任感を、最も相応しく掬い取った言葉だと思ったからです。大見得を切るようなその言葉は執筆者各位にお伝えこそしていませんが、同じ志の下に結晶した論文からはどれも、「文学を諦めない」気概と覚悟とを存分に感じていただける、そんな論集に仕上がったのではないかと自負しています。

刊行を控えたいま偏に庶幾うのは、学術としての文学の純粋な進展です。どのような形であれ、本論集が僅かでもそこに寄与できる時が来るならば、一編者としてこれに勝る喜びはありません。忌憚のないご感想を心よりお待ちしています。

（岡田貴憲）

たとえば、『日本永代蔵』について論文を書くように、というご依頼をいただいたとしたら、私はお引き受けすることができるでしょうか。おそらくお断りしてしまうのではないかと思います。専門である中古文学の範囲内でも、たとえば『梁塵秘抄』について、というご依頼であったならば、やはり相当に躊躇することでしょう。

私たちは執筆者の皆さまに、それに等しい無茶なお願いをしていたのだ、とようやく実感したのは、原稿が出揃ってからのことでした。それにもかかわらず、果敢に『源氏物語』という難関に挑み、それぞれに研究史を画する可能性を秘めた力編をお寄せくださった皆さまに、あらためて心より御礼申し上げます。意見交換会や研究発表会を通じて執筆者の方々と語り合った時間は、私たちにとって何よりも愉しく、そして実り多いものでした。

本書の刊行を勉誠出版さんにお願いしたのは、先鋭的で刺激的な数多くの書籍の編集を担当されてきた吉田祐輔氏とともに、この仕事に取り組みたいと考えたからです。本書のコンセプトに全面的にご賛同くださった氏は、終始適確なご助言と叱咤激励とによって、本書を完成へと導いてくださいました。吉田氏の献身的なご尽力に、編者として厚く御礼申し上げます。

そして、共編者の須藤圭さんと岡田貴憲さんにも、深甚の謝意を表したく思います。本書の編集中に不惑を迎えた私には、須藤さん・岡田さんをはじめ、前途有為な若手研究者がより自由に論文を発表できる場を作りたい、という思いもありましたし、企画を立ち上げて間もない頃、岡田さんから「旗振り役になってください」と言われたことを、ひそかに意気に感じてもいました。上手く旗が振れたか否かはさておき、本書は私がこれまでに手がけた仕事の中で、最も意義あるものになったのではないかと自負しています。

本書が『源氏物語』研究の、さらには日本文学研究の新生への烽火となることを、心から願っています。

（桜井宏徳）

岡田貴憲さんと桜井宏徳さんが、先駆者で、開拓者で、旗振り役だったとすれば、わたしは、ただ、にぎやかすだけの存在でした。それを言い訳にして、「あとがき」で記すべき本書のあらましをお二人にお任せし、別のことがらを書いてみます。

いま、わたしが強い関心を寄せているもののひとつに「源氏物語占い」があります。占いの結果、わたしは「柏木」で、「なんだ、『光源氏』じゃないのか」とがっかりしたのですが、ところで、この「源氏物語占い」なるものは、ある先入観にもなって、無意識のうちにわたしたちを縛りつけている、と考えることはできないでしょうか。たとえば、「柏木」は繊細でストレスに弱い、「光源氏」は完全無欠だが大切なことを見落としてしまいがち、といった具合です。

そして、それは、「源氏物語占い」だけの問題にとどまらず、現代語訳や注釈、また、優れた先行研究であってもかわらないのではないか――。これらは、ときに、大きく視野をひらいてくれることもあれば、ときに、大きな暗やみとなって、わたしたちの行く手を遮ってしまうこともあるはずです。わたしたちは、あらゆる研究に学ぶとともに、あらゆる研究を乗り越えていかなければならないはずだ、ということです。本書に収められた十三の論文は、そうした暗やみから抜けだそうとする、それぞれの真摯な試みに他なりません。

一条の光が闇のなかを走った。私は闇のなかに、いつのまにか、いた。一条の光は私の過去であり、現在だ。それは父母であり、兄妹であり、私の出身校であり、勤め先だった。結婚でもあった。要するに私の生涯だった。生涯を一条の光が貫いたのだ。それは太くもあれば細くもあった。私はワナワナ震えた。身動きができなかった。コレダ！　と思ったのだ。

耕治人「一条の光」の一節を引用しました。本書が、これから先の『源氏物語』研究、文学研究にとって、暗やみを晴らす一条の光になることを願っています。

（須藤　圭）

編者略歴

岡田貴憲（おかだ・たかのり）

1985年生まれ。日本学術振興会特別研究員PD（法政大学）・法政大学兼任講師。専門は平安時代の日記・物語。著書に『『和泉式部日記』を越えて』（勉誠出版、2015年）、『『和泉式部日記／和泉式部物語』本文集成』（共編、勉誠出版、2017年）、論文に「『源氏物語』帚木巻試論―光源氏は「なよ竹」を折ったか―」（『中古文学』第97号、2016年6月。第10回中古文学会賞）などがある。

桜井宏徳（さくらい・ひろのり）

1976年生まれ。國學院大學兼任講師・成蹊大学非常勤講師・武蔵野大学非常勤講師。専門は平安文学（中古文学）・歴史物語。著書に『物語文学としての大鏡』（新典社、2009年）、論文に「宇治十帖の中務宮―今上帝の皇子たちの任官をめぐって―」（『中古文学』第93号、2014年5月。第8回中古文学会賞）、「藤原彰子とその時代―后と女房―」（助川幸逸郎・立石和弘・土方洋一・松岡智之編『新時代への源氏学4　制作空間の〈紫式部〉』竹林舎、2017年）などがある。

須藤　圭（すどう・けい）

1984年生まれ。立命館大学助教。専門は日本古典文学・地域文化学。著書に『狭衣物語　受容の研究』（新典社、2013年。第3回池田亀鑑賞）、論文に「近世紀行文にあらわれた源氏物語享受一斑―義経の歌として語られた光源氏の歌一首をめぐって―」（『文学・語学』第213号、2015年3月）、「源氏物語の「女にて見る」をどう訳すか―翻訳のなかのジェンダーバイアス―」（『第39回国際日本文学研究集会会議録』国文学研究資料館、2016年）などがある。

ひらかれる源氏物語《げんじものがたり》

編者　岡田貴憲
　　　桜井宏徳
　　　須藤　圭

発行者　池嶋洋次

発行所　勉誠出版(株)

〒101-0051 東京都千代田区神田神保町三―一〇―二
電話　〇三―五二一五―九〇二一(代)

二〇一七年十一月十日　初版発行

印刷
製本　太平印刷社

ISBN978-4-585-29154-1　C3095

揺れ動く『源氏物語』

「オリジナル」という幻想に矮小化されてきた源氏物語。「生成変化する流動体」という平安物語本来のあり方に立ち返り、源氏物語のダイナミズムを再定立する。

加藤昌嘉 著・四八〇〇円（＋税）

『源氏物語』前後左右

連鎖・編成を繰り返し、アメーバのごとく増殖・変容するあまたの写本・版本を、あるがままに虚心に把捉することで見えてくる、ニュートラルな文学史。

加藤昌嘉 著・四八〇〇円（＋税）

『源氏物語』という幻想

「作者」とは何か、「原本」とは何か。「作者」「原本」という幻想とロマンのなかで生成されてきた物語へのフィルターを可視化し、文学史を問い直す。

中川照将 著・本体六〇〇〇円（＋税）

源氏物語論
女房・書かれた言葉・引用

女房・書かれた言葉・引用から、『源氏物語』が織りなす言葉の世界の深みと拡がりの両面に踏み込み、語り・語り手・書き手などの特殊性・先駆性を明らかにする。

陣野英則 著・本体八〇〇〇円（＋税）

正訳 源氏物語 本文対照
全十巻

語りの文学『源氏物語』、その原点に立ち返る。本文に忠実でありながらよみやすい。本文と対照させて読むことにより、本物の『源氏物語』の世界を感じることができる。

中野幸一 訳・各二五〇〇円(+税)

フルカラー 見る・知る・読む 源氏物語

絵巻・豆本・絵入本などの貴重な資料から見る『源氏物語』の多彩な世界。物語の構成・概要・あらすじ・登場人物系図なども充実。この一冊で『源氏物語』が分かる!

中野幸一 著・二二〇〇円(+税)

『和泉式部日記』を越えて

『和泉式部日記』をめぐる文学史の記述は正しく評価されたものであろうか。虚心坦懐に諸伝本に向き合うことで本文や諸説のゆらぎを読み解き、研究史の陥穽を突く。

岡田貴憲 著・本体七〇〇〇円(+税)

『和泉式部日記/和泉式部物語』本文集成

『和泉式部日記』の現存する主要伝本十九本の本文を網羅的に集成し、全四系統にわたる複雑な本文異同の全容を、高い利便性の下に学界へ提供する。

岡田貴憲・松本裕喜 編・本体一七〇〇〇円(+税)

◉テーマで読む源氏物語論①

「主題」論の過去と現在

「主題」とは何か、という物語を読み解く根源的な問いを根本から再検討。成立論の先蹤とされてきた先行論文を捉え直し、その時々の「主題」論の先端をおさえる。

今西祐一郎／室伏信助 監修・本体一〇〇〇〇円（+税）
上原作和／陣野英則 編

◉テーマで読む源氏物語論②

本文史学の展開 言葉をめぐる精査

「基礎」研究の再読・再考のために、「本文」と「言葉」、二つの基礎領域を再検討。『源氏物語』のこれまでの研究成果を整理し、今後の新たな展望を示す。

今西祐一郎／室伏信助 監修・本体八〇〇〇円（+税）
上原作和／陣野英則 編

◉テーマで読む源氏物語論③

歴史・文化との交差 語り手・書き手・作者

「絵巻」を通した絵画的視点、音楽伝承譚の史的基層、『白氏文集』の内在化、「作者」の概念など、『源氏物語』生成の問題を外在／内在的視点から読み解く。

今西祐一郎／室伏信助 監修・本体一二〇〇〇円（+税）
上原作和／陣野英則 編

◉テーマで読む源氏物語論④

紫上系と玉鬘系 成立論のゆくえ

『源氏物語』は現在の巻順通りに書かれたのか、一個の長篇小説なのか。阿部秋生・武田宗俊・風巻景次郎らの仮説を再検証し、物語研究の概念を根本から問い直す。

今西祐一郎／室伏信助 監修・本体一〇〇〇〇円（+税）
加藤昌嘉／中川照将 編